ROTE ERDE – WEISSES GRAS

Biographischer Roman

LUISA NATIWI

ROTE ERDE – WEISSES GRAS

Biografischer Roman
nach dem authentischen Lebensweg
eines Hirtenmädchens aus Uganda

Co-Autor: Günther Döscher

VERLAG KADERA

Luisa Natiwi

Rote Erde – weißes Gras

Mein Nomadenleben in zwei Welten · Biografischer Roman

Co-Autor: Günther Döscher

Die Handlung orientiert sich am authentischen Lebensweg der Autorin; aus persönlichkeitsrechtlichen Gründen wurden Namen und Szenen zum Teil verändert bzw. modifiziert.

Kontakt zur Autorin: luisanatiwi@yahoo.de

Kadera-Verlag, Norderstedt
www.kadera-verlag.de · verlag@kadera.de

Cover-Portrait: Christiane Koch
Umschlaggestaltung unter Verwendung von Bildmaterial aus dem Fotolia-Stock (Krane / Uwe Graf / Pixeltheater / DApics), im Innenteil Privatfotos der Autorin.

Satz und Typographie: Kadera-Verlag
Druck und Bindung: CPI Clausen & Bosse, Leck

ISBN 978-3-944459-03-5 (Hardcover)

ISBN 978-3-944459-04-2 (e-Book mobi / Kindle; 3-teilig 07-3, 08-0, 09-7)
ISBN 978-3-944459-05-9 (e-Book ePUB)

Für meinen Vater, dem Häuptling
Isaak Lorika-Lotiang-Lotukoi von Toposa und Karamoja
und meine Mutter Foibe Keem Lopul

Für meine Kinder
Moses, Beatrace und Alexander
und meinen Bruder Jimmi

Mit Dank an den Klan, dem ich verbunden bin,
insbesondere Häuptling Hon. Minister a.D.
Edward Athiyo Lorika

In dankbarer Erinnerung an
Missionärin Silvia Burton, Canterbury,
und an meine Freunde in Deutschland

Luisa Natiwi

Leitsätze afrikanischer Weisheit:

Armut ist wie ein Löwe –
kämpfst du nicht, wirst du gefressen.

Wer auf einen Baum klettern will,
fängt unten an, nicht oben.

Nur im Vorwärtsgehen
gelangt man ans Ende der Reise.

INHALT

Über dieses Buch

Luisa Natiwi kam nur einmal in die Autorengruppe in Hamburg-Eppendorf. Es war nicht ihre Sache, was dort diskutiert wurde. Doch dass diese große schwarze Frau aus Uganda ihre eigene ungewöhnliche Geschichte in sich trug, das sah man ihr an. Eines Tages hatte ich ein paar Seiten ihres Lebens in meiner Mailbox. Als ich später bei ihr anrief, entschuldigte ich mich für die Bemerkungen und Fragezeichen, die ich in alter Gewohnheit in ihr Manuskript geschrieben hatte. Mein Hirn tickte noch journalistisch, auch wenn ich mich gerade aus dem Zeitungsalltag verabschiedet hatte, um der Phantasie mehr Raum zu geben. Und plötzlich war die Lust wieder da, etwas Wahres herauszufinden, was noch unter der Oberfläche verborgen war.

»Solch einen suche ich seit 2004«,, sagte Luisa Natiwi. »Richard von Weizsäcker sagte mir damals, dass mein Leben ein Stück Geschichte sei, dass ich es unbedingt aufschreiben müsse. Ich habe es ihm versprochen. Aber es muss mir jemand dabei helfen.«

Der Bundespräsident a.D. hatte die in einem Nomadenkral im kargen Nordosten Ugandas geborene Karamojong anlässlich der Africom-Auftaktveranstaltung in Berlin zum Tee eingeladen. Er erhielt von ihr einen kurzen und lebhaften Einblick in ihr Leben. Ein Weg aus der Steinzeit ins deutsche Wirtschaftswunder, auf dem Missionare, Kolonialherren, Lehrer-Studium, Diktator Idi Amin, Therapie in Deutschland, Rückkehr nach Uganda und Flucht zurück nach Deutschland die Meilensteine sind.

Es ist die Zeit des Umbruchs. Afrika will sich von der Fremdherrschaft befreien und gerät dabei in Konflikt mit den eigenen Völkern. Deutschland ist dynamisiert vom Aufbau nach dem Krieg und gleichzeitig in demütiger Wiedergutmachung. Es sind die Auswirkungen historischer Wandlungen, die im Alltags- und Familienleben von Luisa Natiwi zum Schicksal werden, im Glück wie im Unglück. Schmerzhaft dramatisch und exotisch romantisch. Manchmal kindlich naiv, dann unerbittlich brutal. Doch wie ein roter Faden zieht sich der unbändige Wille hindurch, jede Herausforderung zu bestehen.

Ein gutes Jahr lang arbeiteten wir im Team daran, die Ereignisse, Ängste und Freuden, die Bedrohungen und Erfolge in die Erinnerung zu holen. Auch längst Verdrängtes trat hervor und löste mitunter Tränen aus. Doch hin und wieder leuchteten Luisas Augen auch freudig auf. Ihr Leben ist ein Spiegel der Verhältnisse zwischen Menschen unterschiedlicher Hautfarben, Völker und Kulturen – mögen die positiven Seiten ein Vorbild sein.

Ich danke Luisa Natiwi dafür, dass ich an der Darstellung ihres Lebensabschnitts von 1952 bis in die 80er-Jahre mitwirken durfte. Mein Wunsch ist es, dass meine Nachfragen aus »weißer Perspektive« sowie eine erweiternde Recherche zum Verständnis für Afrika beitragen. Und das insbesondere für den Norden Ugandas – dem Gebiet, in dem unsere Gene ihre Urheimat haben.

Günther Döscher
Autor im Duo mit Luisa Natiwi

Im inneren Afrika
hat die Menschheit ihre Wurzeln.
Von dort machte sie sich auf den Weg,
die Welt zu besiedeln.
So fanden es die Wissenschaftler heraus –
und sie gaben damit unseren Genen
eine Heimat.

Die Karte zeigt Orte in Uganda
aus Luisa Natiwis Lebensbericht.

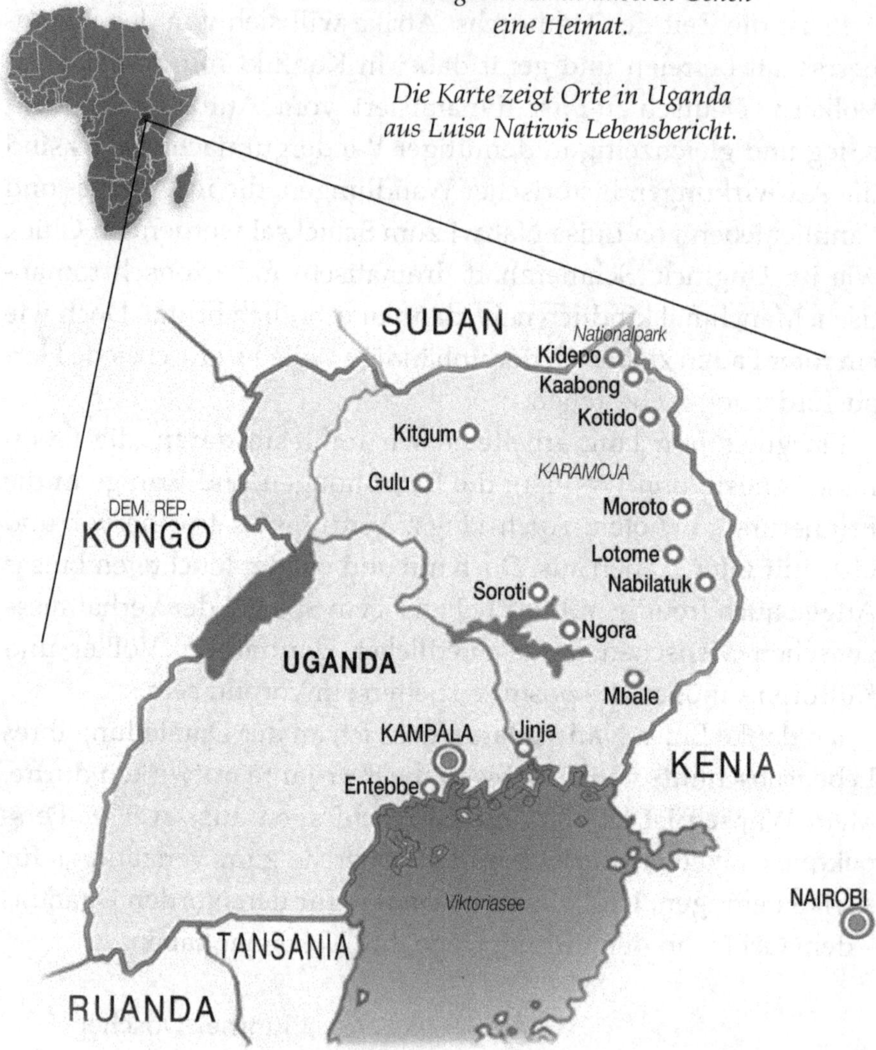

Tu alles was du kannst,
in der Zeit, die du hast,
an dem Ort, wo du bist.

I.
ROTE ERDE

»Es ist ein Mädchen«, sagt Alima.

Im Schein des Hüttenfeuers zieht sie den letzten Knoten der Lederstreifen fest und greift zum Messer, um die Nabelschnur zwischen Mutter und Kind zu durchtrennen.

»Meine Tochter ... Sie lebt ... Lebt sie?«, fragt Foibe.

Alima schweigt.

Foibe atmet schwer, ihre Stimme zittert, sie wimmert leise: »Sag' es! Ist auch sie verloren?«

Alima hört es kaum, sie ist mit dem Kind beschäftigt und kann sich nicht um Foibes Tränen kümmern, deren Töchter Ayopa und Illukol bereits zu schwach waren, auch nur eine Woche zu überstehen. Sechs weitere Kinder verlor Foibe in den ersten Monaten der Schwangerschaft. Wie konnte sie nur Lorikas liebste Frau sein. Wie lange noch? Vierzehn Jahre war sie alt, als sie seine sechste Frau wurde.

Foibe versucht, im Schein der Kuhdungfackel eine Antwort im angespannten Gesicht der Vogelmutter zu lesen. »Ich bringe Lorika kein Glück«, seufzt sie. Alimas kurzes Streicheln spürt sie nicht, in ihr ist nur Schmerz und Verzweiflung.

Dann ein zaghaftes Klagen – jetzt ein Hilfe suchender Schrei! Er zuckt wie ein Blitz durch die Körper der beiden Frauen. Ein Kind, das zum ersten Mal die Luft der Savanne atmet und die liebende Fürsorge seiner Mutter fordert.

»Sie lebt!« Alimas Anspannung fliegt davon, sie lacht.

In Foibes Tränen glitzert die Freude. Ihr Schmerz ist fort.

»Sie lebt! Sie lebt! Meine Tochter lebt! Schrei, meine Kleine! Schrei!«

Mit glücklichen Augen schaut Foibe zu, wie Alima das weinende Baby in den Holzbottich legt, der mit Ziegenmilch und reinigenden Kräutern gefüllt ist. Diesmal soll es nicht vergeblich sein. Seit Sonnenuntergang hatte Alima der jungen Mutter während ihrer Wehen beigestanden. Eine lange Nacht mit banger Sorge, es würde so wie immer sein. Diesmal nicht!

»Es ist ein zartes Mädchen«, sagt Alima, »aber ich fühle die Stärke, die es in sich trägt. Es wird nie Mangel haben.«

Foibe lächelt. Jetzt kann sie ihre Ekal gründen, ihre eigene mütterliche Einheit in der Ere Lorikas, seiner Gesamtfamilie mit seinen sechs Frauen. »Wir werden ein Fest feiern!« Dann beißt sie die Zähne aufeinander, krümmt sich, und presst die Nachgeburt heraus.

***

Immer, wenn Alima mir erzählte, wie ich auf die Welt kam, spürte ich die Ziegenmilch auf meiner Haut, roch ich die Kräuter und den Rauch der Fackeln. Dieses Mädchen bin ich! Ich, die Tochter von Lorika und Foibe, seiner sechsten Frau. Eine Handvoll Mensch, kaum sichtbar im Dunkel der Ziegenhütte irgendwo in Karamoja. Alima musste es mir immer wieder erzählen. Sie war die Totoalokuolong, die Vogelmutter unseres Klans. Sie war Hebamme und Medizinfrau und kannte von allen Kindern die Geschichte ihrer Geburt. Sie war die älteste Wächterin des weiblichen Lebenstores. Sie hatte die Kinder von mehr als einer Generation aus den Leibern ihrer Mütter gezogen und die Mädchen zur Frau geschnitten. Die Mädchen liebten sie vor und nach dieser schmerzhaften Prozedur, denn nur so hatten sie das Recht auf einen Mann, vielleicht einen von jenen Jungen, denen Alima ebenfalls mit einem peinigenden Schnitt ihre Mannbarkeit gab.

Es war wichtig, dass Alima all das immer wieder erzählte. So wusste jede andere Frau, was zu tun sei, wenn sie diese Aufgabe einmal nicht mehr ausführen konnte. Und weil ich es immer wieder von ihr hören wollte, erfuhr ich jedes Mal etwas mehr darüber.

Nachdem ich mit Ziegenmilch und Kräutern gereinigt an der Brust meiner Mutter lag, bedeckte Alima die Reste der Geburt mit Sand; später am Tag würde sie die älteren Mädchen anweisen, alles hinaus zu bringen. Prüfend ging sie noch einmal um das Feuer. Die Glut reichte über den Sonnenaufgang hinaus. Es war alles in Ordnung in der Hütte, die in den kalten Nächten der Regenzeit ein Unterschlupf für die Ziegen und Schafe war. Die lagen jetzt in der Mitte des umfriedeten Dorfes und erwarteten gemeinsam mit den Rindern den anbrechenden Tag.

Alima schob die Tür aus Flechtwerk beiseite, trat vor die Hütte und sog die kühle Morgenluft ein. Über den Hütten der Ere kräuselte sich der Rauch der verglimmenden Feuer, die nachts zum Schutz vor Raubtieren und Viehdieben brannten und die stechenden Insekten fern hielten.

Langsam ging Alima zur Hütte von Achiar, Lorikas vierter Frau, bei der er diese Nacht verbracht hatte. Sie spürte, dass es ihm einerlei war, ob Foibes Baby ein Junge oder ein Mädchen sein würde. Mädchen standen hoch im Wert, sie sicherten die Versorgung und mehrten den Reichtum des Klans, sie halfen der Mutter, sorgten sich um die Geschwister, sammelten Holz und gingen beim Bau der Hütten zur Hand. Die Jungen hingegen brachten keinen Brautpreis ein, sie wurden Krieger und Jäger, und sie sicherten den Fortbestand des Stammes. Allein deshalb sollte das Erstgeborene ein Junge sein. Alima ahnte, dass die anderen Frauen ihre Eifersucht gegenüber Foibe an diesem Mangel befriedigen würden, selbst wenn es jede von ihnen wünschte, dass unter ihren zehn Kindern nicht mehr als drei Jungen waren. Doch auf die Reihenfolge kam es an.

Lorika stand bereits vor der Hütte. Seine schwarze Haut glühte in der roten Morgensonne; dorthin ging sein Blick in die Weite der Savanne. Seine hohe muskulöse Gestalt hatte eine Strahlkraft, die Respekt forderte und Vertrauen verhieß. Er trug eine Kakiuniform, die ihn als Chief der Karamojong auswies. Die Briten hatten ihm diesen Titel und die Macht über den größten Teil der Provinz Karamoja verliehen. Er war fünf Jahrzehnte alt, das war mehr als ein Karamojong-Leben allgemein dauerte. Und immer noch ist er ein begehrenswerter Mann, stellte Alima für sich fest; sie konnte Foibes Liebe zu ihm nur zu gut verstehen.

»Du hast eine neue Tochter, Lorika!«, rief Alima. »Sie ist gesund und sehr zart.« Sie wartete auf seine Reaktion.

»Ich danke dir für deine Nachricht.« Mehr sagte Lorika nicht, doch Alima las in seinen Augen nur Erleichterung. »Sie wird den Namen meiner Mutter tragen, die über sie gewacht hat. Meine Tochter heißt Natiwi.«

Lorikas Eltern waren vom Stamme der Toposa und im Kampf um den südlichen Sudan, der sich ab 1898 über Jahre hinaus bis in den Norden Ugandas und Kenias sowie Äthiopien ausweitete, ums Leben gekommen. Zehn Jahre war Lorika alt, als er mit seiner achtjährigen Schwester Nakenoi flüchtete, – ohne Ziel, sie folgten dem Wind. Er war darin geübt, im Buschland zu überleben und auf Bäumen zu schlafen. Er kannte keine Angst vor den Tieren, doch gegenüber den Kriegern und Söldnern fürchtete er um ihr nacktes Leben. Die Geschwister versteckten sich im hohen Gras, doch als Askari-Jäger darin Hasen jagten, richtete sich Lorika auf, um seine kleine Schwester vor deren Pfeilen zu schützen. Die Askari dienten als schwarze Wachsoldaten in der britischen Armee. Sie waren bewegt von der Tapferkeit Lorikas und hoben die erschöpften Kinder auf einen Esel, der sie zum englischen Offizier Baba Musung – »der weiße Papa« – brachte. Der hatte ein Herz für in Not geratene Kinder und hatte ein Lager für sie eingerichtet. Und dennoch raubten Sklavenhändler die kleine Schwester Nakenoi, um sie zu verkaufen.

Lorika, den die Briten Issak tauften, arbeitete bald als Hausangestellter bei Baba Musung und erlernte in dieser Zeit die Sprachen Suaheli und Englisch, er wurde Bote und Übersetzer und erkundete schließlich als Spion für die Briten die Verhältnisse zwischen Arabien und Süd-Sudan. Die Briten befanden, dass er sich für das von ihnen als eigen betrachtete Land verdient gemacht habe und dass er zu mehr als alle anderen Schwarzen fähig sei. In Moroto begann seine Arbeit als Stammesführer für ein von den Briten umrissenes Gebiet im Nordosten des Inneren Afrikas.

In Nabilatuk wurde Lorika als Häuptling von Zentral- und Süd-Karamoja sesshaft und gründete seine Familie. Seine von der Königin von England anerkannte Stellung machte es ihm möglich, nach seiner Schwester zu suchen: Ein Askari hatte sie heimlich erworben und zu seiner Frau gemacht. Lorika fand sie nach vielen Jahren in Nairobi in glücklicher Ehe und mit fünf Söhnen und drei Töchtern.

Später einmal wollte er alles seiner Tochter Natiwi erzählen. Sie sollte von ihm erfahren, welche Geschicke mit ihrem Namen verbunden waren und was er selbst getan hatte, damit sein Land und sein Volk nicht untergingen.

Achair kam aus ihrer Hütte und spürte aus Lorikas Haltung die gute Nachricht. »Mir scheint, Foibes Kind ist geboren.«

»Ich habe eine neue Tochter, sie ist gesund«, sagte Lorika. Jetzt erst lächelte er. »Wir werden ein Fest feiern.«

»Ich freue mich für Foibe. Sie hat genug geweint. Sie musste neunmal hoffen, jetzt hat es sich erfüllt«, sagte Achair.

Lorika nickte. Seit acht Jahren war Foibe ohne ein eigenes Kind, während seine älteren Frauen die Ere wachsen ließen. Dennoch hatte Foibe Mutterpflichten, denn sie versorgte sechs seiner Söhne, die nach dem Tod von Nayorr ohne Mutter waren. Nayorr war Lorikas zweite Frau und die Schwester von Foibes Vater Askari Namujakware. Als Lorika mit Foibe eine weitere Tochter dieses angesehenen Mannes zur sechsten Frau nahm, eroberte sie sein Herz mit der quirligen Lebensfreude ihrer Jugend. Sie war zur Hochzeit vierzehn Jahre alt und blieb seine Lieblingsfrau, auch wenn er es vor den anderen Frauen zu verbergen suchte, denn sie hatten ein Recht darauf, dass er alle in gleichem Maße liebte.

»Ich werde Foibe in den nächsten Tagen ein Geschenk bringen«, sagte Achiar. Sie fühlte mit ihr, denn auch ihr gingen zwei Kinder bei der Geburt verloren.

Zufrieden nickte Lorika. »Die nächste Nacht werde ich bei Nakut schlafen. Sage es ihr.«

»Ja«, sagte Achiar, »wir werden uns noch an diesem Morgen treffen; wir wollen Gras schneiden und es trocknen, um die Dächer ihrer Ekal-Hütten auszubessern.«

***

Alima steckte ihren Kopf durch die offene Tür von Foibes Geburtshütte und wischte sich mit der Hand über die Stirn. »Die Hitze hier drinnen ist unerträglich. Ich gehe gleich zum Fluss und werde dir Wasser holen.«

Foibe kaute mit herabgezogenen Mundwinkeln auf ihrem Essen. »Es ist nicht allein die Hitze«, sagte sie.

»Schmeckt dir heute der Hirsebrei nicht?«

»Alima, du machst den besten Hirsebrei«, sagte Foibe, »aber nach zwanzig Tagen...«

»Der Mond ist bald wieder voll, dann hat auch dein Kind genug Lebenskraft entwickelt«, tröstete Alima. »Sieh nur, wie gut der Brei deinem Kind bekommt. Es sieht glücklich aus, weil nichts in deiner Milch ist, was es krank macht. Und für dich habe ich den Brei mit dem Wasser zubereitet, in dem die Ebobore-Früchte eingelegt waren. Bald wirst du wieder so schlank sein wie vor der Geburt.« Dann rief sie den Hund, der draußen herumschnüffelte. »Lociolocio! Komm in die Hütte und lecke die kleine Natiwi rein.«

Und während der Hund mit seiner weichen Zunge den Babypo ableckte, lachte Alima: »Da siehst du's! Der Brei ist eine gute Speise.«

Foibe lächelte zurück. »Ja – und bald komme ich hier heraus. Wenn ich daran denke, bekomme ich Appetit auf Emmuna, ich habe Heißhunger auf diesen Geschmack aus Fleisch, Frucht und Butter, ich freue mich auf das Fest, das Lorika versprochen hat. Vor allem aber möchte ich ihm endlich seine Tochter zeigen. Er hat ihr den Namen gegeben, er soll sie nun auch berühren. Ich möchte diese Hütte den Ziegen zurückgeben. Natiwi stört es ja nicht, aber ich träume jede Nacht davon, bald meine eigene Hütte zu bauen.«

***

In den vergangenen Tagen waren alle älteren Frauen auf einen Besuch zu Foibe gekommen, um ihr Geschenke zu bringen. Meistens waren es Früchte und zubereitete Speisen, doch der Tradition entsprechend verschenkte Foibe alles weiter an die Kinder des Dorfes. Ohnehin durfte sie ja nicht davon essen.

Und ich, die kleine Natiwi, meldete nun mit schon viel kräftigerer Stimme meinen Hunger an.

So hat es mir Alima viele Male erzählt.

Meine Mutter legte mich an die Brust und redete sanft mit mir: »Trink nur, mein kleiner Schatz! Nur noch ein paar Tage, dann wirst du der Mittelpunkt des großen Festes sein und gewaschen und mit bunten Tüchern geschmückt erhältst du deinen Namen.«

Satt und zufrieden schlief ich an der Brust der Mutter ein. Ich erwachte auch nicht, als Mutter mich an die Schulter legte und mir den Rücken klopfte, um den Rülpser hervorzulocken, der mich vor Bauchkneifen bewahren sollte.

Foibe verspürte nun selbst großen Durst. Das unentwegt in der Hütte brennende Feuer schützte zwar vor Krankheit aus der Luft und vor Insekten, aber es unterstützte die Sonne auf schweißtreibende Weise.

Alima hob eine große Kalebasse auf ihren Kopf und winkte Foibe zu. Sie wollte zum Nabilatuk-Fluss gehen, um Wasser zu holen. Lomujai und Didi, zwei der Stiefsöhne, für die Foibe die Mutterpflichten übernommen hatte, sollten sie begleiten.

Es machte ihr Spaß mit den beiden, die mit lautem Kichern am Wasserloch halfen, die Kalebasse zu füllen. Sie streiften durch das Unterholz und naschten schmatzend von den Ebobore-Bäumen. »Esst sie nicht alle auf!«, rief Alima. »Wir brauchen sie für das Geburtsfest für Foibe und ihr Baby.«

»Meinst du, dass wir das Fest wirklich feiern?«, fragte Didi. »Die Leute im Dorf sagen, das Kind wird sterben. Außerdem ist es kein Junge!«

Das versetzte Alima einen Stich. Foibe hatte die Hütte noch nicht verlassen und doch spotteten die Leute. Sie unterdrückte aber ihre Wut und besann sich darauf, dass Frauen stets vermittelnd und Frieden stiftend sein sollten. »Du hast dich verhört, kleiner Lauscher«, neckte sie Didi. »Jetzt musst du zur Strafe besonders fleißig Beeren sammeln. Und ich brauche noch sehr viel Ngakalio und Ngaboborio, wenn ich euch hungrige kleine Löwen satt bekommen will.« Sie lachten, ihr war die Wende gelungen. Die Jungen suchten in den Büschen nach den gewünschten Kirschen und Feigen.

Als sie zurück bei Foibe in der Hütte waren, berichtete ihr der achtjährige Didi, was sonst noch passiert war: »Lomujai hat ein Kaninchen gefangen! Ich habe ihm gezeigt, wie man die Schlingen knüpft. Er kann es bald so gut wie ich!« Stolz blickte er auf seinen jüngeren Bruder; seit dem Tod ihrer Mutter waren sie unzertrennlich. »Bald dürfen wir mit den Hirten zum Awui, statt im Dorf zu bleiben!« Das Savannencamp lockte sie wie ein großes Abenteuer.

»Gefällt es euch denn nicht, an allen Töpfen im Dorf zu naschen und fast ohne Pflichten mit den anderen Jungen zu spielen und Wettkämpfe zu bestehen?« fragte Alima.

Lomujai schmollte: »Richtige Wettkämpfe machen doch nur die Großen.« Und Didi erklärte: »Den kleinen Jungs im Dorf laufen wir doch schon lange davon. Und das Spiel mit Steinschleudern oder Pfeil und Bogen gewinnen wir auch immer.« Es dürstete sie nach neuen Herausforderungen.

»Bald werde ich einen Löwen töten oder Rinder stehlen. Dann bin ich ein richtiger Mann«, freute sich Lomujai.

»Das hat noch etwas Zeit«, lachte Alima und wies auf die bevorstehende Beschneidung hin: »Die Asapan hat auch ihren Schmerz. Es tut auch ziemlich weh, das hast du doch schon gesehen.«

»Ich habe keine Angst vor deinem Messer!« rief Lomujai.

Dann aber liefen beide davon. Sie hatten gesehen, dass sich die Kinder unter dem Affenbaum versammelt hatten. Dort lauschten sie den Geschichten, die ihnen Lokabuk erzählte. Der ehrwürdige Alte hinkte und zog ein Bein so stark nach, dass er nicht mehr auf die Jagd gehen konnte. Doch er war ein guter Erzähler und die Kinder liebten ihn deshalb.

***

Foibe nahm die Kalebasse mit dem frischen Wasser und trank in tiefen Zügen. »Napidi war da und hat mir Geschenke gebracht«, sagte sie matt. »Sie freut sich hämisch, dass ich keinen Sohn habe.«

»Hat sie das gesagt?«

»Nicht mit Worten, aber mit jedem Blick und mit jeder Geste. Wird das denn nie anders werden?«

»Mach dir nichts draus«, sagte Alima. »Am Ende zählt nur, was Lorika sagt und denkt, und der steht zu dir.« Sie wandte sich zum Gehen: »Mich rufen die Vorbereitungen zu deinem Fest. Lass dich noch ein wenig verwöhnen, in ein paar Tagen hat die Faulheit auch für dich ein Ende. Deine kleinen Raubtiere wollen sich dann wieder bei dir den Bauch vollschlagen.«

»Wer übernachtete denn bei ihnen?« wollte Foibe wissen. Jetzt, wo sich die Abgeschiedenheitszeit nach der Geburt ihrem Ende näherte, bedachte sie wieder ihre gewohnten Pflichten.

»Ngiros ältester Sohn schläft bei ihnen. Er ist ja schon ein junger Krieger und sehr umsichtig. Das Abendessen bekommen sie von Ngiro. Unsere erste Mutter ist sehr gastfreundlich, und Lorika liebt sie auch so sehr.«

»Übrigens«, fiel es Alima noch ein, »der Rinderdiebstahl vor drei Wochen ist aufgeklärt. Die Männer wollen nicht nur unsere Tiere zurückholen. Sie wollen sich mit anderen Nachbarn zusammenschließen, um gegen die Pokot einen Rachefeldzug zu unternehmen. – Manchmal ist es gar nicht so schlecht, dass Didi so große Ohren hat und auch etwas vom Gehörten verrät.«

Als das dreitägige Freudenfest zur Ehre meiner Geburt vorüber war, als Männer, Frauen und Kinder den Ochsen und drei Ziegen verzehrt und dazu die Beeren und Kräuter genossen hatten, sich die Gurken und Kürbisse hatten schmecken lassen, und als die Jäger und Krieger reichlich dem Hirsebier zugesprochen hatten, waren die Rachegelüste gegenüber den Pokot vergessen. Sie hatten getanzt und gesungen und Lorika hatte mich stolz als seine Tochter, die den Namen seiner Mutter Natiwi trug, in die Dorfgemeinschaft eingeführt. Er ehrte Foibe für die Geburt.

Alima war davon überzeugt, dass ich für unseren Klan viel Glück bedeutete, denn die Regenzeit brachte in diesem Jahr viel Wasser in den Fluss und machte die Savanne grün. Es verging ein sorgloses Jahr für Mensch und Tier. Selbst als die Heuschrecken über das grüne Land herfielen, war dies nur eine kurze Not, denn neuer Regen ließ frische Blätter und Halme sprießen, bevor Mensch und Tier Hunger litten. So waren die Heuschrecken eine willkommene Abwechslung in der Ernährung, denn sie machen satt und schmecken wie Erdnüsse, ohne dass es der Mühe des Anpflanzens bedurfte. Ich kann nicht erinnern, dass es jemals wieder so war, wie man es von diesem Sommer erzählte.

***

In Karamoja waren üppige Regenzeiten selten. Sie waren die Markierungen in unserem Erinnerungskalender. In manchen Jahren blieb der Regen ganz aus und alles, was lebte und wuchs, litt schwer unter der Dürre. Dann verloren sich die ungeschriebenen Gesetze des Zusammenlebens und jede Familie und auch jeder Einzelne war sich selbst verpflichtet. Niemand achtete mehr darauf, was der Anderen Gut und Leben war.

Es konnte noch schlimmere Zeiten geben – dann, wenn zwei Trockenzeiten aufeinanderfolgten, wenn das Vieh sein Fleisch verlor und kein Blut hergeben konnte, wenn Kälber und Zicklein elend verendeten und es keine Vorräte mehr gab. Das war es, was uns Nomaden durchs Land trieb und jede Grenze verwischte.

Mein Vater Lorika wusste, dass dies für ihn eine schwierige Zeit werden würde. Er war ein mächtiger Mann geworden, vor dem die Leute ihren Blick senkten. Niemand wagte es, ihm zu widersprechen. Wenn er mit der Zunge schnalzte, verstummten sogar die Ziegen. Wenn er im Palaver schweigend zuhörte und jedem Einzelnen lange und ernst in die Augen blickte, dann gab es keinen mehr, der nicht wusste, was er forderte und was zu tun sei. Auch wenn ihr Zorn nach Vergeltung schrie und ihre Wut kaum zu bändigen war – sie konnten sich darauf verlassen, dass sein Spruch der gerechte Weg war. So hatte er es von Baba Musung gelernt und für richtig befunden, auch wenn es nicht das Gesetz aller Weißen war und auch nicht das der Schwarzen. Vielleicht gerade deshalb.

Hunger schafft keinen Frieden

Eines Tages kam Ayopo aus dem Nachbardorf wild gestikulierend in die Umfriedung der Ere Lorikas. Als er ihn erblickte, ging er forsch direkt auf ihn zu und stampfte mit dem Fuß auf. Lorika sah ihn eine Weile ruhig an, bevor er Ayopo aufforderte, sein Anliegen vorzutragen.

Ayopo hockte sich auf den Boden und berichtete: »Wir haben gestern die Tiere zusammengetrieben und in den Kral gebracht. Es waren zwei weniger als achtmal zwei volle Hände. Wie jeden Abend. Und heute Morgen habe ich die Kühe gezählt. Wie jeden Morgen. Es waren nur siebzig!« Er hob die offene Hand. »Nacap hat gesagt, sie hat gesehen, wie Aleper am Abend um unser Dorf schlich. Er hat unser Vieh gestohlen!«

Lorika faltete die Hände im Schoß und sprach ruhig und ohne weitere Regung: »Morgen komme ich nach Sonnenaufgang zu dir, dann werden wir darüber reden, was zu tun ist. Gehe du jetzt zurück zu deiner Familie, Ayopo. Sorge dich nicht.«

Am nächsten Morgen hielten die Männer einen Esel für meinen Vater bereit. Auf ihm ritt er in Ayopos Dorf und kam von dort erst spät am Abend zurück. Die Frauen hatten auf ihn gewartet, um zu hören, welche Botschaft er mitbrachte. Ich beobachtete es aus dem Tuch heraus, in dem mich meine Mutter bei sich hatte. Mein Vater saß würdig und ernst auf dem Esel. So habe ich ihn in Erinnerung, – vielleicht ist es jedoch nur das Bild, das sich mir aus den Erzählungen ins Gedächtnis grub.

Sieben Tage später versammelten sich die Stammesältesten der Karamojong und der Pokot aus dem nördlichen Grenzland Ugandas und Kenias im Schatten eines alten Eboborebaums. In einem großen Palaver wollten sie über die Streitigkeiten um Weideflächen und Wasserstellen reden, Aufrechnung und Vergeltung für Raubüberfälle und Viehdiebstähle fordern und nach Lösungen für die Not auf beiden Seiten suchen.

Mein Vater Lorika fühlte sich auch hier als Häuptling der Karamojong zu friedfertigem Vorgehen verpflichtet. Er hatte einen geschlachteten Ochsen mitgebracht, der auf offenem Feuer grillte. Mit keiner Mimik ließ er erkennen, dass er wohl bemerkte, dass Ayopo ihm dafür einen verächtlichen Blick zuwarf. Lorika strebte den Zusammenhalt der Nomadenvölker des Hochlands von Uganda und Kenia an. Sein Ziel war es, an diesem Tag in Freundschaft auseinander zu gehen.

Niemand hatte den Jungen bemerkt, der in den Zweigen des Eboborebaumes saß. Niemand wusste, warum er dort hinein geklettert war. Niemand hatte gesehen, dass er einen Pfeil auf seinen Bogen legte, dass er die Sehne spannte – und wie der Pfeil durch das Geäst schnellte.

Lorika hob die Hand, als wolle er einen lästigen Käfer von seiner Schulter wischen. Doch es war der Pfeil, der ihn getroffen hatte.

Er war ihm direkt in den Hals gefahren und hatte die Schlagader zerrissen, noch bevor er einen Schmerz empfand. Sein Blut schoss im Rhythmus seines Herzschlags in weitem Bogen auf die rote Erde der Savanne.

Einen Augenblick waren die versammelten Männer wie erstarrt. Dann schrien sie laut durcheinander und eilten dem Häuptling zu Hilfe. Sie pressten die Hände auf die Wunde, aus der das Blut wie aus einer Quelle sprudelte. Sie versuchten, Lederfetzen und Blätter darüber festzubinden, aber die Wunde war zu groß. Schnell wurde der Blutstrom schwächer und die Augen Lorikas matt, bis sein Feuer in ihnen erlosch. Auch das Feuer unter dem Ochsen verglimmte, ohne dass er zu einem Versöhnungsmahl zerschnitten wurde.

Nie wurde der Gewalttod meines Vaters geklärt oder gesühnt. Die in ihren nomadischen Wurzeln verankerten Völker Afrikas sind der Natur und den traditionellen Überlieferungen ergeben, nicht den Geboten von Herrschaftsgrenzen oder den Gesetzen der Kolonialherren. Nie wird es aufhören, dass sich Karamojong und Pokot gegenseitig die Rinder stehlen. Wer wollte es Habgier nennen, wenn sie doch nur den Verlust ausglichen, der ihnen durch Dürre, wilde Tiere oder durch die ihre Manneskraft beweisenden Jungen benachbarter Stämme entstanden war.

Lorikas Tod aber bedeutete ein Volk ohne Häuptling, ein Klan ohne Autorität, sechs Frauen ohne ihren Mann, sechzehn Söhne ohne seinen Rat, zweiundzwanzig Töchter ohne ihren Vater – und weitere zweiundzwanzig Kinder seiner Söhne und Töchter, die nicht mehr seinen Schutz erfuhren.

Die Ere Lorikas, sein Klan, das Dorf mit den Awuis in der Savanne, Karamoja von Mbale bis Kotido – all das hatte seinen Meister und Führer verloren. Und ich meinen Vater.

Du gehörst dem Klan

Für Foibe, meine Mutter, die gemeinsam mit mir in ihrer Hütte lebte und auch für die Erziehung der fünf Söhne von Lorikas verstorbener zweiter Frau zuständig war, kehrte sich das Leben um. Als Edward, der älteste der von meiner Mutter betreuten Söhne, heiratete, übernahm dessen erste Frau auch die Betreuung seiner jüngeren Brüder. Mutter Foibe hatte dadurch mehr Zeit für mich, doch mit der Verantwortung für fünf Lorika-Söhne nahm man ihr auch die Achtung im Klan. Ihre Ere war klein geworden. Die Eifersucht, die Lorikas Frauen gegenüber der Jüngsten von ihnen stets hatten, wandelte sich in Spott. Jetzt aber gab es keinen Lorika mehr, der sie allein durch seine Anwesenheit hätte zähmen können.

Gern wäre Mutter Foibe mit mir ins Dorf ihrer Eltern zurückgekehrt. Wer von dort aber sollte den Brautpreis von hundert Kühen zurückzahlen? Sie waren doch an den ganzen Klan verteilt worden. Und ich, ihre Tochter Natiwi? Ich gehörte doch dem Klan Lorika. Sie hätte mich nicht mitnehmen können. Einer Frau gehörten ihre Töpfe und ihre Kleider, aber nicht die von ihrem Mann gezeugten Kinder und nicht die von ihr gebaute Hütte. Sie war auch nicht frei in ihrer Entscheidung, das war Sache der ältesten Männer des Klans.

Barnabas sollte meine Mutter als seine dritte Frau übernehmen. Er war der erste und älteste Sohn von Lorikas erster Frau. Und weil er Respekt im Dorf genoss und sein Wort anerkannt war, bat man ihn, nicht nur Foibe, sondern auch Kooriang, eine weitere Witwe Lorikas, zur Frau zu nehmen. Wiederum war Foibe, wie zuvor an der Seite Lorikas, die jüngste und schönste unter den vier Frauen ihres neuen Mannes, dem sie vor kurzer Zeit noch Stiefmutter und er ihr Stiefsohn war – und der jetzt eine große

Zuneigung zu ihr empfand. Es verging nur wenig mehr als ein Jahr, bis meine Schwester Akeno geboren wurde.

Die Eifersucht der Frauen gegenüber Foibe wuchs, bis es schließlich Hass wurde. Es kam ihnen die Tradition zu Hilfe, dass die Karamojong die Älteren ehrten, denen die Jüngeren zu Diensten sein mussten. Unentwegt forderten sie nun Arbeitsleistungen von der jüngeren Foibe und sie drangen auf sofortige Erledigung, auch wenn sie gerade Akeno an die Brust genommen hatte.

So zog es sich über Jahre hin. Mutter Foibe verzweifelte daran. Immer öfter verlor sie ihre Fröhlichkeit und schickte die Kinder fort, die früher so gern zu ihrer Hütte gekommen waren, wenn es würzig aus ihren Töpfen roch.

Eines Tages, als viele Kinder fröhlich kreischend in den Zweigen des Affenbaumes herumkletterten, kam der Hirtenjunge Lukiru angerannt und rief: »Helft mir, bitte, helft mir! Mir ist ein Lämmchen weggelaufen. Helft mir es zu suchen, bevor es von den Hyänen gefressen wird!«

Schnell turnten die Kinder vom Baum und rannten mit Lukiru davon. Auch ich wollte mitlaufen, doch dann sah ich Akeno jämmerlich weinend am Boden. Vier Hunde schnüffelten und leckten an ihr herum. Jetzt roch auch ich, was an meiner Schwester nicht in Ordnung war. Sie hatte Durchfall.

»Mein Bauch tut weh!«

»Mama wird dir helfen«, tröstete ich und nahm mein Schwesterchen auf den Arm, um schneller zur Hütte zu kommen, denn Karamojong-Frauen hatten für solche Unpässlichkeiten immer das richtige Kraut bereit.

Ich rüttelte an der geschlossenen Hüttentür und rief: »Mama! Mama! Akeno hat Bauchweh!«

Dann drangen vom Inneren der Hütte röchelnde Laute hervor, so als sei ein Tier darin. Es versetzte mich in Panik.

Mit einem Schlag hatte ich Akenos Bauchschmerzen vergessen.

»Schnell, lauf und hol' Hilfe!«, schrie ich meine kleine Schwester an. Akeno brach in Geschrei aus und rannte so schnell sie konnte zu Lote. Der hatte vor seiner Hütte gesessen und schon bemerkt, dass etwas nicht stimmte. So schnell ihn seine alten Beine voran bringen konnten, lief er Akeno entgegen.

Mit aller Kraft hatte ich die Tür gewaltsam geöffnet und schrie auf. Mutter Foibe hing wie ein Stück zum Trocknen aufgehängtes Fleisch vom Hüttendach herab. Kein Lachen, keine fröhlichen Augen, nur ein schlaffer Körper, noch dünner als sie in der letzten Zeit geworden war. Mein Schrei erstickte im offenen Mund und meine aufgerissenen Augen wollten nicht fassen, was sie sahen.

Lote sagte nichts. Er hob Foibes leblosen Körper an, dass das Seil über ihrem Kopf erschlaffte, lockerte die Schlinge, die ihren Hals schnürte, gab ihrem Körper mit seiner Schulter Halt, griff zum Gürtel, zog das Messer und schnitt das Seil vom Dachsparren.

Behutsam legte er den leblosen Körper auf den Hüttenboden, um immer wieder seine Fäuste auf ihren Brustkorb zu stoßen und ihr schließlich seinen Atem in den Mund zu blasen.

»Gras!«, verlangte er von mir, während ich wie versteinert Akeno umklammerte und ängstlich Lotes Wirken verfolgte. »Bring mir Gras, Natiwi!«

Was er damit wollte, begriff ich nicht, aber ich rannte hinaus, raffte eilig zwei Hände voll Gras und brachte es ihm.

Lote hielt das Büschel über das Feuer, fächelte den Rauch über meine Mutter, sog ihn ein und blies ihn ihr ins Gesicht. Er rieb ihre Wangen – dann sprang er auf:

»Foibe lebt wieder! Eure Toto ist wieder bei euch!«

Mama Foibe öffnete die Augen, als habe sie geschlafen. Wie erwacht aus einem schlechten Traum. Langsam richtete sie den Oberkörper auf. Wir standen wie erstarrt vor ihr. Und sie blickte in unsere Augen, als müsse sie prüfen, ob wir noch am Leben sind. Dann stürzten wir uns auf sie und umarmten sie und sie umarmte uns, bis wir ein einziges Knäuel waren, aus dem unsere Tränen flossen.

»Hört auf zu heulen«, sagte Lote. »Ist doch alles wieder in Ordnung.« Langsam schlurfte er in seinem gebeugten Gang zurück zu seiner Hütte.

Schließlich klagte Akeno: »Mama, mein Bauch tut weh.«

Und Foibes Augen begannen wieder zu leuchten.

Später kehrte Lote zurück, legte mir seine Hände auf die Schultern, drängte mich vor die Hütte, drehte mich um und ließ sich in die Hocke fallen, sodass wir uns auf gleicher Höhe in die Augen sahen. Lote hatte ein väterlich ernstes Gesicht. Ich spürte: Alles, was er jetzt sagen würde, ist wichtig.

»Du bist mit deinen sechs Jahren noch keine starke Frau«, sagte er. »Aber du bist alt genug, um zu verstehen, dass du in deiner Familie gebraucht wirst. Du bist eine Lorika, Natiwi. Du bist eine Erstgeborene mit allen Pflichten, die sonst ein Junge hat. Du bist nicht so stark wie die Jungen, dafür musst du klug sein. Sieh dir an, wie deine Mutter den Haushalt führt, wie sie kocht und welche Blätter und Beeren sie zubereitet und lerne daraus. Sieh dir aber auch an, wie das Vieh gehütet wird. Du wirst mit hinausgehen auf die Awui, denn es wird in den nächsten Jahren eine trockene Zeit geben. Es gab bisher nur einmal zwei nasse Jahre hintereinander.«

Gebannt schaute ich auf Lotes Lippen. Noch nie hatte ich ihn so lange Sätze sprechen hören. Ich senkte den Blick vor ihm und nickte.

»Heute hast du alles richtig gemacht«, sagte Lote. »Denke daran, dass dein Vater darüber wacht, denn du bist eine Lorika.«

***

Es war am Ochsentag, einem Festtag der Karamojong, an dem auch Händler aus Kampala ins Dorf kamen, um mitgebrachte Gerätschaften gegen Vieh einzutauschen. Einer der Händler hatte sich gewünscht, ein frisch erlegtes Wildtier mit in die Stadt zu bringen. Mit diesem Trödler ging Barnabas auf die Jagd.

Das war eine günstige Gelegenheit für Barnabas' drei ältere Frauen, ihre Eifersucht gegenüber der jüngeren Foibe auf hinterhältige Weise auszuleben. Es war ein fröhliches und lautes Durcheinander im Dorf. In gewohnter Weise ordneten die älteren Frauen an, was Foibe zu tun hatte. Sie sollte den Männern nur immer reichlich von dem Hirsebier bringen, es sei schließlich Ochsenfest. Und sie dachten sich dabei, dass es den Männern gefallen würde, wenn die hübsche Foibe freundlich zu ihnen ist. Denn wenn sie jemand anlachte, so lachte sie fröhlich zurück, so war es ihre Art. Das wollten die drei Frauen ausnutzen. Sie hatten sich dafür einen Plan gemacht und ausgelost, welche von ihnen es ausführen sollte.

Und so geschah es, dass, während gesungen und getrunken wurde, plötzlich eine der Frauen mit großem Geschrei in die ausgelassene Menge hineinlief und verkündete: »Ich habe Foibe mit einem Mann erwischt, während Barnabas auf der Jagd ist! Foibe ist ihrem Mann untreu!«

Die Fröhlichkeit der feiernden Dorfgemeinschaft war vorüber. Männer, Frauen und die Gäste waren bestürzt. Ehebruch bedeutete für eine Karamojong-Frau den Tod, die Verbannung, zumindest aber Arrest zu Bedingungen, die es nicht zur mildesten der möglichen Strafen machte. Ja, alle hatten gesehen, dass Foibe mit diesem und jenem Mann gesprochen und gelacht hatte. – War da mehr? Wer war es?

»Der Schneider!« rief eine der Frauen.

Lokongo, den alle nur den Schneider nannten, konnte nichts dazu sagen, er war nicht mehr unter den Feiernden. Er hatte kein Vieh und brauchte nicht den Kontakt zu den Viehhändlern, und sie brauchten seine Fähigkeit nicht, aus Leder und Stoffen Schürzen und Umhänge zu fertigen. Nun glaubte man, er habe sich versteckt.

Foibe war weinend in ihre Hütte gelaufen. Nein, sie hatte keine Schuld auf sich geladen. Sie war ohnmächtig vor Wut und Verzweiflung und bemerkte nicht, dass auch ich bitter weinte, weil ich mich vor dem nächsten Tag ängstigte.

Es war meine Bestimmung geworden, gemeinsam mit größeren Kindern und Männern die Herde des Dorfes zu hüten. Es waren wohl fünfhundert Kühe, Ziegen und Esel, mit denen ich Tag für Tag gemeinsam mit den anderen Hirten weit hinaus in die Savanne ziehen musste, um frische Weideflächen und Wasser zu finden. Weit waren die Wege und die Sonne stand meistens schon hoch am Himmel, bis geeignete Weideflächen gefunden waren. Wir hatten noch kein Awui, denn wir wollten das Hirtenlager erst nach dem Ochsenfest einrichten, weil es in diesem Jahr weit entfernt sein würde.

Ich hatte inzwischen gelernt, gut mit Pfeil und Bogen umzugehen. Nicht nur, um ab und zu einen Hasen mit nach Hause zu bringen, sondern auch, um nicht ohne Schutz zu sein. »Halte Augen und Ohren offen, Natiwi, damit dich kein wildes Tier frisst«, hatte mir meine Mutter geraten.

Die Hirtenarbeit war zu schwer für ein achtjähriges Mädchen. Die langen Wanderungen und die Aufgabe, die mir zugeteilten Tiere zusammenzuhalten, überforderte meinen jungen Körper. Ich hatte Hunger und suchte unentwegt nach Beeren, wenn ich meiner Herde folgte.

Plötzlich bemerkte ich, dass das Keuchen und Huftrampeln der Herde nicht mehr den vollen Klang hatte. Es fehlten auch die Rufe der anderen Hirten. Ich hatte meine Tiere nicht geführt, sondern war ihnen gefolgt. Das war nicht ungewöhnlich, denn auch die Tiere fanden den Weg zum Wasser. Diesmal musste sich die Herde geteilt haben. Plötzlich wurde mir bewusst, dass es nichts gab, woran ich erkennen konnte, wo ich war, kein Baum, kein Weg – nur endlose Savanne mit hartem, trockenem Gras und ausgedörrtem Buschwerk, über das ich nur hinwegsehen konnte, wenn ich in die Höhe sprang. Endlos schien es mir, den Tieren hinterher zu laufen in der Hoffnung, dass sie den Weg wussten.

Der Instinkt des durstenden Viehs führte sie zu einer Wasserstelle, die von Kühen umstanden war, die weder zu meiner noch zur Herde meines Dorfes gehörten. Und schon drängten sich meine Tiere in die fremde Herde zum Ufer. Wie sollte ich meine Kühe herausfinden? Wie sollte ich jemals sechzig Rinder dazu bringen, mit mir wieder den Weg zurück ins Dorf zu gehen? Kein einzelner Hirte kann das!

Ich sah eine Gruppe von Hirten, die ich nicht kannte. Meine Füße schmerzten und mein nackter Körper war von Insekten und Buschwerk zerschunden. Ich ging zu den Hirten, doch bevor ich etwas sagen konnte, trugen mich meine Beine nicht mehr. Ein paar starke Arme fingen mich auf – dann wurde es dunkel um mich...

Als ich Wasser auf meinen Lippen spürte, wachte ich wieder auf und blickte in ein freundliches Gesicht.

»Wessen Tochter bist du?«, fragte der Hirte.

»Ich bin Lorikas Kind.«

»Wo sind deine Brüder? Was machst du allein in der Wildnis?«

»Meine Klan-Brüder gehen zur Schule – in einem anderen Bezirk. Es ist meine Aufgabe, beim Hüten der Herde zu helfen, aber ich bin mit meinen Tieren vom Weg abgekommen.«

»Immerhin haben sie das Wasser gefunden.«

»Und euch haben sie gefunden – werdet ihr mir helfen?«

Ja, sie taten es gern für ein kleines Mädchen, dessen Vater einmal ein großer Häuptling ihres Landes bis über den Horizont hinaus war. Es war nicht schwer für sie, die Tiere wieder aufzuteilen und mich zurück in mein Dorf zu begleiten, und ich musste die Strecke nicht Schritt für Schritt hinter mich bringen, sondern ritt auf einem Esel.

Im Dorf aber, wo die Kälber nach den Kühen schrien und die Kinder weinten, weil auch sie auf Milch warteten, da wurde ich wegen der späten Rückkehr von einer meiner Stiefmütter beschimpft und geschlagen.

»Wie kann man sich verlaufen, wenn man auf die Herde achtet! Du weißt doch, dass die Kühe hier erwartet werden.«

Todunglücklich kauerte ich neben meiner kleinen Schwester und den Ziegen und weinte vor Verzweiflung. Ich nahm den Lärm im Dorf schließlich nicht mehr wahr und schlief erschöpft und immer wieder schluchzend ein. Als ich am frühen Morgen erwachte und sah, dass meine Mutter noch wie aufgerollt und zur Wand gedreht im tiefen Schlaf lag, machte ich mich leise davon, um an diesem Tag nicht den gleichen Fehler zu begehen und in engem Kontakt mit der ganzen Herde zu bleiben.

***

Unter dem großen Affenbaum hatten die Dorfbewohner zum Gericht über die Anschuldigung gegen Mutter Foibe versammelt. Die Klage, dass Foibe Ehebruch begangen habe, wurde nicht zurückgenommen.

Foibe selbst wurde nicht befragt. Sie hätte sich zu den Vorwürfen schuldig bekennen oder ihre Tat bereuen können – alles andere hätte als Lüge gegolten. Die Anklage war eindeutig.

Barnabas respektierte die bedingungslose Achtung vor den Älteren. Er konnte deshalb seine jüngste Frau nicht vor den älteren Frauen verteidigen.

Der Schneider Lokongo bekannte sich zur Zuneigung gegenüber Foibe. Er schwor jedoch, ihre Ehe zu respektieren und er verneinte, sie zur Untreue verführt zu haben.

Die Ältesten berieten sich. Die Aussage Lokongos und die Achtung davor, dass Foibe einst Lorikas Frau war, rettete sie vor der Hinrichtung; es wurde eine Gefängnisstrafe verhängt.

Foibe erklärte, dass sie auch nach Ende ihrer Strafzeit nicht in Barnabas Ere zurückkehren möchte.

Als der Schneider sich vor dem Gericht verpflichtete, Foibe zur Frau zu nehmen, wurde sie von der Gefängnisstrafe befreit. Bis der Schneider aber den Brautpreis von achtzig Kühen an Barnabas gezahlt hatte, sollte Foibe bei ihrem Großvater leben.

Foibes Töchter aber, Natiwi und Akeno, sollten weiterhin zur Ere Barnabas gehören.

Am härtesten empfand ich das Urteil für mich, der achtjährigen Natiwi. Ich hatte jetzt keine Mutter mehr und musste für meine fünfjährige Schwester Akeno wie eine Mutter sorgen. Wie sollte ich diese Mutterpflichten mit meiner Aufgabe als Hirtenmädchen verbinden?

Von Barnabas' Frauen war keine Liebe zu erwarten, sie hatten erreicht, was sie angestrebt hatten. Und es machte sogar einen großzügigen Eindruck, dass sie den beiden Mädchen Foibes Hütte überließen. Doch nirgends fühlten wir Geschwister uns verlassener als in der mutterlosen Hütte, in der wir uns in der Kälte der Nacht auf dem harten Boden mit unseren ausgemergelten Körpern an die Ziegenleiber schmiegten. Es gab kein behagliches Feuer. Es war keine behutsame Hand da, die mir die Dornen aus den Füßen zog oder Akeno Schleifchen in die Haare flocht. Es gab nicht mehr den weichen und duftenden Körper der Mutter, wir hörten keine Geschichten von ihr und wir sangen kein Lied mehr zusammen. Manchmal summte ich leise die Melodie eines Kinderliedes, während mir die Tränen über die Wangen liefen und ich mich zurück träumte in die Zeit, als mir die Mutter noch den Mund putzte, nachdem ich die Schüssel süßer Sorghumhirse geleert hatte. Jetzt schrien unsere Mägen nach Nahrung. Wir hatten nur Beeren und Wurzeln gegessen.

Die Weißen mit dem einzigen Gott

Auch eine gütige Schicksalswendung kann grausam beginnen. In jener Nacht begann für mich ein Weg durch die Hölle. Hyänen strichen um die Hütten. Leise waren sie, sie weckten nicht einmal die Hunde. Der scharfe Geruch der Ziegen lockte sie an. Er war nicht mit Rauch vermengt, aus der Hütte leuchtete kein Feuerschein. Es war die Hütte der Foibe-Töchter. Unsere Hütte.

Die alte Ziege an der Tür meckerte leise und rückte etwas von mir ab. Ich streckte mich im Halbschlaf – und ein jäher brennender, stechender Schmerz fuhr durch mein Bein, raste wie ein Blitz durch den ganzen Körper. Gellend schrie ich auf, bäumte meinen Körper hoch, strampelte mit den Beinen, von denen eines wie von einer Zange umklammert war.

Dann sah ich die Hyäne. Die gebleckten Zähne leuchteten im fahlen Mondlicht. Sie hatte mein Bein gepackt und mich daran ein Stück aus der Tür gezerrt. Mit dem massigen Kopf, aus dem gurgelnd-gurrende Laute und ein stinkender Atem drangen, schüttelte die Bestie meinen ganzen Körper, wollte nicht hergeben, was sie zwischen ihren Reißzähnen festhielt.

Meine gellenden Schreie weckten Akeno, die in Todesangst zu brüllen begann. Die Ziegen fanden keinen Fluchtweg, meckerten in zitteriger Angst und drängten sich in der Hütte umeinander und übereinander. Alles wirbelte in Panik durcheinander. Ich starrte in gierige gelb-grüne Augen, sah helles Blut von den spitzen Zähnen tropfen – es war mein Blut. Die Bestie frisst mich auf, hämmerte es in meinen Schläfen. Ich hörte die Stimme meiner Mutter: Pass auf, damit dich die Tiere nicht auffressen!

Plötzlich Stimmen, Feuerschein. Die Hyäne ließ von mir ab, sauste pfeilschnell davon. Der Schatten eines Mannes erschien in der Tür, hinter ihm weitere mit Fackeln und glühenden Stöcken. Einer von ihnen schleuderte einen glühenden Stab in die Fluchtrichtung der Hyäne. Sie jaulte auf, ohne im Lauf nachzulassen.

»Die kommt nicht wieder!«, sagte der Werfer.

Der Mann in der Tür besah sich im Fackelschein die klaffende Wunde am Bein, das ich vor Schmerz schluchzend und nach Luft ringend umklammerte und aus dem unaufhaltsam Blut floss.

»Gib deiner Schwester etwas, womit sie das Blut stillen kann«, sagte der Mann. Er ließ eine Fackel zurück und kehrte mit den anderen auf ihre Lager zurück. Die Nacht war noch lang und die Angst hatte sie noch kälter gemacht.

Ein Stück Leder auf die Wunde gepresst, schlotternd uns gegenseitig ein bisschen Wärme gebend, kauerten wir den Rest der Nacht in der Hütte, die immer noch erfüllt war vom Dunst der Hyäne, diesem Gestank aus Fäulnis und Aas, vermischt mit dem Geruch des gestockten Bluts und dem panischen Dampf der Ziegen, die sich allmählich wieder beruhigt hatten.

Das folgende Jahr war eine schwere Zeit für mich. Die Wunde wollte sich nicht schließen: Kaum war sie mit neuer Haut bedeckt, entzündete sie sich erneut. Tagsüber versuchte ich zwar, mich nützlich zu machen. Ich kehrte den Kot der Jungtiere aus ihren Hütten und half bei der Zubereitung von Speisen, beim Melken der Kühe und bei der Aufzucht der Kälber. Nie jedoch konnte ich Wasser holen oder das Vieh zu den Tränken begleiten, was einmal zu meinen wichtigsten Aufgaben gehörte. Ich war zum Krüppel geworden und so schwand auch mein heimlicher Traum, einfach mit Akeno fort zu gehen und nach unserer Mutter zu suchen. In meinen Träumen kam die Hyäne zurück. Immer wieder spürte ich den Biss, immer wieder sah ich die geifernden Fangzähne, von denen mein Blut tropfte, und immer wieder schreckte ich hoch, wenn aus dem Nichts des Albtraums gelb-grüne Augen auf mich starrten. Dann war es eine Erlösung, wenn die Morgensonne heraufzog und für einen Augenblick daran glauben machte, dass alles besser werden würde.

Die Kinder hatten sich schon bald daran gewöhnt, dass ihre sonst so muntere Natiwi hilflos war und nicht an ihren Spielen teilnehmen konnte. Immer mehr wuchsen die Geschwister der Mütter zu einer Gemeinschaft zusammen. Lokoroi holte morgens meine Lieblingsziege zum Weiden ab und brachte sie abends zurück. Alima hatte ich die Ziege genannt, nach dem Namen der Vogelmutter, die mich auf die Welt geholte hatte – eine Welt, die mich nicht mehr haben wollte. Naca, Lotud, Smith, Namotoka und Nayor besuchten mich immer wieder in der Hütte, um mir Gesellschaft zu leisten. Manchmal brachten sie Blätter mit, um damit die Wunde zu umwickeln und vor Insekten zu schützen. Oder sie brachten eine Ratte mit, um sie gemeinsam mit mir auf dem Feuer zu rösten. So kam ich mir nicht ganz verloren vor.

Die Wunde schmerzte unentwegt, und die darin herumkriechenden Maden verleiteten dazu, geheilte Haut wieder aufzukratzen. Auch die alten Frauen wussten keinen Rat, meinten jedoch, dass die Maden auch Gutes tun, weil sie den Eiter fraßen.

Ab und zu hatten die Geschwister sogar Spaß in der Hütte und wollten gern über Nacht bei mir bleiben. Doch ich wurde die Angst nicht los, dass die Hyäne wiederkommen und allen Kindern Fleisch aus dem Leib reißen würde. Die Männer hatten ein ständiges Feuer in der Nähe meiner Hütte entfacht und die Eingänge in das Hüttenrund unseres Klans dichter gemacht. Niemand wollte, dass so etwas jemals wieder geschah.

***

Während die Engländer Uganda bereits um 1930 als »die Perle Afrikas« bezeichneten, kamen sie erst um 1960 in das Gebiet Karamoja im Nordosten an der Grenze zu Kenia. Sie fürchteten sich vor den Stämmen, die nicht in den wasserreichen grünen Gebieten des Südens, sondern in der kargen Hochland-Savanne lebten, durchzogen von felsigen Hügeln, aus denen sich der Vulkankegel des Mount Elgon über 4320 Meter in den Himmel reckte. Der Überlebenskampf in den trocknen Jahren hatte zu Lebensformen geführt, die den Europäern fremd und unheimlich waren. Da die Karamojong fast nackt waren und nur kleine Schutzfelle trugen, ordneten die Fremden sie eher den Tieren als den Menschen zu. Sie schlossen aus den großen Viehherden, dass Tiere die Hauptnahrung der Karamojong seien. Erst spät erkannten sie, dass das Vieh ein Wertesystem war. Es war ihr Geld. Sie glichen damit den Verlust aus, den eine Familie erlitt, wenn sie bei einer Heirat die Arbeitskraft einer Frau verloren. Das war der Brautpreis. Sie überreichten es auch als Geschenk und glichen gegenseitige Forderungen damit aus. Nur selten aßen sie das Fleisch ihrer Kühe, sondern ernährten sich von der Milch und dem Blut, dass sie in geringen Mengen aus ihren angeritzten Adern rinnen ließen und mit Hirse mischten oder über dem Feuer verkrusteten. Das Verständnis für diese Lebensform entwickelte sich erst, als mächtige Patriarchen der Karamojong einige ihrer Söhne auf die Schulen in anderen Gebiete Ugandas entsandten und die Missionare erkannten, dass sie es doch mit Menschen zu tun hatten, die nicht für ewig in der Urzeit der Menschheit gefangen sein wollten. So gründeten Missionare schließlich auch in Karamoja kleine Stationen und unterrichteten die Kinder unter den Schatten spendenden Bäumen im Dorf. Sie brachten ihnen Wörter aus ihrer Sprache bei und lernten dabei selbst die Sprache der Karamojong. Sie malten Buchstaben in den Sand und Zahlen und erklärten, was sie bedeuteten. Und mit bunten Bildern erläuterten sie die Lehren der Bibel.

Ende der fünfziger Jahre kamen römisch-katholische Missionare nach Nabilatuk und bauten am Rande des Dorfes mit Zelten eine kleine Missionsstation auf.

Die weißen Männer und Frauen waren besonders bei den Kindern beliebt, denn sie brachten nicht nur mit spielerischem Lernen Abwechslung in den Alltag, sondern hatten auch schmackhafte Speisen, die ihren Hunger stillten.

Ab und zu verteilten die Missionare kleine Päckchen Traubenzucker unter den Kindern. Fünf einzelne Stückchen waren darin. Akeno aß stets nur zwei und rannte dann zur Hütte, in der ihre Schwester Natiwi auf trockenem Gras lag und darauf wartete, dass ihr verwundetes Bein sie wieder tragen konnte. Drei Stückchen Traubenzucker waren für mich.

Immer wieder geschah es auf die gleiche Weise. Die Missionare verteilten etwas – und Akeno verschwand mit einem Teil davon in der abseits gelegenen Hütte. Schließlich fiel Schwester Lucia dieses Verhalten auf und neugierig folgte sie der kleinen Akeno und konnte kaum fassen, was sie sah, als ihre Augen sich an die Dunkelheit in der nur von einem schwachen Feuerschein beleuchteten Hütte gewöhnt hatten.

An diesem Septembertag im Jahr 1960 schrieb Schwester Lucia in ihr Tagebuch:

»Ich fand ein hilfloses schmutziges Menschlein, zusammengekauert am Feuer und abgemagert wie ein mit nackter Haut bezogenes Skelett, das mich aus großen Augen ängstlich und ergeben zugleich anschaute. Ich sah, dass es ein Mädchen war und ein offenbar verletztes Bein mit Blättern umwickelt war. Als ich den kleinen Körper aufhob, klammerte sie sich zitternd an mich. Nie zuvor hatte ich so viel Verzweiflung in meinen Armen. Als ich sie so durchs Dorf trug, verneigten sich einige Frauen und gaben mir damit zu verstehen, dass ich sie mitnehmen dürfe und dass sie mir ihr Schicksal anvertrauten. Sie nahmen auch ihre aufgeregte jüngeren Schwester bei der Hand und gaben ihr zu verstehen, dass alles in Ordnung sei. Wir werden das Mädchen, das sich Nativi nennt, nicht nur wegen ihres verletzten Beins behandeln müssen. Auch ihr Körper muss gestärkt werden, er ist von Husten und Krätze geschwächt.«

Viele Wochen, bis weit in die Regenzeit hinein, blieb ich auf der Missionarsstation. Ich fühlte Wärme und Geborgenheit, lag auf einem einfachen, sauberen Lager und hatte bald weniger Hunger als es zu essen gab. Nach einiger Zeit traten meine Rippen nicht mehr hervor und meine Arme wurden wieder rund. Es war wunderbar für mich, mit den Händen über meine glatte Haut zu streichen und meinen Körper zu entdecken. Der Schmerz im Bein war von Tag zu Tag geringer geworden. Kühle Salben und Essenzen stoppten die Sekrete und ließen neue Haut wachsen, bis schließlich nur noch eine Narbe an die Schreckensnacht mit der Hyäne erinnerte. Nie mehr hatte ich davon geträumt, seit ich auf der Station der Weißen war.

Mit Schwester Lucia und Pater Raphael machte ich mich mit Händen und Füßen verständlich. Ein paar Worte verstanden die Weißen auch von unserer Sprache, und wenn es um wichtigere

Inhalte ging, half Schwester Agathe, die schwarze Haut hatte und aus einer anderen Gegend in Uganda stammte. Dort hatten die Weißen vorher ihre Station, und Agathe war mit ihnen gegangen, als sie nach Karamoja aufbrachen. Sie war gekleidet wie die Weißen und machte fast einen ebenso fremdartigen Eindruck auf mich wie die Weißen selbst. Zwar sprach Schwester Agathe nicht die Sprache der Karamojong, doch vieles klang ähnlich und vor allem konnte sie sich auch mit den Weißen unterhalten, ohne ständig Grimassen zu schneiden und mit den Händen zu gestikulieren. So war sie das Bindeglied für Fragen und Antworten.

Die Missionsschwestern Lucia und Agathe hatten Freude daran, mich an die Lebensart der Weißen zu gewöhnen. Sie zeigten mir, wie man sich mit Seife wäscht und hatten Spaß daran, wenn mir das glatte Seifenstück davon sauste, oder sie formten aus weißem Seifenschaum Frisuren und zeigten mir in einem Spiegel, wie ich mich dabei veränderte. Ich war in eine ganz neue Welt getaucht, und so schlüpfte ich auch in ein buntes Kleidchen und fühlte mich wie eine Prinzessin aus einem fremden Land, so wie ich es auf den Bildern der Weißen gesehen hatte. Es war ungewohnt für mich, einen Schlüpfer zu tragen; er kniff zwischen den Pobacken, doch Agathe erklärte mir, dass es besser sei, einen zu tragen und zeigte mir, dass er kaum zu spüren ist, wenn ich ihn nicht so hoch ziehe und einfach nicht mehr daran denke. Und ich dachte nicht mehr an den Schlüpfer – und vergaß ihn auch, als ich meine Notdurft verrichtete. Beschämt wandte ich mich an Schwester Lucia. Die aber zog nur die Schultern hoch und gab mir Wasser und Seife.

Es gab noch mehr kranke Kinder auf der Station, doch meistens blieben sie nur ein paar Tage dort, bis sie eine Krankheit auskuriert hatten oder eine Verletzung versorgt wurde. Von den Kindern erfuhr ich, was in unserem Dorf geschehen war und dass meine Schwester jetzt in der Hütte einer ihrer Stiefmütter lebte.

Eines Tages versetzte mich eine Nachricht in helle Freude: Meine Mutter war ins Dorf zurückgekehrt! Der Schneider habe achtzig Kühe an Barnabas bezahlt und durfte nun Foibe, der er vor dem Gericht schon die Ehe versprochen hatte, zu sich holen. Es wurde gerätselt, woher Schneider Lokongo achtzig Kühe hatte, und schließlich glaubte man herausgefunden zu haben, dass Foibes Großvater ihm nicht wenige zum Geschenk gemacht hatte und dass er außerdem einigen wichtigen Männern versprechen musste, dass er ihren Frauen Kleider schneidern würde – auch dafür gab man ihm Rinder.

Meine Sehnsucht war groß, meine geliebte Mutter wiederzusehen und sie zu umarmen. Mit Pater Raphael, Schwester Lucia und der Helferin Agathe besprach ich nicht nur meine Rückkehr ins Dorf, sondern auch, dass ich sehr gern ab und zu einmal in die Missionsstation kommen möchte und wenn man es mir erlauben würde, wollte ich auch bei der Hausarbeit mithelfen, so wie ich es in den letzten Tagen bereits getan hatte.

Pater Raphael und Schwester Lucia waren begeistert von meiner zaghaft vorgetragenen Bitte, die sie viel mehr noch als ein Angebot und als einen Erfolg ihrer erst begonnenen Missionsarbeit sahen. Sie packten mir ein kleines Bündel mit Mehl, Bohnen, Erdnüssen und sogar etwas Zucker und verabschiedeten mich freundlich.

Ich kam mir wie eine Fremde vor und sah auch so aus in dem bunten Kleid, mit dem ich ins Dorf lief. Geradenwegs ging ich zur Hütte des Schneiders und in die daneben neu errichtete – es konnte nur die Hütte meiner Mutter sein.

Mutter Foibe kam aus der Hütte und stutzte, als sie mich so bunt bekleidet auf sich zukommen sah. Dann flogen uns förmlich in die Arme. »Meine liebe kleine Natiwi! Was bis du für ein großes Mädchen geworden! Was trägst du für ein hübsches Kleid?«

Es gab viel zu erzählen und Lokongo, der Schneider, sah sich vor allem das Kleid ganz besonders genau an.

Dann wurde meine Mutter ernst: »Liebe Natiwi, gern darfst du mich ab und zu besuchen. Wir können uns auch unter dem großen Baum treffen und einen Augenblick miteinander sprechen. Sonst aber gehörst du in die Ere von Barnabas. Dort bist du zu Hause und dort bist du für deine Schwester Akeno verantwortlich und wirst deine Aufgaben bekommen. Gehe nun dorthin, sie werden sicher schon wissen, dass du im Dorf bist, und sie werden auf dich warten.«

Ich hätte wissen müssen, dass es so sein musste. Die ewigen Gesetze unseres Stammes hatte ich früh gelernt. Aber die Sehnsucht nach meiner Mutter, die in der Abgeschiedenheit der Geschwisterhütte im Verlust jeglicher Zuneigung noch gewachsen war, hatte sie vergessen gemacht.

»Geht es nicht anders?«, fragte ich meine Mutter – und ich wusste die Antwort, ohne ihr stummes Kopfschütteln zu deuten.

»Das ist für dich«, sagte ich tapfer und gab meiner Mutter das Bündel mit den Lebensmitteln, die mir die Missionare mit auf den Weg gegeben hatten.

Foibe knotete das Bündel auf und konnte es kaum glauben. Sie umarmte mich, und als sie spürte, dass die Tränen in ihr aufstiegen, schob sie mich sanft auf den Weg zur Ere Barnabas.

»Kommst du doch noch zu uns!«, wurde ich schroff von Kooriang begrüßt. »Du wirst die Hütte wieder herrichten und Akeno mitnehmen. Morgen sollst du mir bei der Hausarbeit helfen.«

»Natiwi! Natiwi!«, rief Akeno und kam mit ausgebreiteten Armen auf mich zugelaufen.

Wir weinten vor Freude und drückten uns. Akeno befühlte bewundernd das bunte Kleid.

»So etwas trägt man hier nicht!«, sagte Kooriang.

Ich nahm Akeno bei der Hand. »Wir gehen wieder in unsere Hütte«, sagte ich und wir liefen davon, so schnell wir konnten.

Die Hütte war so, wie ich sie verlassen hatte. Nur der Wind hatte Gras und Staub hinein geweht.

»Es gibt viel zu tun«, sagte ich zu Akeno und ging an die Arbeit. »Hole uns etwas Feuer, damit wir nicht frieren. Und dann erzähle ich dir alles.«

Als ich am nächsten Morgen zu Kooriang ging, sah ich wieder so aus, wie alle Kinder im Dorf. Mein buntes Kleid und den Schlüpfer hatte ich fest zusammengerollt unter einen Zweig des Hüttendachs geklemmt, damit die Ziegen es nicht zerreißen konnten. Ich war wieder fast nackt und hatte nur ein Lederband um den Bauch, an dem vorn wie hinten je eine kleine Fellschürze hing. Kooriang war zufrieden und sagte mir, was zu tun sei. Ich sollte mich um das Vieh kümmern, das am Haus geblieben war und anschließend die zum Trocknen aufgehängten Fleischstreifen in einem Mörser zerstampfen. Das so gewonnene Pulver vermischten wir mit Hirse und pressten es als Vorratsspeise in Tonkrüge.

Kooriang ging ins Dorf, und als sie zurückkam, fragte sie streng: »Was hast du gestern aus der Missionsstation mitgebracht?«

»Mehl und Bohnen und auch etwas Zucker«, sagte ich.

»Wofür hast du das bekommen.«

»Pater Namerireet und Schwester Lucia haben es mir zum Abschied geschenkt, weil ich etwas bei der Arbeit und in der Küche mitgeholfen hatte.«

Kooriang sah mich mit bösen Augen an. »Und du hast es Foibe gegeben!«, sagte sie vorwurfsvoll. »Wozu?«

»Weil sie doch meine Mutter ist und immer so nett zu mir war«, sagte ich leise.

»Wir waren es, die dich aufgenommen haben!«

Traurig und beschämt nickte ich.

»Du gehörst in Barnabas' Ere. Foibe gehört jetzt zum Schneider.«

»Es war mein Hochzeitsgeschenk für sie!«, sagte ich, froh, dass mir diese Begründung eingefallen war, denn es war üblich bei den Karamojong, zu solchen Anlässen Geschenke zu machen.

»Du holst es zurück!«, befahl Kooriang.

Ich war verzweifelt, auf keinem Fall wollte ich meiner geliebten Mutter die geschenkten Lebensmittel wieder wegnehmen – und noch unerträglicher war mir die Vorstellung, sie dann meiner hartherzigen Stiefmutter zu übergeben. Still arbeitete ich weiter und in meinem Kopf drehten sich die Gedanken, was zu tun sei, damit meine Mutter all das, worüber sie sich so gefreut hatte, behalten konnte.

»Nun geh schon!«, forderte Kooriang.

Da schien es in meinem Kopf zu blitzen, so plötzlich kam mir der Einfall: »Wenn ich wieder in der Missionsstation mithelfe, werden sie mir sicher wieder etwas geben. Es gibt da so viel zu tun, weil sie viele Kranke gesund machen – auch aus den Nachbardörfern.«

Kooriang hatte schon den Mund aufgesperrt, um sich meine Widerrede zu verbieten – dann fiel ihr etwas anderes ein ...

»Gut, versuche es. Gehe morgen zu den Missionaren«, sagte sie im sanfteren Ton – und setzte dann bestimmter hinzu: »Aber komme nicht ohne etwas Essbares zurück!«

Pater Raphael hatte schon von Weitem gesehen, wer sich da im bunten Kleidchen der Missionarsstation näherte. Er freute sich sichtlich, mich so schnell wiederzusehen und lächelte breit und freundlich über das ganze Gesicht.

»Good morning, Pater Namerireet!«, rief ich ihm spontan entgegen und wollte ihm eine Freude damit machen, was ich auf der

Station bereits an englischen Wörtern gelernt hatte. Dann biss ich mir erschrocken auf die Lippe, ich hatte den Pater versehentlich bei dem Spitznamen genannt, den sie ihm im Dorf gegeben hatten.

»Ja, ja«, lachte Pater Raphael. »Ich weiß ja, wie ihr mich nennt.« Er wusste, dass »Namerireet« in der Sprache der Karamojong »Blumengesicht« bedeutet, denn so empfanden wir sein rundes, weißes Gesicht, das über und über mit Sommersprossen besprenkelt und von roten Haaren umkränzt und war.

»Ich möchte mithelfen«, sagte ich und zeigte auf mich und machte Bewegungen mit den Händen, sodass es nach fleißiger Hausarbeit aussah. Freudig fuhren Pater Raphaels ausgebreitete Arme zum Himmel, als wüchsen neben seinem Blumengesicht neue Triebe empor. Er rief nach Schwester Agathe, die mich ebenso freundlich begrüßte, mich an die Hand nahm und mit mir in das Zelt ging, in dem vier kranke Kinder darauf warteten, dass sie etwas zu essen bekämen.

Als ich mich am späten Nachmittag verabschiedete, gab Schwester Lucia mir einen Beutel mit, der die von Kooriang erwarteten Lebensmittel enthielt. Dabei hatte ich überhaupt nicht mehr daran gedacht und war nur glücklich, dass ich einen so schönen Tag verbracht hatte, an dem alles, was ich tat, eine neue Erfahrung war.

»Für deine Mithilfe«, sagte Schwester Lucia und Agathe fügte hinzu: »Für deine Familie, weil sie auf dich für uns verzichtet haben.« Und gern dürfe ich wiederkommen, denn es sei jeden Tag mehr zu tun, als es Hände auf der Station gebe. Und ich solle dann den Beutel wieder mitbringen, damit er neu gefüllt werde.

Als ich den prallen Beutel bei meiner Stiefmutter abgab, leuchteten deren Augen. Sie hatte auch nichts mehr gegen das bunte Kleid einzuwenden und fragte mich freundlich: »Du wirst doch morgen wieder zur Station gehen?«

»Wenn du es mir erlaubst.«

»Natürlich, meine Kleine!« Kooriang umarmte mich und breitete die neuen Schätze vor sich aus. Ich nahm den leeren Beutel und lief in die Hütte, in der Akeno auf mich wartete.

Wohl viermal hatte ich den Beutel abends bei Kooriang ausgeleert, da gab es eine neue familiäre Veränderung. Barnabas' Frauen stritten sich; jede von ihnen wollte sich jetzt um die Foibe-Geschwister kümmern. Da meldete Lorikas erste Frau, die Älteste von allen, ihre Rechte an. Sie war gleichzeitig meine Stiefmutter und die Großmutter von Akeno – und niemand wagte es, ihr zu widersprechen, dass ich und Akeno fortan unter ihrer Obhut standen. Die von mir mitgebrachten Lebensmittel, die mir die Weißen als Lohn für meine Hilfe in der Missionsstation gaben, wurden fortan von der »Ersten Mama« so verteilt, dass die ganze Familie weniger Hunger leiden musste.

Die Freundschaft zwischen Pater Raphael, Schwester Lucia und mir wurde immer fester. Wenn die Missionare sich abends in einem Zelt zum Gebet versammelten, saß ich gern dabei und beobachtete alles mit großer Neugier. Um jedoch alles zu begreifen, fehlte mir die Kenntnis der englischen Sprache – und ich war plötzlich wie besessen von dem Gedanken, diese Sprache der Weißen zu erlernen. Als ich diesen Drang Schwester Lucia gegenüber mit allen mir dazu einfallenden Gesten ausdrückte, lachte die, als habe sie schon darauf gewartet.

»Come on with me!« sagte Lucia und ich folgte ihr, als habe ich es schon im Wortlaut verstanden.

Unter einem großen Baum trafen sich jeden Tag, wenn die Arbeit erledigt war, Jungen und Mädchen auch aus anderen Krals, saßen im Halbkreis um Pater Raphael herum und lernten Englisch.

Gemeinsam sprachen sie einzelne Wörter, klatschten in die Hände, sangen Kirchenlieder auf Englisch und beteten lateinisch. Pater Raphael malte das ABC und Bilder auf eine Schiefertafel und die Kinder schrieben es in den Sand. Das machte Vergnügen. Gern wäre ich in eine richtige Schule gegangen, das aber blieb nur ausgewählten Jungen vorbehalten.

Bald konnten wir Kinder uns auf einfache Weise mit den Missionaren unterhalten und auch verstehen, wenn sie uns nun erklärten, warum sie in Uganda sind. Sie erzählten von ihrem Gott, wie sie zu ihm beten, was die Zehn Gebote sind und was die Kommunion bedeutet – und dass man sich zu all dem bekennen müsse, das sei die Taufe.

An einem schönen Tag nach der Regenzeit versammelten sich die Kinder aus der Missionsschule unter dem Baum, sangen Kirchenlieder und Pater Raphael redete mit vielen freundlichen Worten. Die Zeremonie hatte ihren Höhepunkt darin, dass jedes Kind einzeln zu ihm ging und er ihnen eine Oblate auf die Zunge legte, einige Tropfen Wasser auf ihren Kopf träufelte, ihnen ein Kreuz auf die Stirn malte und ihnen einen christlichen Namen verlieh. Ich sollte fortan »Luica« heißen, weil das Licht des Herrn mich erleuchtet habe. Und ich fühlte mich sehr geehrt, jetzt einen so ähnlichen Namen wie Schwester Lucia zu haben.

»Ich bin jetzt Luica«, sagte ich stolz, als ich an diesem Tag zurück im Dorf war und dabei den Hals reckte, damit die Stirn mit dem aufgemalten Kreuz auch bemerkt würde. Aber im Dorf blieb ich Natiwi – und in der Missionsstation sagte man manchmal Luica-Natiwi und ein anderes Mal Natiwi-Luica.

Es machte mich glücklich, in der Religion der Weißen aufgenommen zu sein. In der Missionsstation hatte ich ja selbst erlebt, wie viel angenehmer das Leben mit dem einzigen Gott und dem Gottessohn ist. Je mehr ich davon erfuhr, desto mehr wollte ich ganz in die Welt der Weißen gehören. Ich wollte eine richtige

Schulbildung haben und auch anderen Kindern in Uganda zeigen, dass das Leben einfacher sein kann, dass es nützlich ist, lesen und schreiben zu können und dass man auch Kuchen backen kann, der ganz anders schmeckt als Hirsebrei. Oh ja, und dazu gehörte der Glaube an den heiligen Gottvater, der allen Menschen wohlgesonnen ist.

Die Karamojong kannten diesen Gott nicht. Sie wussten nur von guten und bösen Geistern, denen sie in Ritualen, Tänzen und Gesängen wie auch mit Opfergaben ihre Wünsche nach Regen, nach Gesundheit, der Vermehrung der Herde und einer guten Ernte antrugen und sie baten, gnädig mit ihnen zu sein und sie nicht zu strafen.

Wenn ein Mann oder eine Frau im Traum eine Botschaft von einem Geist erhalten hatte, war es die Aufgabe des Medizinmannes, diesen Traum zu deuten. Er zieht dazu seine Sandalen aus, bespuckt sie, schlägt sie auf den Boden und lässt sie schließlich aus der Höhe auf die Erde fallen. Die Lage der Schuhe verrät ihm, was der Traum bedeutet und welches Ereignis zu erwarten ist.

Die Folgen eines bösen Traums können durch das Opfer eines weißen Schafs gemildert oder abgewendet werden. Ein Teil des Fleisches wird den Geistern unter einem Ebobore-Baum dargeboten mit der Bitte, Milde walten zu lassen, so wie man selbst mildtätig ist und den Rest des Schafes denen überlässt, die selbst am wenigsten haben.

Zum Schutz von Männern, Frauen und Kindern werden auch Fellstreifen herausgeschnitten, die wie ein Schmuck an den Arm- und Beingelenken, um die Hüfte und um den Hals getragen werden. Wer sie trägt, ist solange geschützt, bis sie vertrocknet abfallen.

Enthält der Traum eine freudige Nachricht, so wird ein brauner Ziegenbock geschlachtet. Braun ist die Farbe der Erde, sie bedeutet Nahrung. Es wird gedankt und die guten Geister sind eingeladen, mit uns zu feiern, wenn der Ziegenbock von allen verzehrt wird. Jeder Dorfbewohner erhält ein Hautband, das er am linken Handgelenk trägt. Es drückt den Dank für ein Geschenk der Geister und Götter aus.

Es ließen sich noch andere Missionare in der Region nieder. Zwar beteten sie denselben Gott an wie die römisch-katholischen Weißen, sie waren jedoch von der anglikanischen Kirche. Es wurde erzählt, dass Leute dieser Kirche bereits in den Nachbarländern missionierten, in Tansania, Ruanda und Burundi. Sie sollten weiterziehen, meinten die Missionare, aber die Klans der Karamojong, die gesehen hatten, dass es gut war, eine Missionsstation in der Nähe zu haben, baten sie zu bleiben. Es seien doch genug Karamojong für zwei Missionsstationen da. In christlichem Einverständnis teilten die Missionare das Gebiet unter sich auf. Der Fluss Nabilatuk sollte die Grenze sein. Alle Getauften rechtsseitig des Flusses blieben römisch-katholisch, und wessen Hütte auf der linken Seite des Flusses stand, war fortan anglikanisch. Auf diese Weise wurde ich eine Anglikanerin.

Zunächst war ich traurig, weil nun Pater Raphael und Schwester Lucia nicht mehr meine Seelsorger waren. Auch mein Name war nicht mehr Luica, sondern der englischen Kirche angepasst. Von da an hieß ich Loyca, was sich kaum anders anhörte, aber mit anderen Buchstaben geschrieben wurde.

Die anglikanische Kirche setzte sich dafür ein, dass auch Mädchen eine »offizielle Schule« besuchen konnten. 1961 hatte Ugandas Protektoratsverwaltung dieses Schulangebot verkündet. Das Schulgeld wurde vom Staat übernommen. Bei den Karamojong fand es jedoch wenig Zustimmung, denn die Mädchen waren das Kapital der Klans. Sie brachten den Brautpreis, der bei einer

Heirat auf die Klan-Mitglieder verteilt wurde. Anglikaner wie Regierungsbeamte lernten bald, den klagenden Satz zu verstehen: »Ngai emanjuni ngibaren! – Wo sollen denn unsere Rinder herkommen!« Die Karamojong vermuteten, dass Mädchen, die zur Schule gingen, einen geringeren Brautpreis einbrächten. Ihnen fehlte dann doch die Übung für die Arbeit im Haus, mit dem Vieh und bei der Bewirtschaftung der Hirsefelder.

Wie gut, dass ich einen vorausdenkenden Vater hatte, der durch seine Jugend im englischen Offiziers-Haushalt und als eingesetzter Karamojong-Chef in Moroto auch den Wert der Bildung erkannte. Vor vielen Jahren schon hatte er zwei seiner Söhne nach Mbale zur Schule geschickt. Einer meiner älteren Stiefbrüder – man hatte ihm nach seiner anglikanischen Taufe den Namen Edward gegeben – lebte inzwischen als Bezirks-Kommissar in der Stadt Moroto und setzte sich dafür ein, dass die neue Gesetzesmöglichkeit auch genutzt wurde. Bei ihm sollte ich wohnen und als eines der ersten Mädchen der Karamojong eine anglikanische Schule in Moroto besuchen.

Edward hatte noch etwas anderes dabei im Sinn. Er hatte erfahren, dass ich im Haushalt der Missionare gearbeitet hatte, also mehr von der Lebensweise der Weißen wüsste als seine Frauen. Sie könnten deshalb von mir lernen und wären in der Gesellschaft eines Bezirks-Kommissars angesehener. Das gefiel den Frauen jedoch gar nicht, denn schließlich waren sie die Älteren, und die Tradition wollte es, dass ich von ihnen und nicht sie von mir etwas lernen sollten.

Es traf sich gut, dass in Lotome ein Internat für Mädchen eingerichtet wurde. Es sollte beispielhaft für Ugandas künftiges Schulsystem sein. Unter Lehrern und Schuldirektoren tauschte man sich aus, wie und wo sich Mädchen als begabt hervorgetan hatten. Sie sollten ein Internats-Stipendium erhalten – und auf dieser Liste stand auch ich: Natiwi Loyce Lorika. Sie sprachen mit Edward und er brachte mich noch am gleichen Tag ins Mädcheninternat von Lotome.

Miss Ellis begrüßte mich als neue Schülerin herzlich und bot mir als erstes an, das inzwischen verschlissene Kleid, das ich einst von Schwester Lucia bekam, gegen ein neues auszutauschen. »Die haben wir aus Europa bekommen«, sagte Miss Ellis und ich durfte mir aus vielen verschiedenen Kleidungsstücken ein für mich Passendes auswählen. Miss Ellis war sehr nett, und als ich mir Paten für meinen Weg ins Christentum wählen durfte, da wählte ich Miss Ellis.

Wie gut, dass ich mich inzwischen recht gut auf Englisch ausdrücken konnte. Das half nicht nur im Gespräch mit den Lehrern und Lehrerinnen, auch die anderen Mädchen im Internat, die aus verschiedenen Distrikten und Völkern mit ihren eigenen Sprachen kamen, hatten bereits einen englischen Wortschatz. Bald war Englisch in ganz Uganda die Sprache, mit der man in jedem Bezirk oder Stamm jemanden fand, der sie verstehen und sprechen konnte.

Das Leben im Internat war in strenge Regeln gefasst, es gab kaum eine Stunde, in der die Mädchen nicht überwacht waren. Und wenn sie etwas taten, das nicht den Regeln entsprach, gab es Schläge auf das Hinterteil oder sie mussten Gras schneiden, barfuß im Dornengestrüpp Brennholz sammeln oder mit der Axt Äste zerkleinern, während die anderen sich in der Mittagsstunde ausruhten.

Es galt, ganz neue Lebensgewohnheiten zu erlernen. Es durfte nicht mehr mit den Fingern gegessen werden, sondern mit einem Essbesteck aus Messer, Gabel und Löffel. Dadurch ging das Maß der Mahlzeit verloren. Es gab kaum ein Mädchen, das nicht an Magenkneifen litt, weil es zu viel oder zu wenig gegessen hatte.

Der Speiseplan wurde karger, je mehr Schulen in Uganda eingerichtet wurden. In der Woche gab es zum Frühstück Porridge und mittags Posho, ein Brei aus Maismehl, dazu gekochte Bohnen, mit Salz und Öl gewürzt. Das Karamojong-Gebiet wurde als das unwichtigste verstanden, deshalb war vieles, was in den südlichen Städten als Abfall galt – für uns noch gut genug. Die Schulleitung reklamierte keimende Bohnen und Würmer im Mehl, doch die Missstände konnten nur teilweise abgestellt werden.

Der Sonntag war deshalb ein besonderer Tag – schon während des pflichtgemäßen Kirchgangs freuten sich die Mädchen auf ein Mittagessen aus Reis und Fleisch.

Auch mittwochs gab es Fleisch. Es war der Holzsammeltag und die Belohnung für die harte Arbeit waren Markknochen, die mit Fleisch umwachsen waren. Wer den größten Feuerholzballen gesammelt hatte, durfte sich auf die größte Beinscheibe freuen. Das Mark darin war eine Delikatesse. Oft bewahrten die Mädchen die schon abgenagten Knochen auf, um sie noch einmal auszulutschen oder abzukochen und die Brühe zu trinken.

Es wurden Waschregeln festgelegt. Für Mädchen aus Karamoja war das völlig unverständlich, denn Wasser war viel zu rar, um es dafür zu verschwenden, den Staub von der Haut zu spülen. Sie tauchten nur bisweilen ins Wasser, wenn sie am Fluss ihre Kanister füllten und der Wasserstand für eine Erfrischung hoch genug war. Die Lehrer im Internat belohnten das Waschen mit zehn Cent, was zur Folge hatte, dass die Haut der Mädchen ihre gewohnte Schutzschicht verlor und bald von Insekten zerstochen war.

Ich verdiente mir etwas Geld damit, indem ich jüngere Mädchen wusch, die direkt aus dem Busch zur Schule gekommen waren und die niemand anfassen mochte. Aber es war doch für alle wichtig zu lernen, wie der eigene Körper gepflegt und beherrscht werden konnte.

Viele der Mädchen, die zuvor unter freiem Himmel lebten und bei ihren Ziegen geschlafen hatten, ließen ihren Körperausscheidungen freien Lauf, ganz gleich, wo sie gerade waren, so wie es die Tiere ihrer Herde auch taten, denn sie selbst waren ja auch nur ein Teil ihrer Herde gewesen.

Im Internat schliefen sie nun wie eine kleine Mädchenherde in einem Schlafraum mit über zwanzig Etagenbetten, in denen die von ihnen selbst gefertigten Matratzen lagen, Getreidesäcke, die mit trockenem Gras gefüllt waren. Es gehörte zum Programm der Schulen, dass die Kinder erlernten, ihren Urin nicht einfach während des Schlafs aus dem Körper fließen zu lassen. Deshalb waren in der Mitte des Schlafraums Eimer aufgestellt, in die hinein sie sich nachts erleichtern sollten. Doch was passiert, wenn ein schlaftrunkenes Kind in stockdunkler Nacht nach einem Eimer sucht? Jeder Tag begann damit, dass die noch aufrecht stehenden Eimer in die Hauptlatrine entleert wurden und alles, was auf dem Boden umher schwamm, ausgekehrt und die nassen Matratzen zum Trocknen vor die Tür gebracht werden mussten. Mit der Zeit empfanden es die Mädchen wohltuend, sich nach dieser Arbeit den Gestank des Schlafraums vom Körper zu waschen. Und die anglikanischen Lehrer und Lehrerinnen dankten gemeinsam mit ihren Schülerinnen täglich dreimal in ihren Gebeten dem Schöpfer für den Erfolg ihrer missionarischen Arbeit.

Die Lehre der Bibel nahm einen breiten Raum in der Schulbildung ein. Die Regierung Ugandas – am 9. Oktober 1962 in die eigenverantwortliche Unabhängigkeit entlassen – sah sich durch die engagierte Bildungsarbeit der Missionare entlastet. Die Kirche war gleichzeitig das Band, mit dem die eigenständige Nation mit ihren einstigen Kolonialherren geistig verbunden blieb. Das gesellschaftliche Leben mit seinen Festen wandelte sich und oft war nicht mehr auszumachen, was afrikanischen Traditionen oder christlichem Glauben entsprungen war, so sehr mischten sich Brauchtum, Rituale und religiöse englische Lebensweisen.

1965 gehörte ich zu den Konfirmanden der anglikanischen Kirche in Lotome. Wir Mädchen standen in Reih und Glied, um feierlich in die Kirche einzuziehen und das Bekenntnis zum Glauben vor Gott und der Gemeinde zu besiegeln. Doch als die Glocke den Beginn der Zeremonie einläutete, wurden meine Beine schwach und vor meinen Augen wurde es Nacht. Ohnmächtig und von Fieber geschüttelt fiel ich vor der Kirche in den Staub.

Miss Ellis war sofort zur Stelle und ich wurde rasch in die kleine Missionskrankenstation gebracht. Bereits am Montag konnte ich wieder zurück ins Internat. Dort aber war ich nun die einzige Unkonfirmierte. Doch darüber hatte Bischof Tomsange schon nachgedacht und er hielt eine Andacht, die nur für mich bestimmt war. Es war bestimmt erhabener, als es die Konfirmation mit all den anderen sein konnte.

Als der Bischof beide Hände zum Segen auf meinen Kopf legte, fühlte ich eine unbeschreibliche Wärme in meinem Herzen aufsteigen und ich war von Glück und Selbstvertrauen erfüllt, wie ich es nie zuvor gekannt hatte. Von diesem Tag an lernte ich noch intensiver in der Schule, wurde ein aktives Kirchenmitglied, lernte Bibelverse und sang im Kirchenchor. Bald durfte ich in den Dörfern die weißen Lehrerinnen an den Sonntagsschulen vertreten.

Es war eine große Auszeichnung, dass ich während der Schulferien zu einem Bibelseminar für junge Leute nach Nasokol eingeladen wurde. Der Ort lag in den Bergen nahe der Grenze zwischen Karamoja und Kenia. Es war zu der Zeit die erste große Reise in meinem jungen Leben. Es war eine lange Fahrt in einem großen Auto und auf einer Straße, die schon für Esel beschwerlich war. Uns fünf Mädchen, die zum Bibelseminar wollten, wurde ständig schlecht – und auch dabei nahm ich eine Führungsrolle ein.

Ausgepumpt vom ständigen Erbrechen, kam ich in Nasokol auf die Krankenstation. Dass ich auf wundersame Weise schnell wieder gesund wurde, verdankte ich der liebevollen Behandlung, die ich durch die junge Engländerin Silvia Burton erfuhr. Es war mir, als hätte ich eine neue Mutter erhalten, und wir versicherten einander Freundschaft über den Aufenthalt in Nasokol hinaus. Der Abschied fiel uns beiden schwer, denn ich wusste auch, dass bei meiner Rückkehr in Lotome Miss Elli nicht mehr am Internat sein würde.

Eine Trauerfeier rief mich zurück in den Klan. Barnabas, mein ältester Stiefbruder und gleichzeitig Stiefvater, war gestorben. Im Ritual um den erstgeborenen Lorika-Sohn, zu dem sich alle Klanmitglieder versammelt hatten, fehlte meine Mutter. Nach der Heirat mit dem Schneider gehörte sie nicht mehr zum Klan. Es zählte auch nicht, dass sie ihm Akeno geboren hatte. Ich fühlte mich verlassen, verstand nicht, was mich mit den Menschen verband, die meine Mutter verstoßen hatten. Wie oft schon hatte ich Liebe empfangen und Freundschaften geschlossen und dann die lieb gewonnenen Menschen wieder verloren.

Eine Tante aus Kaabong, weit im Norden Karamojas, hatte Erbarmen mit dem traurigen Mädchen, das ich war. »Ich werde dich mit nach Kaabong nehmen«, sagte sie zu mir. »Dort kannst du die Tagesschule besuchen und in der Familie wohnen, die zum Zweig deines Vaters Lorika gehört.«

»Ja, gern«, sagte ich, doch das kam nicht von Herzen, sondern entsprang meinem Gefühl des Alleinseins. War nicht auch in Lotome eine Leere eingezogen und alles fremd geworden?

Dass meine Freundinnen noch dort waren und mich vermissten, erfuhr ich erst später durch deren Briefe. Ich war ja Schulsprecherin gewesen und hatte in den Haushalten der Lehrer mitgeholfen. Jetzt erst wurde mir das bewusst. Und dann kam die Nachricht, dass die neue Schulleiterin Silvia Burton hieß – meine freundschaftliche »Mutter« aus Nasokol.

Eines Tages sollte der Minister für Mineralien und Wasserressourcen nach Kaabong kommen. Könnte es nicht sein, so dachte ich mir, dass Minister Choudry mit meinem Stiefbruder Edward bekannt ist? Könnte er mich auf dem Rückweg mit nach Moroto nehmen, damit Edward mich wieder ins Internat bringen kann? Sollte ich meiner Tante von dieser Idee erzählen? Sie würde es sicher erst mit Edward besprechen wollen und sich in der Schule erkundigen. Überhaupt würde sie sicher viel lieber wollen, dass ich bei ihr bliebe und dort vielleicht sogar heiraten würde, denn ich kannte mich im Haushalt aus und würde außerdem einen guten Brautpreis erbringen. Ich kam zu dem Entschluss, es meiner Tante lieber später einmal zu erklären, warum es für mich wichtig war, wieder in das Internat zu gehen – später, wenn es bereits geschehen war.

Als der Minister im Dorf war, sprach ich mit seinem Chauffeur. Ja, natürlich kenne er den Distrikt-Kommissar von Moroto. Ja, natürlich würde er mich gern zu ihm bringen. Gar keine Frage, dass Minister Choudry das ausdrücklich billige, er sei mit dem Distrikt-Kommissar gut bekannt. Sie solle nur im Dorf warten, bis er mit dem Wagen zurück sei.

Es war nicht einfach für mich, ruhig zu bleiben. Ich lief in der Dorfmitte hin und her, sprach mit bekannten Kindern über belanglose Dinge, – und schließlich kam der Wagen des Ministers angerollt und stoppte direkt neben mir. Der Chauffeur stieg aus und öffnete die Wagentür, als sei ich eine hohe Persönlichkeit. Der Minister stieg erst später zu; er hatte noch eine Besprechung im Dorf.

»Wer ist dieses Mädchen?«, fragte Minister Choudry.

Der Chauffeur antwortete: »Es ist eine Schwester von Edward Athiyo, dem Distrikt-Kommissar von Moroto. Sie möchte zurück ins Internat von Lotome.«

»Oh«, staunte der Minister, »ein gebildetes Mädchen hier im Norden?« Er sprach mich auf Englisch an, um zu sehen, ob ich wirklich eine schulische Bildung besaß. Ich merkte wohl, dass er meine Kenntnisse prüfte, und ich fühlte mich stolz, auf alle Fragen die richtige Antwort zu wissen. Das zerstreute auch meine Befürchtung, dass Edward vielleicht böse sein könnte, wenn ich plötzlich wieder an seine Tür klopfte.

Edward war sogar hoch erfreut, als er mich erblickte. Die neue Schulleiterin Silvia Burton hatte ihn bereits unter Druck gesetzt. Der Name Natiwi Loyce Lorika stand auf der Liste begabter und förderungswürdiger Mädchen, die Miss Ellis ihr hinterlassen hatte. Sie wollte nun vom Bezirks-Kommissar wissen, warum die herausragende Schülerin, die in seiner Obhut war, nach den Ferien nicht wieder zurück ins Internat gekommen war. Wie einfach sah jetzt die Antwort darauf aus!

An einem Mittwoch war es, als Edward mich in seinen grünen Landrover einsteigen ließ, um mich ins Internat zu bringen. Mittwochs stand im Internat Gemeinschaftsarbeit auf dem Plan. Nachmittags wurden die Räume geputzt und die Schuluniformen gewaschen. Es ging fröhlich zu und alle waren frei von strengen Regeln – wenn nur am Abend die Arbeit fertig war.

Als der grüne Landrover vorfuhr und eines der Mädchen aus dem Fenster sah, wurde ich sofort erkannt.

»Natiwi! Natiwi ist wieder da!«

Die Nachricht brachte Unruhe ins Internat. Silvia Burton kam aus ihrem Schulleiterzimmer. »Was ist denn los?«, wollte sie wissen, doch alle rannten zur Tür hinaus auf den grünen Wagen zu.

»Natiwi! Natiwi!«

Eine Karamojong wird Lehrerin

Nachdem ich meine Schulzeit in Lotome beendet hatte, musste ich einfach weitermachen. Die Prüfung hatte ich mit Auszeichnung bestanden. Ich, eine Karamojong! Vor einer Prüfungskommission aus Engländern, die manchmal sehr stolz und wie Könige waren. Es schien, als glaubten sie, einem Affenweibchen Lesen und Schreiben beigebracht zu haben!

Ich kam in eine höhere Schule, ein Internat in Kotido im Norden von Karamoja. Gern wäre ich in den grünen Süden Ugandas gegangen, von dem man sagte, es sei das Paradies. In Kotido aber war meine gute Freundin Silvia Burton Schulleiterin geworden. Eine englische Freundin zu haben, war mir wichtiger als alles andere. Und sie war es, die in mir den Wunsch weckte, ebenfalls Lehrerin zu werden. Sie schlug mich am Ende der Schulzeit für ein Lehrer-College vor.

Ich wurde zu einem Vorgespräch nach Ngora eingeladen. Interview nannten sie es, aber es war eine Prüfung, ob das bisher Gelernte ausreichte und ob die Fähigkeit entwickelt werden konnte, dieses Wissen weiterzugeben. Sie fragten mich auch, ob es stimmt, dass die Karamojong-Frauen ihre Erstgeburt auffressen. Es machte mich wütend, dass so etwas gesagt wurde, und trotzig antwortete ich, dass die Karamojong Menschen wie die übrigen Bewohner Ugandas seien und dass sie das gleiche Recht auf Bildung verdienen, damit sie nicht im Nachteil leben, nur weil sie mehr von ihrer Kultur und von ihrem Leben mit der Natur bewahrt haben als die übrigen Stämme. Gerne würde ich hier als Lehrerin aus ihrem eigenen Stamm unterrichten.

Nie sagte jemand etwas zu meinen Antworten, sie machten sich nur Notizen. Als ich im Nebenzimmer saß und auf das Urteil der Jury wartete, kamen mir manche Bedenken und von

Minute zu Minute wuchs meine Angst, es doch nicht geschafft zu haben. Und draußen vor dem Schulgebäude saß mein Stiefbruder Edward und schwitzte wie ich um meine Chance gegenüber den Eliteschülern aus den Südbezirken Ugandas, die nie gesehen hatten, wie die Menschen in der kargen Hochebene leben.

Dann wurde ich wieder in den Prüfungsraum gerufen. Die Interviewer schauten mich mit breitem Lächeln an, von dem ich nicht sagen konnte, ob es nun Schadenfreude oder Wohlwollen bedeutete. Verschüchtert stand ich vor ihnen und wurde erst wieder größer, als Rektor Opit verkündete:

»Wir sind stolz darauf, das erste Mal in der Geschichte Ugandas eine Karamojong in unserem College zu haben.« Und die amerikanischen Lehrer sagten: »Du musst uns so viel wie möglich über die Kultur deines Stammes berichten. Natiwi-Loyce, wir sehen uns am 8. Januar in unserem College!«

Als ich das Gebäude verließ, kam Edward mir in banger Erwartung entgegen. »Hast du…?« Aber er brauchte die Frage gar nicht zu Ende aussprechen, denn ich hielt ihm – noch sprachlos vor Glück – mein Aufnahme-Zertifikat entgegen. Er fuhr geradenwegs mit mir nach Mbale, um alles zu kaufen, was für Unterricht und Aufenthalt im College benötigt wurde. Ich glaube, dieser Tag gehört zu den glücklichsten in meinem Leben. In Nabilatuk gab es sogar ein kleines Fest mit allen Mitgliedern des Lorika-Klans. Traurig machte mich nur, dass meine Mutter nicht mehr dazu gehörte.

Die noch bis zum Anfang des Teacher-Training-Colleges verbleibenden Tage wohnte ich bei meinem Stiefbruder Mohammed Lepera. Er hatte in Nabilatuk einen kleinen Laden, in dem es alles zu kaufen gab, was man für ein schlichtes Leben brauchte. Er gehörte zu den Erfolgreichen meiner Stiefbrüder und in diesem Distrikt war er wohl der reichste Händler. Seine Lieblingsfrau,

Mama Sahara, packte mir gebratenes Fleisch und Erdnüsse für die Reise ein und verstaute alles in dem Metallkoffer, den Edward mir gekauft hatte: Meine Decke, zwei Bettlaken und zwei Schuluniformen. Meine Matratze nahm ich auch mit. Mama Sahara war vom Kikuyu-Stamm in Kenia, wo fast alle Kinder eine Schule besuchten. Sie hatte viel Verständnis für meine Berufswahl.

Mit einem kleinen Lastwagen fuhren wir mit einigen anderen Fahrgästen über Mbale nach Ngora, direkt ins Wohnheim der Studenten aus allen Teilen des Landes. Sie hatten schon gehört, dass eine Karamojong dabei sei und wollten wissen, wie sie aussieht, ob sie wirklich größer und schlanker ist als die Mädchen aus den übrigen Gebieten.

Eine Frage machte mich aber immer wieder wütend, wenn sie nämlich wissen wollten: »Weshalb gehst du denn nun auf ein Lehrer-College? Von den Karamojong geht doch sowieso niemand zur Schule.« Dann war ich froh, wenn ich mich bei Maggie, unserer Matrone, ausweinen konnte. Sie nahm mich in den Arm, redete mit mir, und nachher wusste ich, dass alles nicht so schlimm ist, wie es gesagt wird.

Mit den Einjährigen und den Neuen waren wir sechzig Studenten, sechsundzwanzig davon waren Mädchen. Auch ein asiatischer Junge war dabei. Ramesch und ich fühlten uns bald dadurch verbunden, weil wir beide einen kulturellen Hintergrund hatten, der aus dem Rahmen fiel. Dabei konnte es doch gar nicht gegensätzlicher sein: Bei ihm waren die Kühe heilig und unantastbar, während sie bei uns mit Milch, Blut und ihrem Fleisch zum Leben gehörten.

Hätten wir uns nicht anfeinden müssen? Nein, gegenseitige Achtung und Toleranz ist die beste Art, miteinander umzugehen. Das schätzten auch die anderen Studenten, denn sie wählten mich zur stellvertretenden College-Sprecherin und später sogar zur

Präsidentin der Mädchen. Ein Junge aus Teso hatte das gleiche Amt für die männlichen Studenten.

Die Schlafräume der Jungen waren nur hundert Meter von denen der Mädchen entfernt. Den Raum dazwischen war bewacht und unüberwindbar. Die Schulsatzung verhieß allen, die dennoch einen nächtlichen Besuch auf der anderen Seite wagten, den Verweis von der Universität. Nie wurde jemand gefasst. Allerdings mussten einige Mädchen das College verlassen, weil sie schwanger waren. Und einige Jungen verließen uns wegen zu schwacher Leistung im schulischen Bereich.

Immer wieder wurde hervorgehoben, dass ich die erste Karamojong auf einem Lehrer-College war. Es war für mich eine Verpflichtung – ich wollte auch eine der Besten sein. Es war selbstverständlich, dass ich Prüfungen mit »ausgezeichnet« bestand.

Aus Mangel an Verkehrsmitteln und wegen der weiten Entfernung war es mir nicht möglich, wie andere Studenten am Wochenende nach Hause zu fahren. Die Lehrer merkten bald, dass ich am Wochenende verfügbar war, und baten mich gern, ihre Kinder zu betreuen. So erhielt ich neue Einblicke in amerikanische und englische Lebensweisen und verdiente etwas Taschengeld. Für die Studiengebühren hatte bereits Frau Burton mit einem Karamojong-Stipendium gesorgt.

Ein Wunderkind war ich nicht, auch andere hatten Lerneifer, um im dritten Jahr gut durch das Berufspraktikum zu kommen. Obgleich ich immer zu den Guten gehörte, war vor jeder Prüfung die Angst groß, es nicht zu schaffen und das ganze Semester wiederholen zu müssen.

In der letzten Praktikumsrunde ging es darum, den Lehrstoff mit visuellen Methoden zu vermitteln. Das war wichtig, weil wir damit die Vielsprachigkeit der Schulkinder überbrücken mussten. Ich kam nach Kuumi und musste die zweite Klasse in einer Mädchen-Grundschule unterrichten. Ich hatte Glück, denn sie stammten alle aus Stämmen der Teso und Karamojong, die in früheren Zeiten auf der Suche nach Wasser von Äthiopien aus in den Süden gewandert waren und sich an verschiedenen Orten niedergelassen hatten – wohl auch, weil ihre Kräfte erschöpft waren. In der Sprache der Wandervölker bedeutete Karamoja »Hunger« und Teso »Gräberfelder«. Das wussten die meisten der kleinen Schülerinnen nicht mehr, aber dennoch waren viele Spracheigenheiten erhalten geblieben und bildeten mit Suaheli und Englisch eine neue Sprachmischung.

Wir hatten ein paar Tage Zeit, darüber nachzudenken, wie wir unseren Unterricht gestalten würden. Ich arbeitete hart an einer Idee: Nach dem Vorbild des Fernsehgeräts, das im Gemeinschaftsraum des Lehrer-Colleges stand, schnitt ich ein Fenster in einen Pappkarton und einen Schlitz in seine Oberseite. Ich hatte Bilder gemalt und zu einer Papierrolle zusammengefügt, die ich auf einer Stange über dem Schlitz aufrollen konnte, sodass Bild für Bild in der Kartonöffnung erschien.

Die Prüfer waren verblüfft, während ich den Kindern, von denen wohl die meisten noch nie zuvor ein Fernsehgerät gesehen hatten, mit dieser modernen TV-Konstruktion die Geschichte von Lokabuk und dem Leopard erzählte. Die Prüfer blieben ganz gespannt im Klassenzimmer stehen und hörten sich die ganze Geschichte an:

An einem schönen Tag, an dem der Himmel sich sein weites Feld mit heiteren weißen Wolken teilte, machte sich Lokabuk mit seinem Freund auf den Weg ins Nachbardorf Alamachara. Sie wollten ihre Schwestern besuchen, die dort bei ihren Männern wohnten. Die Männer bereiteten gerade einen Jagdausflug vor, den sie mit weißen Fremden unternehmen wollten. »Kommt doch mit!«, sagten sie. Das taten die beiden gern, denn sie waren auch neugierig auf die Fremden, die weit über das Meer gekommen waren von einem Land, das sie England nannten.

Mit dem Jagdausflug konnte sich das Dorf zwei lange Messer mit federnden Klingen verdienen. Auch das Fleisch der erlegten Tiere sollte im Dorf bleiben. Die weißen Männer aber wollten die Felle und Häute der Tiere mitnehmen – von Antilopen, Nashörnern und Zebras ebenso wie von deren Feinden, den Leoparden, Löwen und sogar Hyänen. Sie hatten den staunenden Dorfbewohnern erzählt, dass die Tierfelle ausgestopft würden und die so neu erschaffenen Tiere in stolzer Pracht in großen Häusern stehen würden, wo sie von ihren Landsleuten anzuschauen wären, weil es dort solche Tiere nicht gäbe. Auch würden sie deren Köpfe als Schmuck an die Wand hängen und die weichsten Felle vor das Feuer in ihren Hütten legen.

Als die Männer von der Jagd zurück ins Dorf kamen, hatten sie viele Antilopen und Gazellen geschossen, auch ein Zebra, aber keine Löwen oder Leoparden. Aber sie waren zufrieden, und bald schwebte ein eiserner Vogel heran, rollte über die Savanne und die Fremden verschwanden darin mit den Fellen. Das Aeroplane, wie sie es nannten, stieg in die Luft und flog wie ein Vogel davon. Zum ersten Mal sahen Lokabuk und sein Freund solch einen Eisenvogel, der manchmal surrend und brummend über den Himmel kroch, aus der Nähe.

Das Fleisch der erlegten Tiere war mehr als die Dorfbewohner essen konnten. So konnten Lokabuk und sein Freund je eine Antilope schultern und sich auf den Heimweg machen.

Auf ihrem Weg durch Büsche und Bäume sprachen sie über den lärmenden Flieger und konnten sich nicht darüber einigen, ob es gut oder schlecht sei, den Geistern auf diese Weise näherzukommen. Würden sie die Eisenvögel freudig begrüßen oder würden sie sich an ihnen rächen? Sie plauderten miteinander und freuten sich darauf, soviel Fleisch mit nach Hause zu bringen und achteten nicht darauf, was um sie herum geschah und was vielleicht eine Gefahr für sie bedeuten könnte.

Auf einem Baum aber lag ein Leopard im Geäst. Er hatte sich das Bein verletzt und konnte keine Beute jagen. Wie zitterten ihm aber die Barthaare, als er das frische Fleisch roch, das unter dem Baum hindurch getragen wurde. Mit einem gewaltigen Satz sprang er vom Baum, traf wie ein Blitz das Genick des Freundes, der wie ein Stein zu Boden fiel... nichts konnte ihn noch retten.

Aufheulend bäumte der Leopard sich auf, um sich auf Lokabuk zu stürzen, der in der Wucht des Angriffs mit zu Boden gegangen war. Der sah sich schon verloren, als er der Katze seinen Speer entgegen stemmte. Sie sprang genau hinein, doch noch im Todesschrei versetzte sie Lokabuk einen mächtigen Prankenhieb in die Hüfte.

Kaum dass er seine Verletzung in der Anspannung des Geschehenen spürte, machte sich Lokabuk voller Vorwürfe über das sorglose Verhalten und voller Trauer über den toten Freund auf den Heimweg. Er traf auf Hirten eines nahen Awui, die ihm halfen, den toten Freund ins Dorf zu tragen. Aus dem Freudenfest über die Jagdbeute wurde eine Totenfeier.

Lokabuk litt nach einigen Tagen an der Wunde, die der Leopard in seine Hüfte gerissen hatte. Sie wollte nicht heilen und er fiel wie tot ins Fieber, sodass man ihn schon für tot hielt. Nach vielen Nächten aber wachte er auf, doch es blieb ihm ein steifer Rücken, – nie wieder konnte er zur Jagd gehen.

Das lehrt uns, dass wir immer wachsam sein müssen, was in unserem Umfeld geschieht. Es zeigt uns auch, dass eine ausweglose Situation noch eine Wende nehmen kann, wenn wir nur schnell und klug handeln. Und wenn wir denken, das Ende sei nah, dann gibt es doch ein Erwachen.

Und wer jetzt meint, Lokabuk sei so hart vom Schicksal getroffen, dass er besser nicht wieder erwacht wäre, der irrt. Denn fortan war Lokabuk der geliebte Märchenerzähler seines Dorfes, und wenn er sich unter den großen Eboborebaum setzte, versammelten sich bald alle Kin-

der des Dorfes um ihn herum, um den Geschichten zu lauschen, von denen er so unendlich viele wusste, dass kein Buch der Welt sie alle aufnehmen könnte.

Während ich dieses Geschehen vor den Schulmädchen erzählte und dabei die Bilder durch meinen »Fernsehapparat« drehte, saßen alle gespannt und still auf ihren Plätzen – auch die Prüfer rührten sich nicht und wurden von den Mädchen nicht einmal wahrgenommen. Und als sie hinausgingen, nickten sie mir stumm zu und ich wusste, dass ich es richtig gemacht hatte. Als wir nach acht Wochen aus dem Praktikum ins College zurück fuhren, verabschiedeten uns die Kinder mit Tränen in den Augen. Ich spürte in diesem Moment, wie wichtig die Rolle eines Lehrers für die Schüler ist und wie viel Enttäuschung es bedeutet, wenn eine Zeit, in der Vertrauen zueinander gewachsen ist, abrupt zu Ende geht. Aber auch das ist eine Schulung für das Leben, das oft hart zu uns ist.

Sechs Wochen blieben uns zur Vorbereitung auf das schriftliche Prüfungsfinale.

Wir waren gerade drei Tage in Klausur, als uns morgens um fünf ein ungewohnter Lärm den Schlaf nahm. Es krachten Gewehrschüsse und das College-Gelände war von Armeefahrzeugen umstellt. Wir mussten eilig vor dem Schulgebäude antreten und eine leitende Militärperson verkündete:

»Präsident Milton Obote wurde aller seiner Ämter enthoben. Unter der Leitung des Brigadiers Idi Amin Dada hat das Militär die Regierung Ugandas übernommen.«

Die Schulleitung verlangte von uns: »Verhalten Sie sich ruhig, protestieren Sie nicht, machen Sie keine Bemerkungen! Widmen Sie sich allein Ihrem Studium! Denn allein das ist der Grund, weshalb sie hier auf dem College sind.«

Ach, was gingen da für Fragen durch unsere Köpfe. Was ist mit unseren Familien? Wie steht es um unser Land? Wem galten die Schüsse? Keiner wagte es, diese bohrenden Gedanken laut werden zu lassen. Ich konzentrierte mich so auf meine Arbeit, dass kein Raum blieb, an andere Dinge zu denken. Und wieder gehörte ich zu den wenigen, die diesen Prüfungsteil mit »ausgezeichnet« bestand. Aber es fiel mir in dieser angespannten Atmosphäre schwer, darüber Freude zu gewinnen.

So vertiefte ich mich wieder in die Vorbereitungen für die mündliche Prüfung und nahm mir als einzige Pause die Zeit, mit den anderen Studenten die abendlichen Nachrichten im Fernsehraum anzusehen. Das wollten meine Freunde und Freundinnen eines Abends verhindern. Als ich den Saal betrat, wechselte ein Kommilitone das Programm, und als ich protestierte, verließ er wortlos den Raum.

Alle blickten so mitleidig auf mich, und wenig später erfuhr ich, was die anderen bereits wussten: Mein Stiefbruder Mohammed war bei einem schweren Autounfall zwischen Kampala und Mbale ums Leben gekommen. Es war für mich wie ein Schlag auf einen bis zum Äußersten angespannten Körper. Von dem einen auf den anderen Moment schüttelte mich das Fieber – ich wurde ins Krankenhaus gebracht.

Als ich wieder ins College kam, war es Maggie, die meinen Konflikt zwischen Prüfung und Familie verstand. Sie wollte sich dafür einsetzen, dass meine mündliche Prüfung an den Schluss gesetzt wird, sodass ich zur Totenfeier von Mohammed fahren konnte, zu der nach alter Sitte der ganze Klan zusammenkam. Maggie half mir, den Bus am nächsten Morgen zu erreichen und gab mir Geld für die Fahrt von Ngora über Mbale nach Nabilatuk, die nur zweimal im Monat möglich war.

Der Weg nach Nabilatuk ist rau. Der Bus blieb stecken und musste mit einem nach langer Zeit eintreffenden Traktor wieder herausgezogen werden. Als wir Nabilatuk erreichten, war die gesamte Familie in großer Trauer versammelt. Mohammed war bereits beerdigt. Allein wusch ich an seinem Grab meine Hände und Füße und goss das Wasser über die frische Erde, so wie es bei uns zum Abschied von einem lieben Menschen üblich ist.

Zurück im College, wurde die Zeit knapp. Gleich am nächsten Tag sollte meine mündliche Prüfung sein, die von allen anderen bereits bestanden war. »Gut« stand schließlich auch hinter meinem Namen. Wieder hieß es Abschied nehmen. Vielleicht, so hofften wir, treffen wir uns an irgendeiner Schule wieder, denn der Einsatz der Junglehrer ging vom Ministerium aus.

Ich fuhr zurück nach Nabilatuk und half den beiden Frauen Mohammeds bei ihrer Arbeit. Bald kam die Mitteilung des Bildungsministeriums, dass ich in Kioto eingesetzt werden sollte. Niemand in unserer Klasse hätte sich gewünscht, in dieser verlassenen und von eigensinnigen Stämmen bewohnten Region in den Schuldienst zu gehen. Ich aber freute mich, an die Schule zu gehen, die ich selbst eine Zeit lang als Schülerin besucht hatte und in der Frau Burton immer noch Schulleiterin war.

In einem schweren Paket kamen schließlich auch meine Zertifikate, die ich stolz Frau Burton zeigen wollte, denn sie enthielten gute Noten. Als Anerkennung erhielt ich einen dicken Band »Grundsätze der Pädagogik«, den noch Präsident Milton Obote handschriftlich signiert hatte, bevor er von Idi Amin gestürzt wurde.

So wurde ich Lehrerin in Kioto im nördlichsten Zipfel Ugandas, nicht weit von Sudan entfernt, woher mein Vater Lorika stammte. Das Besondere aber war, dass es hier überhaupt ein Schulwesen gab und dass mich dort eine englische Schulleiterin mit offenen

Armen empfing. Ein paar Monate lang war auch ich eine Sensation. Ein Nomaden-Mädchen aus Karamoja, das die Schule besuchte, studierte und Lehrerin wurde, – darüber musste wohl jede Zeitung und jedes Radio in jeder Sprache Zentralafrikas berichten. Es sollte dafür werben, dass immer mehr Stammes-Familien ihre Kinder – und vor allem auch die Mädchen – zur Schule schickten. Sie waren bald einen viel höheren Brautpreis wert als Mädchen, die sich nur mit dem Haushalt und dem Vieh auskannten.

Der Präsident bittet zum Tanz

Die Militärregierung Idi Amins sorgte dafür, dass es auch in dieser abgelegenen Gegend genug Schülerinnen gab. Die Armee sammelte sie aus den kleinsten Dörfern zusammen und lieferte mit ihren Fahrzeugen manchmal auf einen Schlag bis zu dreißig Mädchen an. Sie weinten und wollten heim zu ihren Müttern und Familien. Das Lernen war ihnen verordnet worden und eine ganz neue Welt für sie – mit weißen Lehrern, Waschräumen und Hygieneregeln, Kleiderzwang und Elektrizität. Sie wollten nicht in Kleidern auf Bänken sitzen, und nicht einmal das regelmäßige Essen war ihnen eine Verlockung für die Aufgabe ihres bisherigen Lebens. Eines Morgens war der gerade gefüllte Schlafsaal wieder leer. Die Mädchen waren geflohen, hatten sich nachts auf den Weg zurück in ihre Dörfer gemacht.

Die Schulleitung hatte die Pflicht, der Armee von der Flucht Kenntnis zu geben. Einige Tage später fuhren Militärfahrzeuge vor und brachten die Mädchen zurück. Viele waren übel zugerichtet, einige waren für immer verloren. Was ich im College gelernt hatte, fand keine Anwendung mehr. Meine ganze Kraft brauchte ich dafür, die verzweifelten Kinder zu trösten. Mich plagte mein

Gewissen, ich galt doch als Vorbild, das den Schulgang als sinnvoll und fröhlich populär machte. Wäre es nicht besser, auch ich machte mich auf die Flucht? Oft sehnte ich mich danach, einen Stammeskrieger zu heiraten und zurückzukehren ins traditionelle Leben einer Karamojong.

Eines Tages steckte Frau Burton ihren Kopf ins Klassenzimmer, die Kinder waren noch im Hof. Es war üblich geworden, dass sie mich mit meinem christlichen Namen ansprach: »Loyce, bitte komme doch vor der Mittagspause in mein Zimmer. Ich habe allen Lehrkräften eine Mitteilung zu machen.« Ihre sonst so klare Stimme klang unheilvoll. Sie wich meinem fragenden Blick aus und lenkte ab: »Wie kommst du mit Cucu zurecht? Ordnet sie sich ein? Schläft sie wieder besser?«

»Nein«, sagte ich, »sie kann nicht vergessen, was sie erlebte. Sie wimmert jede Nacht.«

Cucu gehörte zu den etwa neunzig Kindern, die nachts ausgerissen waren und von den Soldaten wie Vieh wieder eingesammelt wurden. Einmal hatte sie mir ihren Seelenschmerz erzählt:

Ihr Großvater hatte den Soldaten die von ihnen verordnete Hose vor die Füße geschleudert. »Nein!«, hatte der Alte mit fester Stimme gerufen. »Ich werde so weiterleben wie bisher! Und weder meine Söhne noch meine Frauen werden jemals Kleider tragen; und sucht nicht nach unseren Töchtern, denn sie werden nicht zur Schule gehen, sondern so leben, wie es Brauch unseres Stammes war, so wie es heute ist und wie es morgen und in allen Zeiten sein wird! Verlasst unser Dorf!«

In den Augen mancher Soldaten war zu erkennen, dass sie dem Alten zustimmten. Doch vor ihnen stand ihr Offizier, der zwar um einen Kopf kleiner als alle anderen Männer war, auf den sich aber die Macht Idi Amins vereinte, dessen Reformen zu verwirklichen seine Pflicht war. »Sei kein Narr, Alter!«, schrie er. »Wir werden die Schüler wieder in die Schule bringen und ihr werdet euch bekleiden. Wir haben Befehle und werden sie ausführen!« Seinen Soldaten rief er zu: »Sucht die Kinder!«

Die Männer des Dorfes scharten sich um ihren alten Häuptling. Mit Stolz und Freiheitswillen verstellten sie den Soldaten den Weg und hoben ihre Speere. Dann fielen Schüsse und im Nu war es ein wildes Durcheinander. Die Männer des Dorfes kämpften mit Schleudern, Dolchen und Speeren gegen Soldaten mit Gewehren mit aufgepflanzten Bajonetten.

Cucu hatte sich in einen Busch gekauert und sah, wie die Schüsse trafen. Ihr Großvater sank zu Boden, ihr Onkel riss aufschreiend die Arme hoch und fiel wie ein gefällter Baum – und als es vorüber war, lagen auch ihre Brüder und Schwestern zwischen den Leichen auf dem Dorfplatz. Cucu konnte nicht schreien, als die Soldaten sie entdeckten. Sie wurde an Armen und Beinen gepackt und auf den Lastwagen zu den anderen Kindern geworfen.

Als Cucu mir das alles in einer Nacht schluchzend und zitternd berichtete, schüttelten mich meine Gefühle so sehr, dass ich keinen Trost geben konnte. Cucu aber hatte sich die gepeinigte Seele für einen Moment erleichtert und schlief in meinen Armen ein, während ich in ohnmächtiger Trauer in die Dunkelheit starrte.

»Hast du gehört, Loyce?« Frau Burtons Stimme schreckte mich aus den Gedanken. »Bitte gleich nach dem Unterricht ins Dienstzimmer.«

»Ja«, sagte ich leise.

Als die Mittagsglocke läutete, füllte sich das Lehrerzimmer und Frau Burton trug ihre Mitteilung vor: »Wie ihr ja wisst, besucht Präsident Idi Amin den Bezirk Karamoja und auch Kotido. Ihr übt dafür ja bereits im Chor und ich bedanke mich herzlich bei allen Lehrkräften, die daran beteiligt sind. Es wird erzählt, dass der Präsident solche Aktivitäten liebt. Und er möchte sich einen Eindruck darüber verschaffen, wie die englischen Schulen die Kinder dieses Landes ausbilden.«

»Wird er unsere Schule besuchen?«

»Ich weiß es nicht. Gestern kamen der Bürgermeister und ein Offizier Idi Amins zu mir ins Büro. Sie sagten mir, ich solle die erste Karamojong-Lehrerin morgen freistellen, damit sie ihr Volk beim Bukett in der Stadt vertreten kann.«

Die erste Karamojong-Lehrerin – das war ich! Ich schluckte erschrocken und fühlte die bestürzten Blicke der anderen wie eine zu schwere Last auf mir.

»Was erwartet man dort von mir?«

Jetzt versuchte Frau Burton ein Lächeln: »Nichts anderes als das, was du leicht erfüllen kannst: Du sollst hübsch aussehen, freundlich sein und kluge Antworten auf alle Fragen geben.«

Beim Mittagessen bekam ich keinen Bissen hinunter. Ich überlegte, ob es wohl das Beste sei, wenn mich eine Krankheit zurückhielte – aber nein, das wäre feige. Dann straffte ich meine Schultern und reckte den Kopf empor – ich werde mein Volk mit Würde und Anmut vertreten, denn ich bin die Tochter ihres größten Häuptlings Lorika!

In der Nacht stellte ich mir vor, worüber ich mit dem Präsidenten sprechen würde. Was würde er fragen? Sollte ich ihm ungefragt die Anliegen der Karamojong vortragen? Weiß er vielleicht gar nichts von dem brutalen Vorgehen seiner Soldaten? Hat man es ihm verschwiegen, dass Menschen getötet wurden, weil sie keine Hosen und Kleider tragen wollten? Lange wälzte ich mich im Bett und schlief erst ein, als mich die Vögel und Hähne schon wieder weckten – und doch war ich sofort hellwach.

Bereits zum Frühstück wusste jeder in der Schule, dass ich keinen Unterricht halten, sondern den Präsidenten begleiten werde. Ich zog eine Gomasi an, ein langes farbenfrohes Gewand mit gebauschten Ärmeln und breitem Stoffgürtel, das als afrikanisch traditionell galt, wenn es auch nicht dem Brauchtum der Karamojong entstammte. Als ich mich von Frau Burton verabschieden wollte, traf ich Cucu auf dem Flur. Sie sah mich klagend an, ich spürte, dass sie etwas sagen wollte und ich wandte mich zu ihr. Als Frau Burton aus ihrem Zimmer kam, drehte sich Cucu um und ging wortlos in ihr Klassenzimmer.

Frau Burton stand im Schein der ungetrübten Morgensonne, die durch die geöffnete Bürotür ein Abbild der Fenster auf den Boden malte. Die Direktorin hatte einen ihrer zart geblümten Röcke an und ein einfarbiges Oberteil in blassem Grün. Sie lächelte.

»Du solltest etwas fröhlicher aussehen, wenn der Präsident von dir begeistert sein soll«, sagte sie.

»Welchen Vorteil hat es, wenn der Präsident von mir begeistert ist?« fragte ich trotzig. »Ich will gar nicht gehen.«

Zögernd sah Frau Burton über ihre Schulter ins Zimmer und kam dann mit schnellen Schritten auf mich zu. Die zierliche Person reicht mir bis zu den Schultern, die sie jetzt mit erhobenen Armen ergriff, mir ernst in meine nassen Augen sah und flüsterte: »Es ist jetzt nicht der Augenblick zu weinen. Der Leibwächter des Präsidenten will dich abholen.« Laut sagte sie: »Du hast Herzklopfen, meine Liebe. Mach es einfach wie bei deiner Abschlussprüfung: Pack den Stier bei den Hörnern!«

Während ich Frau Burton umarmte, trat der Leibwächter aus der Tür. Er musterte mich mit einem breiten Lächeln. »Das wird bestimmt ein aufregender Tag für dich«, sagte er mit einer warmen, tiefen Stimme.

Im Wagen des Leibwächters fuhr ich vom Schulhof, gefolgt von Militärfahrzeugen, mit denen der Chor des Internats ebenfalls zum Flugfeld von Kotido gebracht wurde. Dort standen viele Menschen am Rand und sahen gespannt zu, wie ein Helikopter heranschraubte und sich dröhnend im wirbelnden Staub auf den Boden senkte.

Einen Moment noch rotierten die Propellerarme über der Kabine, dann stieg der Präsident heraus und gleichzeitig sang der Schulchor das einstudierte Lied. Präsident Idi Amin lachte, klatschte in die Hände und war so angetan von dem munteren Gesang, dass er einstimmte und rhythmisch hin und her hüpfte. Es sah aus wie der Tanz des größten Berggorillas, wie Idi Amin dort herumstapfte mit seinem massigen über zwei Meter großen Körper, der breiten Brust, die sich mit seinen schnaufenden Atemzügen hob und senkte und mit seinen riesigen Handschaufeln, mit denen er bereits alle Titel als Boxmeister Ugandas erdroschen hatte.

Ehrerbietig begrüßten der Distrikt-Kommissar von Karamoja und sein Sekretär den hohen Gast aus Kampala. Sie knüpften an den Spaß an, den der Präsident soeben genossen hatte und winken mich herbei: »...und das ist die berühmte Loyce Natiwi Lorika, die erste Lehrerin aus dem Stamme der Karamojong. Die Schüler, die uns soeben mit ihrem Gesang erfreuten, kommen aus der Schule, in der sie für deren Ausbildung verantwortlich ist.«

Lachend ergriff Idi Amin mit seinen kühlen, feuchten Pranken meine Hand. »Wundervoll, liebe Natiwi!« lobte er. »Es war einfach zauberhaft.« Begierig schaute er mir in die Augen. »Eine Lehrerin deiner Art – das ist, was meine Kinder brauchen! Komm mit nach Kampala, um sie zu unterrichten. Sag schnell ja. Es ist deine Chance!«

»Vielen Dank«, sagte ich bescheiden, während meine Wangen vor Aufregung und Freude über so viel Lob glühten. »Ich werde unserer Rektorin, Frau Burton, davon berichten. Sie ist es, die uns Lehrkräfte motiviert, alles zu tun, damit die Kinder mit Freude und Ehrgeiz lernen.«

Nach einer Weile des Vorstellens setzte sich die Fahrzeug-Kolonne Bewegung, um zum Empfang im Distriktgebäude von Dodoth zu fahren. Mir wurde der Platz neben Idi Amin in seiner Limousine zugewiesen; ich sollte seine Fragen nach Land und Leuten beantworten, und während wir durch die Straßen fuhren, bemerkte ich, dass er mir mehr Aufmerksamkeit schenkte als den jubelnden Menschen am Straßenrand.

Wir fuhren an bizarren Termitenhügeln vorbei, die zu den Sehenswürdigkeiten der Gegend um Kotido gehörten. Er lachte schallend, als eine Gruppe Wildschweine ihre Hinterseiten zum Hügel drehte und alle gleichzeitig ihren Kot abdrückten. Immer machten sie es so, doch ich war froh, dass der Präsident nicht nach dem Warum fragte, denn niemand wusste den Grund dafür.

Als wir eine große Rinderherde passierten, fragte er, wem denn so viele Kühe gehörten. »Sie sind der Besitz eines Klans im nächsten Dorf«, sagte ich.

Idi Amin war verwundert. »Was wollen die Leute mit so vielen Tieren auf einmal. Was machen sie damit?«

Ganz im Stil einer Lehrerin erklärte ich ihm: »Die Karamojong sind vor allem Hirten. Sie haben große Herden von Rindern, Schafen und Ziegen. Das Vieh ist die Basis für ihr wirtschaftliches, soziales und religiöses Leben. Sie müssen mit den Herden umherziehen, weil es zu wenig Wasser und Gras gibt. Mit Eseln als Transporttieren gibt es immer eine Verbindung zwischen den Herden und den Dörfern.«

»Wie unsinnig!«, kommentierte Idi Amin meine Ausführungen. »Meine Familie bestellt ihr Land. Seit Generationen sind wir Bauern. Habt ihr hier denn keinen Feldbau?«

»Oh doch, das haben wir auch«, erklärte ich ihm. »Mit einfachen Mitteln werden Sorghum, Mais, Gurken und Kürbisse angebaut. Aber es regnet nicht in jedem Jahr. Deshalb müssen die Felder immer wieder neu angelegt werden. Wir sammeln deshalb wild wachsende Früchte und Wurzeln. Wir fangen auch Vögel und Termiten. Das Vieh ist jedoch unser wichtigstes Gut. Vor allem vom Rind haben wir Milch, Blut, Butter und gelegentlich Fleisch. Die Rinder sind aber auch Gaben der Freundschaft, ihr Fell ist unser Lager und Schutz in kalten Nächten und sie sind Opfergabe, Handelsgut und Brautpreis, ihr Kot ist Baustoff und Brennmaterial. Sie sind unverzichtbar und gleichzeitig wie Geld.«

Der Präsident schwieg einen Moment, dann meinte er: »Mit weniger Tieren und mehr Landwirtschaft wäre das Leben einfacher. Weniger Tiere lassen sich leichter und besser ernähren. Sie geben dann mehr Milch und auch mehr Fleisch.«

Ich erzählte ihm aus meiner Kindheit: »Als 1959 die Heuschrecken kamen und unsere Felder leer fraßen, haben wir sie gesammelt und über dem Feuer geröstet. Das linderte die Not. Die Hirten mussten weit wandern und schlachteten viele Tiere, weil es für sie zu wenig Gras gab. Mit dem Blut der Rinder haben wir eine große Hungersnot überlebt.«

Überall standen Menschen an den Straßenrändern, und wenn der Wagen stoppte, fingen sie an, Ugandas Nationalhymne zu singen und anschließend eine Lobpreisung auf den Präsidenten.

»Das Lied ist für Sie gemacht. Wir üben es schon seit Wochen«, erzählte ich dem Präsidenten und er nickte freudig und winkte aus dem Fenster.

Dann wandte er sich abrupt mir zu und fragte unvermittelt: »Gibt es jemanden, der den Brautpreis für dich entrichtet hat?«

»Das weiß ich nicht«, antwortete ich erschrocken. »Darum kümmern sich meine Brüder im Klan, da mein Vater ums Leben kam, als ich noch ein kleines Kind war.«

»Davon habe ich gehört. Es arbeiten ja einige deiner Brüder schon länger in den Ministerien als ich Präsident bin. Es sind angesehene und einflussreiche Männer.« Und nach einer kleinen Pause fügte er lächelnd hinzu: »Willst du denn gar nicht mitentscheiden bei der Wahl deines Bräutigams?«

Vorsichtig antwortete ich: »Es muss ja jemand sein, der von meiner ganzen Familie akzeptiert wird – und er muss meiner Familie wohl hundert Stück Vieh zahlen.«

»Wird das als Brautpreis verstanden?«, fragte Idi Amin. »Du wirst gegen eine Anzahl von Rindern verkauft?« Es schien ihn zu belustigen. Ich aber konnte es kaum fassen, dass der Landesherr nichts über die traditionellen Bräuche seiner Bevölkerung wusste. Wollte er mich damit vielleicht nur verunsichern?

»Es ist kein Kaufpreis«, entrüstete ich mich. »Er wird nicht an die Braut und nicht an den Vater gezahlt. Es ist ein Ausgleich für die ganze Familie, weil sie durch die Heirat einen Verlust erleidet, denn alles, was eine Frau arbeitet, was sie weiß und wie sie hilft und Kinder aufziehen wird – all das kommt mit der Heirat ja einem anderen Klan zu Gute.«

Der Präsident wurde wieder sachlich und kühl: »Was mir wichtig ist an dir: Du hast eine Ausbildung und du trägst ordentliche Kleider. Du bist ein Beispiel für Karamoja und die Karamojong. Du bist ein Symbol dafür, dass es sich auch für ein Hirtenmädchen lohnt, zur Schule zu gehen. Das Land muss sich entwickeln, dazu brauchen die Kinder eine Ausbildung. Ich werde Uganda voran bringen. Ich werde dem Land eine Stimme in Afrika geben, die in der Welt gehört wird. Wir dürfen nicht länger Sklaven der ausländischen Mächte sein. Wir müssen lernen, unsere Bodenschätze selbst zu heben, zu verarbeiten und auf den Markt der Welt zu bringen.« Es war, als hielte er eine Rede fürs Volk.

Ich verstand nicht alles von dem, was er sagte, aber die Worte des Präsidenten beeindruckten mich durch die Entschlossenheit, mit der er sie vortrug. Ich war damit nicht allein, denn als der

Wagen sein Ziel erreicht hatte, war er umringt von einer jubelnden Menge.

Es waren Zelte zum Schutz vor der sengenden Mittagssonne aufgebaut worden. Amin schritt mit seinem Staatssekretär durch die Menge zu einem Podest, gefolgt vom Distrikt-Beauftragten, der mich aufforderte, an seine Seite zu kommen. So thronte ich wie eine Fürstin auf dem Podest und konnte mein Gefühl nicht deuten, ob es mir wirklich gefiel.

Der Bezirks-Kommissar hatte für das große Aufgebot gesorgt, denn er wusste: wo man dem Präsidenten keine Aufmerksamkeit entgegen brachte, da konnte man auch von ihm kein Interesse erwarten. Idi Amin wollte von seinem Volk geliebt werden, und es war am vorteilhaftesten, ihn fühlen zu lassen, dass es auch so war.

Nach einigen Begrüßungsansprachen und einer mir sehr peinlichen Präsentation als erste Lehrerin der Karamojong redeten auch einige Stammesführer der ansässigen Klans mit salbungsvollen Worten. Es wurden Tänze und Gesänge des Brauchtums dargeboten und Idi Amin nahm ungezwungen daran teil. Auch die Schüler unseres Internats traten abermals auf. Es wurde viel gelacht und gescherzt und später labten sich alle an einem Festessen mit Delikatessen, die es hier nie zuvor gegeben hatte und wohl auch lange danach nicht mehr geben würde. Somali, Inder, Engländer und Asiaten, die von Uganda aus Handel in alle Welt betrieben, hatten sie gespendet. Wichtige Vertreter aus diesen Gruppen waren dabei, unterhielten sich und tauschten Kontaktadressen aus.

Aus dem Schatten des bulligen Präsidenten heraus hatte ich immer wieder Blickkontakt mit seinem Leibwächter. Ich schien ihm zu gefallen, und auch ich betrachtete ihn gern. Er hatte eine athletischen Figur und ein verwegenes Lächeln auf den Lippen.

Nach dem Essen fuhren wieder die Limousinen vor und starteten zu einem Konvoi durch die Dörfer. Ich gewöhnte mich an den

Enthusiasmus, der Idi Amin bei jedem Halt entgegenschlug und genoss die Sympathien, die mir an seiner Seite entgegengebracht wurden.

Die Sonne sank, und als wir wieder in die Stadt fuhren, bot mir Idi Amin in vertrauter Weise an: »Meine Frau ist auch im Hotel, du kannst gern mit in meine Suite kommen und dort mein Bad benutzen.«

Verlegen antwortete ich ihm: »Ich glaube, jetzt wollen Sie meine Schicklichkeit prüfen. Verehrter Präsident, es ist mir nicht gestattet, ohne Begleitung einem Mann zu folgen. Meine Brüder erwarten, dass ich auf meinen Ruf achte, ich bin eine unverheiratete Frau.«

Idi Amin grinste bedeutsam: »Als verheiratete Frau müsstest du noch viel mehr auf deinen Ruf achten.« Laut schnaufend stieg er die Stufen zum Hotel hinauf. Ich fühlte mich unbehaglich.

»Bist du froh, dass du draußen geblieben bist?« Es war der Leibwächter, der das fragte. »Du gefällst ihm.«

»Kann sein«, sagte ich knapp und probierte nun die soeben erlernte Koketterie aus: »Aber vielleicht gefällt mir ein anderer noch besser.«

Er lachte zurück und sah sich sichernd um, bevor er fast unvernehmlich bemerkte: »Du solltest vorsichtig sein, er darf das nicht wissen.« Dann zeigte er mir, wo ich mich frisch machen konnte und bot mir seine Begleitung an, denn er hatte frei, solange Amin sich in seinen Gemächern aufhielt und seine Kollegen die Wache vor seiner Tür übernommen hatten.

Wir unterhielten uns mal förmlich, mal freundschaftlich. Ganz im Stil gehobener Konversation fragte er: »Wie gefällt es dir denn zu unterrichten, Natiwi?«

Ich schilderte ihm, wie das Leben bei mir aussah: »Es ist eine schöne Aufgabe, und ich kann gleichzeitig etwas für meine Familie tun. Da alle Lehrer ein kleines Haus haben, können zwölf meiner Nichten und Neffen bei mir wohnen. Es ist fast wie zu Hause.«

Er war beeindruckt. »Du versorgst neben deiner Arbeit noch zwölf Kinder?«

»Nur die fünf Kleinsten, die noch nicht ganz trocken sind, schlafen bei mir«, lachte ich, »die anderen wohnen im Internat, dafür muss ich etwas bezahlen. Am Wochenende sind dann alle bei mir. Das ist immer sehr lustig.« Nun war ich auf ihn neugierig und fragte: »Und du? Bist du verheiratet?«

»Was ist, wenn nicht?«, fragte er und lächelte mich von der Seite her an.

Ich spürte, dass meine Wangen vor Verlegenheit heiß wurden. Was sollte ich ihm darauf antworten?

»Ja«, löste er das Schweigen auf, »meine Frauen und Kinder leben hier in Karamoja, und wenn ich freihabe, besuche ich sie.« Er kam aus einem Dorf, gar nicht weit entfernt von meinem Heimatort Nabilatuk.

»Dann hast du doch sicher auch Rinder und Ziegen. Warum bist du Leibwächter von Idi Amin?« wollte ich wissen.

»Weil es gut sein wird, wenn alle meine Kinder auf eine gute Schule gehen, auch die Mädchen. Als Leibwächter der Obrigkeit verdiene ich das Geld dafür, egal, wer es gerade ist, den ich beschütze.«

Ja dachte ich, während ich ihn aus den Augenwinkeln betrachtete, es muss ein gutes Gefühl sein, von ihm beschützt zu werden.

Es war dunkel geworden, und bevor die Kälte der Nacht kam, atmete Ugandas rote Erde die Hitze des Tages aus. »Möchtest du etwas trinken?«

»Gern! Es staubt mir schon aus dem Hals.«

Wir besuchten die Hotelbar, an der einige Minister und höhere Beamte standen. Einige nannten mich beim Namen; sie waren mit meiner Familie bekannt. Ob ich denn immer Lehrerin bleiben wolle, statt zu heiraten, fragten sie. Ich erzählte ihnen vom Biss der Hyäne und wie ich durch die Missionare geheilt wurde und durch die Ausbildung eine Chance auf ein gesundes und erfülltes Leben erhielt.

Als das Abendprogramm begann, war mein Platz wieder an der Seite Idi Amins. Er ließ mich nun überhaupt nicht mehr aus den Augen und bat mich gleich zu Beginn der Veranstaltung auf den Tanzplatz. Ich hatte ein flaues Gefühl im Magen, denn mit den von mir erwarteten europäischen Tänzen kannte ich mich nicht aus. Doch die Musiker begannen mit einheimischen Rhythmen. Der Präsident presste mich an seinen massigen Körper. Es fühlte sich an, als ertaste er so meine Figur. Während er sich so an mir rieb, flüsterte er mir schmeichelnde Worte ins Ohr. Das flaue Gefühl im Magen nahm zu.

Immer wieder musste ich mit ihm auf die Tanzfläche. Schließlich wiegte er mich zu einer langsamen schwülstigen Melodie in den Armen, umschlang meine Taille und nannte mich Twiggy. »So nennt man die großen schlanken Mannequins in Europa«, klärte er mich auf und schwelgte, dass er auf seinen weiten Reisen viele von ihnen gesehen und kennengelernt habe. »Aber keine von ihnen kann mit dir mithalten, liebe Natiwi. Du bist eine wundervolle Frau.« Bewundernd, und wohl auch berauscht von den Getränken, sah er mich an. »Wir sind ein besonderes Paar, liebe Natiwi. Du bist die erste Karamojong-Lehrerin – und ich war einst der erste Askari-Offizier in der britischen King's African Rifles. Wir haben eine große Zukunft vor uns.«

Wie er mich so über die Tanzfläche schob, staunte ich, dass dieser Mann, an dem alles wahrhaft riesig war, mich trotz seiner Grobschlächtigkeit auch weich umfangen und mir beim Tanz zart den Rücken streicheln konnte. Nie hatte ich bisher von einem

Mann solch eine Zärtlichkeit empfangen. Ich wollte mehr davon und hatte dennoch eine warnende Stimme in mir. Ich genoss seine Gunst und fürchtete, er würde mich erdrücken.

Zärtlich legte er seinen Arm um mich und flüsterte: »Willst du heute Nacht bei mir bleiben?« Es lag Verheißung in diesem Satz. Er konnte der Anfang eines ganz anderen Lebens sein. Aber... ich bat den Himmel, mir ein Zeichen zu geben!

Die Nachtluft war von sinnlicher Musik und tausend Düften durchzogen. Mein Herz war romantisch gestimmt, als das Zeichen des Himmels mitten im Tanz zur schmeichelnden Melodie ertönte. Idi Amin hatte den vielen würzigen Speisen zu heftig zugesprochen – jetzt suchten sich die Winde nur allzu drastisch ihren Weg. Im donnernden Geräusch und bestialischem Gestank zerplatzte meine romantische Fantasie, noch bevor ich antworten konnte. Es war mir zuwider, dass ich mich für ihn schämte – für das, was er selbst nicht einmal zu bemerken schien. Oder hatte mich meine englische Erziehung zu empfindlich gemacht? Ich hatte doch auch eine Kindheit, die dem der Ziegen und Rinder glich. Aber er war der Präsident von Uganda, trug eine schmucke Uniform und goldene Sterne auf der Brust, er musste doch noch viel wohlerzogener sein als ich. Sein Benehmen müsste königlich sein, er war doch Vorbild für ein ganzes Volk, das er in die Zukunft führen wollte – und nicht zurück zur Gleichheit mit dem Vieh.

Als ich mich in der Tanzpause frisch machte, kehrte ich erst zurück, als die Musik wieder spielte. Idi Amin hatte es wieder auf die Tanzfläche gezogen. In seinen Armen hielt er eine junge Acholi, die zur Krankenschwester ausgebildet worden war. Die Zärtlichkeit, mit der er ihren Rücken streichelte, war nicht anders als so, wie er es bei mir gemacht hatte. Ob auch sie den Dunst seiner Verdauung atmete? Es war mir gleichgültig. In diesem Augenblick wusste ich: Niemals könnte ich seine Frau werden! Schnell ging ich wieder hinaus, es war ein guter Moment, das Fest zu verlassen, um am Morgen frisch für den Unterricht zu sein.

Vor der Tür traf ich den Leibwächter und fragte ihn um Rat. »Verschwinde einfach«, riet er. »Da vorn im Jeep sitzt der Fahrer eurer Schule. Ich werde Amin von dir grüßen und sagen, dass du ihn nicht in seinem fröhlichen Tanz stören wolltest. Und du müsstest morgen früh ja wieder unterrichten und ausgeschlafen sein.«

Ich nickte. »Sage ihm auch, dass ich mich herzlich für seine Gesellschaft bedanke. Dass ich mich freue, den Präsidenten unseres Landes kennen gelernt zu haben und dass ich ihm viel Erfolg in seinem Amt wünsche.«

Er begleitete mich noch zum Jeep und gab dem Fahrer eine Anweisung, die ich nicht verstand. Der aber fuhr so schnell es ging zur Schule. In meinem Haus schliefen alle Kinder und auch ich schlüpfte schnell unter die Decke.

Ich war noch nicht eingeschlafen, als es an der Tür klopfte. Erst leise, dann energischer. Jemand nannte seinen Namen und sagte, er gehöre zum Gefolge des Präsidenten. Als ich ein Fenster einen Spalt breit öffnete, kam ein weiterer Bote heran und richtete mir aus: »Der Präsident hat sich so sehr über Ihre Bekanntschaft gefreut, dass er wünscht, Sie mögen zu ihm in das Hotel kommen, um das begonnene Gespräch fortzusetzen.«

Lieber Gott, dachte ich, lass mich die richtigen Worte finden. »Das geht leider nicht«, sagte ich. »Morgen früh um acht muss ich im Klassenzimmer stehen. Der Präsident wird es verstehen, denn wir sprachen auch über die richtige Ausbildung unserer Kinder. Er wird auch wollen, dass ich den Kindern seines Landes eine vorbildliche Lehrerin bin.«

Die Leibwächter berieten sich eine Weile und gingen dann. Ich hörte sie noch miteinander reden: »Er wird damit nicht zufrieden sein. Er wird uns dafür strafen. Aber die Tür war verschlossen, wir konnten sie nicht greifen.«

Würden Sie noch einmal zurückkommen? Ich war mir nicht sicher, ergriff mein Bettzeug und lief zum Haus von Frau Burton, nachdem ich meines sorgfältig verschlossen hatte.

Mein Klopfen weckte die Schulleiterin. Erstaunt ließ sie mich hinein. »Aber Loyce, mit dir hätte ich heute Abend nicht mehr gerechnet.« Dann sah sie das Bettzeug unter meinem Arm. »Oh, oh – ich glaube es gibt einiges zu erzählen.«

Ich erwachte auf dem Sofa in Frau Burtons Haus. Sie stand vor mir und hielt mir eine Tasse Kaffee vor die Nase. »Wecke deine Lebensgeister«, sagte sie, »es ist dir anzusehen, dass du nicht gut geschlafen hast.«

»Was nun?« grübelte ich. »Ist die Sache damit erledigt?«

»Ich weiß es auch nicht, meine Liebe.« Silvia Burton spitzte ihre Lippen. Ein verächtlicher Zug lag um ihren Mund. »In Europa hätte ein charmanter Mann einen Strauß Rosen geschickt. Die Dame seines Herzens aber einfach mitten in der Nacht ins Hotel abholen zu lassen ... Ein Gentleman tut so etwas nicht.« Und während sie ihre Brille auf der Nase zurechtrückte, sagte sie dieses ihr eigene allumfassende »Wir werden sehen...«, das zwar keine Rätsel löste, sie aber ankündigte.

Die Fragen der Kollegen, wie es denn am vorigen Abend war, beantwortete ich mit allgemeinen Floskeln.

Ich stand im Klassenzimmer, die ersten Mädchen waren schon hereingekommen, als mich eine Männerstimme erschreckte: »Guten Morgen, Natiwi!« Es war einer der Leibwächter. »Der Präsident bittet, Sie mögen doch bitte heute Morgen an der Besprechung teilnehmen und vorher mit ihm das Frühstück im Hotel einnehmen.«

Perplex starrte ich ihn an. »Unmöglich! Sie sehen ja, der Unterricht beginnt. Ich kann meine Schüler nicht allein lassen.«

»Aber Natiwi, der Präsident wird untröstlich sein, wenn Sie seine Gesellschaft wieder abweisen.« Der Bote fühlte sich nicht wohl in seiner Haut, das war zu spüren. Aber wer fragte denn danach, wie ich mich fühlte?

»Es tut mir leid, ich kann Ihnen nichts anderes sagen.« Ich straffte meine Schultern. »Hören Sie? Die Glocke!«, sagte ich bestimmt. »Der Unterricht beginnt. Zur offiziellen Verabschiedung des Präsidenten werde ich heute Mittag beim Distrikt-Kommissar sein.«

Der Leibwächter hob hilflos die Schultern und verließ das Klassenzimmer.

»Ich habe ein ganz seltsames Gefühl in mir«, sagte ich in der Pause zu Frau Burton. »War es ein Fehler, dass ich den Boten so wegschickte?«

Ihr war wohl meine Gefühlswelt nicht klar, als sie antwortete: »Ach Loyce, die Männer muss man zappeln lassen, sonst nehmen sie uns Frauen nicht ernst. Wahrscheinlich bist du jetzt noch begehrenswerter.«

Das war es allerdings nicht, was ich gegenüber Idi Amin sein wollte. Nur am Abend zuvor hatte ich einen kurzen schwachen Moment, in dem mich die Romantik durchströmte. Oder es war dieser Traum aller Mädchen, einen Prinzen zu heiraten, einen König sogar. Und Frau Burton? Konnte die Unverheiratete wirklich darüber befinden, wie Männer sind? Und durfte man afrikanische und europäische Männer mit gleichem Maß beurteilen?

Am Mittag fuhr der Bus mit den Schülern wieder zum Flugfeld, während ich zuerst mit dem Jeep zum Rathaus gebracht wurde.

Breit lächelnd und mit spielerisch erhobenem Drohfinger kam Idi Amin auf mich zu und dröhnte in offizieller Weise: »Einen wundervollen Tag wünsche ich Ihnen, Lehrerin Natiwi! Ich muss schon sagen, da lässt sie mich doch einfach stehen, die junge Dame, und verschwindet. Muss wohl selbst noch etwas lernen. Stößt man so einem Ehrengast vor den Kopf, nachdem sie ihn erst um den Finger gewickelt hat?« Er beobachtete mich wie eine Katze ihre Beute, während er meine ihm entgegengestreckte Hand fest mit seinen breiten Schaufeln umklammerte. Er wurde wieder persönlicher »Dass mir das nicht zur Gewohnheit wird, meine Liebe! Eine Ehefrau hat ihrem Mann doch zu gehorchen! Wenn du das noch nicht weißt, dann lernst du auch das noch.«

Ich versuchte eine sachliche Begründung: »Ich bin doch als Lehrerin nur Ihrem Anspruch gefolgt und will den Kindern ein Vorbild sein.« Die Umstehenden verfolgten unsere kleine Unterhaltung mit großem Interesse.

»Ich freue mich sehr, dass du mich persönlich verabschiedest«, sagte er und zwinkerte verschwörerisch. »Mehr noch freue ich mich, dass es nicht für lange sein wird. Ein Flugzeug wartet bereits auf dich.« Dabei traten seine Augen hervor und er sog die Luft mit weit geöffneten Nasenflügeln ein, als wolle er mich gleich mit einsaugen.

Ich sagte den Satz auf, den ich auswendig gelernt hatte: »Gern habe ich meine Pflicht als Vertreterin der Karamojong erfüllt, Herr Präsident. Es freut mich, wenn ich dazu beigetragen konnte, dass Sie sich bei uns wohl fühlten und Sie Karamoja in guter Erinnerung behalten.«

Das Herannahen des Bürgermeisters beendete unser Gespräch. Er flüsterte Idi Amin etwas zu und lachend begaben sich alle zu den Zelten. Als die Kinder die einstudierte Präsidenten-Hymne sangen, quittierte er es mit einem stolzen Blick auf mich und klatschte in die Hände.

Die Klanführer ehrten Idi Amin in einer besonderen Zeremonie, mit der sie ihn in ihrem Stamm aufnahmen. Was für ihn eine Ehre war, sollte auch seine Verpflichtung gegenüber den Karamojong sein und die gegenseitige Verbundenheit stärken. Ich fühlte indessen mehr Verbundenheit mit dem stattlichen Leibwächter, der aus meinem Nachbardorf stammte; ich beobachtete ihn, um seine Gesichtsregungen zum Verhalten seines Herrschers zu deuten, doch nichts ließ einen Gedanken ahnen. Nur wenn sich unsere Blicke trafen, schien sich das Weiß in seinen Augen zu vergrößern.

Als der Hubschrauber mit Idi Amin auf dem Flugfeld abhob und meinen Blicken entschwand, fiel alle Anspannung von mir ab. Er würde schon morgen bei einem anderen Stamm eine andere Frau kennenlernen und mich bald vergessen haben, sagte ich mir, und ich fühlte mich, als hätte ich eine verlorene Freiheit zurückbekommen.

Als im Dezember die großen Ferien begannen, war das Ereignis des Präsidentenbesuchs längst im gleichförmigen Alltag des abgeschiedenen Nordens untergegangen. Jetzt freuten sich alle, für einige Zeit in ihre Dörfer und Familien zurückzukehren. Auch ich fuhr mit dem Bus die sechshundert Kilometer von Kotido nach Nabilatuk. Je näher wir meinem Heimatdorf kamen, umso mehr Zusteigende grüßten mich und schienen mich trotz der langen Abwesenheit zu erkennen. Es schien sogar, dass sie sich über mich unterhielten, denn sie tuschelten wissend miteinander, lachten auch und blickten hin und wieder heimlich zu mir herüber. Dass ich die erste Lehrerin der Karamojong war, schien immer noch ein Thema zu sein. Ich hatte wirklich etwas erreicht, worauf ich stolz sein konnte.

Bei einem Zwischenstopp verließ auch ich den Bus, um einmal hinter den Büschen zu verschwinden. Als ich zurückkam und zwei ältere Frauen mich nicht bemerkt hatten, hörte ich ihr Gespräch: »... und als Frau Präsidentin wird sie im Palast wohnen. Da wird sie schnell vergessen, dass sie auch einmal Kühe gemolken hat, Wasser holen musste und ihre Hütte selbst gefegt hat...« Abrupt schwiegen sie, als sie mich wahrnahmen, lächelten mich nur wissend an. Mein stolzes Gefühl wich einer dumpfen Anspannung.

Als wir in den Ort Nabilatuk fuhren, blickte ich in Fahrtrichtung aus dem Bus. Obwohl mehr Leute und Hütten hinzugekommen waren, schien mir der Ort klein und vertraut. Der große Affenbaum war zur Dorfmitte geworden, aber wie schon früher, so balgten sich dort auch jetzt ein paar Jungen im Staub der roten Erde, und an ihrem frohen Lachen hörte man, dass es nur darum ging, aneinander die Kräfte zu erproben. Ich musste mit ihnen lachen! Glücklich, wieder zu Hause zu sein, stieg ich aus dem Bus.

Kaum stand ich auf der Straße, kam eine meiner Schwägerinnen laut rufend auf mich zu. Sie war es gewohnt, die Straße im Blick zu haben, denn sie hatte nach Mohammeds Unfalltod seinen Laden übernommen und mit einer kleinen Benzinstation erweitert. »Natiwi, Natiwi!«, rief sie. »Du siehst blendend aus! Wie fühlst du dich als Frau Präsidentin?«

Meine Freude, wieder zu Hause zu sein, war dahin. »Ich weiß nicht, was hier vorgeht«, sagte ich vorsichtig. »Aber ich weiß, dass ich keine Frau Präsidentin bin. Erkläre mir mal, was das alles zu bedeuten hat.«

Jetzt stutzte sie und sah mich fragend an. »Du bist doch, du hast doch ...«, stotterte sie. »Ich weiß nichts. Ich glaube, du sprichst am besten mit deinen Brüdern.« Und eifrig setzte sie hinzu: »Du willst sicher etwas trinken und bist hungrig von der Reise – du willst sicher nach Hause. Du hast Briefe bekommen, viele Briefe! Rate mal, von wem?«

Einen Moment überlegte ich, dann lachte ich: »Also soll ich dir jetzt die Namen meiner Brüder aufzählen? Sieben oder acht von ihnen wollen sicher irgendwelche Empfänge mit mir feiern.«

Abwägend schwankte mein Kopf von einer zur anderen Seite. Ich schnitt Grimassen.

»Es ist wohl doch anstrengend, gebildet zu sein«, meinte Mohammeds Witwe und bestätigte sich damit ihre Meinung, dass für sie ihr einfaches Leben das Beste sei.

»Ach, ich lasse mich überraschen«, sagte ich, nahm die Briefe und machte mich auf den Weg. Immer wieder begrüßten mich Verwandte lachend als »Frau Präsidentin«. Ich überhörte es einfach, zuerst wollte ich mit meinem ältesten Bruder Edward Athiyo sprechen.

Er hatte offenbar das gleiche Bedürfnis, denn in seinem Brief bat er mich, schnellstmöglich nach Kampala zu kommen, wo er inzwischen auch unter Idi Amin einen Posten in der Regierung ausfüllte. Ohne alle Klanmitglieder begrüßt zu haben, fuhr ich mit dem nächsten Bus, der durch das Dorf kam, in die Hauptstadt.

Edward begrüßte mich seiner Leibesfülle entsprechend kurzatmig und kam gleich zur Sache: »Der Präsident wird dich heiraten. Was hat er dir gesagt? Worüber habt ihr gesprochen? Was hast du ihm versprochen? Du weißt doch, dass du erst mit mir darüber sprechen musst. So ist es bei uns Brauch.«

»Idi Amin hat mit mir getanzt. Er war zärtlich und schließlich aufdringlich. Und er hat gestunken. Er hat auch vom Heiraten gesprochen; aber er war betrunken. Ich sollte die Nacht mit ihm im Hotel verbringen, er hat sogar mitten in der Nacht seine Leibwächter geschickt, um mich abzuholen. Ich bin nicht mitgegangen. Beim Abschied sagte er, er hoffe, mich bald wiederzusehen und es warte ein Flugzeug auf mich. Was hat das alles zu bedeuten?«

Edward schnappte nach Luft und berichtete: »Ein Leibwächter von ihm tankte in Nabilatuk und erzählte deinen Schwägerinnen, dass der Präsident dich heiraten wird. Sie haben mich sofort benachrichtig. So war ich wenigstens nicht unvorbereitet, als Amin mich anrief. Noch vor Weihnachten soll die Hochzeit sein!«

»Das ist ja ohne die dreimonatige Vorbereitungszeit. Nie hat in Nabilatuk jemand so schnell geheiratet!« protestierte ich.

»Nebensache.« Edward fuchtelte nervös mit den Händen. »Besser, du wirst schnell seine Frau als nie!«

»Ich soll ihn heiraten!?« Vor meinem geistigen Auge sah ich diesen monströsen Mann vor mir, fühlte fast, wie seine begierigen Pranken nach mir griffen, wie er sich auf mich wälzte, mich schier dabei erdrückte, um mich seine Liebe und seine Manneskraft spüren zu lassen. »Niemals!« Edward begriff nicht gleich, für ihn schien alles fest vereinbart. Er schüttelte mich, bis ich ihn zitternd fragte: »Hat die Familie es schon beschlossen?«

Er lachte. »Noch nicht, aber sicher sind alle dafür...«

»Wer ist es? Wer kann das wollen?« unterbrach ich ihn.

Edward überhörte meine Fragen und fuhr in bestimmtem Ton fort: »...denn eine solche Verbindung in die höchsten Kreise der Regierung bringt natürlich für jeden in der Familie viele Vorteile. Alle Schwierigkeiten, nein, alle Wünsche können familiär geregelt werden.«

Mir war, als zögen sich meine Eingeweide zusammen.

Edward war ohne jeden Zweifel. »Da du ihm nun so sehr gefällst und du wohl auf sein Begehren hin auch Zeichen gesetzt hast...«

»Nein, das habe ich nicht!«, schrie ich auf. »Ich war freundlich zu ihm, das war meine Rolle als Unterhändlerin der Karamojong, als Lorikas Tochter, die ihren Stamm vertreten hat und als dessen erste Frau, die eine Ausbildung machte, um ihr Wissen an unsere Kinder weiterzugeben. Ich habe dem Präsidenten sehr wohl zu verstehen gegeben, wie ernst es mir damit ist. Mit der Ausbildung unserer Kinder – und nicht damit, seine Frau zu werden.«

Jetzt erst verstand Edward. Er sah meine Verzweiflung und mochte mir gegenüber nicht mehr den von Vorteilen sprechen, mit denen auch er schon seine Gedankenspiele hatte. »Ja, so bist du nun mal«, seufzte er, »immer nur freundlich, als gäbe es nur Gutes auf der Welt.«

Er sinnierte eine Weile vor sich hin, wartete, dass auch ich ruhiger wurde. »Nun wägen wir doch einmal Vorteile und Nachteile gegeneinander ab...« Er lamentierte über das Machtgefüge des Staates und über die Hoffnungen und Erwartungen der Familie, sprach von großen Aufgaben der Repräsentation und der Einflussnahme für den ganzen Bezirk Karamoja und wie ungewiss das Leben weitergehen würde, wenn wir die Chance, die jetzt vor uns liege, nicht genutzt würde. Und selbst, wenn man bedenke, dass mir wohl ein anderer stattlicher und wohlhabender Mann viel Glück und Zufriedenheit bringen könne, so bliebe dies doch nur in einem kleineren Kreis vorteilhaft anstatt im ganzen Klan und sogar im ganzen Bezirk.

Plötzlich gewann der englische Einfluss aus meiner schulischen Bildung Macht über mich. Ich wollte selbst über mich bestimmen. Es kochte in mir – ich platzte fast vor Wut. »Ist das die Zukunft der Karamojong, dass Frauen nichts anderes dürfen, als das zu tun, was den Männern ein Vorteil ist!?«

»Die Zeiten haben sich geändert, nicht aber in diesem Punkt«, sagte Edward. »Du wirst einwilligen! Es ist auch dein Vorteil. «

Es war ein Urteilsspruch. Es kam mir vor, als sei ich soeben von meinem eigenen Bruder hingerichtet – oder doch zumindest wie eine Sklavin verkauft worden.

Edward wertete mein Schweigen als Abschluss des Gesprächs. Mehr zu sich als zu mir sagte er: »... und was sage ich nun Joshua?«

»Was ist mit Joshua?«, fragte ich entnervt, als komme da noch ein Problem auf mich zu. »Welcher Joshua?«

»Der Joshua – vielleicht erinnerst du dich. Es war, als du gerade Schulsprecherin im Internat geworden bist – er hat dir seine kleine Tochter gebracht, damit du dich ihrer annimmst. Ich habe dich ihm versprochen.«

In mir stieg eine Ahnung auf, worum es ging. »Ich erinnere mich, er brachte seine Sechsjährige, weil du ihm die Schule empfohlen hattest.« Ich konnte mich sogar an sein Gesicht erinnern, es schmeichelte mir, dass er so viel Vertrauen in mich setzte. Und plötzlich erinnerte ich mich, dass Mohammeds Frauen einmal Bemerkungen gemacht hatten, dass ich Joshuas Frau werden würde. Tausend Gedanken schwirrten mir durch den Kopf.

»Was ist das für eine Familie, in der alle wissen, was mir geschehen soll – nur ich nicht!« Ich spuckte ihm diese Worte regelrecht vor die Füße.

Edward überhörte meine Empörung. Er hatte inzwischen eine andere Überlegung angestellt: »Deine Wut wird Idi Amin nicht dulden. Aber auch dein freundliches Wesen wird dir Schwierigkeiten bereiten. An der Seite Idi Amins wirst du viele Gäste begrüßen und sie mit deiner Herzlichkeit begeistern. Das ist ein Problem. Und das mag ebenso für uns alle von Nachteil sein.«

»Warum denn das?«

»Er ist eifersüchtig. Man hört allerlei Gerüchte.« Er machte erneut eine Denkpause. »Verheiratete Frauen rührt er nicht an. Da kann man sich sogar auf ihn verlassen.«

Ich schaute ihn erwartungsvoll an.

»Was wäre, wenn das Versprechen gegenüber Joshua eingelöst wird? Vorausgesetzt natürlich, Joshua will es noch – jetzt, wo der Präsident sein Interesse bekundet hat. Du wärest dann frei. Was aber riskiert Joshua?«

Mein Herzschlag wurde ruhiger. Hatte ich Edward auf meine Seite gebracht? Eventuell hatte er nur ein neues Risiko gesehen.

Wenn ich nicht so funktionierte, wie Idi Amin es sich vorstellte, würde er die ganze Familie hassen.

»Bitte rede mit Joshua«, flehte ich. »Er kann sicher sein, dass Amin mich zwar an sich gepresst hat, als tanze ein Flusspferd mit einer Gazelle. Gegen diese Kraft konnte ich mich nicht wehren. Alles andere aber habe ich verhindert.«

»Ich werde mit ihm sprechen«, sagte Edward.

Erleichtert verließ ich sein Büro.

Eine ungeheiratete Ehefrau

Ich wohnte im Stadthaus von Edward Athiyo. In den nächsten Tagen beschäftigten mich meine Brüder mit der Organisation von Feierlichkeiten und Geschäftstreffen. Ich empfing und verabschiedete wichtige Gäste und wurde immer wieder stolz als die erste Karamojong-Lehrerin vorgestellt, die ja allgemein aus Zeitungen und Radio bekannt war. In Kampala hatte es sich jedenfalls nicht herumgesprochen, dass der Präsident mich zur Frau haben wollte.

Es gefiel mir, wenn viel zu tun und viele Leute um mich herum waren. Diesmal aber war das Warten eine Qual und die Nachricht, die Edward dann für mich hatte, eine Erlösung. Er hätte Idi Amin davon in Kenntnis gesetzt, dass ich seit dem sechzehnten Lebensjahr Joshua versprochen sei und dass ich mich seit der Zeit auch schon wie eine Mutter seiner Tochter angenommen hätte. Und von Joshua überbrachte er die Nachricht, dass er sich unvermindert glücklich schätze, mich in den Kreis seiner Frauen aufzunehmen.

Präsident Idi Amin achtete erwartungsgemäß die familiären Vereinbarungen und ich hörte nie wieder etwas von ihm. Und so erleichtert ich war, so kränkte es mich doch, dass er keine bedauernden Abschiedsworte fand. Wahrscheinlich galt sein Interesse inzwischen einer anderen Frau.

Während der nächsten Ferien – es wurde gerade meine Hochzeit mit Joshua vorbereitet – saß ich bei Edward im Wohnzimmer, als er aus seinem Büro kam und aufgeregt berichtete: »Natiwi, es ist grausam! Idi Amin hat eine seiner Frauen lebendig verbrannt. Es wurde im Fernsehen gezeigt. Eine Strafe für ihre Untreue, die allen Frauen eine Mahnung sein soll, ihre Männer nicht zu betrügen. Ich wusste, dass er eifersüchtig ist, aber so habe ich es mir nicht ausmalen können. Es war schon einmal eine seiner Geliebten auf grausame Weise umgekommen – zerstückelt fand man sie im Kofferraum eines Autos, außerdem waren ihre Eltern und Geschwister vergiftet worden…« In einer Gefühlsanwallung, die ich sonst nicht an ihm kannte, nahm Edward mich in den Arm. »Oh, wie froh bin ich, dass du nicht seine Frau geworden bist.«

Ich beruhigte ihn: »Auch ich bin darüber froh. Doch ich würde leben, denn nie wäre ich meinem Mann untreu geworden.«

Er blickte mich bedauernd an und in seiner Stimme lag hilfloses Mitleid: »Es kommt nicht darauf an, was du tust oder lässt, sondern darauf, wie er es deutet. Er hat die Macht, jeden seiner Gedanken umzusetzen. Und er tut es. Jeder von uns kann davon betroffen sein. Wer bei ihm in Ungnade fällt, ist verloren.«

Ich ahnte, was er damit andeuten wollte, sagte aber: »Wenn ich erst mit Joshua verheiratet bin und wieder Kinder in der Schule unterrichte, dann wird Idi Amin mich längst vergessen haben – wahrscheinlich jetzt schon.«

»Du wirst die Frau Joshuas sein, das allein ist Aufgabe genug. Joshua besuchte das Makerere-College hier in Kampala und ist als Ingenieur und Manager ein wichtiger Mann bei der Ostafrikanischen Eisenbahn. Ihr werdet in Nairobi wohnen, das ist sicherer.«

»Warum hat Joshua mir nichts davon gesagt?«

»Joshua wird es dir sagen, wenn ihr erst verheiratet seid«, sagte Edward – es war eine Selbstverständlichkeit für ihn.

Es fiel mir schwer, meine Verpflichtungen an der Schule in Kotido zu lösen. Frau Burton war traurig, mich als Lehrerin zu verlieren. Auch hatte sie sich gewünscht, dass ich nach christlichem Glauben die einzige Frau eines Mannes sein würde. Doch ihr gefiel Joshua, wie ich ihn ihr beschrieben hatte, und sie gab uns ihre besten Wünsche für eine gute gemeinsame Zukunft.

Die Hochzeit verzögerte sich, da Joshua sich nicht aus seinen beruflichen Verantwortlichkeiten lösen konnte. Er versprach meinen Brüdern per Handschlag die Zahlung des Brautpreises von hundert Kühen an den Klan in Nabilatuk. Da er selbst keine Kühe hielt und sie erst beschaffen musste, bestand er darauf, dass sich erst meine Fruchtbarkeit bestätigen müsse. Für diesen Fruchtbarkeitstest wurde ich mit familiärer Zustimmung seine Geliebte.

Im April 1973 holte Joshua mich mit seiner ersten Frau und seinen fünf Kindern ab, um gemeinsam nach Nairobi zu fahren. Die Frau sollte nach der Hochzeit zurück nach Uganda ins Dorf. Erst in Nairobi erfuhr ich, dass er noch drei weitere Frauen hatte, von denen er zwei vor meiner Ankunft aus dem Haus geworfen hatte. Ich fühlte mich hintergangen, meine Gefühle schwankten erneut zwischen christlichem Glauben mit monogamer Ehe und der Stammestradition. Aber es gab keine Wahl, denn meine Brüder hatten alles abgesprochen, es war eine besiegelte Sache – und ich war schwanger geworden und Weihnachten sollte endlich die Hochzeit sein.

In dieser Zeit erfasste mich ein heftiger Husten – es war zu befürchten, dass es Tuberkulose ist. Welch ein schweres Schicksal, denn das bedeutete den baldigen Tod und eine Gefahr für die übrige Familie. Joshua setzte daraufhin die Bezahlung des Brautpreises aus. Als jüngste Frau und ohne richtige Heirat hatte ich gegenüber den anderen Frauen keine Rechte. Joshua aber suchte trotzdem gern meine Nähe; unsere Schulbildung verband uns, er konnte sich mit mir über Dinge unterhalten, die seinen anderen Frauen fremd waren.

Das forderte den Neid der älteren Frauen heraus. Sie ersannen Intrigen, um mir seine Gunst zu rauben. Immer wieder kam Idi Amin ins Gespräch. Sie wollten es nicht glauben, dass er so einfach von mir abließ, obwohl es ihm ein Leichtes war, sich jeden Wunsch zu erfüllen. Und sie stellten in Frage, ob das Kind unter meinem Herzen wirklich von Joshua sei. War es vielleicht sogar von Idi Amin?

Joshua zog sich immer mehr von mir zurück, nahm mich aber gemeinsam mit seiner ersten Frau und den Kindern in den Weihnachtsferien mit nach Uganda, während seine zweite Frau in Nairobi blieb. Vier Monate blieben wir in seinem Dorf bei Lotome. Die für diese Zeit geplante Hochzeit verschob er aufgrund meines anhaltenden Hustens.

Die Krankheit war auch der Grund, dass Joshua nur mit seiner ersten Frau zum Fest im Nachbardorf ging, bei dem üppig getafelt wurde mit gegrilltem Fleisch und Hirsebier, das gemeinsam mit langen Halmen aus großen Kalebassen getrunken wurde. Ich blieb mit den Kindern zurück.

Es war der 25. April 1974. Immer wieder schmerzten mir Bauch und Rücken – ich wusste nicht, wie mir geschah. Eines der Kinder lief ins Nachbardorf und eilig kam Joshuas erste Frau und brachte die Hebamme mit – sie kannten meinen Zustand besser als ich.

Die Hebamme massierte meinen Leib mit frischer Butter, um meine Schmerzen zu lindern und die Haut geschmeidig zu machen. Alles war so, wie es von Generation zu Generation und von Geburt zu Geburt immer gleich war. Es wurde ein Feuer in der Mitte einer Ziegenhütte entfacht und die Kinder schafften Sand herbei, um den Ziegenmist abzudecken, den Boden trocken zu halten und die Geburtsflüssigkeiten aufzunehmen.

Nackt saß ich im Sand auf meinen Fersen. Mit hochgerecktem Körper wartete ich auf Anweisungen der Hebamme. Die Arme sollte ich nach oben strecken und mich an einem Seil festhalten.

»Du musst pressen, immer wieder pressen«, sagte die Hebamme. Ich schrie und empfand es als einen Augenblick zwischen Leben und Tod. Die alte Frau legte eine Hand auf meinen Rücken, die andere auf den Bauch. Mit jedem Pressen drückte sie das Baby weiter nach unten, bis mir der Unterleib wegzureißen schien – und das Baby zwischen meinen Beinen lag. Sie durchschnitt die Nabelschnur und behandelte das Kind und auch mich mit heimischen Tinkturen. Ich war erschöpft, aber mein erstes Kind war geboren – ein Junge!

Kein Mann darf bei einer Geburt anwesend sein. Joshua schaute erst am nächsten Morgen mit einigen Schritten Abstand in die Hütte. Ja, er war stolz auf seinen Sohn. Doch weil wir nicht verheiratet waren, war es nicht seine Sache, ihm einen Namen zu geben – so nannte ich ihn Moses.

Wie es Brauch ist, sollte ich in den nächsten sechs Wochen die Hütte nicht verlassen. Täglich besuchte uns die Hebamme und sorgte für unser Wohlergehen. Für Joshua galt, dass er uns in den nächsten sechs Monaten nicht berühren durfte.

Die Geburt meines ersten Kindes, zudem noch eines Sohnes, machte mich zu einer vollwertigen Frau und verstärkte den Neid unter Joshuas Frauen. Sie suchten selbst jetzt noch nach Gründen, mein Ansehen mit zweifelhaften Vermutungen herabzusetzen. Joshua riefen die Geschäfte nach Nairobi. Er versprach, mich und Moses später zu sich zu holen.

Die Lebensumstände hatten mich gesundheitlich geschwächt, der Husten verstärkte sich. Kaum noch jemand wagte sich aus Angst vor der Tuberkulose in meine Nähe. Auch die Hebamme beließ es dabei, sich um Moses zu kümmern und ihn während der ersten sechs Wochen, in denen er nicht gewaschen werden durfte, mit Butter einzureiben. Ich spürte, dass ich ärztliche Hilfe benötigte, doch das Geld wurde von der ersten Frau verwaltet und stand mir nicht zur Verfügung. In meiner Not sandte ich eine Nachricht an meine Halbschwester Margret, die nur zwei Stunden von Lotome entfernt wohnte. Sie sorgte dafür, dass ich gemeinsam mit meinem Baby in die Tbc-Abteilung eines nahe gelegenen katholischen Krankenhauses kam, das von italienischen Ärzten geleitet wurde.

In einem Krankenzimmer, das ich mir mit sechs weiteren Frauen teilte, erhielt ich aufgrund meiner sozialen Stellung als Lehrerin eines der drei Betten und musste nicht auf dem Boden lagern. Eine Matratze, eine Decke und Kochgeschirr hatte ich selbst mitgebracht. Nach einiger Zeit traf meine wirkliche Mutter ein. Sie wohnte im Besucherzelt der Klinik und versorgte mich und das Kind während des Aufenthalts. Ich war zu der Zeit keiner Familie zugeordnet, sodass sie diese Aufgabe übernehmen konnte. Die Angst vor einer Ansteckung war so groß, dass niemand einen Besuch wagte. Meine Mutter setzte sich darüber hinweg und bezweifelte die vermutete Krankheit.

Halbschwester Margret beschwor Edward nachdrücklich, mich in einer Klinik in Kampala unterzubringen. Er war inzwischen Handelsminister von Uganda geworden und konnte sich dieser Bitte aus Standesgründen nicht entziehen. Meine Mutter kehrte in ihr Dorf zurück und vermittelte über meinen in Moroto lebenden Stiefbruder Charles, dass Joshua in Nairobi von all dem erfuhr. Niemand aus seiner Familie hatte ihn unterrichtet.

Ein Fahrer des Ministeriums holte mich und Moses nach Kampala. Nur unwillig wurde uns gestattet, eine Nacht im Hause Edwards zu übernachten. Am nächsten Tag ging ich mit Moses auf dem Arm in die Mulago-Universitätsklinik und blieb dort drei Monate.

Jeden Nachmittag kam Edwards Fahrer, um mir Essen zu bringen. Um Ansteckungen zu vermeiden, war das Essen im Plastikgeschirr, das nach Gebrauch vernichtet wurde. Ich fühlte mich wie eine Aussätzige. Nur zweimal hatte ich Besuch aus der Lorika-Familie und von früheren Schulkameradinnen. Viele europäische Freunde waren inzwischen von der Regierung des Landes verwiesen worden, darunter auch Frau Burton. Die Ärzte spürten meinen Kummer der Einsamkeit und waren nett zu mir. Es gelang ihnen, meinen Husten zu lindern, und ein japanischer Arzt stellte schließlich fest: Es ist keine Tuberkulose, sondern eine Bronchitis, die sich chronisch in Asthma gewandelt hatte. Man könne nun nicht mehr tun und ich sei entlassen.

Mit meinen wenigen Habseligkeiten und Moses in einem Tuch auf den Rücken gebunden, verließ ich die Klinik und machte mich auf den Weg in Kampalas feines Wohnviertel Kololo, um das Haus von Edward Athiyo zu suchen.

Während ich durch die Straßen lief, gingen mir tausend Gedanken durch den Kopf. Edward hatte mich mit der Erinnerung an das Heiratsversprechen gegenüber Joshua zwar vor der Ehe mit Idi Amin gerettet. Doch das jetzt entstandene Elend machte mir viel mehr zu schaffen. Ich kam mir so armselig vor, wie ich auf schwachen Beinen mit einem Baby auf dem Rücken durch die Straßen des noblen Diplomatenviertels irrte.

Schließlich stand ich vor seinem Haus, das mir wie ein Palast vorkam, zumal jetzt Soldaten vor dem Tor standen. Sie schauten mich ungläubig an, als ich ihnen sagte, dass ich die Schwester des

Ministers sei. Es waren Karamojong darunter, einer schien mich zu erkennen: »Ah, Mwalim – die Lehrerin! Wie siehst du denn aus?« Er ließ mich ins Haus.

Als meine Schwägerin die Kinder »Anti, Anti – Tante, Tante!« rufen hörte, blickte sie von der Empore der Empfangshalle, um zu sehen, wer gekommen sei.

Christina war aus dem Distrikt Ankole und verzichtete darauf, mich zu begrüßen, stattdessen wies sie ihr Hausmädchen mit einem lauten Ruf von oben herab an: »Bringe sie vor die Tür, ich will solch eine primitive Karamojong nicht in meinem Haus haben. Sie bringt die Tuberkulose mit und bedroht die Gesundheit meiner Kinder!«

Als das Hausmädchen zögerte, kam sie selbst die Treppe herunter, gekleidet wie eine Prinzessin, aber pöbelnd wie ein Straßenweib. Sie schien auf meine Ankunft vorbereitet und stellte klar: »Edward Athiyo ist nicht dein Bruder, sondern der Sohn von Nayor, deren Dienerin deine Mutter war, denn sie kommt erst an sechster Stelle, Nayor war die zweite Frau. Du hast in diesem Hause kein Recht auf Hilfe.«

Dass Edward wie ich Karamojong war, dass wir denselben Vater hatten, dass Foibe – meine Mutter – nach Nayors Tod deren sechs Söhne aufzog, zu denen auch Edward gehörte – all das zählte nicht für die stolze Frau aus dem reichen Westen Ugandas, wo es Wasser, grüne Felder und Wälder gab, wo die Wirtschaft erblüht war, die Uganda zur »Perle Afrikas« gemacht hatte, bis es in die Unabhängigkeit entlassen wurde und nun unter Idi Amin aufsteigen wollte, aber – für Menschen, die wie Maden im Speck lebten, noch nicht wahrnehmbar – dem kulturlosen Elend entgegen ging.

Resigniert und zu matt, etwas zu entgegnen, machte ich mich mit Moses auf dem Rücken und dem Bündel meiner Habseligkeiten unter dem Arm auf den Weg zurück in die Klinik. Der Himmel wollte es, dass ich in Kampala durch eine Straße ging, in der eine Freundin aus der Schulzeit wohnte. Akanyama spielte im Garten mit ihrer Tochter und erkannte mich trotz meines elenden Zustands. Sie bat mich ins Haus, ließ mich mein Leid von der Seele reden und sie stillte unseren Hunger und Durst. Sie gab mir meine Zuversicht zurück, und ich konnte wieder darüber nachdenken, was zu tun sei und wer mir helfen könnte.

Es gab in Kampala noch meinen Halbbruder Timothy, der als Sekretär im Verteidigungsministerium arbeitete. Er versprach mir Hilfe. Seine Frau war nach Karamoja zu seiner Familie gefahren, um vor der Regenzeit beim Pflanzen und Säen zu helfen. Es hatte sich gezeigt, dass ich am besten mit meinen Brüdern reden konnte, wenn ihre Frauen nicht in der Nähe waren. Timothy meinte, es könnte gut für mich und meinen Sohn sein, wenn ich in einem familienzugehörigen Kramladen in Amudat nahe der Grenze zu Kenia mithelfen würde.

Einerseits nahm ich es glücklich an, andererseits fühlte ich mich in ein fernes Gebiet verstoßen. Der Lebensstandard in Amudat war so einfach und armselig, dass sich mein Wunsch, erfolgreich und anerkannt zu sein, nur in den Träumen erfüllte. Die harte Arbeit und ein feuchtes Klima brachten meiner Bronchitis keine Linderung. Immer häufiger schüttelten mich die asthmatischen Anfälle. Oft glaubte ich mich am Ende.

Eines Nachts blieb ich schlaflos und durchdachte mein Leben. Meine ersten Schuljahre, das College, die kurze Zeit als Lehrerin in einer Provinz. Ich hatte doch Erfolg gehabt! Das konnte doch durch diesen leidigen Husten nicht beendet sein! Ich weinte und betete um neuen Mut und einen Weg, der mich wieder aus der Qual heraus führte. Ich hatte etwas Geld und wollte nun mein Leben wieder neu beginnen.

In der Hoffnung, dass mir ein Krankenhaus in Nairobi mit seinem höheren medizinischen Standard helfen könnte, wandte ich mich an meinen Stiefbruder Claudius. Er bot mir Unterkunft und finanzierte mir einen Sekretärinnenkurs im Reeswood-Institut. Meine Bronchitis wurde ambulant behandelt.

Moses blieb in Amudat, doch als er drei Monaten später an Masern erkrankte, holte ich auch ihn nach Nairobi. Nun wurde es bei Claudius zu eng. Ich überwand mich, bei Joshua anzufragen, doch die Ablehnung in dem Haus war zu groß, die Intrigen hatten gewirkt, Joshua schenkte seinem Sohn kaum einen Blick. Ein Freund des Hauses hatte Mitleid und gab uns für kurze Zeit eine Bleibe. Im Sekretärinnenkurs lernte ich ein Mädchen kennen, das eine Nichte meiner Schulfreundin Maggie war, die mit ihrem Mann Idro in Nairobi wohnte. Ich besuchte sie – und sie waren die rettenden Engel: Wir durften bei ihnen einziehen.

Tea-Time unterm Mango-Baum

Es ging englisch und geschäftlich zu im Hause Maggie und Idro. Sie waren immer etwas angespannt und quirlig. An einem sonnigen Freitagnachmittag war Tea-Time mit Gästen geplant. Jeder musste mit anpacken. Gleich nach dem Mittagessen sollte ich Erdnüsse schälen.

Idro war in humorvoller Stimmung: »Es ist eine sehr filigrane Arbeit«, sagte er. »Man braucht viel Gefühl, damit die Erdnüsse nicht gespalten werden.«

Maggie und ich antworteten: »Yes, Dad!«

»Schäle sie, als tätest du es für deinen Mann«, witzelte er.

Ich spannte zwei geflochtene Matten auf und wir begannen mit meiner filigranen Aufgabe. Die Hausboys waren dabei, den Rasen tipptopp zu stutzen. Sie stellten Tische, Stühle und Sonnenschirme auf, holten Holz und einen Grill herbei.

»Alles für die Tea-Time?«, fragte ich.

»Diesmal als Extra-Klasse«, sagte Idro. »Tee macht hungrig. Das Barbecue kommt gleich danach.«

Die »Extra-Klasse« galt hohem Besuch: Der deutsche Konsul wurde mit einer Delegation erwartet. Gast im Hause war auch ein deutsches Ehepaar. Die beiden kamen durchs Gartentor, als ich noch Erdnüsse schälte.

»Dürfen wir uns zu Ihnen in den Schatten setzen?« fragte der Mann freundlich und stellte sich und seine Frau vor: »Franke, Franke aus Köln in Deutschland – das ist meine Frau. Wir sind etwas erschöpft vom Stadtbummel.«

Wir redeten Belangloses. Er nannte die deutschen Übersetzungen für Dinge um uns herum. Vieles klang komisch – ich musste lachen, wenn er deutsche Bezeichnungen ins Englische übersetzte.

»Peanuts – Erdnüsse – the nuts of the earth.«

Er wollte wissen, ob ich Idros Tochter bin. Nein, eine Freundin. Wo ich geboren bin. In Karamoja in Uganda. Ob ich einen Beruf habe. Lehrerin.

Nach und nach erfuhr Herr Franke immer mehr aus meinem Leben, von der gescheiterten Ehe, von Moses, von meiner Krankheit, die eher schlimmer als besser wurde. Schließlich rannen mir die Tränen aus den Augen.

»Sie brauchen Hilfe«, stellte er fest, besprach sich mit seiner Frau und machte dann einen ungewöhnlichen Vorschlag: »Wir vermitteln Ihnen eine kostenlose Behandlung in einem Kölner Krankenhaus. Bei einem deutschen Professor. Sie können bei uns wohnen und brauchen auch sonst nichts zu bezahlen – nur Ihr Flugticket.« Details wollte er mir aus Deutschland schriftlich zukommen lassen.

Jetzt liefen meine Tränen vor Freude. Es waren immer die Weißen, die mich retteten oder mein Leben positiv beeinflusst hatten. Ich schälte meine Erdnüsse – wie zuvor, Moses spielte zu meinen Füßen – wie zuvor, die Sonne malte schattige Kringel auf den englischen Rasen – wie zuvor, der Mangobaum flüsterte leise im Wind – wie zuvor. Alles war noch so, wie es einen Augenblick vorher war ... doch die Welt hatte sich in Richtung Hoffnung gedreht.

»Oh ja!«, rief ich. »Ich komme zu Ihnen!« Ich fiel den Frankes um den Hals, als sei ich schon gesundet.

Herr Franke war angerührt von meinem Freudenausbruch. »Sie erhalten schnellstens Nachricht«, versprach er. »Mitte Januar sind wir wieder in Deutschland. Ich muss nur noch meine Reportage zu Ende bringen.« Er war Journalist und war nach Kenia gekommen, um in Wort und Bild über das Land zu berichten.

Als Idro von der Einladung erfuhr, war er skeptisch. Strebte Herr Franke vielleicht nur eine intime Freundschaft an? »Doch nicht mit einer kranken Frau«, sagte ich. Doch Idro ließ sich alles noch einmal ganz genau von Herrn Franke erklären.

»Es ist aber einiges zu bedenken«, sagte Idro zu mir. Die behördlichen Dokumente könnte Edward besorgen, aber die Welt der Weißen sei völlig anders, es wäre schwierig für mich, darin zurechtzukommen. Ich könne auch Moses nicht mitnehmen, wer sollte sich um ihn kümmern?

»Und wie lange wirst du fort sein. Und was wird sein, wenn du zurückkommst?«

»Wenn ich zurückkomme, werde ich gesund sein. Joshua wird mich zur Frau nehmen. Er wird Moses als seinen Sohn erkennen und alle anderen auch!« Trotzig wollte ich meine Chance wahrnehmen, doch die dafür notwendige Hilfe schien unerreichbar.

Idro tröstete mich: »Wenn du die Flugtickets bezahlen kannst, werde ich froh sein, dich eines Tages gesund wiederzusehen.«

Das war kein Trost – es war der Hinweis auf das größte Hindernis, die Bezahlung des Flugtickets. Geld kannte ich nur in den geringen Mengen, wie man es beim Einkauf auf dem Markt benötigte. Und meine Brüder? Sie zahlten mir kein Busticket, um einen Tagesmarsch in der Hälfte der Zeit zu bewältigen. Warum sollten Sie mir einen Flug nach Deutschland bezahlen, wenn es auch hier Ärzte gab? Ich versuchte es dennoch. Aber keiner meiner Brüder glaubte an die Notwendigkeit dieser Reise, niemand gab mir Geld. Und viele Cents und Schillinge, die ich in einer kleinen Schachtel sammelte, schwanden auf meiner Bettelreise dahin.

Im März traf ein Brief von Herrn Franke ein. Ich konnte ihn nicht beantworten. Im Mai folgte ein zweiter, in dem Franke fragte, ob der erste Brief nicht angekommen sei. Ich muss noch Dinge klären, schrieb ich zurück, und dass ich mich auf die Behandlung freue, weil der Husten sich verstärkt hatte.

Mein Bruder Andrew, der im Hafen von Mombasa arbeitete, wollte Moses aufnehmen. Die Fürsprache dazu kam von seiner Frau, wir kannten uns vom College. Ich fasste Mut: vielleicht würden die anderen Brüder jetzt ebenfalls einen Beitrag leisten.

Mein Sekretärinnen-Zertifikat verhalf mir zur gelegentlichen Annahme von Aushilfsarbeiten, so kamen wieder ein paar Münzen in meine Ticket-Schachtel. In Etappen fuhr ich bis Kotido und von dort wieder nach Kampala. Es war eine vergebliche Reise. Maggie schickte mir einen Brief aus Deutschland. Herr Franke fragte an, ob noch Interesse bestünde. Der Brief war vier Wochen alt und es war bereits Oktober.

In panischer Angst, nichts für meine Gesundung tun zu können, besuchte ich abermals Edward. Durch die missratene Heirat mit Joshua fühlte er sich mir gegenüber in der Schuld und sann nach einer Möglichkeit, die er gegenüber seiner Frau und den anderen Brüdern rechtfertigen konnte.

Ihm fiel mein Recht am Lorika-Erbe ein. Ich wusste nicht, was er damit meinte. »Das Recht hat sich seit Vaters Tod geändert«, erklärte er. »Auch als Tochter hast du ein Erstgeborenenrecht. Das bedeutet, dass dir von der Herde des Klans wohl ungefähr sechzig Rinder gehören.«

Ich sah ihn nur verwirrt an.

Edward redete weiter: »Du erklärst, dass du mir dein Erbe überträgst. Dann gehören deine Rinder mir. Und ich bezahle den Flug nach Deutschland.«

Diesen letzten Satz verstand ich. Für einen kurzen Augenblick war ich Besitzerin von sechzig Rindern. Und jetzt, einen Wimpernschlag später, konnte ich Herrn Franke schreiben, dass ich komme, um gesund zu werden, damit ich nicht mehr eine Verstoßene bin und meinem kleinen Moses eine fröhliche Mutter sein kann. Optimistisch schrieb ich Herrn Franke, dass er mir nur noch den Termin nennen müsse.

Ein Ticket nach Deutschland

»Kommen Sie doch zu Weihnachten, liebes Fräulein Natiwi, Gesundheit ist doch das schönste Geschenk, das man sich zum Christfest wünschen kann.« So hatte Herr Franke geantwortet. Er hatte sich auch erkundigt, dass die Lufthansa am 23. Dezember 1975 von Nairobi nach Frankfurt fliegen würde. »Dort holen wir Sie dann ab.« Mir war schwindelig vor Glück.

Edward nutzte seine Beziehungen zur Passbehörde, um mir die nötigen Reisepapiere zu beschaffen und sorgte für Hilfe beim Ausfüllen der Formulare. Nach einigen Tagen wünschte Edward mir eine gute Fahrt – zunächst im preisgünstigen Bus bis Nairobi, wo ich vor dem Abflug nach Deutschland noch einmal bei Maggie schlafen konnte.

Es war Montag, der 22. Dezember 1975, kurz vor Weihnachten. Ugandas kleine Regenzeit war seit ein paar Tagen vorüber. Die Morgenluft lag noch feucht und kühl über Kampala. Nebelschleier flüchteten durch das Great Rift Valley vor den frühen Sonnenstrahlen und schlossen sich den letzten grauen Wolkenballen an, die wie eine Elefantenherde über das satte Blau des Himmels zogen.

»Nach Nairobi und dann weiter nach Europa. Nach Germany. Nach Frankfurt und Köln«, sagte ich hastig auf, als mich eine Frau fragte, wo ich denn hin wolle – so früh auf der Busstation in Kampala.

»Ach, Nairobi«, sagte die Frau. »War mal da, ist lange her. Die Dörfer ringsum kenne ich nicht. Ich will nach Nakasongola zu meiner Familie. Wir haben nicht den gleichen Weg. Gute Reise!«

Sie lächelte mir zu, nahm ihren Korb wieder auf verschwand im Gewühle aus bepackten Menschen und Fahrzeugen. Sie sah nicht die Tränen, die mir über die Wangen liefen. Ja, auch ich wäre lieber zu meiner Familie gereist, zu meinen Freundinnen und zu meinem Sohn. Aber ich musste erst gesund sein, um wieder willkommen zu sein.

Meine Gedanken versanken im Spektakel aus Gesprächen, Ausrufen, Kinderlachen und gesungenen Rhythmen, begleitet von Hundegebell, krähenden Hähnen und meckernden Ziegen. Dazwischen das rumpelnde, röhrende Poltern der über den zerfurchten Platz manövrierenden Omnibusse. Man sah ihnen an, dass die Fahrten in Ugandas Provinzen und in die Nachbarländer Kenia, Tansania, Ruanda, Kongo und Sudan viel von ihnen verlangten. Staub und Schlamm aus roter Erde überdeckten die Blessuren der Karossen, die sich hupend mit ihren trotzigen Motorschnauzen durch die mit Kisten und Körben beladenen und scheinbar planlos umherhastenden Menschen schoben.

Es war der große Weihnachts-Aufbruch der Stadt in die Provinz. Wer immer es möglich machen konnte, machte sich auf den Weg in seinen Klan, wollte bei den Frauen und Kindern sein. Wie seit allen Zeiten, als um die Wetterwende Akiudakin war, das große Fest, den Geistern für die gewachsenen Früchte und eine vergrößerte Herde zu danken. Kolonialherren und Missionare hatten es nicht schwer, dem turbulenten Akiudakin-Treiben christliche Strukturen zu geben. Ein guter Gott mit seinem Sohn war willkommen, er würde das Leben reicher und fröhlicher machen. Er brachte dem Fest neue Lieder und neues Brauchtum und – kaum vorstellbar auf dem Busplatz von Kampala – sogar Besinnlichkeit.

Die heranschaukelnden Omnibusse waren nicht leer, sie brachten jene mit, die ihrem Leben in Kampala neue Hoffnung geben wollten. Mit entfesselter Freude wurden sie begrüßt. Die großen Familien-Klans zerstreuten sich, die verfremdeten familiären Bande lebten wieder auf. Geschenke wurden ausgetauscht. Die chaotisch wachsende Hauptstadt Kampala, einst der »Hügel der Antilopen«, war wie ein heißer Kessel geworden, dessen überquellender Brei den Deckel hob und in die Savanne floss, mit Hütten aus Kistenholz und Blech, in denen Hoffnung und Resignation zu gleichen Teilen zu Hause waren. Die alten Lebensformen der afrikanischen Stämme verwirbelten im Schmelztiegel einer neuen Zeit. Seit Präsident Idi Amin Dada die Inder aus dem Land vertrieben hatte, strömten die Männer aus den Dörfern in die Städte, schlossen Hirten und Bauern die Lücken in Handel und Gewerbe. Das Land war im Aufbruch. Und wie der Reichtum wuchs, so wucherte das Elend.

Die Auspuffrohre der Busse feuerten rauchschwarze, beißende Schwaden in die Menge. Der Geruch von verbranntem Öl und Diesel mischte sich mit dem Schweiß der Lasten schleppenden Reisenden und den Ausdünstungen des erschöpften Viehs, dem

Ziegendung und den Aromen des Reiseproviants aus Fleisch und getrocknetem Fisch. Die Sonne stieg höher und heizte den Platz, auf dem Lärm und Gerüche anschwollen wie die Unruhe unter den Wartenden.

»Du willst doch auch in Richtung Nairobi?«, vergewisserte man sich gegenseitig.

»Ist es wirklich hier? Fährt hier der Bus nach Nairobi ab?« Unsicher stand ich mit nur einem kleinen Metallkoffer und einer Tasche zwischen Leuten mit Kisten, Körben und Säcken.

»Ja, hier soll er abfahren. Du willst nach Nairobi?«

»Noch weiter«, sagte ich.

»Nach Hause?«

»Zu Freunden«, sagte ich und erklärt ungefragt, weshalb ich mich so um meine Tasche sorgte, aus der Straußenfedern herausschauten. »Ein Geschenk; es soll nicht zerdrückt werden.«

»Müsste eigentlich schon weg sein, der Bus nach Nairobi«, meinte der Mann, »aber dann wäre ich auch nicht mehr hier. Ich warte hier schon seit Stunden.«

»Hallo, Jambo-Cherge!« Freudig begrüßte ein Alter einen jungen Mann, der nur einen Beutel unterm Arm trug. »Wirst du uns fahren? Dann werden wir gut ankommen.« Der Alte umarmte ihn, nickte den Umstehenden zu. »Er ist der beste Fahrer weit und breit.« Einige kannten ihn bereits und klopften ihm auf die Schulter.

»Wenn das der Fahrer ist, wo ist dann der Bus?« fragte ein Mädchen.

Ein Junge klärte sie auf: »Der kommt bestimmt gleich mit dem zweitbesten Fahrer. Aber der muss sich dann erst einmal ausruhen, deshalb fährt Cherge. Weißt du eigentlich, wie weit es nach Nairobi ist?«

»Sehr weit, sonst wäre ich zu Fuß gegangen«, sagte das Mädchen.

»Es wird dunkel sein, wenn wir ankommen«, meinte der Junge. »Aber erst einmal muss der Bus ankommen.«

Als das Vehikel schließlich heranruckelte, kam Bewegung in die Wartenden. Der noch voll beladene Bus schob sich an ihnen vorbei, um seinen Fahrgästen Platz zum Aussteigen zu geben. Einige sahen bedauernswert aus in ihrer bis zum Bauch mit feuchtem Dreck verschmierten Kleidung und verwischter Erde im Gesicht und in den Haaren.

»Was ist passiert?«, fragte Cherge seinen Kollegen.

»Ein neues Schlammloch in der letzten Furt. Der Regen hat die Strömung verändert«, informierte ihn der Fahrer. »Es blieb uns nichts anders übrig, als alles auszuladen und an Land zu tragen. Ich hatte starke Männer an Bord, aber es hat schon eine Zeit gedauert, bis wir der Bus wieder frei war. Ich habe vor dem Loch einen Pflock eingeschlagen. Halte dich links davon, da ist der Boden im Flussbett fester.«

»Danke für die Wegmarke«, lachte Cherge. »Ich hoffe, dass mir der Fluss keine neue Falle stellt.«

Gemeinsam stiegen die Fahrer auf das Omnibusdach, um Gepäckstücke loszubinden und sie in die ausgebreiteten Arme der Ausgestiegenen zu werfen. Koffer, Bündel, Körbe und Kisten der neuen Fahrgäste wurden heraufgereicht und festgezurrt, weiteres Gepäck stopften sie in die Luken zwischen den Rädern. Und dennoch drängten die Reisenden mit weiterem Hab und Gut, Drahtkäfigen mit Hühnern und Ziegen am Strick in den Bus.

Schließlich brüllt das Horn zwei lange Signale über den Platz. Cherge legte einen Gang ein und der Bus holperte über die Wellen der Piste, um sich zwischen Jeeps und Lastwagen in die gefurchten Räderspuren einzureihen. Durch die offenen Fenster wehte eine frische Brise, doch wenn der Verkehr stockte, verströmten Mensch wie Vieh einen muffigen Stallgeruch.

Froh darüber, endlich auf dem Weg zu sein, verstummten die Reisenden, blickten in die Landschaft aus welkendem Gras und trockenem Buschwerk und schreckten nur gelegentlich hoch, wenn das Gefährt in ein besonders tiefes Schlagloch krachte und die Ziegen und Hühner in panisches Meckern und Gackern ausbrachen – bis sie sich matt dem Rumpeln und Schütteln ergaben.

»Alles aussteigen!« rief Cherge. Er war auf einen Platz neben einem Markt gefahren und stellte den Motor aus. »Hier könnt ihr etwas trinken und solltet euch erleichtern. Auf der Strecke kann ich nicht anhalten.« Cherge wusste, wie die Fahrt Magen und Darm bewegte. Aber auf der Piste schaffte man sich mit jedem Halt Feinde, denn es gab auf der Strecke nur die eine Spur, wer dort anhielt, stoppte zugleich alle folgenden Lastwagen. Auch Cherge hätte ein großes Palaver begonnen, wenn ein Fahrzeug vor ihm gestoppt hätte oder in der Regenzeit sogar riskierte, in der aufgeweichten Piste zu versinken.

Schnell waren die Reisenden wieder im Bus. Einige hatten sich auf dem Markt Früchte gekauft. Eine Hand Bananen, die einladend in einem Korb lag, machte einem Jungen Hunger. Langsam streckte er seine Hände aus – mit leisem Knacks pflückte er sich die gelbe Frucht.

»He, was machst du da!«, gellte eine Stimme durch den Bus.

Der Junge zuckte zusammen. Plötzlich richteten sich alle Augen auf ihn. Wie eine Kerze hielt er die Banane und flüsterte nur leise: »Ich habe Hunger.«

»Das sind meine Bananen! Er wollte sie stehlen«, empörte sich die Frau. Mit ihr entrüsteten sich weitere Mitreisende.

»Na, was ist nun!«, wandte sich ein Alter an den Jungen, nicht fragend, sondern fordernd.

Der Junge senkte den Blick. Langsam legte er die Banane zurück. Es wurde wieder ruhig im Bus. Ab und an blickte sich die Frau mit den Bananen nach dem Jungen um, der voller Schuld auf seiner Unterlippe kaute.

»Hast wohl wirklich argen Hunger«, sagte die Frau, und als der Junge traurig nickte, ermunterte sie ihn: »Nun nimm sie dir schon!« Lachend griff er zu und musste noch einmal ernsthaft nicken, als der Alte sich erneut einmischte: »Das nächste Mal wird gefragt, verstanden!«

Als Cherge den Bus zum dritten Mal anhielt, umfing uns der geschäftige Trubel der Grenzstation nach Kenia. »Dort drüben sind die Toiletten«, wies Cherge seine Reisegäste an. »Dass mir keiner vergisst, sie zu besuchen!«

An der Grenze waren ungewöhnlich viele Soldaten. Es wurden Gepäckstücke kontrolliert und die Frachtklappen des Busses geöffnet, Säcke und Beutel wurden geöffnet oder abgetastet.

»Sie suchen nach Kaffee«, erklärte mir der Alte, als ich besorgt meine Tasche mit den Geschenken umfasste. »Wehe, es will jemand Kaffeebohnen nach Kenia bringen.«

»Die nehmen einen anderen Weg«, flüsterte ein anderer. »Hier wäre es dann doch zu einfach.«

»Rubusta« hieß der Kaffee, dessen Anbau Idi Amin Dada verstaatlicht hatte. In jenem Jahr war er besonders begehrt, weil das Wetter Brasilien eine schlechte Ernte beschert hatte. Die Kaffeebauern konnten die grünen Bohnen auf Schmuggelpfaden besser verkaufen, anstatt sie für ein paar Schillinge Idi Amins Aufkäufern zu überlassen. In Kenia konnten sie die begehrte Ware gegen Transistorradios und sogar Autos tauschen. Ugandas gefürchteter Despot hatte deshalb für Kaffeeschmuggler die Todesstrafe angeordnet.

»Einsteigen!« rief Cherge, als er mit zufriedenem Gesicht und ein paar abgestempelten Papieren aus der Grenzstation kam. »Es geht weiter.«

Kenia war unser Bruderland. Seit der Kolonialherrschaft war ein Binnenland ohne Hafen nicht mehr denkbar. Für Uganda wurde Kenias Hafenstadt Mombasa das Tor zur Welt. Die Menschen im Grenzland entstammten den gleichen Volksgruppen, sprachen ähnliche Sprachen und hatten vertraute Bräuche. Wer aber im Omnibus von Uganda nach Kenia fuhr, spürte den Unterschied sogar in den Hinterbacken – die Räder rollten dort über Asphalt. So etwas hatte Uganda nur auf der Straße zum Präsidentenpalast.

»Was für eine herrliche Straße!«

Doch das galt auch in Kenia nicht überall, wie die Reisenden nach einiger Zeit erfuhren. Der Bus schraubte sich über Serpentinen aus dem Great Rift Valley ins felsige Bergland. Jede enge Kurve eröffnete eine neue Sicht in ein grandioses Natur-Panorama, das Paradies und Wildnis zugleich war.

»Es ist schön hier«, sagte ich zu meiner Nachbarin. »Aber wenn ich auf den Weg sehe, geht mir ein heftiges Kribbeln durch den Bauch.« Ich wagte kaum, aus dem Fenster zu schauen, in die schwindelnde Tiefe des steilen Abhangs; auf der anderen Seite ragte eine Felswand empor. Der Bus rumpelte zaghaft auf einem schmalen Absatz voran, der kaum breiter war als er selbst. Allein der Anblick nahm mir die Luft, schnürte meine Brust.

»Es ist besser die Landschaft im Tal zu betrachten, sonst verschlägt es einem den Atem«, sagte der Mann, der den Fahrer so freundschaftlich begrüßt hatte. »Du fährst diese Strecke wohl zum ersten Mal, was?«

»Das merkt man mir wohl an. Ich war zwar schon in Nairobi und Mombasa, aber mit der Eisenbahn.« Ja, man konnte es bequemer haben als mit dem Autobus, – das war eine Sache des Geldes. Manchmal konnte Idro mir eine günstige Fahrkarte besorgen, zuletzt für die Reise nach Mombasa, um Moses in die Obhut eines Bruders zu bringen.

Der Mann grinste. »Du siehst ängstlich aus! Aber es ist keine Gefahr, wenn Cherge hupt. Das heißt nur: Wir kommen! Dann warten Lastwagen oder Busse in den Nischen. Stell dir vor, er müsste diese Strecke rückwärts fahren – dann hätte ich auch ein Kribbeln im Bauch. Bald gibt es eine breitere Straße.«

Ich atmete tief durch, unterdrückte ein weiteres Husten, schloss die Augen und faltete die Hände zum Gebet. Möge Gott diese Fahrt beschützen und Cherge all seine Erfahrung und sein Können einsetzen, um alle wohlbehalten zu ihrem Ziel zu bringen. Auch meinen Sohn Moses schloss ich ins Gebet ein und stellte mir vor, dass ich ihm eines Tages, wenn er größer und verständiger sein wird, von dieser Fahrt erzählte. Ich träumte mich in den Tag hinein, an dem ich diesen Weg aus der anderen Richtung fahre und die Äquatorsonne die Wattewolken über dem weiten Tal leuchten lässt. Zurück zu meinem Klan, zu meinen Freunden und zu meinem Sohn. Gesund und ohne zu husten, voller Freude, wieder Kinder unterrichten zu können. Und dass ich doch noch die Frau eines Karamojong zu werden würde, eine gesunde schöne Frau an der Seite eines erfolgreichen Mannes.

Ich war ja erst dreiundzwanzig Jahre alt und auf dem Weg nach Deutschland, das irgendwo in Europa lag, wahrscheinlich in der Nähe von London, denn wenn man Europa sagte, meinte man London, und wenn man von London sprach, war es Europa. Und Europa, das Land der Weißen, war unvorstellbar weit weg und unvorstellbar anders. So wie die Sterne am Nachthimmel.

Die Landkarten in den Missionsschulen zeigten nur Zentralafrika groß und deutlich. Die Länder und Kontinente der übrigen Welt waren klein, unbedeutend und weit entfernt dargestellt, man konnte sie mit einem Daumen abdecken. Es gab wichtigere Dinge zu lernen und zu lehren.

»Eine halbe Stunde, dann sind wir in Nairobi!« Cherge rief es mit Blick über die Schulter so laut, dass sich im Bus auch auf der letzten Sitzbank die Köpfe hoben. Der Himmel glühte im Westen bereits im satten Orange. Es konnte nicht mehr lange dauern, bis der Nachthimmel Kenia verdunkelte. Ich wischte mir über die Augen. Es war gut, etwas geruht zu haben, denn von der Busstation bis zu Maggies Haus würde es noch dauern. Noch eine Nacht. Morgen werde ich nach Europa fliegen.

Im Bus reckten sich die Leute. Über acht Stunden waren sie bereits unterwegs. Gleich würden sie auseinander streben. Man tauschte gute Wünsche aus, ließ Grüße bestellen und redete dies und das und bestätigte sich gegenseitig den guten Verlauf der Fahrt, nachdem es diese Verspätung durch das Schlammloch im Fluss gegeben hatte. Gut, dass der andere Fahrer den sicheren Weg durch die Furt markierte, sonst wäre Cherge womöglich in diese Falle gefahren. Sie lachten und freuten sich über die trocken und sauber gebliebenen Kleider.

»Du bist eine Karamojong, stimmt es?« Die Frau neben mir sah mich an, als hätte sie mich beim heimlichen Naschen ertappt.

»Ja«, sagt ich, »aus Nabilatuk. Der Größe nach scheinst du auch aus Karamoja zu kommen.«

»Die Massai und Pokot haben ja auch unsere Größe. Ich dachte es mir, weil du eben im Schlaf geredet hast.«

»Oh! Was habe ich denn ausgeplaudert?«

»Lorika. Du hast Lorika gesagt.«

»Das ist der Name meiner Ere«, erklärte ich.

»War er dein Vater?«

»Es ist lange her ...«

»Man wird ihn noch lange kennen!« Mit ehrfürchtigem Kopfnicken bestätigte sie sich ihre Einschätzung, und nach einer Weile des Nachdenkens fragte sie: »Du bist die Lehrerin, nicht wahr!«

»Ja, ich bin Natiwi, die Tochter von Lorika. In der Missionarsschule hat man mich auf Luica getauft, später auf Loyca. Aber zu Hause bin ich noch immer Natiwi.«

Dann sah mich die Frau wissend an: »Und wie hat Präsident Idi Amin dich genannt?«

Damit hatte ich nicht gerechnet. Ich schluckte nur trocken und sagte gar nichts.

»Du wolltest doch Frau Präsidentin werden!«, triumphierte die Frau neben mir so laut, dass es alle anderen hören konnten. Rhythmisch sang sie das Lied an, das wir in der Schule eingeübt hatten: »Idi, Idi, Idi Amin Dada ...« Alle Kinderchöre des Landes hatten den Präsidenten damit erfreut.

Wie automatisiert presste ich die Hände auf die Ohren. »Nein, nein! Nicht ich wollte ihn, er wollte mich zu seiner Frau machen. Zu seiner achten oder zehnten Frau vielleicht.«

»Du hättest jetzt in den Polstern einer schwarzen Limousine sitzen können«, sagte der Mann von der anderen Gangseite.

Vor Aufregung musste ich husten. Als ich wieder Luft bekam, erklärte ich: »Es ist die Familie, die meinen Mann bestimmt. Ich war bereits versprochen. Der Präsident achtet die Tradition.«

»Tradition?«, höhnte die Frau neben mir. »In meinem Dorf haben sich sieben Männer selbst getötet, um nicht von seinen Soldaten getötet zu werden. Warum? Weil sie nicht in die Hosen steigen wollten, die sie ihnen verordnet hatten. Seit Jahrhunderten gehen sie nackt auf die Jagd und jetzt sollen sie Beine und Gemächt verhüllen – wozu? Drei meiner Söhne sind nach Kampala gegangen. Ich erkannte sie nicht mehr, als sie zurück ins Dorf kamen, so verhüllt waren sie. Jetzt laufe ich selbst in Tüchern gehüllt herum. Wer soll das verstehen?«

»Idi Amin ist ein Reformer. Er wird dem Land gut tun«, meldete sich ein Mann zu Wort.

»Er ist ein Schlächter!« protestierte ein anderer.

»Er hat eine seiner Frauen mit Benzin übergossen und öffentlich verbrannt, weil sie ihm untreu war, – es wurde im Fernsehen gezeigt«, berichtete ein anderer.

»Ihr Tod ist gerecht«, urteilte die Frau neben mir, »aber die Art der Hinrichtung ist sogar für ihn unwürdig.«

»Das ist die Folge des Beschneidungs-Verbots, das weckt die Lust!«, rief eine aufgebrachte Frau. »Es waren die Briten, die das verlangten. Doch wer weiß das schon, der nicht in einer Stadt, sondern in der Savanne lebt?«

»Idi Amin hat es nicht leicht als Präsident.«

»Er ist ein Schlächter!«

Der Mann aus der anderen Sitzreihe richtete sich auf, um sich als der Älteste zu präsentieren. Er drehte sich um und blickt von Gesicht zu Gesicht. »Es ist genug darüber geredet worden und es wird uns schützen, wenn wir jetzt darüber schweigen.«

Die Diskussion war beendet.

Der Bus fuhr durch Vororte Nairobis. Hin und wieder hielt Cherge an, um einige Mitfahrende aussteigen zu lassen. Die Lichter der Millionenstadt flimmerten vor dem nachtblauen Himmel. Wir erreichten den Busbahnhof. Ab hier schienen die Häuser zu wachsen, hier wurde die Stadt zur City.

Cherge bog ab auf den großen Platz, auf dem es keine Schlaglöcher gab und in dessen feste Decke die Räder der Fahrzeuge keine Furchen graben konnten. Er stoppte und fragte den Platzwart durch das offene Seitenfenster nach dem zugewiesenen Platz für den Bus aus Kampala.

»Kampala«, wiederholte der Platzwart und schaute abfällig auf den Bus, an dem immer noch der Schlamm klebte, bedeckt mit dem Staub der roten Erde. »Das musst du nicht sagen, – Kampala, das sieht man! Rechts hinten in der Ecke.« Gewiss, Nairobi hatte

Chaos genug, glänzte auch nicht vor aufgeräumter Sauberkeit, aber ein Bus aus Uganda musste nicht dort stehen, wo man ihn für einen Bus aus Kenia halten könnte.

Als ich mich bei Cherge für die sichere Fahrt bedankte zeigte ich ihm den Zettel mit der Adresse meiner Freundin Maggie. »Ist das hier in der Nähe?«

»Oh, nein«, sagte Cherge. »Das liegt am anderen Ende der Stadt. Mit dem Stadtbus brauchst du eine dreiviertel Stunde. Da drüben ist die Haltestelle. Dein Fahrschein gilt dafür nicht mehr, aber es ist nicht teuer. Fünfzig oder sechzig Cent.«

»Danke!«, sagte ich, doch ich fühlte mich nicht gut dabei. Es war hart gewesen, das Geld für die Fahrt und das Flugticket zu beschaffen. Es hatte schließlich mein Erbe gekostet – und doch wurde es mir bis auf die kleinste Münze genau auf den Tisch gezählt. Sechzig Cent für den Stadtbus waren nicht dabei.

Wie es weitergehen sollte, wusste ich nicht. Dennoch ging ich zur Bushaltestelle. Ganz unten in der Tasche hatte ich einen Fünfzig-Dollar-Schein. Der aber sollte meine eiserne Reserve für Europa sein. Den konnte ich doch nicht für eine Busfahrt in Nairobi hergeben. Es blieb der Fußmarsch, doch wenn ein Bus eine dreiviertel Stunde benötigte, wie lange müsste ich dann laufen? Ich schaute umher, ob noch einer der Mitreisenden in der Nähe sei, doch kein Gesicht kam mir bekannt vor.

Ein Bus fuhr vor. Leute stiegen aus, andere drängten hinein. Unschlüssig stand ich da. Der Busfahrer beobachtet mich, als er schon die Türen schließen wollte.

»Willst du mitfahren?«

»Ja!«, sagte ich und sprang hinein. »Fährt dieser Bus zur Kenyatta Avenue?« Maggie und Idro hatten eine neue Adresse, die Maggie nur knapp mit »größer und schöner« bezeichnet hatte, »weil wir oft so wichtige Leute zu Besuch haben«.

Der Fahrer nickte. »Genau richtig. Ich rufe die Straße aus, wenn wir ankommen.«

In der dritten Reihe war ein Platz frei. Ich fühlte mich elend. Im Hintergrund des Busses hörte ich den Schaffner nach den Fahrkarten fragen. Wer keine hatte, bezahlte bei ihm. Die Leute reichten ihm kleine Münzen. Ich hatte keine, denn in dem Umschlag, auf dem die Abflugzeit nach Europa stand, war das abgezählte Geld für das Flugticket. Nicht die kleinste Münze würde ich da heraus nehmen.

Der Schaffner kam näher. Er plauderte eine Weile mit einem Bekannten, verabschiedete sich schließlich lachend von ihm und stand wenig später vor mir.

»Noch ein Fahrgast? Die Fahrkarte bitte.«

Mir stockte der Atem, ich versuchte, an nichts zu denken.

»Deine Fahrkarte, Mädchen!« sagte er forsch.

»Ich – ich habe keine.«

»Bei mir bekommst du eine!«, lachte er dröhnend heraus. »Wo willst du denn hin?«

»Kenyatta Avenue.«

Der Schaffner riss das passende Billett aus einem Block und reicht es mir. »Das macht sechzig Cent«, sagte er.

Schuldvoll sah ich ihn an: »Ich kann nicht bezahlen; ich habe dafür kein Geld mehr.«

»Waaas!« bellte der Schaffner, während sich sein Gesicht in gebieterische Falten legte. »Das hast du doch gewusst, bevor du eingestiegen bist! Dachtest du, das geht hier umsonst?«

»Nein.« Mir war, als machte mich seine Rede kleiner; leise erklärte ich es ihm: »Ich komme aus Kampala und habe nicht gewusst, dass die Fahrkarte nicht bis zu meinem Ziel gilt.«

»Wer in einen Bus steigt, muss auch die Fahrt bezahlen!« referierte der Schaffner laut genug, dass es alle Fahrgäste hörten.

»Gerade in Uganda wird man für die Busfahrt bezahlen müssen«, dröhnte er lachend.

»Bitte!« Ich musste husten. »Bitte machen Sie eine Ausnahme!«

»Die Ausnahme ist, dass ich dir keine Strafe aufbrumme«, sagte der Schaffner. »An der nächsten Haltestelle steigst du aus, hast ja zwei Beine, mit denen du laufen kannst.«

»Bitte«, flehte ich, »es kommt nicht wieder vor.« Wieder schüttelte mich der Husten, Tränen stiegen mir in die Augen.

»Wacha mugeni! Wacha mugeni!«, rief plötzlich eine laute tiefe Stimme. »Erlaube es der Fremden.« Die Stimme kam von dem Mann, mit dem der Schaffner vorher so freundschaftlich geplaudert hatte. Andere stimmten ihm zu: »Wacha mugeni!«

Der gestrenge Vertreter seiner Busgesellschaft sah sich erstaunt um. »Aber ich kann doch nicht...«

»Wacha mugeni!«, riefen die Leute.

Missmutig blickte mich der Schaffner an: »Bedanke dich bei ihnen!«, sagte er und fügte mürrisch hinzu: »Noch einmal wird dir das nicht gelingen!« Und er starrte mich an, als wolle er sich mein Gesicht bis ans Ende seiner Tage einprägen.

Als ich mich dankbar nach dem Mann umblickte, der diese Solidarität der Fahrgäste hervorgebrachte, winkte er ab und widmete sich seiner Zeitung. Es war, als sei nichts gewesen.

Lange fuhr der Bus durch ein endloses Häusermeer, bis der Fahrer »Kenyatta Avenue« ausrief. Ich mochte es kaum glauben, dass ich in einem so feinen Viertel aussteigen sollte. Das Haus, vor dem ich dann stand und das eher ein Anwesen zu nennen war, sollte Maggie und Idros Adresse sein? Es stand nur ihr Name auf dem Schild am beleuchteten Eingang.

Es war über ein Jahr her, dass ich die Hausdame vom Universitäts-Wohnheim in Ngora zuletzt sah. Maggie wurde sie liebevoll genannt, denn sie war uns eine Art Ersatzmutter, und ich war stolz darauf, sie zur Freundin gewonnen zu haben. Freudig drückte ich den Klingelknopf.

Ein Mann öffnete und fragte mit höflichem Lächeln, was er für mich tun könne.

»Ich möchte Maggie und ihren Mann Idro besuchen, wir sind Freunde.«

»Ich bedaure«, lächelte der Mann, »sie verbringen die Weihnachtstage in Uganda.«

»In Teso?« Mir fuhr ein Schreck in die Glieder. »Wir hatten vereinbart, dass ich hier übernachte, bevor ich morgen nach Europa fliege.«

»Du bist also Natiwi Lorika?«

»Ja, die bin ich!«

»Die Söhne Alfons und Patrick werden dich empfangen. Komm herein!« Er öffnete die Tür nun ganz und führte mich mit einer einladenden Geste in einen Salon, in der die Hütte meiner Kindheit wohl sechsmal Platz gehabt hätte. Der Boden war mit dicken weichen Teppichen belegt, auf denen gepolsterte Sofas und mit Stoff bezogene Stühle gruppiert waren. »Bitte. Ich werde dich anmelden.«

Ich setzte mich mal hier mal dort hin. Welch ein Prunk! Ich erinnerte mich, dass Maggie erzählte, ihr Mann sei Chairman der Ostafrikanischen Eisenbahngesellschaft in Nairobi und sie bekämen dort oft Besuch von wichtigen Persönlichkeiten. Nur sie lebte in Nairobi mit ihm, während seine anderen vier Frauen mit den kleineren Kindern in einem Dorf in Uganda blieben, im Distrikt Teso, der nach dem Stamm benannt war, dem auch Maggie angehörte.

Ein Lächeln huschte in Erinnerung an Idros erste Frau Peggi über mein Gesicht. Sie war wie er vom Stamm der Madis und konnte ihre Angst vor neuer Technik nie überwinden, weigerte sich auch, in Idros Dienst-Limousine einzusteigen. Aus ihrem

Stamm kam auch Idi Amin. Hätte so also auch mein Leben aussehen können, wenn ich dem Werben des Präsidenten nachgegeben hätte? Schnell vertrieb ich diesen Gedanken wieder aus meinem Kopf.

Beim Blick aus dem Fenster sah ich, dass die älteren Söhne in kleinen Pavillons auf dem Grundstück wohnten. Von dort kamen der zwanzigjährige Alfons und der vierzehnjährige Patrick durch den zur Nacht illuminierten Garten. Sie besuchten die höhere Schule in Nairobi und wurden von Maggie betreut, die an der Seite ihres bereits sechzigjährigen Mannes Idro die beruflichen Repräsentationspflichten übernahm.

»Willkommen, Natiwi«, grüßten die Söhne respektvoll. »Du kommst spät; hattest du Schwierigkeiten?«

Erleichtert, dass Maggies Stiefsöhne mich wie eine Schwester empfingen, berichtete ich von den Ereignissen meiner Reise. Patrick bereitete währenddessen Tee zu.

Die Anspannung wich aus meinem Körper, und schließlich hatte ich zu dieser späten Stunde nur noch den Wunsch, möglichst lange zu schlafen. »Es wäre eine Hilfe, wenn jemand das Flugticket abholt; es ist bestellt und das Geld dafür ist in diesem Umschlag.«

Alfons nickte: »Ich werde einen Hausmann beauftragen und dafür sorgen, dass du rechtzeitig zum Flughafen kommst. Maggie hat ein Zimmer für dich vorbereitet. Und das noch: Herr Franke hat vor ein paar Tagen angerufen. Er weiß nun, wann du abfliegst und erwartet dich am 24. Dezember am Flughafen.«

Unwillkürlich schossen mir die Tränen in die Augen. Ein Jahr war es her, dass der Journalist Sören Franke mir das Angebot gemacht hatte, in Deutschland für die Behandlung meiner Bronchitis zu sorgen. Sicher konnte er sich nicht vorstellen, welche Schwierigkeiten mir das Flugticket bereiten würde. Bei acht

Brüdern des Klans, von denen zwei in Diensten Idi Amins standen, hatte ich um Hilfe gebeten. Ein Jahr hatte es gebraucht, bis Edward sich verpflichtet fühlte – und letzten Endes war ich es, die alles, was ich hatte, dafür hergab.

»Verzeihe meine Tränen«, sagte ich, »es war alles so schwer für mich. Jetzt hoffe ich, dass mein kleiner Moses bald wieder eine gesunde Mutter hat. Er ist jetzt in Mombasa.«

Alfons spürte, was in mir vorging. Mit einem aufmunternden Lächeln drückte er mir die Hand und ging wortlos zur Tür, so war ihm sein eigenes Gefühl zu Herzen gegangen.

Müde ging ich in das hergerichtete Gästezimmer. Auch hier bedeckten weiche Teppiche den Boden. Meine Taschen standen ordentlich auf einem niedrigen Tisch, der große Hut mit den Straußenfedern war sorgfältig auf einem größeren Tisch neben einer Wasserflasche und einem Glas platziert. Es gab nichts, womit ich dieses Zimmer vergleichen konnte. Die Schlafkammern im Wohnheim des Colleges kamen mir doch schon feudal vor – hierfür aber fehlten mir die Worte.

Ich wusch mir den Staub und den Schweiß des Tages vom Körper – in einem Raum, der mit blanken weißen Steinen ausgekleidet war. Meine Haut trocknete ich mit üppigen weißen Tüchern. Dann legte ich mich in ein weiches, mit weißer Wäsche versehenes Bett. Ich spürte: So müssten Könige schlafen.

Zu mir aber wollte der Schlaf nicht kommen. Eben noch war ich von der Reise erschöpft, jetzt war mein Kopf hellwach. Ich fühlte mich in einer anderen Welt und grübelte, ob das auch meine Welt sein könnte, ob ich in diese Welt überhaupt hineingehörte, die ich vorwärts denkend nicht begreifen konnte. Ich dachte zurück an den Tag und die Busfahrt, und es kam mir der Wortwechsel um Idi Amin in den Sinn – und als sei es miterlebt – die Nachricht von der grausamen Hinrichtung der untreuen Frau des Präsidenten. War diese Frau wirklich schuldig?

»Natiwi! Natiwi!«

Der Ruf drang wie von weither an meine Ohren und weckte mich. Ich wusste nicht gleich, wo ich war. Durch einen Spalt zwischen schweren Vorhängen strahlte Sonnenlicht ins Zimmer. Ich sah die weichen Teppiche, die geraden hohen Wände. Über einem Stuhl hing mein Kleid. Daneben lag mein metallener Koffer, ein Hut mit Straußenfedern auf dem Tisch ...

»Natiwi! Natiwi!« Es klopfte an der Tür. »Das Frühstück ist fertig. Und es ist schon Mittag!« Es war Patrick.

»Ich komme gleich!«, rief ich noch schlaftrunken und sprang aus dem Bett. »Es dauert noch ein bisschen«, korrigierte ich sogleich – es lockte das gekachelte Badezimmer. Einen Augenblick lang wollte ich es genießen, mit nacktem Körper im Regen zu stehen, mich vor dem Spiegel zu drehen und mir mit weichen Tüchern die Wasserperlen von der dunklen Haut tupfen.

Patrick bat mich an den gedeckten Frühstückstisch. Früchte und Käse, geröstetes Brot und Butter standen bereit.

»Marke Rubusta, ein Gruß aus Uganda!«, sagte er, als er Kaffee in eine Porzellantasse goss.

»Doch wohl nicht geschmuggelt?«

Patrick grinste. »Wir kaufen so, dass es gut für Uganda ist.«

Ich fragte nicht weiter, meinte nur: »Willst du denn nicht frühstücken?«

Patrick lachte. »Es ist Mittag! Wenn ich mit dem Frühstück auf dich gewartet hätte, wäre ich verhungert.« Er setzte sich zu mir an den Tisch, um mir Gesellschaft zu leisten und mich nach meinem Leben auszufragen.

»Du bist doch Lehrerin. Wie wird man das eigentlich?«

»Das kann dir deine Mutter viel besser erklären. Wir kennen uns doch von der Schule in Ngora. Sie war fast meine Mutter.«

»Das ist alles zu lange her«, meinte Patrick.

»Die letzte Zeit verging noch schneller. Es hat sich alles verändert in Uganda. Die Engländer sind fort.« Unwillkürlich seufzte ich. »Wir haben eine andere Zeit. Und in Kenia ist es auch anders als in Uganda. Warum willst du es wissen?«

Patrick lächelte schüchtern: »Ich will auch Lehrer werden und bin einfach neugierig, wie andere es geworden sind – und warum. Ganz egal, ob es heute anders ist.«

Ich musste lachen. »Ja, du hast recht, darauf kommt es wohl an: Nicht wie, sondern warum ist das Entscheidende. Ich hatte für mich herausgefunden, dass man nur durch eigenes Wissen und Können selbständig und unabhängig sein kann. Das wollte ich mir selbst aneignen und Anderen vermitteln. Aber ich zweifle daran, ob es wirklich so ist.«

Patrick ließ nicht locker, und gebannt hörte er meine Geschichte. Es mag ihm vorgekommen sein, als sei er ein Jahrhundert von meinem Alter entfernt. Immer lebte er in Städten, konnte sich an seine frühe Kindheit in Uganda kaum erinnern, weil ihn der Pulsschlag Nairobis in Atem hielt. Einen Augenblick lang schwieg er nachdenklich, dann platzte es aus ihm heraus: »Mensch, was wäre bloß aus dir geworden, wenn dich die Hyäne nicht gebissen hätte?«

Ich musste lachen: »Nimm es als Beispiel: Nichts ist so schlecht, dass es nicht auch zu etwas gut sein könnte!«

»Den Spruch hänge ich mir über das Bett, wenn ich selber studiere, um Lehrer zu werden«, sagte Patrick. »Aber was meinst du, in Kenia wird es sicher nicht so schwer sein!«

»Wenn du es dir nicht zu leicht machst, wird es für dich bestimmt nicht zu schwer sein«, sagte ich.

»Den nehme ich«, sagte Patrick. »Das ist der Spruch, der über meinem Bett hängen soll.«

Ich nickte. »Wann müssen wir zum Flugplatz?«

Up and away...

»Dein Flieger startet erst um Mitternacht. Wenn wir am Abend losfahren, ist es früh genug«, sagte Patrick und zeigte auf einen länglichen Umschlag. »Hier liegt übrigens dein Ticket.«

Ich hielt den Umschlag wie ein kostbares Schmuckstück in der Hand. »Fast ein Jahr lang habe ich darum bitten und betteln müssen. Die Frauen meiner reichen Stiefbrüder verhinderten es immer wieder. Sie wollten selbst verreisen und schöne Kleider tragen und nichts für eine sinnlose Sache hergeben. Niemand glaubt, dass ich in Deutschland gesund werde.«

Unwillkürlich musste ich husten; Patrick sah mich mitfühlend an. »Tuberkulose ist ja auch eine schlimme Krankheit. Viele sterben daran. Man sagt, sie haben keine Chance.«

Das machte mich wütend. »Es ist keine Tuberkulose!« schrie ich ihm ins Gesicht, sodass er sich mit beiden Händen vor meinem Atem schützte. »Es ist eine Bronchitis! Auch hier in Nairobi hat man es festgestellt! Aber sie haben es nicht geglaubt und Joshua, dem ich versprochen war und der mich zur Frau wollte und mich schwängerte, bezahlte den Brautpreis nicht!« Ich wischte mir die feuchten Augen und dachte an Moses, der hoffentlich in Mombasa gut aufgehoben war. »Wenn ich gesund zurückkomme, wird alles gut«, machte ich mir selbst Hoffnung. »Herr Franke hat gesagt, in Deutschland gibt es dafür Spezialisten. Er will für alles sorgen und ich kann bei ihm wohnen. – Jetzt bin ich auf dem Weg.«

Fahrig drehte ich den Umschlag mit dem Flugticket einen Augenblick in den Händen. »Lasst uns nur rechtzeitig da sein«, sagte ich. »Ich bin jetzt schon voller Angst, in solch einen Metallvogel zu steigen. Er ist mir unheimlich und lässt mich zittern.«

»Du musst keine Angst haben«, sagte Patrick unbekümmert. »Vor einem Jahr ist hier solch ein Riesenflugzeug abgestürzt und fast hundert Passagiere haben es überlebt.«

Wieder wurde mir die Luft knapp, wieder musste ich husten. Patrick merkte, dass er besser geschwiegen hätte. »Sie haben daraus gelernt. Es ist jetzt alles sicherer. – Du kannst mir noch bei meinen Schulaufgaben helfen«, lenkte er ab.

»Machst du es dir damit nicht zu leicht?«, meinte ich.

Patrick aber grinste jungenhaft: »Man muss doch Chancen wahrnehmen, hast du doch auch getan.« So breitete er schließlich seine Schulbücher vor mir aus und gestand seine Schwächen ein. »Manchmal habe ich das Gefühl, dass die Europäer ganz anders rechnen als die Afrikaner«, seufzt er. »Es ist wie ein Alles-oder-nichts-System. Findest du das richtig? Gibt es keine afrikanischen Rechenbücher?«

»Eins und eins ist auf allen Kontinenten zwei«, erklärte ich ihm in lehrmeisterlicher Strenge.

»Okay!« war Patrick einverstanden. »Was aber ist mit zehn und zehn oder gar hundert und hundert.«

»Natürlich genau so!«

Patrick machte eine andere Rechnung auf: »Ein Mann hat acht Ziegen und einen Bock. Vier Ziegen sind so viel wert wie eine Kuh. Der Bock ist so viel wert wie drei Ziegen. Der Mann kauft nun zwei Kühe und bezahlt mit seinen acht Ziegen. Was ist denn jetzt der Bock wert und was nützt es, ihn gegen drei Ziegen zu tauschen?«

Jetzt legte ich als Lehrerin die Stirn in Falten. War das eine Scherzfrage oder eine Rechnung von existenziellem Wert, die mir der pfiffige Junge da zur Entscheidung anbot? War ich jetzt als

Lehrerin oder als Nomadenmädchen in der Prüfung? »Patrick«, sagte ich bedächtig, »ich glaube, du könntest ein guter Viehhirte werden.«

»Aus Hirten können gute Lehrer werden«, sagt er zu mir.

Dagegen konnte ich nichts erwidern.

Die Sonne stand schon tief.

»Sag doch bitte eurem Hausmann Bescheid, dass er mich zum Flughafen bringt«, schlug ich Patrick vor.

»Der hat nur heute Morgen dein Ticket besorgt und ist nun auch über Weihnachten weg.«

»Dann muss ich ja mit dem Bus zum Airport.« Plötzlich hatte ich das Gefühl, gar keine Zeit mehr zu haben. Und mit peinlichem Schmerz wurde mir klar, dass ich Patrick um Fahrgeld bitten musste.

»Ich bringe dich hin!« sagte Patrick. »Der Wagen steht bereit.«

»Du doch nicht! Du bist doch erst vierzehn!«

Patrick reckte sich stolz auf: »Aber ich kann Auto fahren! Der Chauffeur hat es mir beigebracht.«

Das klang sehr selbstsicher. Wenn ich ihn jetzt um Fahrgeld gebeten hätte, wäre er tief gekrängt und würde es mir sogar abschlagen. So willigte ich aus Zweckmäßigkeit ein.

Koffer, Hut und Tasche lagen bereits auf dem Rücksitz des noblen Automobils. Patrick setzte sich hinter das Lenkrad, kaum dass er darüber hinweg schauen konnte. Geschäftig schaltete er, bog den Rückspiegel für seine Blickrichtung zurecht, drehte den Zündschlüssel und zog den Choke. Der Motor sprang an und triumphierend blickte er in das gleichgültige Gesicht, hinter dem ich meine Aufgeregtheit zu verbarg.

Langsam kroch das Fahrzeug vom Grundstück. Patrick rollte im Vorsichtstempo Richtung Flughafen. Hupend flitzten ungeduldige Autos an uns vorbei, doch Patrick ließ sich nicht beirren, und wenn er im Rückspiegel einen Lastwagen gewahrte, hielt er am Straßenrand, um ihm Vorrang zu geben.

»Schau, da landet wieder ein Flugzeug! Wir sind gleich da.«

Ich hatte die Maschine bereits im Blick – und das Getöse des landenden Kolosses kribbelte mir durch den ganzen Körper. Allein die englischen Farben am Leitwerk des Fliegers gaben mir Vertrauen. Sie nahmen mir die Angst, mit solch einem Vogel in den Himmel zu steigen. Und so vergaß ich das Flugzeug, das wie ein Geschoss über die Piste brauste und dann wie aufgesogen aufflog und schließlich vom Abendhimmel verschluckt wurde.

»Du hast mich wirklich sicher und pünktlich zum Airport gebracht«, bedankte ich mich bei Patrick, der sich stolz und erwachsen verneigte: »Das war doch selbstverständlich.«

»Fahr vorsichtig nach Hause und grüße Maggie und Idro. Sie können stolz auf ihre Söhne sein.«

»Ich beneide dich«, sagte Patrick. »Irgendwann fliege ich auch einmal nach Europa – aber vorher wirst du mir davon erzählen…«

»Versprochen.«

Ein Lächeln, ein Winken. Ich ergriff Koffer und Tasche, aus der jetzt wieder die Straußenfedern herausschauten, und ließ mich vom eilenden Strom geschäftiger Menschen mit ins Flughafengebäude ziehen. Mir fiel bald der Abflugschalter auf, über dem das Zeichen eines fliegenden Kranichs leuchtete, so wie es auf dem Ticket gedruckt war. »Frankfurt/Main« war auf dem Schild über dem Schalter zu lesen.

Einen Augenblick schaute ich zu, wie die anderen Reisenden sich verhielten, dann ging auch ich zum Schalter, hob den Koffer auf den flachen Tisch und reichte der lächelnden Frau mit dem blau-gelben Käppi und dem Halstuch in gleichen Farben mein Passport und das Ticket.

»Wie und wann kommen Sie zurück?«, fragte die Frau.

»Das bestimmt das Krankenhaus«, sagte ich, »vielleicht in zwei oder drei Monaten.«

»Ach, Sie sind Krankenschwester«, schloss die Frau am Schalter aus meiner Antwort und wartete auf keine weitere Aussage. Sie trennte ein Blatt aus dem Ticketheft, klebte eine Nummer hinein und befestigte einen beschrifteten Streifen an meinem Metallkoffer. Sie gab mir Bordkarte und Pass zurück und wünschte einen guten Flug.

Als ich eine Schranke passierte und die Bordkarte vorwies, wollte ein Mann in Uniform in die Tasche sehen. Er griff hinein, ertastete Ananas, Mangos, Avocados und Bananen, wickelte aus krausem Papier Ohrringe mit Elefantenmotiven, aus Ebenholz geschnitzte Massai-Figuren und zog den Hut mit den Straußenfedern hervor.

»Geschenke!«, sagte ich in seinen fragenden Blick und wollte durch die Schranke gehen.

»Halt!«, stoppte mich der Mann. »Ist das Ihr Koffer?«

Ich nickte. Der Metallkoffer schepperte über ein Rollenband.

»Aufmachen!«, befahl er Mann und betrachtete dann die wenigen Habseligkeiten, die von dem Sommerkleid abgedeckt wurden, das nicht viel anders aussah als das, das ich am Leibe trug.

»Nach Deutschland?«, wollte er bestätigt haben.

Ich nickte abermals.

»Na ja«, sagte er, »man wird Sie wohl abholen.« Ich durfte passieren. Es blieb noch viel Zeit, bis der Flug aufgerufen wurde.

Das Flugzeug war noch größer als jene, die ich gerade starten und landen gesehen hatte. Übermächtig und unheimlich wirkte der riesige Metallvogel auf mich. Er war so ganz anders als die glitzernden Dreiecke, die wir manchmal über den Himmel krabbeln sahen und die sich scheinbar mit Daumen und Zeigefinger greifen ließen wie durch die Luft schwirrende Käfer.

Der Jumbo-Liner 747 schimmerte silbrig in der grellen Scheinwerferstimmung des Rollfelds. Aus dem Leib des Jumbos ragte die Gangway, die ich gemeinsam mit vielen anderen Menschen hinauf stieg. Es fiel mir schwer, nicht noch einmal zurückzuschauen, doch ich wollte das Unglück nicht herausfordern? Ich sog nur noch einen tiefen Zug der Luft Afrikas ein, doch sie roch nach Kerosin, dem Duft der fernen Horizonte.

Eine Stewardess kontrollierte lächelnd meine Bordkarte, wies mir den Weg in einen der beiden Gänge zwischen drei Sitzreihen. Menschen wuselten herum, verstauten Gepäck über den Sitzen. Ich suchte nach der Sitznummer; ein freundlicher Mann war behilflich.

»Genau neben mir«, sagte er.

Und da saß ich nun, wartete in banger Erwartung. Ich hatte die Tasche unter den Sitz geschoben. Die Straußenfedern kitzelten meine Waden oberhalb der hellen Socken, die von den Riemen meiner Sandalen umspannt waren.

»Sie müssen sich anschnallen«, sagte der Mann neben mir, aber ich verstand nicht, was er damit meinte. Er lachte, griff in meine Seiten, zog die Gurtenden hervor, ließ die Schnalle einrasten und zeigte auf das blinkende Schild. »Fasten Seatbelt!« Eine Stewardess zelebrierte die Sicherheitsregeln. Der Vogel rollte zum Startplatz. Take off! Ich griff zur Tüte und zog die Öffnung auseinander, klemmte sie dann aber zwischen meine Knie, um mich an den Armlehnen festzukrallen.

Der Blick des Mannes neben mir ging hin und her zwischen meinem Gesicht und der Tüte zwischen meinen Knien. Mir wurde immer bewusster, wozu ich sie gebrauchen sollte, und ich öffnete sie ein Stück weiter und lächelte meinen Nachbarn unsicher an.

»Sie müssen keine Angst haben. Wir sind schon oben und fallen nicht runter«, sagte er.

»Niemand fällt tiefer als in Gottes Hand«, hörte ich mich sagen; es war, als hätte es der Pfarrer gepredigt. Der Gedanke, dass ich Gott näher sein werde als alle anderen, die tief unter mir auf der Erde doch ebenso hilflos sind, stärkte meine Zuversicht in den Glauben. Ich lächelte erneut zur Seite und faltete die Tüte wieder zusammen. Ich war ganz dem ergeben, was mit mir geschah, ob es mir gefiel oder nicht. Ich schloss die Augen und wollte mich meinem Ziel entgegen träumen, doch da war nichts, ich flog ins Ungewisse. Mein Kopf war leer und ich hatte ein Gefühl, als habe mir jemand eine schwere Fellmütze über die Ohren gezogen.

»Möchten Sie Kaffee oder Tee!« Ich hörte die freundliche Stimme durch ein eintönig brummendes Hintergrundgeräusch, schreckte hoch, doch ein Gurt über den Schoß hielt mich zurück. Fast hätte ich ein Tablett herunter gestoßen, das auf einer Klappe vor mir stand.

Der Mann neben mir tippte mich an. »Es gibt etwas zu trinken!« sagt er und deutete auf eine lächelnde blau-gelbe Fee in Uniform, die fragend zwei Kannen stemmte.

Jetzt riss ich die Augen richtig auf und lachte. Lachte und konnte gar nicht wieder aufhören. Der Mann rechts neben mir lachte spontan mit. Auch die Stewardess konnte es nicht mehr bei einem stillen Lächeln belassen. Links von mir stimmten die Leute ebenfalls mit ein. Vor mir prustete man vor Lachen und schrill auch hinter mir. Schließlich alle. Alle lachten, ohne zu wissen, warum. Und sie kicherten und wieherten noch, als mein Lachen längst zum quälenden Husten geworden war und mir die Tränen über die Wangen liefen – aber niemals zuvor hatte ich so herzhaft und fröhlich gehustet.

Ich flog!
Ich war tatsächlich in der Luft ...
– auf dem Weg nach Deutschland!

Wenn du sprechen kannst,
kannst du singen.
Wenn du gehen kannst,
kannst du tanzen.

II.
WEISSES GRAS

Ein sanftes Vibrieren wallte durch meinen Körper. So ist es also, wenn man fliegt! Das ist doch zum Lachen! Als ich lachend und hustend Luft bekam, sagte ich: »Kaffee!«

»Was gibt es denn zu lachen?«, fragte mich die gelb-blaue Lufthansa-Fee.

»Es lachen doch alle!«

»Sie hat geträumt«, sagte der Inder neben mir.

»Nein!« protestiert ich. »Ich habe gemerkt, dass es wahr ist. Ich fliege!«

Die Stewardess wandelte ihre Fröhlichkeit in ein verbindliches Lächeln und informierte: »Boeing 747, Lufthansa, 9800 Meter Flughöhe, Ziel Frankfurt/Main.« Mit einer angedeuteten Verbeugung stellte sie den Kaffeebecher auf das Tablett vor mir, auf dem bereits ein durchsichtiges Plastikpäckchen mit der Bordverpflegung lag.

Vorsichtig packte ich die einzelnen Speisen aus, roch daran, probierte vorsichtig. »Ist das nur für mich?«, fragte ich meinen indischen Nachbarn, der sich als Chandan Singh vorstellte und kein Lunchpaket dieser Art vor sich hatte.

»Natürlich! Wir haben schon gespeist, als Sie noch schliefen. Was soll man auch machen auf einem Nachtflug.«

Mein Blick fiel auf die zweifach zusammengefaltete Zeitung, die vor Chandan im Netz der Sitzlehne steckte. »Idi Amin« las ich den Anfang einer Schlagzeile und füllte meinen Kopf wieder mit der Gegenwart.

»Kommen Sie aus Uganda?«, fragte ich den Inder.

Chandan Singh schüttelte den Kopf, dann nickt er. »Nicht jetzt, ich war in Kenia. In Uganda wollte man mich schon seit drei Jahren nicht mehr haben. Idi Amin hat uns verjagt.« Nach einer kleinen Pause fügte er mit blitzenden Augen hinzu: »Was Besseres hätte er mir gar nicht antun können. Früher kratzte ich Schillinge zusammen, jetzt habe ich ein Dollar-Konto. Es geht mir ausgezeichnet!«

Ich zeigte auf die Schlagzeile. »Gibt es wieder schreckliche Nachrichten über ihn?«

»Gute gab's nie. Seine letzte Bosheit war, dass er sich zum Nationalfeiertag im Oktober von den letzten englischen Geschäftsleuten auf einer Sänfte durch Kampala tragen ließ. Inzwischen sind die ja auch weg.«

Betreten schwieg ich. Was mag aus Frau Burton geworden sein, die schon ein Jahr zuvor Idi Amins »Säuberung von ausländischen Schmarotzern« zum Opfer fiel?

»Und jetzt? Was ist jetzt passiert?«

Chandan winkte ab: »Unbedeutendes. Jetzt wo er für ein Jahr Präsident der Organisation Afrikanische Einheit ist, wird es ja schon eine Nachricht, wenn er sich die Nase putzt.« Er lachte schallend über dieses Beispiel. »Das wäre allerdings tatsächlich eine Schlagzeile wert.«

Darüber konnte ich nicht lachen. Mir rann ein Schauer über den Rücken, als mir einfiel, dass ich Amin einmal für einen kurzen Moment für charmant und zärtlich hielt.

Der Inder sah mich prüfend von der Seite an: »Sie sind aus Uganda, nicht wahr? Ich weiß, er hat auch Freunde. Verstehen Sie bitte, dass ich nicht dazu gehöre; ich musste vor ihm fliehen – noch immer. Wer weiß, was er als Afrika-Präsident anrichtet! Jetzt fühle ich mich auch in Kenia nicht mehr sicher. Das nächste Jahr bleibe ich in Deutschland.«

»Ich auch«, sagte ich, »ich bin auch vor ihm geflohen.«

»Sie? Als Uganderin?«

»Er wollte mich zur Frau haben.« Ich erschrak vor mir selbst, ich wollte es nie mehr erzählen ...

Chandan Singh sah mich verblüfft an. »Immerhin hat er Geschmack«, schmeichelte er.

Mir stieg das Blut in die Wangen, und wieder musste ich husten.

»Sie haben sich erkältet. Ist Ihnen kalt?«

»Besonders warm ist es hier nicht«, sagte ich.

Chandan zog seine Jacke aus. »Darf ich?«, fragte er mit charmanter Höflichkeit, und ohne meine Antwort abzuwarten, legte er mir das wärmende Sakko über das Sommerkleid, aus dessen gerüschten Ärmeln meine nackten Arme herausragten.

»Danke!« Ich kuschelte mich ins körperwarme Tuch.

»Noch drei Stunden«, sagte Chandan, »dann wird es erst richtig bitterkalt. Sie haben doch daran gedacht, dass jetzt in Deutschland Winter ist?«

»Winter?«, wiederholte ich langsam. So hieß doch in Europa die Regenzeit. »Ich bin nicht wasserscheu! Und ich werde abgeholt.«

»Aber mit dem Husten ...«

»Bronchitis«, stellte ich richtig. »Ich habe Bronchitis. In Deutschland wird man mich gesund machen. In einem halben Jahr fliege ich wieder nach Hause.«

»Wirklich zurück?«, fragte Chandan. Er erwartete keine Antwort und bot mir ein Eukalyptus-Bonbon an.

»Oh, danke!«

Der Inder drehte die Zeiger seiner Armbanduhr drei Stunden zurück. »Das ist eine lange Nacht. Und wenn wir um acht Uhr landen, wird es dort noch dunkel sein.«

»Ich werde mir die Zeit verkürzen«, sagte ich, schloss die Augen und zog die Jacke über meiner Brust zusammen.

Im Landeanflug glitzerten die Lichter der erwachenden Stadt. Straßen zogen sich wie rot-weiße Lichterbänder durch die verdunkelte Landschaft. Mit einem Ruck setzte der metallene Vogel auf, glitt an blauen Lichtern entlang über die Rollbahn. Einige Passagiere klatschten in die Hände. »Bitte bleiben sie angeschnallt auf Ihren Plätzen, bis die Maschine zum Stillstand gekommen ist!«, tönte es aus den Lautsprechern, aber viele waren ungeduldig, reckten sich hoch, zerrten Taschen und Mäntel aus den Klappen über den Sitzen der Fensterreihen. Als die Maschine stand, wurde es eng in den Gängen, der Wettlauf zu den angedockten Gangways begann.

»Meine Jacke bitte – tut mir leid!«, sagte Chandan Singh.

Ich zog die Schultern nach vorn. »Schade, ich hatte mich so daran gewöhnt.« Als ich einen Schritt in den Gang machte, wurde ich mitgezogen, konnte gerade noch die Tasche greifen und trieb mit der Menge in den Shuttlebus und wieder hinaus bis an den Schalter. »Den Pass bitte!« Ich gab ihn hin, erhielt ihn abgestempelt zurück.

»Meinen Koffer ...«, sagte ich auf englisch.

Der Mann zeigte eine Richtung. Dort kippten Gepäckstücke auf ein Metallband, und wenn sie nicht gegriffen wurden, verschwanden sie hinter einer Kurve. Ich staunte, sah bald schon meinen Koffer vorüber fahren, lief hinterher, kam nicht durch die Barriere der Menschen, die ebenfalls nach ihren Koffern und Taschen griffen – und sah verzweifelt, wie er in der Kurve verschwand.

»Da kommt er wieder«, sagte jemand auf der anderen Seite. Es war Chandan Singh, der sich über meine Panik amüsierte. Er griff zu. »Ist er das? Gehört der Ihnen?«

Ich nickte dankbar und folgte dem Strom der Menschen zum Ausgang. »Eine schöne Zeit in Deutschland«, wünschte mir der Inder, »und gute Besserung!« Dann war er im Menschengewirr verschwunden.

»Stopp!«, wurde ich aufgehalten. »Haben Sie etwas zu verzollen?« Ich schüttelte den Kopf, wollte weitergehen. »Öffnen Sie bitte den Koffer«, verlangte der Zollbeamte und nahm mir mit bestimmendem Griff die Tasche aus der Hand. »Was ist das?«, wollte er wissen, während er hineinsah.

»Geschenke«, sagte ich.

Er war zufrieden, prüfte den Kofferinhalt mit den wenigen Kleidungsstücken darin, blickte abwechselnd auf mich und auf die zusammengelegte Sommerkleidung. »Wollen Sie nach Frankfurt oder nach Florida?«, fragte er.

»Frankfurt«, sagte ich unsicher. »Ist etwas nicht richtig?«

»Alles okay, Miss!«, sagte der grün Uniformierte grinsend und schloss den Koffer wieder. Ich durfte das Tor durchschreiten. Erst jetzt war ich richtig in Europa, in Deutschland, in Frankfurt.

Frohe Weihnachten!

Jetzt musste ich nur noch Herrn Franke entdecken. Ich ging in der Flughafenhalle auf und ab, stellte mir vor, dass er sich vielleicht einen Bart wachsen ließ oder eine Brille trägt. Wie sah er überhaupt aus? Plötzlich konnte ich mich nicht mehr an das Gesicht des freundlichen Herrn unterm Mangobaum erinnern. Wenn er auf mich zukommt, hoffte ich, dann würde ich wissen: Das ist er! Auch ich zog Blicke auf mich, die aus erstaunten Augen zwischen wattierten Mänteln, wolligen Schals und warmen Mützen auf eine Sommer-Afrikanerin trafen, die sich in Sandalen und

Sommerkleid auf den Airport verirrt hatte. Ich fror nicht – mir war heiß. Wo war Herr Franke?

»Frau Luisa Natiwi Lorika, bitte zum Informationsschalter – Miss Natiwi Lorika, please contact the information point!« hallte es aus dem Lautsprecher. Mein Name und Worte, die ich verstand.

Es wartete kein Herr Franke am Informationsschalter.

Die Frau mit dem frechen Käppi auf den blonden Haaren wusste sofort, wen sie vor sich hatte: »There is a letter for you!«, sagte sie und reicht mir einen Umschlag, auf dem mein Name stand.

Sören Franke bedauerte in schnell hingeschriebenen Zeilen, dass er leider nicht länger auf mich warten könne. Es sei etwas Unvorhersehbares passiert und er bitte um Verständnis. Ich möge doch bitte mit dem Zug nach Köln fahren, wo ich am Bahnhof erwarten werde. Er habe dafür ein Bahn-Ticket beigelegt.

Der Bahnhof ist unter dem Flughafen, erfuhr ich von der Blonden mit dem Käppi. »Straight on, then left hand downstairs. Take the escalator.«

Mein Gepäck war leicht, doch wie weit war der Weg? Die Reisenden schoben ihre Koffer auf kleinen Wagen durch die Gänge – und dort standen sie wie eine Garde hilfreicher Diener. Ich wollte das Angebot nutzen, doch nichts bewegte sich. »Den Bügel herunter drücken!«, rief eine Frau. Ich verstand die Sprache nicht, wohl aber die Geste mit den drückenden Fäusten – und folgte schiebend den Symbol-Schildern. Dort war die Rolltreppe.

Vorsichtig schob ich den Wagen auf die Stufen – und merkte einen Wimpernschlag zu spät, dass die rollenden Stufen von unten zu mir nach oben fuhren. In meinem Schreck kippte der Wagen ins Leere und schepperte entgegen der Aufwärtsfahrt abwärts. Erschrocken sah ich hinterdrein – gottlob, es war niemand dem Wagen, dem Koffer und der Tasche im Wege! Die Rolltreppe abwärts war gleich nebenan. Ich beschleunigte die Fahrt mit kühnen Sprüngen, um unten schnellstens einzusammeln, was Koffer und Tasche während ihrer polternden Talfahrt verstreut hatten: Frisches Obst aus Kenia, Wäsche, Tücher und ein Sommerkleid, kleine Päckchen und ein Hut mit Straußenfedern, der unbeschadet herabgesegelt war.

Immerhin stand ich auf dem richtigen Bahnsteig. »Köln« stand auf einem Schild, »Köln via Mainz«. Es saßen nur wenige Reisende im Abteil, ich richtete mich auf einem Fensterplatz für eine längere Fahrt ein und freute mich, wie gut ich es doch bis jetzt geschafft hatte, ganz ohne die Hilfe der Brüder und sogar ohne Herrn Franke.

Für zwanzig Minuten zeigte die Aussicht aus dem Fenster die mit einer Dessous-Reklame beklebte Wand. So wie auf dem Bild, musste ich zugeben, sieht ein Büstenhalter hübsch aus. Jene hingegen, die man in Uganda den Frauen amtlich verordnen wollte, riefen das Gespött der Männer hervor und die älteren Frauen warnten die Mädchen, ihre Brüste würden noch vor der Geburt ihrer Kinder erschlaffen, wenn sie ihnen schon früh eine Stütze geben würden. Aber so wie auf dem übergroßen Bild..., das war eben Europa!

Eine Trillerpfeife, ein kleiner Ruck – der Zug rollte aus dem Bahnhof, aus dem Tunnel, an eckigen Häusern vorbei, in die freie Landschaft hinein. Es war inzwischen hell geworden.

Sehr hell war es! Ich rieb mir verblüfft die Augen – alles war weiß. Die Welt der Weißen! Weiße Felder breiteten sich neben der Bahnstrecke aus. Weiße Büsche und Bäume standen an Wiesenrändern. Weiße Häuser mit weißen Dächern duckten sich in der Ferne unter einem weißen Himmel. Alles ist anders in Europa! Ich hatte es aus Erzählungen gehört, und ich hatte es bei weißen Freunden gespürt.

Jetzt wusste ich es: Die Welt der Weißen ist weiß!

»Weißes Gras«, sprach ich mir selbst staunend vor. Und ich schaute über die deutsche Savanne zwischen Frankfurt und Mainz. »Weißes Gras, tatsächlich weißes Gras.«

Ein Mann riss mich aus meiner bewundernden Andacht. »Die Fahrkarte bitte«, sagte er freundlich, staunte auch ein bisschen, aber nicht über das weiße Gras, sondern über das Bunt meines Sommerkleides. »Tja«, machte er, »man muss es herausfordern, dann wird's auch wieder Sommer.« Er knipste ein Loch in die Fahrkarte, tippte mit zwei Fingern an die Schirmmütze und wandte sich anderen Reisenden zu. »Die Fahrkarten, bitte.«

Die Fahrt dauerte lange. Etwas überanstrengt vom ewigen Weiß, fielen mir die Augenlider herunter. Ich merkte nicht, dass der Zug eine längere Zeit hielt. Als ich erwachte, flog immer noch die weiße Landschaft am Fenster vorüber. Frierend kauert ich mich etwas zusammen und ließ mich abermals ins Land der Träume fallen, bis ich aufschreckte, denn wieder sagte jemand: »Die Fahrkarte, bitte!«

Es war nicht derselbe Zugschaffner und er betrachtete die Fahrkarte von allen Seiten. »Ist ja schon gelocht«, stellte er fest. »Wo wollen Sie denn hin?« fragte er.

Ich ahnte nur, was er wissen wollte: »Nach Köln.«

»Im Moment sind Sie auf dem Weg nach Frankfurt.« Als er merkte, dass ich kein Deutsch verstand, radebrechte er in englisch-deutschem Satzbau, dass ich zwar in Frankfurt in diesem Pendelzug sitzen bleiben kann, aber dann in Mainz aussteigen und umsteigen muss in einen anderen Zug, der mich nach Köln bringen würde.

Resigniert nickte ich, fuhr nach Frankfurt und wieder nach Mainz. Ich erkannte die Strecke, kannte das weiße Gras und mochte gar nicht darüber nachdenken, wie oft ich wohl schon mit halb geöffneten Augen dieselben weißen Felder gesehen hatte.

Mainz. Groß stand es auf dem Schild, das ich mindestens schon zweimal gesehen hatte. Diesmal stieg ich aus.

Der Zug nach Köln fuhr erst in einer dreiviertel Stunde. »Da können Sie sich noch eine Weile ins Warme setzen«, schlug mir ein Uniformierter mit roter Mütze vor, schob mich sanft in seine Aufsichtsbude und schenkte mir aus seiner Thermoskanne einen Becher heißen Kaffee ein. Das tat gut. Er hielt mir eine Blechdose mit süß duftendem Gebäck hin, während er mit Geberstolz sagte: »Jeden Tag eine gute Tat und Weihnachten zwei!«

Köln Hauptbahnhof. Ich wollte keinen Fehler mehr machen. Raus aus dem Zug und Augen auf! Wo ist Herr Franke? Ich lief hin und her. Ein eisiger Wind wehte über die Bahnsteige. Weiß wehte es auch vom Himmel. Noch mehr Weiß. Staunend und lachend fing ich die Flocken, die auch den Boden weiß färbten. Sie waren kalt und zerflossen in meinen Händen zu Wasser.

»Schnee!«, fiel es mir ein. Ja, es ist Schnee! Das weiße Gras fiel vom Himmel. Ich hatte es doch in der Schule gelernt – und wusste es schon am Nachmittag nicht mehr. In Uganda auf den Mondbergen des Ruwenzori-Gebirges gab es Schnee. Aber ich war nie dort. Die weißen Bergspitzen, die nur an wenigen Tagen frei von Wolken sind, bestehen aus Eis und Schnee. Es sind die Regenberge, die dem Nil das Wasser geben. Der breite Strom, den ich immer wieder vom Zug aus gesehen hatte, erhielt sein Wasser vom weißen Gras, das vom Himmel fällt. Deutschland – ein Land voller Wunder.

Wo aber war Herr Franke?

Vielleicht hatte er wieder eine Nachricht hinterlassen. Dort wo es Fahrkarten gibt, wo man sich nach dem Zugverkehr erkundigen kann, dort fragte ich nach einem Brief von Herrn Franke.

»Sie heißen?«, fragte der Mann. »Sonst kann ja jeder kommen.«

»Luisa Natiwi«, sagte ich.

»Jo«, grunzt er, »dat isser!« Er reichte mir einen Umschlag.

»Liebes Fräulein Natiwi«, schrieb Herr Franke, »wir haben bei der Ankunft mehrerer Züge auf Sie gewartet und schließlich geglaubt, dass Sie an diesem Tag doch noch nicht angekommen sind. Jetzt sind wir nach Hause gefahren. Sollte sich nur die Fahrt nach Köln verzögert haben, so nehmen Sie doch bitte ein Taxi und lassen Sie sich direkt zu uns fahren. Viele Grüße Sören Franke.«

Die Adresse! Ein heißer Schock erreichte meine tiefgekühlten Hirnzellen. Ich durchwühlte den Koffer und fand den Brief vom August. Auf der Rückseite stand, wo Familie Franke wohnte.

Ich wunderte mich, dass ich ohne Kontrolle und Formalitäten den Bahnhof verlassen konnte. Das letzte Taxi fuhr gerade fort. Ich wartete unterm Bahnhofsdach und sah dem Treiben der Schneeflocken zu. In den Straßen leuchteten Sterne und Lichterketten – wenn es nur nicht so kalt wäre! Ich setzte den Hut mit den Straußenfedern auf, damit er die tanzenden Schneeflocken auffing – und dass er meinen Kopf ein wenig wärmte.

Kaum zwei Minuten vergingen, da kam schon ein Taxi. Endlich!

Ich zeigte dem Fahrer die Adresse. »Okay«, sagte er, musterte mich skeptisch über Federhut und Sommerkleid. »Macht dreißig Mark!« Mehr musste er nicht sagen, es war eindeutig, dass er nicht losfahren wollte, bevor die Zahlung erfolgte.

»Ich habe kein ...«, fing ich an und hob die Schultern.

»Dacht' ich's mir doch!«

»... kein deutsches Geld«, fuhr ich fort.

»Sondern?«

»Nur einen 50-Dollar-Schein.« Es war meine eiserne Reserve.

Gnädig hielt mir der Fahrer die geöffnete Hand hin. »Na gib schon her.« Er steckte den Schein in die Brusttasche seines Hemdes, brummelte etwas wie »danke, ist ja Weihnachten« und startete seine Droschke.

Bruttig warm war es im Auto. Ich spürte, wie mein Blut mit tausend Nadelstichen in die Beine zurückkehrte. Es war nur eine kurze Fahrt nach Köln-Porz auf der anderen Seite des Rheins.

»So«, sagte der Fahrer, »da wären wir. Fröhliche Weihnachten!«

Die Hausnummer sprang mir gleich ins Auge. Besser konnte es nicht sein. Alle Verzweiflung des Tages war vergessen, als ich den Klingelknopf drückte. Ich hörte eine Kinderstimme hinter der Tür und nahm Tasche und Koffer in eine Hand, um die andere für die Begrüßung frei zu haben ...

Ein kleines Mädchen öffnete, schaute mit aufgerissenen Augen auf mich, eine dunkle Fremde, die aus der Dunkelheit kam – dann brüllte sie ihren Schreck schrill heraus: »Hiiilfe!« Wie angestochen rannte sie zurück über den Hausflur. »Hiiilfe! Hiiilfe!«

Sie rannte ihrer größeren Schwester vor den Bauch, die sogleich schützend die Arme um sie legte, um sie zu trösten: »Keine Angst! Das ist eine Prinzessin aus dem Morgenland.« Schlagartig verstummte die Kleine, drehte sich um und betrachtet nun interessiert die junge Frau mit dem schwarzen Gesicht, dem Federhut auf dem Kopf und dem wunderschönen gelben Kleid – so stand ich da und lächelte.

Ich wagte einen Schritt ins Haus. Aus der Stube, in der Lichter an einer Tanne flackerten, kamen jetzt weitere Leute, die mich erstaunt betrachten.

»Hamma Weihnachten oda Karneval?«, sagte einer.

»Wolln Se zu uns?«, fragte die Hausfrau.

Ich machte einen Knicks, wie ich es von Frau Burton gelernt hatte. »Ich bin Luisa, Luisa Natiwi aus Nairobi.«

Die Hausfrau drehte sich um und rief in die Stube: »Herbert, komma, hier is ne Negerin!«

»Hab ich nich bestellt«, sagte Herbert und stemmte sich aus dem Sessel. »Wo wolln Se denn hin?«, fragte er mich.

Ich aber verstand das alles nicht. »Herr Franke«, sagte ich und noch ein paar englische Sätze, die mir mit Schulterzucken beantwortet werden.

»Sven!«, rief Herbert in die Stube. »Nu lass doch mal das Paket, kannste immer noch auspacken. Nu zeig mal, dass du Englisch kannst. Von den Franke hat se wat jesacht.«

Sven hockte vorm Tannenbaum, löste sich unwillig von einem Paket, dass er gerade öffnen wollte. »Franke wohnt hier nicht mehr«, sagt er dann, »the family Franke has a new address. You understand?«

Ich nickte erfreut und bat um die Anschrift.

»Oh, it's a long way...«, fing Sven an, aber seine Mutter fuhr dazwischen: »Meingottnochmal, nu fahr se doch eben hin. Wozu haste denn den Führerschein?« Herbert zog kommentarlos den Autoschlüssel aus der Hosentasche.

»Okay, let's go!«, sagte Sven und die beiden Mädchen verabschiedeten die Besucherin aus dem Morgenland mit einem artigen: »Auf Wiedersehen, Prinzessin Luisa.«

Ich schmunzelte verlegen. War es nicht seltsam, wie schnell ein Mensch vom Monster zum Königskind werden konnte? Ich strich der Kleinen übers Haar und spürte dabei, wie sich das Köpfchen mir entgegenreckte.

Im Auto versuchte Sven, sich in englischer Konversation zu behaupten, und je länger die Fahrt dauerte, desto dankbarer war ich ihm. Nie hätte ich den Weg allein gefunden.

»Here we are«, sagt Sven und stoppte vor einem neu erbauten Haus. Die Fenster und der Hauseingang waren erleuchtet. Sven wartete noch einen Moment, bis ich den Namen auf einem der Klingelschilder gelesen hatte und ihm ein Okay zugewinkt hatte. Ich war am Ziel!

***

Sören Franke hatte zu dieser Zeit die Lichter am Weihnachtsbaum angesteckt.

»Du rechnest wohl auch nicht mehr mit ihr«, sagte seine Frau, die zur Stube hereinkam.

»Sie hätte ja schon kurz nach Mittag hier sein müssen.«

Einen kleinen Vorwurf wollte Frau Franke noch anbringen: »Dass du aber auch zu dieser Pressekonferenz musstest – überhaupt, wer macht denn am Heiligabend eine Pressekonferenz?«

»War ja früh am Morgen, und Samstag gibt's wieder eine Zeitung. Georg hatte dafür eine Seite geblockt – und dann dieser blöde Unfall ...«

»Na ja«, sagte seine Frau, »Kollegenhilfe ist auch wichtig, kann dir ja auch mal passieren. Glatteis haben wir hier schließlich auch.«

»Wahrscheinlich feiert sie in Uganda Weihnachten und denkt gar nicht an uns. Kommt dann eben im Januar oder Februar. Wie heißt es so schön in Afrika: Die Europäer haben die Uhr, die Afrikaner haben die Zeit.«

»Hast auch immer einen Spruch bereit. Hättest ja mal bei der Lufthansa anrufen können, ob sie überhaupt auf der Passagierliste stand.«

»Gute Idee«, sagte Sören Franke, »dann haben wir es ganz sicher.«

»Dann mach' ich jetzt die Würstchen heiß«, kündigte Frau Franke das traditionelle Heiligabendessen der Familie an: Kartoffelsalat mit Würstchen, so wie sie es sich während der Kriegsjahre geleistet hatten. »Verena!« rief sie über den Flur. »Verena, du kannst den Tisch decken!«

»Komme gleich!«, antwortete sie. »Für drei oder für vier?«

In diesem Augenblick klingelte es an der Haustür.

»Für vier!«, rief Frau Franke und ins Wohnzimmer zischte sie: »Da hast' es! Nun kümmer dich mal!«

Doch dann stürmten sie alle drei zur Haustür.

»Fräulein Natiwi!«, rief Herr Franke.

Und da stand ich nun, am Ende meiner Reise durch weißes Gras im Land der Weißen – und es liefen mir die Tränen über die schwarzen Wangen, bis auch die Frankes weinten und wir schließlich gemeinsam zu lachen anfingen.

»Sie versteht Englisch. Ab jetzt sprechen wir nur englisch«, ordnete der Hausherr an.

Verena, die achtzehnjährige Tochter der Frankes, betrachtete die ugandische Bekanntschaft ihrer Eltern von unten bis oben, von den Sandalen bis zu den wippenden Straußenfedern auf dem Kopf. »Toller Hut!« sagte sie dann.

»Der ist für dich!«, sagte ich, griff das über alle Widrigkeiten hinweg gerettete Schmuckstück mit beiden Händen und setzt es von meinem auf Verenas Kopf.

Sie posierte damit vor dem Spiegel, legte den Kopf schief, rückte Krempe und Federn zurecht, schob ihn keck nach hinten und schüttelte die darunter hervor fließende blonde Mähne zurecht. »Damit werde ich im Sommer die Loreley von Köln sein!«

»Nun lasst uns erst mal essen«, mahnte Sören Franke.

Und Frau Franke ordnete fürsorglich an: »Während ich die Würstchen heiß mache, sorgt Verena dafür, dass Fräulein Natiwi nicht mehr friert. Und du, Sören, du kannst dann ja den Tisch decken.«

Etwas später trug ich einen grün-weißen Rollkragen-Pullover und eine lange schwarze Hose, wollene Strümpfe und Filzpantoffeln. Er kribbelte überall, ich taute auf und merkte erst jetzt, wie kalt mir gewesen sein musste. Ich erzählte, wie es mir den Tag über ergangen war, und Sören Franke unterbrach mich hin und wieder, um zu beteuern, dass es ihm so leid täte, dass es aber wirklich nicht anders gegangen wäre und die neue Adresse hatte er noch nach Nairobi geschickt, aber die Post sei wohl zu langsam gewesen. Und wie es mir denn gesundheitlich ginge, man müsse ja auch Angst haben, dass alles noch schlimmer würde, wenn ichso ohne Mantel und wollene Kleidung in den deutschen Winter komme. Aber gleich nach Weihnachten hätte er einen Termin in der Klinik abgemacht und dann werde man sehen.

Das hätte Frau Burton auch gesagt, dachte ich bei mir und war nur glücklich, hier am Weihnachtstisch zu sitzen. Als man mich aufforderte, doch nun zuzulangen und mich erst einmal richtig zu stärken, hatte ich genug beobachtet, wie man mit der seltsamen Speise umgeht.

»Das sind Wiener Würstchen«, erläuterte Sören Franke, »aber in Wien heißen sie Frankfurter, weil es ein Frankfurter war, der sie in Wien erfunden hat. Wien ist die Hauptstadt von Österreich.«

»Aha«, nickte ich, ohne etwas von dem Gesagten verstanden zu haben. Verena verriet mir mit einem Seitenblick auf ihren Vater: »Papa hat die Journalisten-Krankheit, er muss immer alles ganz genau erklären.«

Das tat er dann auch weiterhin: »Im Krieg und in den Jahren danach, als die Not in der Bevölkerung groß war, hat es bei uns immer Kartoffelsalat mit Würstchen am Weihnachtsabend gegeben, das war damals ein richtiges Festessen, das Beste, was es gab. Wir machen das immer noch so, obwohl die meisten heute Karpfen essen oder schon Heiligabend einen Gänsebraten auf den Tisch bringen.«

Ich versuchte mir vorzustellen, wie ein Krieg der Weißen ausgesehen haben mag, bei dem man sich am Tisch versammelt und heiße Würstchen mit scharfem Brei bestreicht und zerschnittene Knollen mit einer säuerlichen Soße isst. Wie anders war das als die prahlenden Berichte des fetten Idi Amin, wenn er sich rühmte, mit seinen Kriegern das Fleisch seiner Feinde gegessen zu haben.

Ich verdrängte diese Gedanken und gewöhnte mich an den Geschmack von Würstchen mit Kartoffelsalat. »Sind das große Würmer oder Schlangen?«, erkundigte ich mich neugierig.

»Das ist ganz fein gehacktes Fleisch vom Rind und Schwein, püriert, gebrüht und im Hammeldarm zart geräuchert ...«, begann Sören Franke einen möglicherweise lange dauernden Vortrag.

Verena unterbrach ihn: »Papa, das können wir doch mal in der Küche erzählen. Natiwi, erzähl du uns doch mal, wie ihr in Uganda Weihnachten feiert.«

Sofort waren in meinem Kopf fröhliche Bilder und ich erzählte vom Ende der kleinen Regenzeit in Karamoja: »Der Dezember beginnt schon mit Festen in allen Dörfern, es ist Akiudakin. In der Regenzeit sind die Hirten mit ihren Herden ganz in der Nähe der Dörfer und alles ist grün. Es wird gesungen und getanzt, Hirsebier getrunken und es gibt köstliche Speisen aus Früchten und Fleisch. Alle sind willkommen! Wir feiern den Abschied der Hirten. Sie müssen nach der Regenzeit durchs Land ziehen und nach Wasser und Weideplätzen suchen und richten sich ihre Awuis ein, das sind kleine Hirtendörfer, die nur so lange bestehen, wie es dort Futter und Wasser für das Vieh gibt. Seit die Missionare im Land sind, feiern alle, die im christlichen Glauben getauft sind, das Fest der Geburt Christi. Dann gehen wir zur Messe und auch dort wird viel gesungen und getanzt. Es ist ein schönes Fest dazu gekommen, sodass der Dezember in Karamoja eine fröhliche und laute Zeit ist. Und weil dann die Familien näher beieinander sind, finden auch viele Hochzeiten statt, was auch die Viehherden durcheinander bringt, denn immer, wenn ein Brautpreis gezahlt wird, werden fünfzig, sechzig oder sogar hundert Kühe in die Herde des Klans getrieben, aus dem die Braut stammt.«

»Das ist ja hochinteressant«, sagte Sören Franke. »Davon muss ich noch mehr erfahren.«

»Keine Interviews jetzt, Papa!«, blockte Verena ab.

Wir saßen noch eine ganze Weile in der weihnachtlich geschmückten Stube. Gern erläuterte Sören Franke seiner »afrikanischen Tochter«, wie er mich hin und wieder nannte, alle von mir bestaunten Details des Weihnachtsbaums vom silbern glitzernden Lametta, den bunten Glaskugeln, Schokoladenkringeln, Strohsternen und Engeln aus lackiertem Holz. Als die Kerzen heruntergebrannt waren, sagten wir uns »Gute Nacht«.

Im Gästezimmer war es so warm wie in Karamoja. Ich kuschelte mich dennoch tief in die weiche Daunendecke, denn die Kälte des Tages war noch nicht aus meinen Gedanken. Wie gut, dass mein kleiner Moses das nicht erleben musste. Wie gut, dass er in Mombasa in guten Händen war und lange, helle Tage voller Wärme erlebte, anstatt dem eiskalten Hauch des deutschen Winters ausgeliefert zu sein. Und bald würde er auch wieder eine gesunde Mutter haben, an deren Seite er zum Mann wird. Mit diesen Gedanken schief ich ein und öffnete erst wieder die Augen, als ich sanft geschüttelt wurde. Verena blickte mir munter in meine verschlafenen Augen und lud zum Frühstücken einlud.

Als ich den gedeckten Frühstückstisch sah, wusste ich endgültig, dass in diesem Land nichts so sein wird, wie ich es mir vorgestellt hatte. Verschiedene Brotsorten und Brötchen, Rührei, Käse, Wurst und Marmeladen, Tee, Milch und Kaffee zur Auswahl ... Wo sonst noch konnte es so viel Überfluss geben?

Erfreut griff ich zum Toastbrot: »Oh, das habe ich schon einmal bei Frau Burton gegessen; sie hatte es aus Kampala mitgebracht und dann auf der Herdplatte geröstet und mit Butter und Marmelade bestrichen!«

Das war etwas Besonderes? Wiederum staunten die Frankes, und natürlich stand die Frage an: »Was gab es denn bei dir in Karamoja zum Frühstück?«

»Als ich noch ein Hirtenmädchen war? Früchte von Bäumen und Sträuchern, Hirsebrei und Milch und Blut von den Kühen ...«

»Blut?«, fragte Verena erschrocken nach.

»Ja, man ritzt das Tier am Hals nur ein bisschen mit einer Pfeilspitze an, fängt etwas Blut in einer Holzschale auf und verrührt es mit der Milch, bis es verdickt und über dem Feuer gegrillt werden kann. Später in der Schule gab es Porridge, das aus Milchpulver und Maismehlbrei zubereitet wurde.«

Verena schluckte trocken und meinte diplomatisch: »Es ist wohl alles Gewohnheitssache.«

Nach dem Frühstück fiel mir ein, dass meine Tasche noch auf dem Flur stand. Ich verschenkte die afrikanischen Figuren und füllte einen Teller mit Obst aus Kenia, das dem Weihnachtsduft im Haus einen exotischen Akzent verlieh.

Verena überreichte mir ein kleines Päckchen mit einer rosa Schleife und einer Weihnachtskarte. »Frauensache«, sagte sie, »das packen wir in deinem Zimmer aus.«

Vorsichtig faltete ich das bunt bedruckte Papier auseinander und traut meinen Augen nicht: Ein Nachthemd, als sei es ein Kleid, ein seidiger Slip und ein dazu passendes Unterhemd, und obendrauf prangte das zarte Gebilde eines Büstenhalters mit filigranen Spitzen – schöner noch als auf dem Werbeplakat an der Bahnsteigwand unterm Flughafen. Mir blieb einfach die Luft weg. Und das für mich, die Büstenhalter nur in schlichtester Form von der Wäscheleine der englischen Lehrerinnen und Schwestern her kannte. Verena half mir, das ungewohnte Kleidungsstück anzulegen, und während ich noch überlegte, wozu das denn wohl gut sein sollte, sah ich mich im Spiegel, die weißen Spitzen auf meiner braunen Haut. Da war ich mir ganz sicher, dass es Joshua gefallen würde und ich im Kreise seiner Frauen seine heimliche Nummer Eins wäre.

Während ich mich noch vorm Spiegel drehte, öffnete Verena den Kleiderschrank: »So schön es auch aussieht, die richtige Winterkleidung ist das nicht. Lasst uns mal ein bisschen Modenschau machen.« Sie hatte vorsorglich bei ihren größeren Freundinnen nach Second-Hand-Kleidung gefragt und eine stattliche Auswahl bereit.

»Ich fühle mich wie eine weiße Frau«, sagte ich, als wir nachmittags einen Spaziergang zu Freunden der Familie Franke machten, die zu einer Weihnachtsfeier eingeladen hatten. »Es ist gar nichts mehr an mir aus Uganda.«

»Doch«, sagte Verena, »du selbst bist immer noch aus Uganda, mit Herz, Haut und Haaren.«

»Und mit den Füßen«, sagte ich leidend. »Die Schuhe sind zu eng für Karamojong-Füße. Ich habe doch noch niemals zuvor solche Schuhe getragen.«

»Und ich dachte schon, du hast die Schaufenster-Krankheit«, lachte Sören Franke und wusste natürlich, dass dazu eine Erklärung fällig war: »So sagt man, wenn jemand immer wieder stehen bleibt, um sich etwas anzusehen, obwohl er nur Pause machen will, weil er etwas kurzatmig ist.«

»Das bin ich doch«, erinnerte ich, denn ich war ja in Deutschland, um mich von meiner Atemnot heilen zu lassen.

»Aber mit den Füßen hast du noch nicht gehustet.«

»Weil die Schuhe zu eng sind.«

Meine neugierige Freude auf eine deutsche Weihnachtsfeier zerplatzte wie eine Seifenblase. Es gab keine Gebete, kein Gedenken an die Geburt Christi, keine inbrünstigen Lieder und auch keine rhythmischen Tänze. Die Befreundeten sprachen vom letzten Urlaub in Ägypten und dass man noch nicht genau wüsste, wohin sie in diesem Jahr fahren wollten. Es war eher ruhig und besinnlich, als ob die Last des vergangenen Jahres eine Pause verlangte und neue Kraft für das neue Jahr geschöpft würde, für das man sich schon jetzt Gesundheit, Glück und Erfolg wünschte.

Die ganze Zeit über war ich der Mittelpunkt der kleinen Gesellschaft und Verena wurde von Frage zu Frage eine immer bessere Dolmetscherin. Ich übte mich im Verständnis dafür, dass die Leute sich mehr für das Wetter als für die Lebensumstände interessierten. Sie alle wollten diesem kalten Deutschland entfliehen und erzählten immer wieder vom warmen Sommer, vom Urlaub, wenn sie in die Sonne fahren, weil niemand sicher sei, dass sie auch in Deutschland scheint. Und Weihnachten sei das schönste Fest des Jahres, weil es dem Winter Hoffnung gebe. Aber warum sie es dann nicht in jener ausgelassenen Fröhlichkeit feierten, wie ich es aus der Kirche in Karamoja kannte, mochte ich nicht mehr fragen. Meine Vermutung, dass die englischen Missionare wohl einem temperamentvolleren Volk angehörten als die Deutschen, war bereits mit Gelächter bedacht worden.

»Wie war doch noch Ihr Name? Er ist so ungewöhnlich, dass ich ihn mir schlecht merken kann.«

»Natiwi.«

Und nach einer Weile: »Fräulein Natti – oder wie war der Name doch gleich?«

»Natiwi«, sagte ich geduldig und eine Weile später wieder: »Natiwi.« – »Ja richtig, Natiwi.«

»Ja, Natiwi ist der Vorname, und der Nachname ist Lorika, aber nennen Sie mich gern Natiwi.«

»Natiwi – habe ich das jetzt richtig gesagt?«

Schließlich meinte ich: »Nennen Sie mich doch Luisa, das ist mein christlicher Taufname.«

»Ach, Sie sind richtig christlich getauft?«

»Erst römisch-katholisch, dann anglikanisch«, betone ich, denn ich hatte erfahren, dass der Kölner Dom, der auf der gegenüberliegenden Seite des Flusses steht, der katholischen Kirche gehörte. Auf der rechten Uferseite, so vermutete ich, würde man also reformierten Glaubens sein, so wie sich die Missionare auch in Karamoja das Gebiet aufgeteilt hatten.

»Haben Sie Ihren Segen von Erzbischof Luwum erhalten?«, fragte plötzlich jemand aus der Freundesrunde.

»Sie kennen Bischof Luwum?«, staunte ich. »Ich habe ihn nur einmal gesehen, als er unser College besuchte. Er ist vom Stamm der Acholi und kommt wie ich aus einer Hirtenfamilie.«

Der Mann winkte ab: »Habe ihn nur einmal auf einem Empfang in Kampala getroffen. Scheint ein Freund Idi Amins zu sein – und ich fragte mich, wie lange das wohl gut gehen wird. Er hat ganz andere Ansichten. Uganda ist für uns erst einmal erledigt, weil unsere Handelspartner ausgewiesen wurden. Da muss erst ein neuer Präsident kommen.«

Ich hatte es schon auf der Zunge, wollte stolz erzählen, dass mich dieser Präsident zur Frau haben wollte. Aber ich bemerkte den Blick von Sören Franke und sein unsichtbares Kopfschütteln. Also schwieg ich und lächelte.

Zwischen Weihnachten und Neujahr lernte ich. Wie lenkt man einen Staubsauger durchs Zimmer, wie befüllt man einen Geschirrspüler? Ich lernte danke, bitte und andere deutsche Wörter und Sätze und blätterte mit Verena in Comic-Heften, um zu erkennen, was in welchen Situationen gesagt werden kann. Bei einem Bummel durch Köln erfuhr ich, was die Ampeln mit ihren Farben Rot, Gelb und Grün bedeuten. An Preisschildern erklärte mir Verena, ob etwas teuer oder günstig ist und wie das dafür benötigte Geld aussieht. Verena sagte mir auch, dass es nicht schicklich sei, dauernd am Büstenhalter zu zupfen und wie man ihn lockerer einstellt. Frau Franke erinnerte mich mit Sätzen wie »Na, bist du nicht satt geworden?«, dass man nicht auf den Fingernägeln kaut oder in der Nase bohrt. Herr Franke vermittelte mir indessen Wissen darüber, dass sein schwerer Loden-Wintermantel in seiner Grundsubstanz aus gekochtem Nadelholz hergestellt wurde. Herr Franke hatte ein schier unerschöpfliches Wissen, und ich wollte einfach nicht glauben, dass weder seine einzige Frau noch seine Tochter ihm die Stiefel von den Füßen zogen oder ihm sonst wie zu Diensten waren. Er tat mir ein bisschen leid. Ich lernte, einen Schneemann zu bauen und konnte mir kaum vorstellen, dass es in Deutschland eine Jahreszeit gibt, in der kein Schnee unter den Schuhen knirscht und der Wind nicht weiße Flocken, sondern Staub oder trockene Blätter durch die Straßen treibt.

Therapie im weißen Bett

Am Montagmorgen fuhr Sören Franke auf dem Weg ins Büro einen Umweg zur Universitätsklinik. Ich saß auf dem Beifahrersitz und ordnete meine gemischten Gefühle. Es war noch dunkel, die Fahrt über den Rhein war nur an der Brückenkonstruktion neben der Fahrbahn zu erahnen. Der Dom zeichnete sich schemenhaft vom Himmel ab. Die Scheinwerfer, die ihn am Abend so festlich erleuchteten, waren um diese Zeit längst erloschen. Frau Franke hatte mir eine kleine Tasche mit Wäsche, Seife und Zahnbürste gepackt. »Alles andere ist ja im Krankenhaus, und wenn du etwas brauchst, musst du es nur sagen«, hatte sie dazu gesagt. Verena hatte mich schon am Abend umarmt und alles Gute gewünscht, – sie werde mich demnächst einmal besuchen.

Die Universitätsklinik war ein verwirrender Komplex aus mehreren Häusern, doch Herr Franke kannte den Weg. Er regelte die Aufnahmeformalitäten, sah schließlich ungeduldig auf die Uhr und verabschiedete sich mit flinker Herzlichkeit. »Nach so vielen Feiertagen gibt es viel zu tun«, sagte er und »Kopf hoch, es wird schon wieder. Wir sehen uns demnächst einmal.« Weg war er.

Mir blieb keine Zeit, mich allein zu fühlen. »Kommen Sie bitte mit!«, bat mich eine junge Krankenschwester. Das Zimmer hatte nur ein Bett, einen Schrank und ein Waschbecken. »Die Toilette ist gleich gegenüber«, sagte die Schwester. »Legen Sie sich bitte ins Bett. In ungefähr einer halben Stunde kommt die Visite.«

Geduldig wartete ich auf den Arzt. Doch dann öffnete sich die Tür und ein ganzer Schwarm weiß bekittelter Menschen füllte den Raum und umringte das Bett der kranken Afrikanerin. Jetzt wurde mir bewusst, welch eine schreckliche Krankheit von mir Besitz ergriffen haben musste. Ob wohl einer dieser weißen Menschen mich vor dem sicheren Tod retten würde?

Die Stimmen schwirrten durcheinander. Es wurde diskutiert und erklärt. Manchmal glaubte ich etwas zu verstehen, dann gab ich das Zuhören auf. Einer der Weißkittel drückte mir die Hand, es schien der Professor zu sein. Er hatte gütige Augen und ich nahm mir vor, ihm rückhaltlos zu vertrauen.

»Wir werden zuerst ein paar Basisuntersuchungen veranlassen«, sagte eine Krankenschwester auf Englisch. Das nahm ein paar Tage in Anspruch. Ich wurde geröntgt, es wurde Blut abgenommen, Proben meiner Ausscheidungen in Glasröhren gesammelt, auf meinem Rücken forschte man mit ungezählten Nadelstichen nach Allergien. Unter Tränen würgte ich einen Schlauch hinunter, blies die Lunge bis zum letzten Lufthauch in eine Röhre und ließ mich mit Apparaturen verbinden – es schien kein Ende zu nehmen. Ich suchte nach Übereinstimmungen mit den Uni-Kliniken in Kampala und Nairobi – nein, alles war anders im weißen Land. Zwar gab es hier weniger Marmor und Säulen, doch überall auf den schlichten Gängen liefen weiß gekleidete Schwestern und

Ärzte umher und die Untersuchungsräume waren mit seltsamen Geräten bestückt.

Es ging nicht nur um mich, sondern um eine pedantische Nachforschung, wo die Krankheitsursache liegen könnte. Ganze Formularhefte sollten ausgefüllt werden. Details aus der Familie, Vater, Mutter, welche Krankheiten, wann gestorben, wie viele Geschwister und so weiter. Abends war ich erschöpft, als hätte ich einen harten Arbeitstag hinter mir.

»Oh – und dann ganz allein und einsam in diesem kleinen Zimmer!« Es war Wolfram Schilling, der sich mir als Pfleger in der Nachtwache vorstellte. »Sagen Sie einfach Wolfram zu mir und klingeln Sie, wenn Sie Hilfe brauchen oder irgendeinen Wunsch haben.« Er bat fast darum und meinte es auch so: »Wenn keiner was braucht, ist die Nachtwache ein langweiliger Job.«

Er schlug mir vor, nach einem Zwei-Bett-Zimmer zu fragen, damit ich mich auch einmal unterhalten konnte. »Ich kann ja mal nachfragen, ob das geht.«

Wenn mir das Frühstück am Bett serviert wurde, dachte ich an die beiden Mädchen im ehemaligen Haus Franke, die mich »Prinzessin Luisa« nannten. Und ich war es wohl auch, denn man sagte mir, dass ich gleich nach der Visite in ein »Zimmer mit Gesellschaft« umziehen könne.

Der Ärzte-Tross brachte die Diagnose: Chronische Bronchitis mit asthmatischem Hintergrund. »Aber keine Sorge, das lässt sich mit den richtigen Medikamenten unter Kontrolle bekommen.« Sie wollten mich nun einige Zeit unter Beobachtung haben. »Und in vier oder sechs Wochen können Sie zurück nach Uganda oder sich noch ein wenig in Deutschland umsehen.« Mir kullerten ein paar Tränen über die Wangen. Meine ganze Krankheitsgeschichte klang plötzlich wie eine Bagatelle. Ein Husten, als habe ich mich an einem Hirsekorn verschluckt. Das, worüber ich mir keine Sorgen machen sollte, hatte mich vor einem Jahr von meiner Familie isoliert und die Heirat mit Joshua verhindert.

»Danke«, flüsterte ich mit zittriger Stimme, »danke.«

Aus dem zweiten Bett des neuen Zimmers lächelt mir eine Zimmergenossin entgegen, die nur wenig älter war als ich und mich auf Englisch begrüßte. Nachtpfleger Wolfram Schilling hatte ihr erzählt, dass ich aus Uganda komme und kein Deutsch verstehe. Und nun sagte ich meiner Bettnachbarin: »Guten Tag, ich bin Luisa.« Deutscher ging's kaum, aber es war nur dieser Satz.

Durch das große Fenster sah man in den Klinik-Park, der in der Mittagssonne im Weiß des frisch gefallenen Schnees erstrahlte. Ich erzählte, dass ich diese blendende Pracht am Heiligabend bei meiner Ankunft in Deutschland für weißes Gras gehalten hatte.

»Es ist eigentlich schade, dass es doch nur Wasser ist«, sinnierte ich. »Weißes Gras ist für ein Land, in dem alles anders ist, doch beinahe selbstverständlich.«

»Was ist hier denn anders?«, fragte die Zimmergenossin verwundert. Und das war mal wieder der Anfang von vielen Geschichten aus Uganda...

Ich sollte nicht den ganzen Tag im Bett liegen, sondern umher gehen, auch mal nach draußen in den Park. Es wurde nachgefragt, wie die Atemwege auf die frische Luft reagierten, ob ich die Medikamente vertrüge, ob ich wieder Hustenanfälle hätte, ob ich bei bestimmten Situationen Beklemmungen oder Atemnot verspürte, ob es mir schwerfiele, Treppen zu steigen. All das wurde in Formulare eingetragen, und nach ein paar Tagen fragte man mich das Gleiche noch einmal.

»Wir sind hier ja richtige Versuchskaninchen«, sagte die Zimmerkollegin. »Manchmal habe ich den Eindruck, die wären traurig, wenn sie nichts mehr an uns herumdoktern und ausforschen könnten. Es ist eben ein Universitätskrankenhaus, da sind wir das Unterrichtsmaterial.«

»Ich bin gern hier«, sagte ich. »Ich habe mich lange nicht so gesund gefühlt. Wahrscheinlich darf ich nicht mehr lange hier bleiben.«

Auf meinen Spaziergängen über das Gelände entdeckte ich an der Wand eines Hörsaals eine riesige Weltkarte. »Für eine gesunde Welt« stand in großen Lettern darüber. Fasziniert blieb ich davor stehen. Dieses große Afrika! Ich lachte, als ich den Viktoria-See erblickte – wie ein Auge, das in den Himmel blickt.

»Na? Heimweh?«

Erschrocken drehte ich mich um. Da stand Wolfram Schilling mit einer Frau an seiner Seite. »Darf ich vorstellen: Ontrud, meine Frau. Sie arbeitet auch hier in der Klinik, aber auf einer anderen Station.«

»Ich bin Luisa«, stellte ich mich vor.

Wolfram Schilling war verblüfft: »Und ich habe meiner Frau immer von Natiwi aus Uganda erzählt.«

»Hier versteht man Luisa besser, das ist mein christlicher Name – aber hier, auf diesem Fleck, dort nennt man mich immer noch Natiwi.« Ich reckte meinen Arm zu einer kahlen Stelle im Nordosten Ugandas. »Da ungefähr liegt Nabilatuk. Da bin ich geboren.«

»Und da ist Köln«, sagte der Nachtpfleger, griff sich einen an der Wand lehnenden Zeigestock und balancierte dessen Spitze in den Norden. »Ganz schön weit weg von deiner Heimat, was?«

Mein Blick wanderte über Uganda nach Nairobi und von dort zur Stockspitze nach Köln. Dort suchte ich mit zusammengekniffenen Augen in den Ortsnamen.

»Kann ich helfen?« fragte Wolfram Schilling. »Wohnen Bekannte in der Nähe?«

»Ja«, sagte ich, »Frau Burton. Sie wohnt in London.«

»London«, wiederholte Wolfram Schilling langsam und ließ den Stock wandern. »Das ist da.«

»So weit weg?« Ich war enttäuscht. »Auf einer Insel? Da fährt wohl kein Bus hin? Ich dachte, das ist alles in Europa.«

Die Schillings schauten sich verblüfft an, schluckten ein Lachen hinunter. Dann ihr Vorschlag: »Wir haben noch etwas Zeit bis zur Schicht, lasst uns in der Kantine einen Saft trinken.«

Wenig später stießen wir die mit Tomatensaft gefüllten Gläser aneinander und beschlossen unsere Freundschaft: »Wenn du aus der Klinik kommst und nicht gleich wieder nach Uganda zurück fliegen willst, kannst du eine Zeit lang bei uns wohnen und wir zeigen dir etwas von der Stadt, Luisa.« Ontrud schrieb eine Telefonnummer auf einen Zettel. »Für alle Fälle!«

»Ontrud und Wolfram«, übte ich die Namen der neuen Freunde. »Jetzt freue ich mich auf meine Entlassung!«

Eines Nachmittags kam Verena zu Besuch. Sie hatte meinen Koffer, die Tasche und die Kleidungsstücke mitgebracht, die noch bei den Frankes geblieben waren. Sie war in Eile und klärte mich auf, weshalb in den letzten Tagen weder Besuch noch Nachrichten von Familie Franke kamen: »Meine Mutter ist plötzlich schwer erkrankt. Sie hatte es schon länger in sich; jetzt ist es akut. Mein Vater und auch ich müssen uns sehr um sie kümmern.«

»Hat sie Husten?«, fragte ich unwillkürlich. Wie ein Blitz traf mich das Schuldgefühl, ich könnte sie angesteckt haben, hatte man mich doch jahrelang deswegen in meinem Klan gemieden.

Verena schüttelte den Kopf. Es sei etwas ganz anderes, wohl noch viel schlimmer. Ich war bekümmert und versicherte Verena, dass ich für ihre Mutter beten werde.

»Dies ist nun ein Abschied«, sagte Verena traurig. »Du fliegst ja sicher in den nächsten Tagen zurück nach Uganda?«

»Ich freue mich schon darauf«, sagte ich. »Und vielleicht kommst du ja auch einmal dorthin – das wäre wunderbar!«

Auch Herr Franke besuchte mich noch einmal. Es war an meinem letzter Tag in der Klinik. Er hatte ein Geschenkpäckchen von einem Mädchen aus der Nachbarschaft mitgebracht. »Ansonsten wissen Sie ja, wie es bei uns steht, Fräulein Natiwi«, sagte er hastig. »Es geht nur noch um ein paar Formalitäten, damit Sie nicht denken, wir überlassen Sie jetzt ganz ihrem Schicksal.« Er fühle sich verantwortlich und habe für mich bis zum Rückflug ein Zimmer im Katholischen Schwesternhaus in Rodenkirchen gebucht, zu dem er mich gleich hinfahren würde.

Ich war dankbar, dass Herr Franke die Formalitäten der Entlassung regelte. Ich verstand nicht, was er mit der Frau in der Aufnahme besprach. Für Wolfram und Ontrud hinterließ ich nur als kurze Nachricht ein Stück Papier, auf das ich »Katholisches Schwesternheim in Rodenkirchen – Grüße von Luisa« schrieb. Für mich war es wie immer: Es sind die Männer, die darüber bestimmen, wohin ich gehörte. Ich kannte es nicht anders und fügte mich, auch wenn ich mich dabei nicht wohl fühlte. Es gab doch keine andere Wahl.

Im Schwesternheim übergab Herr Franke mich an die Oberschwester, die den schwarzhäutigen Neuzugang über ihre Brille hinweg streng musterte und mir die Hausregeln erläuterte. Obwohl sie nur Deutsch sprach, verstand ich alles aus ihren gebieterisch ausladenden Gebärden.

Mein Zimmer war klein und kalt und ich hoffte, dass Herr Franke zurückkommen würde, um mir etwas zu essen zu bringen. Ich kauerte frierend auf der Bettkante, fühlte mich allein und eingesperrt.

Es klopfte an der Tür und die strenge Oberschwester trat sofort ein. Kontrollierend und wortlos ließ sie ihren Blick durch das Zimmer gleiten und drehte dann am Knauf des Heizkörpers. Bedauernd sah sie mich an, sodass ich daraus den Mut schöpfte, ihr verständlich zu machen, dass ich zwei Groschen zum Telefonieren benötigte. Mit einer Kopfbewegung wurde ich zum Mitkommen aufgefordert und erhielt im Dienstzimmer das gewünschte Geld.

Unweit des Schwesternheims entdeckte ich eine Telefonzelle. Ontrud Schilling meldete sich am anderen Ende der Leitung völlig überrascht: »Es war doch alles abgesprochen. Wir haben in der Eingangshalle auf dich gewartet!« Es mochte zehn Minuten zu spät gewesen sein. »Aber es ist ja nie zu spät, etwas zu ändern«, tröstet Ontrud – und eine halbe Stunde später war sie bei mir und brachte mir eine Tüte mit belegten Brötchen. »Damit du nicht verhungerst.«

Wir verabredeten uns für den übernächsten Tag, denn jetzt begann gleich die Schicht, aber ab übermorgen hätte Ontrud drei freie Tage, dann könne man alles viel schöner und gemeinsam machen. Ontrud übersetzt mir noch, wie die Essenszeiten im Heim geregelt sind, und sagte der Oberschwester, dass der Aufenthalt auf zwei Nächte beschränkt sei. Ich erfuhr, dass die Kosten der Unterbringung in dieser Zeit von der katholischen Stiftung übernommen würden; und erst mit dieser Nachricht wurde mir klar, dass ich ja völlig mittellos in einem fremden Land unendlich fern von Uganda war.

»Mache dir darüber keine Sorgen, solange du unser Gast bist«, sagte Ontrud, und ich empfand fortan auch das Heim mit seinen gestrengen Schwestern viel angenehmer und fand nichts dabei, meinen Hunger am nächsten Mittag mit dem dort servierten säuerlichem Rotkohl zu stillen.

Am Tag, an dem Wolfram und Ontrud mich abholten, kam morgens ein Brief, den mir die Oberschwester aushändigte. Der Absender war die Klinik und neben einem Rezept für meine Medikamente war auch eine Rechnung über fast dreitausend Mark im Umschlag.

»Was ist das für ein Brief?«, wandte ich mich an Wolfram.

»Die Klinikrechnung«, sagte er völlig unbeeindruckt, »die ist für deine Krankenkasse ...« Er stockte: »Du hast wohl gar keine Krankenversicherung, oder?«

»Was ist das, eine Krankenversicherung?«, fragte ich zurück und hatte damit Wolframs Frage beantwortet. Ich blickte in sein ratloses Gesicht. »Herr Franke hat gesagt, ich brauche nur das Flugticket.«

***

Sören Franke starrte auf die Rechnung, während ich die Blumen in eine Vase stellte, die ich Frau Franke mitgebracht hatte. Der ging es gar nicht gut. Sie saß im Rollstuhl und konnte sich kaum bewegen. Ich erfuhr, dass Verena wieder zu ihren Freunden in die Wohngemeinschaft gezogen war, sie war nur über die Weihnachtszeit zu Hause gewesen. Herr Franke starrte weiter auf die Rechnung. Er sah aus, als seien seine guten Jahre vorüber. Ja, er erinnere sich, dass er davon gesprochen hatte, dass ein Flugticket genug sei.

»Das ist jetzt über ein Jahr her«, erklärte er hilflos. »Damals gab es andere Möglichkeiten und ich hatte andere Beziehungen. Jetzt habe ich andere Probleme und kein Geld.« Dennoch fingerte er einen Zwanzig-Mark-Schein aus der Geldbörse und reichte ihn mir »fürs Erste«.

Ich mochte den Schein nicht annehmen, doch nichts brauchte ich nötiger als gerade dies, also griff ich zu – und nahm gleichzeitig den Staubsauger, um damit durch die Wohnung zu fahren und räumte anschließend in der Küche auf.

Herr Franke hatte es dankbar beobachtet und inzwischen eine Idee: »Die Botschaft könnte es übernehmen. Eine kranke Lehrerin, die gesunden musste, um die Kinder Ugandas zu unterrichten, will zurück in ihre Heimat, um diesen Bildungsauftrag zu erfüllen. Jede neue Lehrerausbildung wäre doch um ein Vielfaches teurer als diese Krankenhausrechnung. – So oder ähnlich werde ich es beantragen.«

»Ich habe einen Bruder, der in Kampala im Ministerium arbeitet«, sagte ich.

»Das wird nützlich sein.« Frankes Gesicht hellte sich auf. Er reichte mir Kugelschreiber und Papier und bat mich, den Namen aufzuschreiben. Dann rief er die Auskunft an, um die Nummer der Botschaft zu erfragen.

Eine Viertelstunde telefonierte Franke mit der Botschaft, schilderte verschiedenen Personen immer wieder meine Situation, wobei ihm immer neue Vorteile für Uganda einfielen, wenn die gebildete Lehrerin, zudem inzwischen mit fundierter Auslandserfahrung, zurückkehrte ins Bildungswesen des aufstrebenden Landes, und welchen Verlust es andernfalls bedeutete, wenn sie hier bleiben müsste, bis sie die Rechnung durch Arbeit beglichen hätte, wenn es denn überhaupt eine Arbeitsgenehmigung für sie gäbe. Und wenn es an formalen Voraussetzungen fehle – ihr Bruder im Ministerium wäre sicher eine diplomatische Brücke ...

Schließlich sprach er mit der Botschafterin. Das mochte hilfreich sein – Beistand von Frau zu Frau. Sie werde zurückrufen, sagte die Botschafterin. Für viertausend Dollar brauche sie eine Rückversicherung aus Uganda. – Hatte sie viertausend gesagt? Dollar? Herr Franke ließ Summe und Währung im Raum stehen und bedankte sich für das Verständnis, das er in dem freundlichen Gespräch verspüre – man warte gern und voller Hoffnung.

Es vergingen drei Stunden, bis die Botschaftssekretärin anrief und sich nach einigen Formalitäten nach der Kontonummer erkundigte, wohin sie die viertausend Dollar überweisen solle.

Spontan fiel ich Sören Franke um den Hals. Er selbst verspürte nicht weniger Erleichterung. Ich aber schwärmte: »Es sind immer die Weißen, die helfen!« Ein Jahr lang war ich in Uganda und Kenia herumgereist und hatte wohl bei jedem meiner Brüder gebettelt, um die Flugkosten für meine Genesung zu erbitten – und Herr Franke, ein Mann mit weißer Haut, löste das Problem per Telefon in drei Stunden. »Ich glaube, ich bin in einem Märchenland!«

Wenn es wirklich viertausend Dollar sind, die man überweisen wolle, dann wäre es wirklich märchenhaft, meinte Herr Franke. Das sei in D-Mark mehr als doppelt so viel und es bestünde Hoffnung, dass es auch bei dieser Summe bliebe. Es sei eine Überlegung wert, es nützlich zu verwenden.

Ich fiel ihm abermals um den Hals.

Franke wehrte ab, es sei doch eine Selbstverständlichkeit, dass er sich für seine afrikanische Tochter einsetzte, stellte aber in förmlicher Weise und zwischen »du« und »Sie« wechselnd klar: »Es ist dein eigenes Land, das dir hilft. Spätestens in drei Tagen ist das Geld auf meinem Konto und ich kann es Ihnen übergeben, Fräulein Natiwi.«

»Du solltest etwas länger bleiben«

Gemeinsam mit Wolfram und Ontrud saß ich in dem Café gegenüber der Deutschen Bank. »Da kommt er.«

Sören Franke sah mich am Fenster, winkte uns zu und eilte über die Straße ins Café.

Lachend setzte er sich zu uns. Er legte einen prallen Umschlag auf den Tisch, den niemand an sich nehmen mochte. »Wirklich viertausend Dollar – etwas mehr als 10 000 D-Mark!« Mir stockte der Atem. »Am besten, Sie regeln das mit der Klinik«, sagte Sören

Franke und schob den Umschlag zu Wolfram Schilling. »Den Rest habe ich in gemischten Scheinen auszahlen lassen, damit Fräulein Natiwi es besser handhaben kann.« Und zu mir gewandt: »Du solltest dir überlegen, etwas länger hier zu bleiben und noch etwas dazulernen – jetzt, wo Sie etwas Überbrückungsgeld haben, Fräulein Natiwi.« Alle nickten.

»Du solltest zumindest ein bisschen Deutsch lernen, Luisa. Vielleicht gibt es dafür sogar ein Stipendium.«

»Mein kleiner Moses wartet doch auf mich!«, warf ich ein.

»Etwas später hat er dann eine noch klügere Mutter, das ist auch für ihn gut.«

»Moses fühlt sich bei seiner Tante sicher ganz wohl.«

»Du kannst ihm ein Paket schicken.«

»Sie sollten einmal darüber schlafen, Fräulein Natiwi.«

Mir wirbelten die Gedanken durch den Kopf. Doch bevor ich darüber geschlafen hatte, meldete ich mich bei einer Abendschule am Hansaring an, um einen Deutsch-Elementarkurs zu besuchen.

»Das ist unser Gastgeschenk für dich«, sagte Wolfram, als ich stolz meinte, das könne ich ja nun bezahlen.

Ontrud deponierte die Geldscheine in einem Kästchen und übergab es mir wie eine Schatztruhe. »Wenn du da jeden Tag nicht mehr als zehn Mark heraus nimmst, hast du in einem Jahr noch genug, um neu zu planen – und dann kannst du bestimmt so gut Deutsch, dass du einen Studentenjob annehmen kannst.«

»Aber...«

Ontrud unterbrach mich, ohne dass ich meine Besorgnis weiter bedenken konnte: »Bei uns kannst du wohnen und essen. Du bist eingeladen.«

Es ist nicht ehrenhaft, so viel Gastfreundschaft abzulehnen. In Karamoja wäre es die Missachtung der Freundschaft, eine großzügige Einladung abzulehnen. Also nickte ich verschämt und erfreut zugleich und mit einem schlechten Gewissen gegenüber Moses, dem ich am Abend beim Blick in den klaren Sternenhimmel versprach, dass alles gut werden wird und dass er niemals einen Nachteil daraus haben sollte, dass seine Mutter ihn so lange allein ließ.

Der Kurs »Deutsch für Ausländer« machte Spaß, und wenn ich bei den Schillings ausprobierte, was ich schon gelernt hatte, gab es viel zu lachen und es kamen viele weitere Wörter hinzu.

Mit Ontrud ging ich ab und zu einkaufen. Besonders auf dem Wochenmarkt war es lustig und gab mir viel Selbstsicherheit, zu verstehen und verstanden zu werden.

Beim Bummel durch Köln traf ich ab und zu Ostafrikaner, die dort die Universität besuchten. Es waren immer wieder dieselben Gesichter – und schließlich erforschte ich, welche Sprache sie sprechen. Einige der Afrikaner, die unterschiedlichen Ländern, Stämmen und Sprachen angehörten, konnten sich sogar nur auf Deutsch miteinander verständigen. Und wenn es mir bisher nicht klar war, wozu ich Deutsch lernen sollte, so erkannte ich jetzt einen praktischen Nutzen darin. Schließlich war auch Englisch zu einer Art Muttersprache für mich geworden.

Von den Afrikanern erfuhr ich, dass es an der Universität eine Sprachschule gibt, die Intensivkurse für Deutsch anbot. Sie waren kostenlos, wenn man die Bescheinigung eines College-Besuchs vorlegte und einen Test bestand.

»Das musst du machen«, meint Wolfram.

»Ich habe doch keine Zertifikate«, resigniert ich. »Ich bin doch nur hergekommen, um gesund zu werden. Alle Urkunden werden von meinem Stiefbruder Edward verwahrt. Er würde sie mir niemals schicken.«

»Das schaffen wir auch ohne diesen Papierkram«, war sich Wolfram sicher. »Wir kennen ja deine Geschichte und es geht schließlich nur um die Zulassung zum Test – da musst du dich dann selbst beweisen.«

Ich zweifelte. »In Uganda war ich immer die Beste – aber hier?«

Wolfram und Ontrud lachten nur: »Das wird schon klappen!«

Es klappte auch, denn als die Sekretärin im Studentenbüro hörte, dass ich aus Uganda stammte, »wo dieser schreckliche Idi Amin regiert«, da war sie sofort bereit alles zu tun, um diese »schöne schwarze Frau nicht in seine Pranken zu jagen«. Sie füllte das Formular aus und vermerkte an der Stelle der Zertifikate: »Wird nachgereicht.«

»Da guckt nachher keiner mehr hin«, meinte sie unbedenklich. Der vorgesehene Test war nichts weiter als ein paar Fragen zum Ankreuzen. »Ist doch kein Thema!«, sagte die Sekretärin locker und gab mir noch eine Empfehlung: »Bringen Sie zum ersten Unterrichtstag alle ihre Dokumente mit, damit wir Sie entsprechend registrieren können und die Kosten erstattet werden.«

»Diese Person kommt mir verdächtig vor!«

Schon am nächsten Morgen eilte ich in die Universität, um den Intensivkurs Deutsch zu besuchen. Zwischen den Studenten genoss ich die Erinnerung an meine College-Zeit, als alle begierig darauf waren, etwas zu lernen. So wie ich jetzt ganz davon beseelt war, Deutsch zu lernen. Ich fragte mich zum Lehrzimmer durch, wurde über Treppen und lange Gänge geschickt. »Ja das ist hier richtig«, sagte man mir schließlich. »Da vorn die Tür. Das ist die Klasse von Bruder Weber.«

Der Lehrer, den sie Bruder Weber nannten, war ein untersetzter, quirliger Mann, der verblüfft mit lebhaften Augen zu mir hinauf blickte. »Großartig!« sagte er und runzelte die Stirn für einen Moment. »Auf jeden Fall groß«, fügte er hinzu. In der Pause möchte er sich gern mit mir unterhalten, erst einmal sei Unterricht. Es ging Schlag auf Schlag, Frage und Antwort. Ich spürte, dass Deutsch höchste Konzentration brauchte. Jeder musste jederzeit damit rechnen, dran zu sein. Es war ein Intensivkurs – und so fühlte er sich auch an.

In der Pause ging ich ins Lehrerzimmer.

»Bitte nehmen Sie Platz.« Bruder Weber schob mir einen Stuhl zurecht und setzt sich selbst mir gegenüber. »Darf ich Ihren Pass sehen!«, forderte er beamtenhaft. Ich hatte den Pass kaum aus der Tasche gezogen, da griff er danach, wendete ihn hin und her und blättert darin herum, bemerkte schließlich »Ziemlich neu!« und macht sich ein paar Notizen.

Er wollte wissen, weshalb ich nach Deutschland gekommen sei und auf welche Weise, über welchen Flughafen. »Hm, hm«, machte er gelegentlich.

»Sie sind ja schon eine ganze Weile hier. Da müssen wir die Registrierung erneuern – ist Formalitätssache. Machen wir morgen. Bringen Sie wieder alles mit.« Und schon ging es wieder in den Unterricht.

Den Schillings erzählte ich nur beiläufig von der seltsamen Pausen-Befragung. »Heute will er mit mir zur Registrierung«, erzählte ich und Wolfram tat es ab mit der Feststellung: »Behördenkram – deutsche Gründlichkeit.«

***

Bruder Weber kam mir entgegen, noch bevor ich die Treppe erreicht hatte. »Guten Morgen! Kommen Sie gleich mit! Zur Polizeistelle für Ausländer-Angelegenheiten. Wir fahren mit dem Auto.« Er war sehr schweigsam. »Deutschland ist ein sicheres Land«, sagte er dann, »das hat manchmal auch unangenehme Seiten. Wir haben nun mal unsere Regeln.«

Was hatte das alles zu bedeuten? Ich folgte ihm in ein Gebäude, in dem Polizisten hin und her liefen. In den Gängen saßen wartende Menschen auf langen Bänken. Es waren keine Deutschen. Auch Afrikaner waren darunter. Kaum Frauen.

Bruder Weber zeigte auf eine leere Sitzfläche. »Bitte warten Sie hier. Ich gebe mir Mühe, dass es schnell geht. Haben Sie Ihre Papiere dabei.«

Ich reichte ihm den Umschlag mit meinen Dokumenten und er verschwand durch eine Tür. Es schien, dass er erwartet wurde, denn die übrigen Wartenden hielten Nummern in den Händen und achteten darauf, dass ihre Nummer über der Tür aufleuchtete.

Einige unterhielten sich flüsternd. Die Atmosphäre war angespannt. Niemand suchte das Gespräch mit jemandem, den er nicht kannte. Nach einiger Zeit steckte Bruder Weber seinen Kopf aus der Tür und winkte mich hinein.

»Das ist sie«, stellt er mich dem Polizisten vor, auf dessen Schreibtisch mein aufgeschlagener Pass und der Umschlag mit den Reisedokumenten lag.

»Ich muss noch etwas aus dem Auto holen«, sagte Bruder Weber und tätschelt meine Schulter. »Bis gleich.«

Der Polizist blätterte im Pass und betrachtet den Stempel aus Kenia. Er griff in den Umschlag und zog die Reiseunterlagen hervor. »Wann geht denn ihr Flug zurück nach Uganda?«, fragte er nach einigen Minuten des Schweigens.

»Ich habe nach meinem Krankenhausaufenthalt noch einen Deutschkursus belegt«, sagte ich arglos. »Man hat mir gesagt, ich kann den Rückflug dann bei der Lufthansa später umbuchen.«

»Dies ist ein One-Way-Ticket«, stellte der Polizist in sachlicher Strenge fest. »Das ist nicht mehr meine Abteilung.« Er steckte die Papiere und den Pass wieder in den großen Umschlag und sagte zu vier anderen Polizisten, die kaum merkbar hinzugekommen waren: »Nehmt das mit – gehört zur Akte.«

»Kommen Sie mit!«, sagte einer der Polizisten, die sich rechts, links, vor und hinter mir platzierten. So gingen wir aus dem Büro und den langen Gang hinunter in den Hof, wo ein Polizeiwagen stand. Ein Polizist drückte meinen Kopf herunter und schob mich durch die Wagentür auf die Rückbank. Dort saß ich flankiert von Schutzmännern, doch ich fühlte mich von ihnen eher bedroht als beschützt, ich wusste nicht, was mit mir geschah – oder sollte es nur eine jener Handlungen sein, die ich nicht gleich verstand, wie so vieles in diesem fremden Land?

»Wo bringen Sie mich hin?«, fragte ich.

»Wir haben einen Auftrag«, sagte der Fahrer.

»Aber warum?«, fragte sie.

»Das wird man Ihnen noch erklären.«

Sie fuhren weit aus Köln hinaus und hielten vor einem großen grauen Gebäude. Das ist also die andere Abteilung, sagte ich mir. Ich sollte aussteigen. Sofort platzierten sich die Männer wie zuvor um mich herum und schritten mit mir zu einem eisernen Tor. Nach einer Weile öffnete es sich wie von Geisterhand und schloss sich ebenso, während sich anschließend vor uns ein weiteres Tor öffnete. In einem Hof, der von Mauern umgeben war, stand ein weiteres Gebäude, in das einer von ihnen hineinging.

Nach einem kurzen Wortwechsel mit einem Uniformierten überreichte ihm der Polizist den Umschlag mit meinen Dokumenten. Höflich aber bestimmt wurde ich gebeten, meine Tasche abzugeben und ihm zu folgen, während sich die Polizisten verabschiedeten.

Der Uniformierte öffnete die Tür zu einem kleinen Raum mit grau gestrichenen Wänden und bat mich einzutreten. Dann zuckte ich zusammen – die Tür fiel hart ins Schloss. Erst jetzt erkannte ich, dass all das, was mir so unheimlich und fremd vorkam, ein Gefängnis war.

Ich war eingesperrt! – Warum?

Ich trommelte gegen die Tür, wollte den Uniformierten um Erklärung bitten, wollte Fragen stellen, wollte vor allem hier raus! Man sollte Wolfram Schilling benachrichtigen. Es war doch wohl ein Missverständnis! Ich rief und trommelte. Es antwortete niemand – vielleicht war es auf der anderen Seite der schweren Metalltür gar nicht zu hören.

Weinend ließ ich mich auf eine Bank fallen und sah erst jetzt im dämmrigen Licht des Raumes, dass ich nicht allein war. Eine ältere Frau, zahnlos und mit strähnigem Haar saß ebenfalls dort und wiegte lethargisch den Oberkörper vor und zurück. Es schien, als habe sie mich noch gar nicht bemerkt.

Eine endlose Zeit verrann, bis sich an der Tür ein Fenster öffnete und auf eine herunterfallende Klappe zwei Teller mit einem breiigen Eintopf abgestellt wurden, dazu zwei Becher mit Kaffee. Ich rührte es nicht an.

Die Alte schlürfte den Kaffee und löffelt die dicke Bohnensuppe, sie nuschelt etwas, was ich nicht verstand, und machte sich schließlich auch über den mir zugedachten Teller her. Ich trank vom bitteren Kaffee, um meinen ausgetrockneten Hals zu benetzen. Stunden später wurde Brot durch die Klappe geschoben. Auch davon aß ich nichts. Mir war übel vor Hilflosigkeit und dieses Gefühl war so groß, dass ich den Hunger nicht mehr empfand.

Die alte Frau hatte inzwischen Verdauungsprobleme bekommen und entleerte sich geräuschvoll auf der Toilettenschüssel, die neben den Sitzbänken und dem an der Wand installierten Tisch zum kargen Mobiliar der grauen Zelle gehörte. Abwechselnd saß die Alte auf dem Klo oder kniete gebeugt davor, um sich röchelnd zu übergeben.

Als endlich jemand kam, der mir befahl herauszukommen, blieb die Alte zurück. Man brachte mich in einen großen Raum, in dem wohl zehn Frauen von mehreren Wächterinnen bewacht wurden. Ich erhielt eine Decke und es wurde mir eine Pritsche als Schlafplatz zugewiesen. Ich weinte, bis keine Tränen mehr in meinen Augen waren. Ich fühlte mich hilfloser als in jener Zeit, als ich mit verwundetem Bein in der Hütte lag, die ich doch kriechend verlassen konnte. Ich kam mir verlassener vor als in der Zeit meiner Krankheit, in der es doch die Führsorge meiner Mutter gab. Es war die Erschöpfung, die mir schließlich etwas Schlaf gab.

Am Morgen brachte man mich zurück in die graue Zelle. Die Alte war nicht mehr da, doch der säuerliche Geruch ihres Unwohlseins stand unausweichlich im Raum. Die Klappe an der Tür fiel wieder herunter, Brot und Kaffee wurden hindurchgeschoben. Ich sah nicht hin. Ich konnte hier nichts essen, war im Bauch wie im Kopf völlig leer – und doch passte nichts hinein.

Dennoch spürte ich den Blick, der auf mich gerichtet war. Ich versuchte, ihn zu ignorieren. Es war mir, als kämen Schritte, die sich erst entfernten, jetzt wieder zurückkehrten.

»Natiwi?«, fragt eine Stimme.

Ich reagiert nicht, glaubte zu träumen. Hier hatte ich keinen Namen. Niemand würde meinen Namen rufen. Ich phantasierte.

»Natiwi!« diesmal rief es lauter.

»Natiwi, das bist du doch! Luisa!«

Ungläubig wendete ich meinen Kopf. Da schauten zwei Augen durch das eiserne Loch. Wer starrte mich da an?

»Verena?«, murmelte ich ungläubig.

Ja, es war Verena. »Was machst du denn hier, Luisa?«, fragte sie.

Ich blieb apathisch, es war noch nicht in meinem Innern angekommen, dass da jemand war, den ich in der letzten Zeit sogar lieb gewonnen hatte.

»Wie bist du hier hinein gekommen?«, fragt Verena.

»Und du?« fragte ich matt zurück.

»Ich mache mein Justiz-Praktikum«, sagte Verena schnell. »Aber du? – Das kann doch nur ein Irrtum sein.«

Allmählich kehrte ich in die Wirklichkeit zurück, erzählte hastig, was geschehen war und dass ich nicht wusste, warum es alles so gekommen war. »Ich sollte doch nur registriert werden, damit ich den Deutschkursus in der Universität besuchen kann.«

»Ich kümmere mich sofort darum«, versprach Verena und ich spürte, wie mit dem Kaffee und ein paar Bissen Brot in mir die Hoffnung zurückkehrte. Auch schien sich der üble Geruch zu verflüchtigen.

***

Es ist ein Irrtum, glauben Sie mir!« Verena schilderte dem Ersten Wachthabenden den Fall von Luisa Natiwi Lorika.

»Es wird ja eine Anhörung geben«, sagte der Mann hinterm Schreibtisch. »Das ist so üblich. Formsache. Danach folgt die Abschiebung.«

Verena gab sich damit nicht zufrieden. Sie wollte den Direktor sprechen.

»Sehen Sie, Fräulein Franke«, der Erste beugte sich über den Tisch und schlug einen grünen Aktendeckel auf, »das sind die Dokumente der betreffenden Person. Kein Einreisestempel. Kein Rückflugticket. Keine Aufenthaltsgenehmigung. Keine Adresse. Kein offizieller Anlass. Kein Geld. Was bitte, soll der Direktor zu diesen Angaben entscheiden?«

»Ich möchte es mit ihm persönlich besprechen«, sagte Verena.

»Hören Sie, Fräulein Justiz-Praktikantin«, dozierte der Erste Aufseher schroff, »Sie wollen hier etwas lernen, stimmts? Dann versuchen Sie also nicht, uns etwas beizubringen, sondern lernen Sie und belästigen Sie nicht den Direktor mit solchen Lappalien.«

»Aber ich kenne Luisa Natiwi Lorika persönlich, wir sind befreundet.« Verna appellierte an seine Einsicht.

»Ich gebe Ihnen mal einen guten Rat, Fräulein Franke: Sagen Sie das lieber niemandem. Sie müssen sich sonst noch als vermutetes Mitglied einer Einschleuserbande verteidigen.«

»Können Sie bitte nicht doch den Herrn Direktor...«, flehte Venera erneut, aber der Beamte fiel ihr ins Wort:

»Was soll der Direktor? Es ist Sache des Gerichts. Wir leben schließlich in einem Rechtsstaat. Wie gesagt: Anhörungsverfahren – Abschiebung – das ist die Regel. Vielleicht schon in drei Tagen. Warum sollte es hier anders sein? Es ist, wie es ist.«

»Gibt es keine menschliche Möglichkeit, zum Beispiel Asyl?« forschte Verena nach.

»Ist sie im Untergrund tätig? Das ist ja noch schlimmer.«

»Idi Amin wollte sie zur Frau haben«, sagt Verena, »davor war sie auf der Flucht.«

»Der hat doch schon vier oder fünf«, meinte der Vollzugsbeamte zu wissen. »Wir spielen hier doch nicht *Der Widerspenstigen Zähmung*.«

»Es muss doch einen Weg geben.«

»Wie denn? Wo denn? Sehen Sie: Uganda, okay, ist irgendwie ein Hottentottenstaat, aber es gibt keine Klagen, keine Kriege, Sie können touristische Reisen dorthin machen. Wunderschön soll es dort sein, grünes Land, Sonne und Seen. Aber es gibt dort arme Leute, die meinen, es geht ihnen besser, wenn sie nach Deutschland gehen. Tja, und die schicken wir dann zurück. Sie können nachschauen, wann der nächste Flug nach Entebbe geht – und am Flughafen Winke-Winke machen.«

Verena fühlte Wut in sich aufsteigen. Sie wusste, dass sie bei diesem Mann nichts erreichen konnte. Aber sie wollte nicht locker lassen. Sie drehte auf dem Absatz um und verließ den Raum.

»Justiz ist nun mal nichts für Weiberherzen«, bestätigte sich der Wachtbeamte selbst und stopfte die Akte Luisa Natiwi Lorika wieder in den Stapel der zu erledigenden Fälle.

Verena verließ das Gefängnis vorzeitig und besuchte den mit derartigen Fällen befassten Staatsanwalt, der sich ihre Schilderung in allen Einzelheiten anhörte.

»Sind Sie verwandt mit dem Journalisten Sören Franke in Köln-Porz?«, fragte er beiläufig.

»Ja, das ist mein Vater«, sagte Verena.

»Ich kenne ihn gut, wohne selbst in Porz. Wir brauchen Ihren Vater als Zeugen«, sagte er schließlich.

»Der ist in Brüssel auf einer Konferenz.«

»Er muss herkommen, bevor die Anhörung durch ist. Wenn ein Verfahren erst als abgeschlossen gilt, ist wenig daran zu rütteln«, urteilte der Anwalt.

Es gelang, Sören Franke in Brüssel ans Telefon rufen zu lassen. Der erkannte die Situation sofort. Einige Stunden später traf er im Büro des Staatsanwalts ein. Ein weiterer Anwalt war hinzugekommen. Sie analysierten den Fall gemeinsam und urteilten, dass das Missverständnis vor allem darauf beruhte, dass am Flughafen Frankfurt versäumt wurde, den Einreisestempel in den Pass zu setzen. Ein Rückruf in der Botschaft Ugandas bestätigte die legale Ausreise und das Wissen um den Aufenthalt in Deutschland. Alles Weitere sei auf diplomatischem Wege zu lösen. Aber die Zeit reichte nicht mehr, es noch heute zu tun.

***

Wolfram und Ontrud Schilling wunderten sich, dass ich nicht nach Hause kam.

»Es gibt Tage, da dehnt sich der Unterricht bis in den Nachmittag aus«, fiel es Wolfram ein.

»Kann auch sein, dass sie die Frankes besucht, sie hat gestern davon geredet«, meinte Ontrud.

Als sie von der Nachtschicht zurückkamen, war ich immer noch nicht in der Wohnung. Wolfram schaute auf die Uhr: »Na, die ist ja eifrig, schon so früh aufzubrechen.«

»Oder sie hat bei den Frankes geschlafen«, überlegte Ontrud.

Auch am frühen Nachmittag kam ich nicht, so konnte auch kein Nachrichtenzettel gefunden werden. »Sie könnte doch mal anrufen«, meinte Ontrud.

»Sie ist erwachsen«, stellte Wolfram fest, »vielleicht hat sie jemanden kennengelernt.«

Ontrud entrüstete sich: »Luisa ist keine Frau für einen One-Night-Stand, wenn du das vielleicht meinst.«

»Einfach nur grundlos wegbleiben?« Wolfram grübelte eine Weile und meinte dann: »Wer kennt schon die Seele Afrikas?«

»Du machst dir also doch Sorgen.«

»Irgendwie schon.«

»Wenn sie morgen früh nicht da ist, werden wir bei der Schule nachfragen.«

***

Verena meldete sich am späten Nachmittag wieder als Justiz-Praktikantin am Gefängnistor. Abermals übernahm sie die Essensausgabe im Frauentrakt.

»Natiwi«, flüsterte sie durch die Türklappe.

Ich saß verloren in meiner Zelle, eine zusammengesunkene schwarze Frau, die plötzlich wieder an Größe gewann: »Verena!« rief ich.

»Du musst noch eine Nacht durchhalten«, flüsterte Verena. »Es ist nicht einfach, es gibt zu viele Vorschriften. Aber morgen holen wir dich hier raus. Schöne Grüße von meinem Vater. Ein Anwalt und ein Staatsanwalt sind auch dabei. Du sollst dir keine Sorgen machen. Es fehlte nur ein Stempel im Pass. Lass dir jetzt gar nichts anmerken.«

Ich saugte alles Vertrauen aus diesen Worten. Morgen, morgen würde der schönste Tag meines Lebens sein! Ich freute mich darauf wie ein Kind, und als ich in den Schlafraum zu den anderen Frauen kam und in Erwartung dieses Glücks immer wieder leise lachen musste, erfuhr ich das Mitgefühl der anderen.

»Ich kann verstehen, dass sie verrückt geworden ist«, sagte eine der Frauen. »Wer weiß, was sie schon durchgemacht hat – und dann noch dieses schreckliche Loch.« Sanft strich sie mir übers Haar: »Mach dir keine Sorgen, es kann gar nicht schlimmer kommen. Wie heißt du denn?«

»Luisa.«

»Träum was Schönes, Luisa«, sagte die Frau und zupfte meine Decke zurecht. Und ich träumte von roter Erde und weißem Gras und von Moses, mit dem ich einen Schneemann baute.

***

Als Verena in die Anwaltskanzlei kam, war der Staatsanwalt bereits da. »Wir warten noch auf einen Polizisten. Für alle Fälle«, sagte der Anwalt. »Einen Augenblick noch.«

Die Juristen besprachen den Inhalt eines amtlichen Papiers. Dann kam der Polizist. »Also dann! Fahren wir also in die JVA.«

Diesmal bedurfte es keiner Bitten, sie wurden gleich zum Gefängnis-Direktor vorgelassen. Es gab nur einen kurzen Wortwechsel über ein Stempel-Versäumnis am Frankfurter Flughafen. »Sie sieht ja gut aus, vielleicht war die Passkontrolle abgelenkt«, versuchte Verena zu scherzen.

»Wenn das der Grund ist, gehört der Mann abgesetzt«, urteilte der Direktor. »Es kann doch nicht sein, dass der uns mit seiner Schlampigkeit so viel Arbeit aufbürdet.«

»Die wollen wir ja nun schnellstmöglich beenden«, sagte der Staatsanwalt beschwichtigend und legte eine richterliche Verfügung vor. »Für Ihre Akten.«

»Na«, sagte der Direktor jovial, »dann wollen wir mal zur Befreiung schreiten.«

Ein Vollzugsbeamter öffnete meine Zellentür und bat mich freundlich, ihm zu folgen. Im Besprechungszimmer des Direktors flog ich förmlich mit ausgebreiteten Armen auf Verena zu. Wir waren beide von unseren Gefühlen überwältigt, und während unsere Tränen zusammenflossen, wendeten sich die Juristen ab und putzen ihre Nasen.

Wieder saß ich mit fünf Personen im Wagen. Wieder saß ich auf der Rückbank. Doch diesmal war die deutsche Staatsgewalt froher gestimmt. »Der wird Augen machen!« sagte der Anwalt. Gemeint war Bruder Weber, denn sie fuhren direkt in die Universität.

Mitten im Unterricht klopfte der Polizist an die Tür des Klassenzimmers und bat Bruder Weber zum Rapport. Das Lehrerzimmer glich einem Gerichtssaal, denn Anwalt und Staatsanwalt wollten eine sinnvolle Erklärung für sein Vorgehen.

»Die Papiere«, sagte Bruder Weber und hob hilflos die Schultern, »irgendwas schien mir da nicht ganz in Ordnung zu sein. Es war doch richtig, dass ich das polizeilich klären ließ, oder?«

»Man kann ja eine Sache so oder so regeln«, sagte der Staatsanwalt, ohne eine weitere Wertung abzugeben. Und an mich gewandt: »Wollen Sie eine Anzeige erstatten?«

»Was ist das?«, fragte ich, und bevor ich darauf eine juristische Erklärung erhielt und irgendwie ahnte, was das bedeutete, wehrte ich ab: »Nein, nein – ich will Deutsch lernen bei Bruder Weber!«

Wir reichten uns die Hände, die Juristen verabschiedeten sich und der Staatsanwalt verkündete: »Die Kosten trägt die Staatskasse – wir haben alle dazugelernt.«

Als ich mit Verena die Universität verließ, kam uns Sören Franke entgegen. »Kleine Überraschung«, sagte er. »Ich habe in der Domschänke einen Tisch bestellt. Ihr habt doch sicher Hunger.«

Die Überraschung war noch größer, als sie am Tisch von Wolfram und Ontrud Schilling begrüßt wurden. Sie hatten sich bei den Frankes nach mir erkundigt und das ganze Drama schon erfahren.

Der gute Ausgang sei eine Flasche Wein wert, befand Sören Franke. Feierlich hob er sein Glas: »Auf das Glück der Freiheit, die Verbundenheit der Völker und darauf, dass der Justiz nie die Menschlichkeit fehle.« Und voll väterlichem Stolz zwinkerte er seiner Tochter zu.

***

Der Tag darauf war wieder wie jeder andere. Ich saß im Unterricht bei Bruder Weber und plagte mich mit dem deutschen Satzbau. Als die Glocke zur Pause läutete, erbat Bruder Weber ein Gespräch unter vier Augen.

Etwas umständlich brachte Bruder Weber eine Entschuldigung hervor und bedauerte das Missverständnis und sein Verhalten. Vor sich hatte er ein Schriftstück liegen, zu dem er etwas sagen wollte, aber nicht wusste, wie er anfangen sollte. Er fragte mich nach meiner Familie und dem Leben in Uganda und aus welchem Grund ich nach Deutschland gekommen war.

Nach und nach wurde Bruder Weber offener, schließlich meinte er: »Wissen Sie, es gibt viele Ausländer in Köln und besonders in Frankfurt. Man hört viel. Es gibt auch das Gerücht, dass Präsident Idi Amin Frauen in andere Länder einschleust, die dubiose Handelsbeziehungen aufbauen sollen – Waffen, Drogen, was weiß ich... Ich habe Sie nicht verdächtigt, Fräulein Natiwi, aber ich wollte auch eine Sicherheit. Da stimmte was nicht in Ihren Papieren, das sollte die Polizei prüfen. Ich habe das gestern nicht erwähnt, weil ich mir selbst nun sicher war und Ihnen nicht noch weitere Überprüfungen zumuten wollte.«

Ich nickte betroffen. Ja, es war möglich, dass der Herrscher Ugandas seine Gier nach noch mehr Macht und Geltung gewissenlos mit allen Mitteln erfüllen würde.

»Damit Sie hier nun etwas tiefere Wurzeln schlagen können«, sagte Bruder Weber bedeutungsvoll, »mache ich Ihnen einen Vorschlag...« Jetzt schob er das Schriftstück über den Tisch. »Sie können für ein Jahr im Studentenwohnheim logieren und haben auch die Sprachschule frei. Es ist wie ein Stipendium und sichert Ihnen auch den Aufenthalt. Es gibt Ihnen auch die Möglichkeit, sich ein bisschen Geld zu verdienen; wenden Sie sich an den Studentenhilfsdienst, dort wird man Ihnen sagen, wie und wo das geht.«

Wie finden Mann und Frau zusammen?

Nachmittags konnte ich gar nicht schnell genug zu Wolfram und Ontrud kommen. Ich nahm Blumen mit als Dankeschön für ihre Gastfreundschaft, die ich nicht mehr benötigte.

»Stellt euch vor, ich habe eine Studentenbude!«, rief ich meinen Freunden entgegen. »Sagt man das so in Deutschland? – Eine Studentenbude?«

Wolfram nickte. »Ein kleines möbliertes Zimmer. Willst du ausziehen?«

»Danke, danke, dass ich hier so lange wohnen durfte«, sagte ich und umarmte die beiden, berichtete von Bruder Weber und dem Stipendium. »Und die Studentenbude hat einen Raum mit Couch und Tisch und Schreibtisch und eine Küche und ein Schlafzimmer. Es ist unglaublich! Es ist riesig groß! Ihr müsst mich bald besuchen.«

Ich packte meine Sachen. Es war ja nicht viel mehr, als man für einen Wochenendbesuch mitnehmen würde. Ontrud packte mir ein Lunchpaket: »Damit du nicht verhungerst in deinen neuen weiten Hallen.«

Dann war ich zum ersten Mal richtig zu Hause. Ich ließ Luft und den Spektakel des Campus durchs offene Fenster herein. Vom fünften Stock aus blickte ich in belebte Straßen und auf schräge Dächer mit dunklen Pfannen. »Meine Wohnung«, sagte ich, um mir die neue Situation wahr zu machen, »und so hoch über all den anderen ...«

Es brauchte ein paar Tage, bis ich die Ausmaße der sogenannten Studentenbude in ihrer wirklichen Größe wahrnahm. Das Wohnzimmer war klein, noch kleiner der Schlafraum und die Küche eher eine Nische mit Kochplatte. Es war mir, als sei die Wohnung geschrumpft. Es war, als ob sich die Mauern eng um meinen Körper schlossen. Ich kam mir so einsam vor. Wenn ich vom Unterricht nach Hause kam, war niemand da, der mich begrüßte, und wenn ich fort ging, wünschte mir niemand einen guten Tag. Es stieg in mir wieder die Erinnerung an die traurige Verlassenheit auf, als ich mit meinem wunden Bein in der Ziegenhütte lag. Es plagte mich der Gedanke an Moses, den ich mutterlos in Mombasa gelassen hatte, und ich fragte mich, ob er mich bei meiner Rückkehr überhaupt als seine Mutter erkennen würde.

Durch den Studentenhilfsdienst fand ich Abwechslung. Ein Hotel suchte immer wieder Aushilfskräfte. »Das wäre doch etwas für dich. Da geht's auch international zu, man braucht Leute, die Englisch sprechen«, bot mir die Vermittlerin an. Ich war begeistert, dass wieder etwas passierte – und dass ich sogar etwas Geld dafür bekam.

Die abwechslungsreiche Arbeit im Hotel machte mir Spaß. Mal zog ich die Wäsche von den Betten, mal fuhr ich mit dem Staubsauger über die langen Flure oder putzte Messingbeschläge auf Hochglanz. Alles war so edel und es kam mir vor, als gehörte ich zum Hofstaat eines Königs. Mein freundlicher Eifer wurde geschätzt und nach und nach steigerte sich das Niveau der Aufgaben. Ich deckte Banketts ein und lernte die Anordnung der Bestecke und Gläser. Ich faltete fingerfertig Servietten und räumte gebrauchtes Geschirr ab, trug schließlich sogar statt des blauen Kittels die schwarz-weiße Berufstracht des Hotelpersonals.

Dass ich all dies mit viel Geschick lernte, verdankte ich Pierre, der mir als Einsatzleiter vorgestellt wurde. Der junge Franzose mit lockig-schwarzem Haar gefiel mir sehr. Stets war er freundlich, hatte einen schelmischen Blick für mich und überdeckte meine gelegentlichen Missgeschicke mit einem kleinen Witz. Ich spürte, dass mein Herz ein paar Takte schneller schlug, wenn er in meiner Nähe war, und manchmal stellte ich ihm unnötige Fragen, um seine zuvorkommende Erklärungen zu genießen oder einfach nur, um seine Stimme mit dem singenden Akzent zu hören. Ich geizte nicht mit flirtenden Blicken und manchmal schmunzelte Pierre oder blinzelte kaum merklich zurück, wenn sich unsere Blicke trafen. Ja, das war ein Mann, der mir gefallen würde – wenn er doch nur nicht so schüchtern wäre. Ob er etwas gegen Schwarze oder gar Angst vor ihnen hatte? Wie kommen junge Menschen in Deutschland zusammen, wenn sie verliebt sind? Wen könnte ich danach fragen?

In der Unterrichtspause des Deutschseminars hörte ich ein Gespräch mit. Eine Engländerin suchte eine neue Bleibe. Als Au-pair-Mädchen sei sie in einer »ganz schrägen Familie« untergekommen. Sie müsse da weg, hätte aber nur ein Taschengeld. »Und wenn ich meinen Eltern erzähle, was hier los ist, dann muss ich sofort nach Hause kommen. Aber wo soll ich denn in London Deutsch lernen? Ich brauche es aber für meinen Beruf.«

»Du kannst bei mir wohnen«, sagte ich spontan, »ich komme mir sowieso etwas allein vor in meiner Zwei-Zimmer-Wohnung. Ich heiße Luisa.«

»You make me happy! Ich bin Judith.«

Gleich nach dem Unterricht kam sie mit. Als wir im Wohnzimmer standen, musste sie lachen: »Ich glaube, wir verstehen uns. Jedenfalls hast du englischen Humor bewiesen, als du von einer Zwei-Zimmer-Wohnung sprachst. Aber schlank wie wir sind, hat die Hütte doch viel Platz...«

»Hütte ist gut gesagt«, lachte ich zurück. »Wem es also hier drin zu eng wird, geht raus in die Savanne.«

Bis spät in die Nacht hinein tauschten wir unser Leben miteinander aus. Und während Judith gar nicht genug darüber hören konnte, dass ich den Namen Luisa durch die Taufe der anglikanischen Kirche erhalten hatte und meine Lehrerausbildung von englischen und amerikanischen Lehrern stammte, wollte ich mehr von London erfahren, wohin Frau Burton zurückkehren musste.

»Schade, dass wir uns schon bald wieder trennen müssen«, meinte Judith. »Aber wenn das Deutschseminar vorüber ist, muss ich wieder auf die Insel.«

»Ab dann ist auch meine Zukunft im Nebel«, wurde mir auf einmal klar. »Diese Wohnung habe ich nur während des Deutschunterrichts, und die Aufenthaltsgenehmigung gilt danach nur noch für drei Monate.«

»Es sei denn, du heiratest«, flötete Judith mit spitzen Lippen und wackelte lustig mit dem Kopf.

»Wie soll ich hier denn einen Mann heiraten? Alle meine Brüder sind doch in Uganda!«, rief ich – jetzt war ich wieder ganz das Nomadenmädchen Natiwi, das dem Gesetz des Stammes zu gehorchen hatte.

»Willst du einen Bruder heiraten?«, fragte Judith ungläubig.

»Sie suchen mir den Mann aus«, sagte ich.

»Und wenn er dir nicht gefällt?«

»Meine Brüder werden es richtig machen.«

»No, no, no«, sagte Judith energisch. »Diese Zeit ist vorbei, Luisa! Das machst du selbst. Jedenfalls, wenn du in Europa bleibst.«

»Wie soll das gehen? Das kann ich doch gar nicht. Nie hat eine Karamojong sich selbst ihren Mann ausgesucht.«

Jetzt entdeckte Judith ihre Aufgabe. »Wir werden zusammen tanzen gehen, und dann wollen wir mal sehen, ob es funkt. Wenn sich einer in dich verliebt, wird er dich irgendwann seinen Eltern vorstellen, und wenn ihr euch immer mehr liebt, dann wird er dir einen Strauß roter Rosen schenken und irgendwas Nettes stammeln und dich fragen, ob du seine Frau werden willst. Und wenn du es willst, dann sagst du ja und dann geht ihr zum Standesamt und in die Kirche und danach heißt du dann Luisa Irgendwer und ihr gründet eine Familie.«

»Er muss den Brautpreis bezahlen ...«

»Er schenkt dir einen Ring und du ihm ein Kind«, lachte Judith, dann fiel ihr ein: »Ach ja, die Mitgift – es wäre natürlich gut, wenn dein Vater oder deine Familie dir etwas mit auf den Weg gibt, Land, Geld, Hausrat oder eine Firmenbeteiligung.«

»Der Mann bekommt etwas dafür, dass er mich heiratet?«, fragte ich ungläubig.

»Ja, na ja, sozusagen als Familienausrüstung.«

»Meine Familie zahlt für meine Heirat? Niemals! Sie werden hundert Rinder verlangen – mindestens achtzig.«

»Hier ist nicht Afrika – du bist hier in Europa, Luisa«, redete Judith auf mich ein. »Hier zahlt ein Mann nicht für die Braut.«

Ich konnte es einfach nicht fassen: »Ist denn die Frau bei euch überhaupt nichts wert?«

***

Immer wieder war die Beziehung zwischen den Geschlechtern unser Thema. Nur ein für mich so brennend wichtiges Thema behielt ich lange für mich: Wie schaffe ich es, dass Pierre mich nicht nur anlächelt, sondern mir seine Liebe gesteht. Schließlich vertraute ich mich Judith an:

»Wenn mich einer immer wieder anschaut und auch nett zu mir ist, aber nichts weiter – was dann?«

»Oh!«, jubelte Judith. »Da ist also ein schüchterner Verehrer auf deinen Spuren? Lass ihn doch einfach ein bisschen zappeln.«

»Ach, Judith«, klagte ich, »ich bin doch die, die zappelt.«

»Du bist also richtig verliebt?«

»Er wäre wirklich der Richtige!«

»Und das erzählst du erst jetzt?«

»Ich habe doch geglaubt, dass ich dich damit eines Tages überraschen könnte.«

Nun wollte Judith alles ganz genau wissen, und ich erzählte ihr von freundlichen Blicken, Augenzwinkern, Hilfsbereitschaft und kleinen Witzen und wie wir gemeinsam darüber lachten. »Er müsste mich doch einmal ins Kino einladen oder so – so, wie du es mir erzählt hast, wie das in Europa so läuft.«

»Der Junge ist einfach zu schüchtern«, stellte Judith fest. »Dann musst du eben die Initiative ergreifen.«

»Iiich?«, entfuhr es mir wie ein gedehnter Schrei. »Ich habe in Karamoja gelernt, dass der Vater oder die Brüder den Mann aussuchen. Dann habe ich von dir erfahren, dass es hier anders ist und der Mann die Frau um die Ehe bittet, aber vorher bei ihren Eltern um ihre Hand anhält, so hast du es doch genannt, oder? Und jetzt meinst du, ich soll ihn einfach bei den Haaren packen und ihn heiraten!«

Judith schüttelte sich vor Lachen. »Etwas romantischer bitte, Luisa. Mehr Diplomatie.«

Ich verzweifelte: »Wie macht man das?«

»Frage ihn, ob er schon einmal eine Mondschein-Dampferfahrt auf dem Rhein gemacht hat«, schlug Judith vor. »Oder sag ihm direkt, dass du zu gern mal eine Mondschein-Dampferfahrt auf dem Rhein machen würdest – und dann schaust du ihn so aus den Augenwinkeln an –, dass du aber niemanden hast, der dich dabei begleiten würde. Und nach einer kleinen Pause und noch einem verliebten Blick sagst du, dass es dir viel Freude machen würde, wenn er mitkäme.«

»Und wenn er keine Zeit hat?«

»Dann sagst du: Es muss ja nicht heute sein.«

»Und wenn dann kein Vollmond ist?«

»Dann sagst du: Das macht nichts, dann funkeln die Sterne umso heller.«

»Und wenn...«

Judith schnitt mir das Wort ab. »Nichts wenn! Du kannst auch einfach zu ihm gehen und ihm sagen: Pierre, ich bin verliebt in dich, wollen wir uns nicht mal außerhalb des Hotels treffen?«

Schon der Gedanke daran jagte mir einen Schrecken ein.

»Oder du gibst ihm einfach einen Kuss.« Judith hatte Spaß daran, sich in ihren Vorschlägen zu steigern. »Ja, küss ihn einfach – natürlich nur, wenn keiner dabei ist.«

An diesem Abend konnte ich lange nicht einschlafen. Immer wieder stellte ich mir die von Judith beschriebenen Situationen vor und malte mir aus, wie Pierre darauf reagieren und was ich dann tun würde. Als ich am Morgen aufwachte, war ich fest entschlossen, es bei der nächsten Gelegenheit zu versuchen. Zwei Tage schienen unerträglich langsam zu vergehen, aber mein Wille stärkte sich mehr und mehr; und mehr und mehr war ich davon überzeugt, dass Pierre mich ganz fest in die Arme nehmen und mich ebenfalls küssen würde. Ich konnte es kaum erwarten.

Auch Judith hatte einen Job gefunden. Sie kellnerte gelegentlich in der Nähe des Doms, servierte das Kölsch-Bier als Meterware auf Brettern zu sechs oder elf Gläsern. Dort war man froh, jemanden zu haben, der Englisch sprach und im frühen Sommer die ersten ausländischen Touristen bedienen konnte. Meist war es spät, wenn sie nach Hause kam. Stets wartete ich auf sie, um noch ein paar Sätze mit ihr zu reden.

Eines Abends aber fand Judith mich schluchzend auf der Couch. Erschrocken ließ sie sich vor mir auf die Knie nieder und legte einen Arm um mich.

»Was ist passiert?«, fragte sie sanft.

Ich zuckte nur mit den Schultern, griff nach meinem nassen Taschentuch und heulte, dass mein ganzer Körper bebte, so groß war der Schmerz, den ich in mir fühlte ...

Judith spürte, dass etwas Fürchterliches passiert war. Sie strich mir mitfühlend übers Haar und suchte nach tröstenden Worten – aber wofür? »Bist du krank? Tut ihr etwas weh? Hast du eine schlimme Nachricht bekommen? Ist jemand gestorben?«, fragte sie. »Hat man dir gekündigt – im Hotel? Ist es wegen Pierre? – Pierre?«

Ich nickte weinend.

»Hat er eine andere?«, fragte Judith teilnehmend.

Schluchzend schüttelte ich den Kopf.

»Ist er nicht mehr da?«

»Doch.«

»Was ist denn passiert?« forschte Judith behutsam weiter.

»Nichts«, sagte ich, es war mir unmöglich, darüber zu reden.

»Das wird schon wieder«, tröstete Judith.

»Nein«, klagte ich und drehte Judith nun mein von Tränen überflossenes Gesicht zu. »Es ist aus. Ich will ihn nicht mehr sehen.«

Und die kleine neunzehnjährige Judith, die für mich sonst wie eine große Schwester war, wurde plötzlich wie eine Mutter, die ihre Tochter im Liebeskummer trösten muss. Sie nahm mich in den Arm und mühte sich, mir den Seelenschmerz vom Rücken zu streicheln, bis mein Schluchzen geringer wurde und ich von der großen Enttäuschung erzählen konnte, die mir widerfahren war.

»Ich habe alles so gemacht, wie du gesagt hast. Ich habe vom Rheindampfer gesprochen und vom Vollmond geschwärmt. Ich habe auch gesagt, dass ich ihn gern habe und er hat auch gesagt, dass er mich gern mag, und weil mir das alles so schüchtern vorkam – so wie du es gesagt hast – da habe ich ihn geküsst ... ich habe es einfach getan, wie du es gesagt hast.«

»Ja und?«

»Pierre hat mich ganz sanft zur Seite geschoben – ich habe gedacht, dass jemand gekommen sei, aber es war keiner da. Da habe ich ihm gesagt, dass ich verliebt bin.«

»Und er«, fieberte Judith – es müsste doch der Beginn einer Romanze folgen, »was hat er gesagt?«

»Er hat gesagt, dass auch er verliebt ist – und dann hat er mich ganz ernst angesehen und gesagt ...«, ich musste den Satz schluchzend unterbrechen, »... dann hat er gesagt, dass er in den Chef verliebt ist. Verstehst du? In den Chef! Ein Mann, verliebt in einen Mann!«

Jetzt blieb auch Judith der Mund offen stehen.

»Er findet mich nett, hat er dann noch gesagt. Er mag mich sogar sehr, hat er gesagt. Aber lieben kann er mich nicht, weil er den Chef liebt.«

»So ein Schuft!« entfuhr es Judith. »Aber so etwas gibt es. Ich glaube, er kann gar nichts dafür.«

Ich schnäuzte in mein Taschentuch. »Er hat sich sogar dafür entschuldigt und mich gebeten, nicht darüber zu sprechen.«

»Pierre ist ein echter Gentleman«, korrigierte Judith ihre Einschätzung. »Es ist ein Jammer, dass ausgerechnet solche Männer keine sind.« Und nach dieser Feststellung beschlossen wir, nie wieder über Pierre zu reden.

Damit war für mich das Thema Liebe erst einmal vorüber. Zu tief saß der Schock. Zu groß war die Angst vor einer neuen Enttäuschung.

Judith war das ganz recht, denn sie hatte ihrem Freund in London die Treue geschworen. Und ihm konnte sie nun in ihren wöchentlichen Briefen davon berichten, dass sie mit ihrer Freundin Luisa eine Mondscheinfahrt auf dem Rhein gemacht hatte, sich im Gewölbe des Doms gruselte, den Sommer und den Herbst in Köln erlebte, dass sie mit Luisas Freunden Wolfram und Ontrud Weihnachten feierte und auch Familie Franke kennen gelernt hatte, ohne die Luisa nie nach Deutschland gekommen wäre, und schließlich auch, dass der Karneval mit seinem bunten Narrenumzug ganz lustig sei, nachdem sie Luisa die Furcht vor den Masken genommen hatte.

Dann packte Judith die Koffer. Ostern würde sie wieder zu Hause in London sein. »Es war eine schöne Zeit mit dir«, sagte sie zu mir. »Jetzt aber freue ich mich darauf, mich bald wieder richtig englisch zu unterhalten.«

»Das haben wir anfangs doch auch«, sagte ich.

»Ach Luisa«, lachte Judith, »das war ja auch irgendwie ein Wettstreit zwischen Karamoja und Oxford. Aber es ist gut, dass wir inzwischen nur deutsch miteinander gesprochen haben, davon haben wir beide profitiert.«

»Jedenfalls haben wir uns verstanden.«

Zum Abschied umarmten wir uns auf dem Kölner Hauptbahnhof, und Judith musste versprechen, dass sie in London die Adresse von Frau Burton, meiner Schuldirektorin in Karamoja, herausfinden wird. »Am besten du besuchst sie einmal und bestellst Grüße von Luisa, der Lehrerin aus der Schule in Kotido. Und falls sie jemals gehört haben sollte, dass Idi Amin mich zur Frau genommen hat, sage ihr, dass ich ihm entkommen bin. Ich glaube, dass es sie glücklich macht.«

Judith winkte noch lange aus dem Fenster des davon rollenden Zuges, und ich schaute ihm nach, bis nur noch der Schienenstrang silbern in der Frühlingssonne schimmerte.

Auch für mich war das Stipendium abgelaufen – und damit war meine Aufenthaltsgenehmigung nur noch drei Monate gültig. Das Zimmer im Studentenheim musste ich bis zum Monatsende räumen. In der Innentasche meines Koffers steckte der Umschlag mit genügend Geld für ein Flugticket nach Uganda. Aber es wollte keine Freude in mir wachsen, den Koffer für den Abschied zu packen, auch wenn ich mich nach meinem Sohn Moses sehnte.

»Unternimm alles, um hier zu bleiben. In Uganda ist das Leben unerträglich geworden. Deine in Deutschland erworbenen Fähigkeiten sind dort zwar nützlich – aber für Andere, nicht für dich. Du wirst missbraucht.« So hatte man mich immer wieder gewarnt. Doch niemand auf den Ämtern wäre bereit gewesen, daraufhin meine Aufenthaltsgenehmigung abzustempeln. Das sind doch Gerüchte, sagte man. Weder in Zeitungen noch im Radio gab es Schreckensmeldungen aus Uganda. Allenfalls gab es Glossen über Idi Amin, aus dessen Herrschaftsclownerie die Journalisten amüsanten Lesestoff produzierten. Das ergab sich aus seinen offiziellen Auftritten. Von den verschwundenen Kritikern seiner Regierung aber, von den Leichen im Viktoria-See, den niedergebrannten Dörfern, den enteigneten Bauern und von den aus dem Land gejagten indischen und englischen Geschäftsleute gab es allenfalls Gerüchte – das war nicht im weltöffentlichen Interesse.

So saß ich dann an einem Frühlingsmittag auf einer Bank im Kölner Stadtwald und hoffte, dass mir die Sonne bei der Suche nach der richtigen Entscheidung helfen würde. Ich betrachtete die Umgebung und die Menschen, die im Park spazieren gingen.

Dabei fiel mir eine afrikanische Frau auf. Treffender gesagt: eine Dame. Sie trug einen eng geschnittenen pastellgrünen Hosenanzug. Ihre vollen Lippen und die zugespitzten Fingernägel leuchteten im selben Rot wie ihre aparten Schuhe. Sie spazierte Hand in Hand mit einem weißen Mann, der ebenso gepflegt gekleidet war, und während sie mit ihm sprach, strich sie hin und wieder eine geglättete Haarsträhne aus ihrem Gesicht.

Ich hatte es mir zur Angewohnheit gemacht, Afrikaner auf ihre Herkunft einzuschätzen. Westküste tippte ich, Nigeria oder Kamerun vielleicht. Es hatte mich stets amüsiert, wenn Deutsche jemanden vorstellten, der »auch aus Afrika kommt«, so, als müsse ich ihn deshalb kennen. Und dann waren sie erstaunt, dass wir nicht einmal die gleiche Sprache hatten. Es gab doch schon in Uganda an die sechzig Stammessprachen. Die Engländer hatten den Grundstock dafür gelegt, dass sich zumindest die neuen Generationen miteinander auf Englisch verständigen konnten. In Köln konnten sich Afrikaner untereinander am besten auf Deutsch unterhalten.

Wenn die elegante Afrikanerin aus Nigeria kam, könnte Englisch ihre heimatliche Amtssprache sein. Aber so, wie sie aussah, sprach sie sicher auch fließend Deutsch.

Meine abschätzenden Blicke bleiben der Dame nicht verborgen. Sie schaute interessiert herüber, wandte sich kurz an den Mann, der wartend stehen blieb, dann kam sie mit wohlgesetzten Schritten auf mich zu.

»Hallo«, sagte sie lächelnd, »ich bin Angela aus Nigeria.«

Wir wechselten ein paar Sätze, und als ich erzählte, dass ich gerade die Sprachschule beendet hatte und noch nicht recht wusste, wie es nun weitergehen sollte, erzählte Angela, dass sie schon einige Mädchen von dort kennengelernt hatte. »Wie wäre es, wenn wir uns an diesem Samstag treffen? Ich hole dich ab. Hier oben an der Straße um 18 Uhr.«

»Gern«, sagt ich, »danke für die Einladung.«

»Du wirst sehen«, sagte Angela verheißungsvoll, »du bekommst alles, was du dir wünschst.« Sie schritt zurück zu ihrem Begleiter und winkte mir noch einmal zu.

Was wünschte ich mir denn? Mit dieser Andeutung wusste ich nicht viel anzufangen. Aber ich hoffte, in Deutschland bleiben zu können, vielleicht könnte ich Moses zu mir holen. Dafür aber brauchte ich Hilfe und neue Kontakte zu Leuten, die Einfluss hatten. Ob Angela diese Träume erfüllen könnte?

***

Angela aus Nigeria fuhr mit einem schwarzen Mercedes vor. Sie saß selbst am Steuer und machte mit einem kurzen Tipp auf die Hupe auf sich aufmerksam, als sie am vereinbarten Platz hielt. Sie winkte mir zu und beugte sich über den Sitz, um mir die Tür zu öffnen.

»Gut siehst du aus!«, lobte Angela, als ich mich in den weichen Ledersitz fallen ließ. Ich lächelte dankbar.

»Was haben wir vor?«, fragte ich.

»Erst einmal machen wir dich noch hübscher«, lachte Angela.

Die Wohnung der Nigerianerin war purer Luxus. Ich konnte vor Bewunderung kaum atmen. Angela führte mich in einen Raum, der ein Kleiderschrank war. Pelze und Modellkleider, Jacken und Hosen, Taschen und Schuhe – es war wie in einer exklusiven Modeboutique.

»Probier aus, was dir gefällt und behalte es an«, forderte Angela mich freundlich auf.

Ich schlüpfte in festliche Kleider, kurze Fähnchen, Rock und Bluse und behielt schließlich ein schlichtes langes Kleid mit nur wenigen verspielten Applikationen an. Die Farbe des schmeichelnden Stoffs erinnerte mich an die Rote Erde von Karamoja. Ich drehte mich vorm Spiegel – ja, so gefiel ich mir.

Angela hatte Tee zubereitet und einen Teller mit Gebäck dazu gestellt. Sie war mit meinem neuen Outfit zufrieden. »Steht dir prächtig«, sagte sie – und mit einem Blick auf meine Füße: »Deine Schuhe musst du anbehalten, in meine passt du bestimmt nicht hinein.«

»Meine Füße sind für die Savanne gemacht«, sagte ich mit einem verschämten Lächeln. »Wo gehen wir denn noch hin.«

»Lass dich überraschen«, meinte Angela. »Vor allem: Mache alles so, wie ich es dir sage, dann wirst du deinen Spaß haben – und noch mehr. Zuerst aber bringen wir noch ein bisschen mehr Ausdruck in dein Gesicht.« Sie zeigte mir, wie ein Make-up aufgelegt wird und wie den Augen mit Wimperntusche ein kleiner Zauber verliehen wird, wie sie es ausdrückte. Mir tränten die Augen, doch das seinen nur Anfangserscheinungen, meinte Angela. »Nicht wischen, nur tupfen!« warnte sie.

»Das bin ich?«, fragte ich erschrocken, als ich mich im Spiegel betrachtete, aus dem mir ein paar knallrote Lippen entgegen leuchteten. Angela lachte und zog mich zur Tür.

»Ungeschminkt würdest du hier auffallen«, sagte Angela, als sie ihren Mercedes auf den Parkplatz lenkte. Er gehörte zu einer exklusiven Bar.

»Ist hier die Party?«, fragte ich.

»Hier ist immer Party.«

Drinnen war gedämpftes Licht. Am langen Bar-Tresen saßen bereits mehrere hübsche und elegante Mädchen, die Angela freundlich begrüßten. Mich bat sie, an einem Eckplatz des Bartresens Platz zu nehmen. »Schau es dir erst einmal eine Weile an«, sagte sie und verschwand durch eine Tür neben einer kleinen runden Bühne, vor der Tische und mit rotem Samt bezogene Rundsofas wie kleine Inseln angeordnet waren. Auf der anderen Bühnenseite stand ein schwarzer Flügel, auf dem ein Pianist mit glänzenden Pomade-Haaren eine Melodie intonierte. »Der Liebestraum von Liszt«, flüsterte mir eines der Mädchen zu, »mein Lieblingsstück.« Alles sah sehr romantisch und freundlich aus.

Nach und nach kamen auch Männer in die Bar und schauten sich suchend um. Zwei oder drei Mal wurde ich gefragt, ob man mir etwas bestellen dürfe. Ich lehnte dankend ab, denn es ging sicher um alkoholische Getränke, die ich gar nicht mochte. Als ich das auch Angela wissen ließ, bekam sie einen strengen Blick und sie forderte von mir, nicht so abweisend zu sein: »Das gehört sich hier nicht! Sag einfach: ›Einen Pikkolo bitte!‹ Ich werde dem Barmixer sagen, dass er dir dann etwas Alkoholfreies gibt. Bedenke, dass du umso mehr verdienst, je mehr du mittrinkst.«

Jetzt erkannte ich, dass ich mich auf eine Sache eingelassen hatte, die ich so nicht vermutet hatte. Der Pianist sang schwülstig »Oh, the lights are low ...«, während sich das gedämpfte Licht noch weiter verdunkelte, »and the melody is warm and tender ...«. Ein roter Lichtkegel tastete über die Bühne, erfasst einen schwarzen Körper, der sich im erotischen Rot zur Musik wand – es war Angela. »I'll be playing some music to lo-o-o-ve by«, schmalzte der Pianist, während sich Angela gespreizt den Männern auf den runden Sofas entgegen reckte. Einer streckte ihr einen Geldschein entgegen, und sie verließ die Bühne, um sich einen unendlichen Moment lang wie eine Schlange auf seinen Knien zu winden.

Wie erstarrt schaute ich zu. Für einen Augenblick gingen mir die Bilder durch den Kopf, als Nacktheit für mich eine Selbstverständlichkeit des nomadischen Lebens war. Die Männer verehrten die schönen Körper der jungen Mädchen mit Respekt, wenn sie mit ihren straffen Brüsten kokettierten. Hier aber waren sie eine Ware der Lust – für Geld zu haben. Würde Angela von mir verlangen, als Nächste auf die Bühne zu gehen und meinen Körper im Scheinwerferlicht der Begehrlichkeit der Männer zu präsentieren und für einen Geldschein betatschen zu lassen? So, wie sich ein Mann zur Belustigung seiner Freunde für einen Geldschein das Recht erkaufte, der tanzenden Nigerianerin zwischen die Beine zu greifen. Angela lächelte dabei. In mir stieg ein Gefühl von Übelkeit hoch.

Ich nickte nur abwesend, als mich ein älterer Herr bat, sich neben mich setzen zu dürfen. Er beachtete das Geschehen auf der Bühne nur beiläufig, betrachtete aber mit fast demütigem Interesse meine Mimik, in der sich mein Empfinden spiegelte.

»Sie fühlen sich hier offenbar nicht zu Hause«, sagte er mehr feststellend als fragend.

Ich nickte. »Ich glaubte, zu einer Party eingeladen zu sein, aber es war anders gemeint. Wenn ich das gewusst hätte, verdiente ich mir mein Geld lieber mit Putzen oder Babysitten.« Zwar glaubte ich nicht, dass ihn das interessierte, doch wollte ich ihm damit deutlich die Hoffnung auf ein erotisches Abenteuer nehmen. Dass auch er hier nur hin und wieder wichtigen Mandanten einen Abend nach deren Geschmack bot, wollte ich nicht glauben. Ich erschrak, als er mir einen Fünfzig-Mark-Schein zusteckte. Was sollte ich dafür für ihn tun? Er sagte: »Nehmen Sie ein Taxi und fahren Sie nach Hause. Ich werde mich morgen erkundigen, ob Sie gut angekommen sind. Wo wohnen Sie denn?«

Meine Adresse zu nennen, kam mir suspekt vor, doch ich gab sie ihm und nahm das Geld. Es war meine Rettung! Es konnte doch nicht schlimmer werden. Ich machte mich davon, bevor

Angela wieder am Tresen war. Erst als ich mir zu Hause ihr Kleid vom Leib gerissen und die Schminke aus dem Gesicht gewaschen hatte, war ich wieder ich selbst.

Am nächsten Morgen erschien zuerst Angela. Sie beschimpfte mich laut und ungehalten: »Du bist eine undankbare Schlampe. Du bist es nicht wert, dass man dir hilft!« Sie warf mir das Bündel meiner Kleidung vor die Füße, das ich in ihrer Wohnung gelassen hatte, und forderte ihr rotes Modellkleid zurück. Dann klapperte sie mit schnellen Schritten die Treppe hinunter.

Erfreulicher war das Wiedersehen mit dem älteren Herrn, der sich jetzt als Dr. Gruner vorstellte. Er war Rechtsanwalt, und nach einer kurzen Unterhaltung über meine gegenwärtige Situation bot er mir die eventuell notwendige Hilfe in behördlichen Angelegenheiten an. Es mag ein Hintergedanke dabei gewesen sein, denn seine Schwiegertochter, die ihm ab und an in der Kanzlei behilflich sein sollte, benötigte jemanden, der in dieser Zeit deren Sohn beaufsichtigte. So war schnell ein fast familiäres Band geknüpft.

»Ich habe einen Praktikumsplatz im InterConti für Sie«, überraschte Dr. Gruner mich eines Tages. »Wir können es so darstellen, dass Sie damit Ihre Aufenthaltsgenehmigung verlängern können. Ausbildungshilfe für Afrikaner. Eine Art Praktikum.«

Im Hotel ist alles möglich

Wo sich Reisende treffen, vernetzt sich die Welt. Es gibt wohl keinen besseren Ort der Begegnung als ein Hotel. So traf ich, jetzt im InterConti als Assistenzkellnerin tätig, die ugandische Botschafterin Olow Oyeru. Ihr hatte ich zu verdanken, dass ich die Krankenhausrechnung begleichen konnte. Gern wollte ich mich bedanken, doch mir fiel rechtzeitig ein, dass die Bitte um Geld ja mit dem Rückflug verbunden war. Die Tatsache, dass ich aus Uganda kam und hier ein Stipendium wahrnahm, um in der Tourismus-Branche tätig sein zu können, genügte für ein Gespräch. Die Botschafterin war befreundet mit dem Ehepaar Jansen, den Leitern des Schwesternwohnheims des Krankenhauses Porz. Und schon zeigte sich der Sinn des afrikanischen Sprichworts: *Die Freunde meiner Freunde sind auch meine Freunde.* Als ich von meiner beengten Unterkunft bei einer freundlichen Familie berichtete, versprach die Botschafterin, sich für meine Unterbringung in dem Heim zu verwenden.

Als im Hotel ein großer Kongress stattfand, wurde ich gebeten, bei der Garderobenausgabe zu helfen. Das bedeutete ein zusätzliches Taschengeld, und so wachte ich bis tief in die Nacht mit zwei Kolleginnen über die Mäntel der Gäste.

Unter den letzten Kongress-Besuchern war ein Mann aus Frankfurt, der noch Lust auf ein kleines Gespräch über Afrika und »diese nette Afrikanerin in Deutschland« hatte, die ihm gerade seinen Mantel reichte. Wo ich herkomme, was mir an Deutschland gefiele und was ich hier noch für mich erreichen möchte, wollte er wissen. Schließlich überreicht er mir seine Visitenkarte: Ken Lukas, Internationale Arbeitsvermittlung. »Sie können sich jederzeit bei mir melden. Schreiben Sie am besten einen Brief und schildern Sie Ihre beruflichen Wünsche. Ich kann Ihnen sicher helfen.«

Meine Kolleginnen lachten verschmitzt: »Vorsicht, Vorsicht! Hier hat ein Weißer seine Vorliebe für Schwarze Frauen entdeckt und hofft auf exotische Liebe.«

»Da habe ich ein anderes Gefühl«, sagte ich unbeirrt. Ich konnte es gar nicht abwarten, dass der Garderobendienst zu Ende ging. Zu Hause legte ich mich nicht ins Bett, sondern schrieb gleich einen Brief an Ken Lukas: Ich hatte von einer Hotelfachschule in

Bad Reichenhall gehört. Dort würde ich gern an dem interessanten Ausbildungsprogramm teilnehmen. Es sei zwar keine Arbeitsvermittlung, aber da er nach beruflichen Wünschen gefragt habe, hoffte ich zaghaft, dass der Weg dorthin über sein Amt und seine Ratschläge laufen könnte.

Nur wenige Tage später erhielt ich Antwort. Herr Lukas gab Tipps, wie ich mich um ein Stipendium an der Hotelfachschule bewerben könnte. Ehepaar Jansen half bei der Formulierung der Anträge. Es vergingen zwei Wochen, dann kam ein Brief, in dem ich gebeten wurde, in einer Dienststelle des Ministeriums für wirtschaftliche Zusammenarbeit vorstellig zu werden. Herr Jansen bot mir an, mich zu begleiten.

Es war schon wieder Weihnachtszeit, als ich einen Termin bekam und gemeinsam mit Herrn Jansen nach Bonn fuhr. Ob es an meinem afrikanischen Kleid lag, dass alles so unkompliziert und freundlich verlief? Auf der Rückfahrt hatte ich bereits die Stipendiums-Zusage der Carl-Duisberg-Gesellschaft in der Tasche. Am 1. April 1978 sollte der Kurs in der Hotelfachschule beginnen. Im März erhielt ich eine Freifahrtkarte nach Bad Reichenhall und eine Namensliste der Schülerinnen meiner Klasse. Ich sollte nicht die einzige Schwarze unter Weißen sein – welch ein schönes Gefühl für mich!

Ehepaar Jansen gab für mich eine Abschiedsparty. Noch einmal kamen all meine Kölner Freunde zusammen; am nächsten Tag saß ich im Zug nach Bad Reichenhall – meine erste große Reise im fremden Land. Durchs Fenster sah ich eine mehr und mehr saftig und grün werdende Landschaft vorüberziehen. Ich dachte an meine Ankunft in Deutschland und vermisste fast die weißen Schneefelder, dieses unwirkliche weiße Gras, das mir die Gewissheit gab, dass hier nichts so sein wird wie in der Savanne von Karamoja.

Erst gegen Abend, als der Zug in Bad Reichenhall angekommen war, staunte ich wieder über die weißen Teppiche. Wie Zuckerguss lagen sie auf den fernen Bergspitzen, während zu meinen Füßen gelbe Spitzen aus dem grünen Rasen ragten, Blütenkelche, die sich zur Nacht geschlossen hatten. Es gab doch Gemeinsamkeiten mit der Heimat, denn das erinnerte mich an die Regenzeit, wenn für kurze Zeit weite Flächen der Savanne Sümpfe wurden und zarte gelbe Lilien die Sonne begrüßen.

Ich teilte mein Zimmer mit Andrea, die noch ein Kind war, als ihre Eltern nach Kolumbien auswanderten; für ihre Ausbildung war sie nach Deutschland zurückgekehrt. Meine afrikanischen Mitschülerinnen kamen aus unterschiedlichen Provinzen und Ländern Afrikas. Es war schon seltsam: Nie zuvor war ich in Deutschland mit so vielen Afrikanern zusammen, doch unterhalten konnte ich mich mit ihnen nur auf Deutsch, und oft suchten wir dabei nach passenden Wörtern.

Es gab so vieles, worüber ich gern vertraulich sprechen wollte. Zum ersten Mal war ich den ganzen Tag über mit vielen jungen Menschen zusammen, denen gegenüber ich mich oft wie deren kleine Schwester fühlte, obgleich ich zu den Älteren gehörte. Meine Lebenserfahrung schien zwar zurück bis in die Steinzeit zu reichen, doch die Gegenwart war mir viel fremder und schien mir oft unendlich weit entfernt. Ich war erschrocken darüber, wie offen Mädchen und Jungen miteinander umgingen, wie sie sich auf der Straße umarmten und sogar küssten. Aber ich wollte keine Außenseiterin sein, wollte zu ihnen gehören.

»Wir fahren nach Salzburg, da gibt es eine tolle Disco«, schwärmte Andrea. »Bitte komm mit, wir gehören doch zusammen!«

In der Diskothek brauchte ich diese aufmunternden Worte noch öfter, denn das blitzende Licht, die schrille Musik, der Rauch der

Zigaretten und die Wirkung der Getränke machten mich fluchtbereit. Auch wagte ich nicht, zu tanzen. Andrea redete auf mich ein. »Ihr tanzt doch auch in Uganda, oder?« Stocksteif saß ich auf meinem Stuhl. Vielleicht, dachte ich, können die Weißen die Rhythmen, Gesänge und Tänze meiner Heimat ebenso wenig verstehen wie ich deren Tänze. Mir fehlten der Sternenhimmel und der Schein des Feuers, die durch das zuckende Licht nicht ersetzt werden konnten. Ab und zu forderte mich einer der jungen Burschen auf, sich mit mir am Getümmel der Tanzenden zu beteiligen, aber ich lehnte ab. Das Kölner Bar-Erlebnis mit Angela war mir noch zu gegenwärtig – wer sagte mir denn, dass nicht im nächsten Augenblick alle nackt zur Musik tanzen würden ...

»Es ist harmlos«, versicherte mir Andrea. »Wir toben uns doch nur mal richtig aus. Du musst es einfach mal versuchen!«

Bei der nächsten Aufforderung wagte ich es und stand mit klopfendem Herzen auf. Stephan hieß der Junge, er kam aus Österreich und gestand mir schon im ersten Satz, dass er mich schon eine ganze Zeit lang beobachtete und jetzt glücklich sei, dass ich mit ihm tanzen wolle.

Stephan ertrug verständnisvoll meine Versuche, es den anderen gleich zu tun. Irgendwann waren wir einigermaßen im Tritt und es machte uns bis in die Morgenstunden hinein Spaß. Stephan legte sanft seinen Arm um mich, drückte mich an sich und streichelte mich zart. Behutsam küsste er mich auf die Wange, und als ich es mir gern gefallen ließ, fanden sich auch unsere Lippen. Zum Abschied schrieb er mir seine Telefonnummer auf, und auch ich gab ihm die Nummer des Schulheims.

Zurück in Bad Reichenhall, konnte ich lange nicht einschlafen. Nein, ich hätte Stephan die Telefonnummer nicht geben dürfen. Was wird man sagen, wenn er anruft? »Luisa, dein weißer Schatz hat angerufen! Bist du verliebt?« Oder man wird mich fragen:

»Liebt er dich oder seinen Chef?« Er wird doch nicht ... Er durfte nicht anrufen! Ich musste zuerst bei ihm anrufen, um es ihm zu sagen. Kann ich denn einfach bei einem Jungen anrufen?

Es kostete Überwindung, doch ich wählte seine Nummer in der Telefonzelle an der Schule. Seine Freude darüber strahlte förmlich durchs Telefon. »Ich wollte auch gerade anrufen«, stammelte er. »Es geht nämlich um einen Termin. Wann sehen wir uns wieder? Morgen komme ich nach Bad Reichenhall.«

»Eigentlich wollte ich dir nur sagen, dass du nicht anrufen sollst«, erklärte ich meinen Anruf.

Er überhörte es. »Um 16 Uhr am Brunnen im Kurpark?«

»Ja.«

»Bis morgen. Ich freue mich!«

»Bis morgen. Ich auch.«

Mir pochte das Herz bis zum Hals. Mir war schwindelig.

»Bist du krank?«, fragte Andrea, als ich seltsam entrückt zurück ins Zimmer kam.

»Nein«, sagte ich. »Stephan kommt morgen.«

»Hurra!«, rief Andrea. »Er ist verliebt!«

»Es ist so ungewohnt für mich, ich weiß gar nicht, wie ich mich verhalten soll.«

»Sei doch einfach so, als sei es in Uganda passiert«, schlug Andrea vor. »Wie habt ihr es denn da gemacht, wenn ihr einen Jungen getroffen habt?«

»Nie würde ein Junge das Mädchen ansprechen, an dem er Interesse hat«, sagte ich bestimmt. »Und ein Mädchen einen Jungen natürlich erst recht nicht.«

»Irgendwie müsst ihr doch zusammenkommen.«

»Wenn ein Junge ein Verlangen nach einem Mädchen hat, übernimmt es ein Bruder, ein Verwandter oder ein Freund, das Mädchen darüber zu informieren. Er sieht dann in den Augen des

Mädchens, ob sie darüber erfreut ist oder nicht. Es kann auch sein, dass ein Bruder einen passenden Mann aussucht und ihn fragt, ob er mit einem Treffen einverstanden ist.«

»Das sieht ja so aus, als ob du gar nichts damit zu tun hast.«

»Meine Brüder meinen es doch gut mit mir. Sie würden nie einen Mann für mich aussuchen, der nicht zu mir passt«, erklärte ich ihr, denn für mich war das selbstverständlich.

»Und wie lernst du dann deinen Mann kennen?«

»Die beiden Männer werden sich unterhalten, während das Mädchen still dabei ist. Sie ist dann ziemlich verlegen und rupft Gras oder macht irgendetwas Unnützes, aber je länger sie Gras rupft und immer mal heimlich hinüber schaut, umso größer werden die Chancen des werbenden Mannes. Erst wenn sie schließlich ein paar Worte gesagt hat und der Bann gebrochen ist, wird der Bruder gehen und die beiden allein lassen.« Ich schaute Andrea erwartungsvoll an; ich war es gewohnt, dass auf solche Ausführungen ein Kommentar folgte.

»Klingt ja ganz romantisch. Dann kannst du sicher auch nein sagen, wenn dir der Mann nicht gefällt?«

»Kommt auf den Bruder an«, räumte ich ein. »Ich habe einmal erfahren, dass ich schon seit zwei Jahren fest versprochen war. Das findest du vielleicht schlimm, aber es hat mich davor bewahrt, Idi Amin heiraten zu müssen.« Eigentlich wollte ich das alles für mich behalten, doch nun war es wieder einmal heraus und Andrea wollte die ganze Geschichte hören.

»Hast du denn keine Sorgen um deinen Sohn?«, fragte Andrea, als sie in alles eingeweiht war.

»Sehnsucht habe ich, weil ich gern gesehen hätte, wie er aufwächst. Jetzt ist er vier Jahre alt und hat von mir nichts weiter als ein paar vorgelesene Sätze aus meinen Briefen. Aber Sorgen muss ich nicht um ihn haben, denn ein Kind gehört dem Klan, und so wie man mich liebt, so wird man ihn lieben. Eines Tages wird er meinen Mann Papa nennen.« Bei diesem Satz fingen meine Augen an zu glänzen und mit einem sehnsüchtigen Lächeln wischte ich mir eine Träne fort.

Andrea sah mich verklärt an: »Meinst du, dass dieser Mann Stephan heißt?«

»Er ist sehr nett und zärtlich«, sagte ich schwärmerisch. »Ich habe durch ihn erst gemerkt, wie sehr mir das gefehlt hat. Ich werde ihn Stück für Stück wie eine Tafel Schokolade genießen, so wie auch er mich für sein Schoko-Girl hält. Aber nein, als meinen Ehemann kann ich ihn mir nicht vorstellen. Vielleicht schreiben wir uns ja noch ein oder zwei Briefe, wenn die Schulzeit hier vorüber ist.«

»Es gibt wohl so etwas wie romantischen Realismus«, sagte Andrea. Dann lachten wir beide.

Stephan kam noch einige Male nach Bad Reichenhall, holte mich mit dem Auto ab und zeigte mir die Sehenswürdigkeiten der Region. Wir machten eine Dampfertour auf der Salzach, atmeten die salzige Luft im Salzbergwerk und versüßten dies alles mit zärtlichen Küssen.

Doch mehr noch als alles von Stephan vorgezeigt zu bekommen, beglückte es mich, mit Andrea unterwegs zu sein. Wir scheuten uns nicht, an schulfreien Tagen längere Touren zu unternehmen, sogar bis München, wo wir uns über Nacht in einem billigen Hotel einquartieren.

Am Abend entdecken wir ein Lokal, das offenbar nicht von Männern beansprucht wurde. Hier konnten sich Frauen unbehelligt miteinander aussprechen, und wir wollten uns nach all den Discobesuchen der letzten Zeit einmal über unsere Freunde aussprechen. Nach einiger Zeit bemerkte Andrea: »Sieh mal, da tanzen Frauen mit Frauen; es ist überhaupt kein einziger Mann hier.«

Ob es der Frau am Nachbartisch auch aufgefallen war? Sie lächelte herüber. Ich lächelte zurück. Schließlich kam die Frau an unseren Tisch und setzte sich zwischen uns. Nachdem wir ein paar belanglose Worte ausgetauscht hatten, legte die fremde Frau vertrauensvoll eine Hand auf meinen Oberschenkel und blickte mir tief in die Augen. Ich war darüber so erschrocken, dass es die Kellnerin bemerkte und an unseren Tisch kam. »Kann es sein, dass Sie sich bei uns etwas verirrt haben?«, fragte sie höflich. Wir zahlten und gingen.

Eine Weile liefen wir schweigsam nebeneinander her. Ich dachte an Pierre und an die Enttäuschung, als er mir seine Liebe zum Chef gestand. »Die Frau ist jetzt sicher unglücklich«, sagt ich.

Andrea sah mich verwundert und belustigt zugleich an: »Die will sich die ganzen Probleme, die wir mit den Männern haben, so einfach vom Leib halten! Da gönne ich ihr die Enttäuschung mit uns Frauen. Aber was machen wir jetzt mit den übrig gebliebenen Männern?«

Da kam ich mir wieder wissend vor: »Da musst du dir keine Sorgen machen, Andrea. Es gibt ebenfalls genug Männer, die keine Probleme mit Frauen haben wollen – und die treffen sich in Lokalen, in denen es keine Frauen gibt.«

»In Uganda?«, fragte Andrea.

»Überall«, meinte ich, »aber bestimmt nicht in Uganda.«

»Dann aber nur, weil es verboten ist«, befand Andrea barsch und beendete das Thema mit einem autoritären Schlussstrich: »Jetzt gehen wir ins Hofbräuhaus!«

Mühsam stemmte ich eine Maß Bier und erlebten eine Welt, in der das Verhältnis zwischen Mann und Frau von prallen Busen, zupackenden Händen und derben Sprüchen geprägt war. Wir schunkelten zur Musik der Blaskapelle, kauten Bretzel und einen zur Spirale geschnittenen gesalzenen Radi und machten uns schließlich in heiterer Stimmung auf den Weg ins Hotel.

»Siehst du«, sagte Andrea, »das ist die Praxis nach unserem Studium. Wir lernen, die Bestecke richtig zu platzieren und welche Gläser für welchen Wein genommen werden, und dann kommen die Leute und wollen am liebsten auf den Tischen tanzen.«

Das dritte Trimester ging seinem Ende entgegen. Das Datum der Abschiedsparty stand bereits am Schwarzen Brett. Viele der Absolventinnen hatten bereits eine Zusage für ein anschließendes Praktikum oder sogar einen festen Job in einem Hotel. Ich sorgte mich, da mir noch kein Angebot vorlag. Ich wollte mich selbst bemühen.

»Die Hotels sind über das Ende des Hotelfachseminars unterrichtet«, meinte der Leiter der Fachschule, »aber oft hilft eine persönliche Nachfrage. Am besten, Sie fahren hin und stellen sich selbst vor.«

In meinen Unterlagen fand ich die Adresse des ugandischen Konsulats in München. Dort wollte ich zuerst fragen, denn sie kannten sicher ein Hotel, das sie selbst nutzten. Dann würden sie mir vielleicht eine zusätzliche Referenz ausstellen.

»Haben Sie einen Termin?« fragte man mich im Empfang des Konsulats.

»Es geht nur um eine kleine Bitte«, sagte ich.

»Es tut mir leid, aber ...«

In diesem Moment kam ein Herr mit leicht ergrautem Haar in die Tür. Er reichte mir die Hand und entschuldigte sich: »Ich bin leider etwas aufgehalten worden. Ich hoffe, Sie haben noch nicht lange gewartet.«

Die Bürodame unterbrach ihn: »Ein Irrtum, Herr Konsul, die Herrschaften warten im Salon.«

»Nur eine kleine Bitte«, sagte ich.

Der Konsul sah mich freundlich an: »Denn kommen sie doch mal schnell in mein Büro. Worum geht es denn?«

»Ich habe die Hotelfachschule in Bad Reichenhall besucht und wollte Sie bitten...«

»Sie brauchen jetzt also einen Praktikumsplatz oder so was!«, fiel er mir ahnend ins Wort. »Michael!«, rief er in den Nebenraum. »Hier ist eine junge Dame, die deine Hilfe braucht!« Und wieder zu mir: »Das wird schon! Und nun Entschuldigung, Sie haben ja gehört, ich werde erwartet.« Er drückte mir die Hand, die er gleich weiterreichte an den jungen Mann, den er Michael nannte – und schon war er wieder aus der Tür.

Verblüfft standen sich jetzt zwei junge Menschen gegenüber. »Ich bin Michael, ich assistiere hier bei meinem Onkel. Kann ich dir helfen?« Er stockte. »Oh, Pardon, ich dachte eben, dass du die Tochter seiner Frau bist. Kann ich Ihnen helfen?«

»Ich bin Luisa. Wir können gern beim Du bleiben.«

Michael lächelte verlegen. »Möchtest du einen Kaffee?«

»Gern«, sagte ich. »Du scheinst ja etwas mehr Zeit zu haben.« Und ich erzählte ihm von der Hotelfachschule und wie gern ich in München einen Arbeitsplatz in einem schönen Hotel finden würde, um mich in der Praxis zu bewähren. Denn sonst müsste ich wieder zurück nach Uganda.

»Das werde ich verhindern!«, sagte Michael so entschlossen, dass er dabei errötete. Und als er mich herzlich verabschiedete, versprach er noch einmal: »Ich werde mich emsig bemühen – und den Erfolg feiern wir gemeinsam, klar?«

Ich konnte nichts darauf antworten. Der bayrische Bub gefiel mir ausgesprochen gut und wie ein Blitz schlug es bei mir ein, dass es ihm genauso ergangen sein musste. Denn als ich große Augen machte, da ging auch in seinem Gesicht die Sonne auf.

Bereits eine Woche später traf ein Brief des Sheraton Hotels München ein. Mit erwartungsvoll zitternden Fingern riss ich das Kuvert auf und starrt auf die Zeilen des Briefbogens.

»Bitte laut und deutlich vorlesen!«, hörte ich Andrea sagen.

»...und freuen uns, Ihnen mitteilen zu können, dass wir Ihnen gleich nach Beendigung Ihres Studiums eine Praktikumsstelle anbieten. Bitte geben Sie uns eine kurze telefonische Bestätigung, damit wir entsprechend disponieren können. Mit freundlichen Grüßen ... Ist das nicht toll! Ich habe einen Praktikumsplatz – in München!«

»Im Sheraton!«, rief Andrea. »Das darf gar keiner wissen, die platzen ja vor Neid.«

»Jetzt kann ich mich auf die Abschiedsparty freuen.«

Drei Wochen später ging ich mit Andrea zum Bahnhof. Aber wir fuhren nicht in demselben Zug.

»Es war eine schöne Zeit«, sagten wir fast gleichzeitig und umarmten uns zum Abschied.

»Diesmal werde ich mich nicht umdrehen«, sagte ich. »Bei uns in Afrika glaubt man, dass der Blick zurück Unglück bringt – und wir wollen doch beide Glück haben.«

In München zog ich in ein Studentenwohnheim in der Nähe des Hotels und nutzte den Rest des Tages, um die nähere Umgebung kennenzulernen und das Hotel von außen zu betrachten. Ich konnte es kaum fassen, dass dort am nächsten Tag mein Arbeitsplatz sein würde. Von weitem schaute ich zu, wie ein Bus vorfuhr und eine Reisegruppe ausstieg. Im Stimmengewirr hörte ich englische Sätze heraus. Es waren Amerikaner.

***

»Grüß Gott, Fräulein Nativi!« Freundlich wurde ich im Sheraton Hotel an meinem ersten Arbeitstag begrüßt.

»Nennen Sie mich doch einfach Luisa«, bat ich, »das ist mein christlicher Vorname.«

»Wir nennen uns den Gästen gegenüber immer beim Nachnamen. In der Freizeit können Sie das handhaben, wie sie es gern möchten«, belehrte man mich. Ich hatte die Briefe und Dokumente immer mit »Luisa Natiwi« unterschrieben, weil ich den Namen meiner Großmutter in Ehren halten wollte. Aber niemand in Deutschland ahnte, dass es solch einen Vornamen gab.

Am ersten Tag lernte ich das Hotel und die Hausregeln kennen. Mein erster Einsatz war in der Telefonzentrale. Es wunderte mich, dass dort insbesondere nachts sehr viel zu tun war. Vor allem waren es die Amerikaner, die spät vom Nachtbummel zurückkamen und sich dann gegen drei Uhr morgens einen Hamburger bestellten.

»Haben die denn Angst, dass sie bis zum Frühstück verhungern?«, amüsierte ich mich gegenüber einer Kollegin und erhielt prompt eine schnippische Zusatzlektion in Hotelkunde: »Die mögen vielleicht keine Haxen und keine Weißwürste und keine Leberknödel. Und wir freuen uns, dass wir ihnen nachts um drei noch Hamburger servieren dürfen.«

Ich fasste den Entschluss, toleranter zu werden.

Als ich eines Morgens zurück ins Studentenwohnheim ging, rief der Portier hinter mir her: »Fräulein Natiwi, ich habe etwas für Sie!«

Es war ein großer Strauß bunter Frühlingsblumen. Verblüfft zog ich die eingesteckte Visitenkarte heraus. Michael! Oh ja, ich musste mich noch bei ihm bedanken, dass er mir das Sheraton-Praktikum besorgt hatte! Sollten die Blumen eine Erinnerung daran sein? Eben war ich noch müde von der Nacht am Hotel-Telefon. Jetzt umfing mich der romantische Duft der Blumen und beflügelte meine Seele.

Ich rief sofort an: »Hallo, Michael! Ich fühle mich wie auf einer Frühlingswiese. Danke, danke – für die Blumen und für das vermittelte Praktikum. Ich freue mich so! Es ist alles so neu, ich habe noch gar nicht an etwas anderes denken können.«

»Das können wir ja gemeinsam machen«, lachte er durchs Telefon. »Es macht mich glücklich, dass du so spontan angerufen hast. Jetzt bin ich ungeduldig. Wann hast du Zeit?«

»Ich komme gerade vom Nachtdienst.«

»Wann hast du ausgeschlafen?«

»Heute Nachmittag um fünf.«

»Also heute Nachmittag um fünf!«

»Abends um zehn muss ich wieder ins Hotel.«

»Fünf herrliche Stunden!«, ruft Michael. »Bist du in diesem Studentenhaus untergekommen? Ich hole dich ab.«

Mir stockte der Atem vor diesem Tempo. »Ja, bis dann.«

»Pfüat di!«, rief Michael. So hatten sich schon andere von mir verabschiedet, aber jetzt erst war ich sicher, dass es eine gutartige Redewendung ist.

Michael kam pünktlich, und ich ging ihm aus dem Wohnheim entgegen. Ich hatte mich in den letzten zehn Minuten doch sputen müssen, denn nach der blumigen Überraschung am Vormittag, konnte ich lange nicht einschlafen.

»Guat schaust aus!«, lachte Michael und nahm mich in den Arm, als würden wir uns schon lange kennen. Er merkte, dass ich mich etwas verkrampfte. »Pardon, Luisa. I hab immer an di gdenkt, bist mi vertraut als n oides Schulmadl.«

Meine Stirn legte sich in Falten. »Was ist?«

»Solln ma besser Hochdeutsch ratschen, was?«, schlug Michael vor. »Also ich kann auch außerbayrisch sprechen. Aber was ich eben gesagt habe, hast du längst gefühlt, stimmt's?«

Auch wenn ich es nicht genau wusste, ich nickte glücklich.

Beim gemeinsamen Abendessen erzählten wir uns Geschichten aus unseren so unterschiedlichen Leben. Michael war ganz begierig, etwas über Land und Leute in Uganda zu erfahren, denn die diplomatischen Nachrichten, die über den Ticker des Konsulats liefen, kamen ihm oft seltsam vor.

»Mein Onkel sagt, dass die Handelsbeziehungen schon einmal besser waren. Manchmal habe ich den Eindruck, wir sind eher das Konsulat von Kenia als von Uganda.« Später sagte er mir, dass er sich auch deshalb so ins Zeug gelegt habe, mir einen Praktikumsplatz zu beschaffen: »Ich hätte ein schlechtes Gewissen gehabt, wenn ich dich nicht vor der Rückreise bewahrt hätte. Das ist in dieser Zeit keine gute Tat.«

Die Zeit verging schnell und ich erinnerte: »Ich muss ins Hotel, mein Dienst beginnt.«

Der Abschiedskuss hat mich nicht mehr überrascht. Aber mehr noch als dieses heiße Strömen, das mir dabei durch den Körper lief, begeisterte mich das großzügige Selbstbewusstsein von Michael. Ob ich mit ihm München kennenlernen möchte? »Ja«, sagte ich – und was er auch gefragt hätte, immer hätte ich geantwortet: »Ja!«

Dann sagte er wieder »Pfüat di!« – und so viel Zeit war noch, er musste diesen Gruß erklären, auf Hochdeutsch.

»Es ist mein Gebet für dich: Möge der Herrgott dich an seiner Hand führen!« Und um den Segen zu verdeutlichen, schlug er das Kreuz. »Zwei Wörter sind dafür a bissl wenig, aber es pressiert die Leut ja meist. Aber guat so – kurz kann man's halt öfter wünschen.«

»Also«, sagte ich, »pfüat di!«

Wir trafen uns immer häufiger. Wir bummelten durch Schwabing und über den Viktualienmarkt, beteten gemeinsam in der

Frauenkirche und fuhren den Olympiaturm hinauf, um von oben neue Ziele zu erspähen. Im Tierpark träumten wir gemeinsam von der Savanne in Karamoja und in Geiselgasteig stellten wir beim Blick in die Kulissen der Bavaria Ateliers fest, dass wir selbst nicht genau wissen, ob wir im Film oder im realen Leben sind.

»Wenn ich Regisseur wär«, sagte Michael, »ich würd nur Filme mit Happy End drehen.«

»Du bist mein Regisseur!«, sagte ich.

Beim Stadtbummel fielen uns die Dirndlkleider einer Boutique auf. »Sie sind hübsch«, fand ich. »Sie könnten vom gleichen Schneider sein, der auch afrikanische Kleider näht.«

»Probier doch mal, wie es dir steht.«

»Kann man das einfach machen?«

»Wir tun es einfach«, sagte Michael.

Ich zupfte die Rüschen zurecht, streckte den Busen etwas vor, wie ich es bei den Kellnerinnen im Hofbräuhaus gesehen hatte, und drehte mich vor Michael.

»Des haut mi um!«, rief er aus.

Und während ich wieder in meine normale Stadtkleidung wechselte, bezahlte er den Preis dafür. Als ich wieder aus der Umkleidekabine kam, nahm er mir das Kleid ab und ließ es einpacken. »Für dich!« sagte er.

Die Verkäuferin stutzte plötzlich und sprach Michael an: »Sind Sie nicht...«

Er ließ sie nicht ausreden: »Nein«, sagte er, »ich bin nicht der Konsul von Uganda, ich assisstiere dort nur. Was meinen Sie, könnte das Dirndl die Nationaltracht der ugandischen Frauen werden? Wir arbeiten daran.«

Kaum hatten wir den Laden verlassen, prustete ich vor Lachen. Ugandas Frauen in Dirndlkleidern, was für eine verrückte Idee! Michael fuhr sich mit dem Handrücken über die Stirn.

Stürmisch bedankte ich mich bei Michael für das Kleid.

Da umschlang er mich mit festem Griff und flüsterte mir ins Ohr: »Gern möchte ich, dass du ein ganz anderes Kleid trägst, ein weißes – ein Hochzeitskleid.«

Mit ganz großen Augen schaute ich ihn an: »Ein Hochzeits...« Dann musste er mich auffangen, denn mir waren die Knie weich geworden. Als ich wieder zu mir kam, fragte ich zaghaft: »Was hast du gesagt?«

»Willst du mich heiraten?«

»Ich dich? Du mich?«

Er nickte und noch einmal wurde mir schwarz vor Augen. »Es war wie Weihrauch«, erzählte ich ihm später. »In der Kirche der Missionare sind wir Mädchen immer wieder ohnmächtig davon geworden. Aber man sagte uns, dass es von der Aufregung kommt.«

»Des isses!«, sagte Michael.

Wann immer wir uns trafen, wir sprachen von unserer Hochzeit. In Uganda war das ein Fest des ganzen Klans – in Deutschland war es doch ebenso. In Uganda wusste die Braut manchmal als Letzte von ihrem Hochzeitstermin, so sehr wurde alles von der Familie geplant. In Deutschland sprach man es mit den Eltern ab. Der Bräutigam hielt sogar bei den Eltern der Braut um die Hand ihrer Tochter an. In Uganda bezahlte der Bräutigam einen Brautpreis – Rinder, Ziegen und Schafe, die auf die Herden des Klans verteilt wurden. In Deutschland bringt die Braut ihre Mitgift in die Ehe ein, der Vater richtete das Fest aus. Womit aber sollte ich die Mitgift, diesen Bräutigamspreis bezahlen?

»Ich muss dich zuerst einmal meinen Eltern vorstellen, das gehört sich so«, sagte Michael, alles andere schien ihm unwichtig zu sein.

»Muss ich um deine Hand anhalten?«, fragte ich.

»Nein«, sagte Michael, »sie sollen dich nur kennenlernen.«

Ich freute mich: »Ich möchte sie auch kennenlernen.«

Michael meinte: »Zieh dein Dirndl an, damit sie sehen, dass du schon fast eine Bayerin bist.«

Der Tag kam und Michael parkte den Wagen vor einer schmucken Villa. »Bitte warte einen Moment im Wagen, ich will sie nur darauf vorbereiten.«

»Hast du denn noch nie von mir erzählt?«

»Wir sehen uns nur selten«, sagte Michael und ging ins Haus.

***

Grüß Gott, Mutter. Hallo, Vater«, begrüßte Michael seine Eltern im geräumigen Wohnzimmer.

»Wie geht's im Konsulat? Schön, dass du dich mal sehen lässt.«

»Ich wollte euch sagen, dass ich heiraten werde.«

»Aber Bub, du bist doch noch keine dreißig.«

»Aber ich habe sie gefunden! Was soll ich noch warten?«

»Wann wirst du sie uns vorstellen?«

»Sie wartet draußen im Wagen.«

Der Vater ging zum Fenster. »Ich sehe keine«, sagt er.

»Du kennst doch meinen Wagen. Direkt vorm Haus.«

Der Vater starrte hinaus, schwieg nachdenklich, sah dann zur Mutter: »Kann es sein, dass er die da meint?«

Die Mutter schaute aus dem Fenster: »Eine Schwarze?«

»Aus Uganda«, schwärmte Michael. »Eigentlich ist sie Lehrerin, hat aber die Hotelschule besucht und arbeitet im Sheraton Hotel.«

»Als Klofrau?«, fragte der Vater.

»Das würde Michael uns doch nicht antun«, beschwichtigte die Mutter.

»Sie ist gebildet«, beeilte sich Michael. »Sie kann sich benehmen. Sie hat Charme. Sie spricht drei Sprachen – und ich bringe ihr gerade Bayerisch bei.«

»Sie ist schwarz«, sagte der Vater, »eine Negerin aus dem Busch – jedenfalls aus einem fremden Kulturkreis.«

»Wir lieben uns!« trumpfte Michael auf.

»Seit wann geht das denn schon?« wollte die Mutter wissen.

»Über drei Monate schon; wir haben es uns genau überlegt.«

Der Vater sah ihn gefasst an: »Ist sie schwanger? Will sie Geld? Ich helfe dir.«

»Vater«, begann Michael von vorn, »ich möchte euch meine Frau vorstellen. Wir meinen es ernst.«

»Hör mal, Michael, es mag ja ganz lustig sein, mal eine Schwarze zu haben. Aber wir sind hier in Bayern und nicht in Afrika. Das geht nicht zusammen, verstehst du?«

»Beim Onkel klappt es doch auch.«

»Er ist Konsul; das ist eine geschäftliche Verbindung. Hast du ihn denn schon mal mit seiner Frau in der Öffentlichkeit gesehen? Doch höchstens bei irgendwelchen deutsch-afrikanischen Anlässen. Schmückendes Beiwerk, mehr nicht.«

»Lernt sie doch erst einmal kennen.«

»Wozu?«

»Damit du siehst, dass sie eine Frau ist, die fest im Leben steht. Intelligent und freundlich ist sie.«

»Es geht nicht um die Schwarze, es geht um dich. Es geht um deine Karriere. Und – das darf hier angemerkt sein – auch um meine, um mein Ansehen. Ich bin ja nicht irgendwer.«

»Sie ist völlig in Ordnung.«

»Wenn ich es dir glaube, dann glaubt es dir Bayern noch lange nicht – und auch ich würde unglaubwürdig sein.«

»Wir lieben uns wirklich.«

»Dann geh doch mit ihr nach Uganda. Es mag vielleicht gerade im Trend sein, sich tolerant zu geben – oder eine Negerin ins Dirndl zu stecken. Ich hab da gerade so eine Geschichte gehört – aber ich hatte nicht die Idee, dass das mein Sohn gewesen sein könnte. Warst du das?«

»Sie trägt es gerade. Ich werde sie hereinholen.«

»Das lässt du!«

Die Mutter warb um Verständnis: »Das sind doch zwei ganz verschiedene Lebensauffassungen, Michael, so etwas bekommen wir doch nicht mit einem Dirndl auf den gleichen Nenner.«

»Sie ist übrigens christlich getauft.«

»Der Pfarrer wird deshalb nicht von dir verlangen, dass du sie heiraten musst.« Der Vater packt ihn bei den Schultern: »Sei vernünftig, Michael! Lade sie zum Essen ein – am besten weit weg, wo man dich nicht kennt – und dann sage ihr, dass du sie immer in guter Erinnerung behalten wirst. – Das ist mein letztes Wort.«

Michael blickte zu seiner Mutter, die alles, was sie noch sagen wollte, herunterschluckte. Sie nickte nur. Aber es war keine Aufmunterung, den eigenen Weg zu gehen, sondern diese verbindliche, unausgesprochene Endgültigkeit: »Es ist so, wie Vater sagt. Hör auf ihn, damit es uns gut geht.«

Michael presste die Lippen aufeinander. Er wusste, dass jeder weitere Einwand zwecklos war. Ohne ein Wort des Abschieds verließ er das Haus.

***

Wohl zehn Minuten hatte ich im Auto gewartet. Ich hatte den gepflegten Vorgarten mit den Blumenrabatten betrachtet und das weiße Haus mit dem großen Dachüberstand und den überbordenden Geranien auf dem Balkon bewundert. Das alles wirkte nicht protzig, aber es drückte in seiner selbstverständlichen, erhabenen Bürgerlichkeit etwas Unerschütterliches aus.

Als Michael aus der Tür trat, öffnete ich den Wagenschlag, um auszusteigen. Dann sah ich sein Gesicht und zog die Tür wieder zu. Etwas Schlimmes musste passiert sein.

Michael stieg wortlos ein und startete den Wagen. Er fuhr mit mir weit aus der Stadt hinaus, fand dort ein hübsches Lokal mit Blick auf die Alpen.

»Ich möchte nur eine Kleinigkeit zum Bier«, sagte er.

»Ich möchte gar nichts«, sagte ich.

Es bedurfte keiner weiteren Worte. Uns war beiden bewusst geworden, dass unsere Romanze ihr Ende gefunden hatte.

Er griff nach meiner Hand. Wir schmiegten uns aneinander. Wir redeten nicht über das, für das wir keinen Ausweg wussten, und wir redeten nicht über den Weg, den zu gehen uns der Mut fehlte.

»Es ist schön, dass es so lange gedauert hat«, sagte ich fest, als Michael mich vor dem Wohnheim aussteigen ließ. Dann ging ich fort, ohne mich umzuschauen, weil das noch mehr Unglück bringen würde als die Tränen, die jetzt über meine Wangen rannen.

Drei Monate lang träumte ich manche Nacht davon, dass Michael als mein Regisseur ein Happy End inszenierte. Doch im realen Leben siegte der Geist seiner Ahnen über unsere Liebe.

Die Arbeit im Hotel war vielseitig und interessant und lenkte von der dunklen Stimmung ab, die jede verlorene Liebe im Schlepp hat. Ich gewann Freunde im Studentenwohnheim und lernte mit ihnen nun die Winkel Münchens kennen, die mir in der Zeit mit Michael noch verborgen geblieben waren. In einer großen Clique genoss ich das Oktoberfest und spülte mir die letzten Liebesschatten mit einem großen Humpen Bier von der Seele. Eine ganze Haxe verspeiste ich dazu. Himmel, dachte ich, was würde man in Karamoja dazu sagen, wenn man mich hier so schmausen und trinken sähe?

Die Heimat meldete sich eines Tages mit einer Einladung, die zu meinen Händen an das Sheraton-Hotel gesandt war: Ugandas Botschaft in Bonn bat alle in Deutschland lebenden ugandischen Staatsbürger zum Fest des Unabhängigkeitstages am 9. Oktober.

Bescheiden fragte ich im Hotel, ob ich für dieses Ereignis Urlaub bekommen könne.

»Selbstverständlich«, sagte man mir. »Das ist doch Ihre patriotische Pflicht, Fräulein Natiwi!«

Ja, so war es wohl. Wenn Uganda ruft, dann ist es Pflicht – dann gehöre ich nicht zu Deutschland.

Du weißt, wen du liebst,
aber niemand kann wissen,
von wem er wirklich geliebt wird.

III.
SCHWARZE FAMILIE

Schwarz-gelb-rot-schwarz-gelb-rot und auf der weißen Scheibe in der Mitte der schreitende Kronenkranich – so wehte die Flagge Ugandas vor der Botschaft in Bonn. Sie symbolisiert das schwarze Volk Afrikas, die Sonne und die Brüderlichkeit aller Menschen. Es war Sonntag, ein sonniger Oktobertag, in dessen spröder Luft der Glockenklang des beendeten Gottesdienstes vibrierte. Der Unabhängigkeitstag Ugandas war bereits am Mittwoch und hatte in Deutschland ein paar Tage Verspätung, damit möglichst viele ugandische Staatsbürger dabei sein konnten. Viele kamen von weit her, um hier des 9. Oktober 1962 zu gedenken, jenes Tages, an dem die Briten die Herrschaft über das Land in die Hände von König Mutesa II. und die seines Premierministers Milton Obote legten. Vier Jahre später verdrängte Obote den König und setzte sich selbst als Präsident an die Spitze. Das Volk liebte ihn nicht und es dankte seinem Generalfeldmarschall Idi Amin Dada, dass er Obote mitsamt seiner Regierung fortjagte, um selbst die Geschicke des Landes in die Hand zu nehmen.

Ihre Exzellenz Miss Benedikt Owlo Oyeru vertrat Präsident Idi Amin als seine Botschafterin in Deutschland und begrüßte jeden Gast persönlich. Es lag eine feierliche Stimmung in der Luft, und Freunde, die in Deutschland versprengt waren und sich hier wieder trafen, begrüßten sich in ungewohnt verhaltener Weise.

Der Saal war festlich dekoriert. Auch hier hingen die Flaggen, unter deren Farben die Partei Uganda People's Congress die Unabhängigkeit des Landes auf den Weg brachte. Mit Trompeten und Fanfaren ertönt die Hymne »Oh Uganda, Land of Beauty« und andächtig sangen alle mit:

Oh Uganda! My God uphold thee,
We lay our future in thy hand.
United, free,
For Liberty
Together we'll allways stand.

Wir besangen das Land der Freiheit, dem unsere Liebe und Arbeit gehörte, sangen von Frieden und Freundschaft und dass wir immer einstehen werden für die Perle in Afrikas Krone.

So eingestimmt, hörten wir uns die salbungsvoll vorgetragene Botschaft des Präsidenten Idi Amin an. Stolz dürften die Männer und Frauen Ugandas sein, dass sie von ihrem Präsidenten, der sein Land und sein Volk liebt, wie nichts sonst auf der Welt, in eine bessere Zukunft geführt würden. Das Land werde wachsen und mit ihm der Wohlstand. Dies sei die Aufgabe aller, die Uganda ihre Heimat nennen. Wo immer sich jemand auf der Welt aufhalte, er solle den Weg zurück finden und seinem Land dienen und die Früchte des Erfolgs ernten. »Kommt zurück und lebt mit Herz und Hand nach unserem Wahlspruch: Für Gott und mein Land!«

Ich reckte meinen Hals. Mein Blick wanderte von einem Kopf zum anderen. Nein, ich kannte niemanden. Wieder einmal war ich die einzige Karamojong, so wie ich es schon gewohnt war, wenn Afrikaner zusammen kamen. Der Vorleser verbeugte sich vor dem Beifall der Zuhörer, dann kam Bewegung in die Versammlung und die Musiker überschütten uns mit rhythmischen Klängen. Noch ein paar Tänze vor dem Buffet.

Schnell bildeten sich Gruppen verschiedener Stämme. Ich versuchte herauszufinden, wo Menschen aus dem Norden Ugandas beieinander standen. Sprachen schwirrten durcheinander – nicht Deutsch, nicht Englisch, hier wurden plötzlich wieder die Sprachen der Heimat gesprochen. Viele davon konnte ich einigermaßen verstehen, und schnell tauschte ich mich aus mit dem Woher, dem Wohin und »Wie bist du nach Deutschland gekommen?«

Ein Mann aus Uganda

»Ich bin Sam«, stellte sich mir ein freundlicher Mann vor. »So nennen mich jedenfalls meine Freunde«, ergänzte er und erläuterte förmlich, dass diese Kurzform sich aus Dr. Samuel ableitete und er in Duisburg am Rehwiesen-Krankenhaus als Radiologe beschäftigt sei. »Ich habe in Deutschland Medizin studiert, und als ich damit fertig war, hat es sich so ergeben.«

Eine Liste wurde herumgereicht mit der Bitte, Namen und Adresse einzutragen. In Kampala würde man es gern zu den Akten nehmen. Der Präsident habe es so angeordnet. Ein Akt der Höflichkeit. Dr. Samuel trug sich ein und reichte das Klemmbord und den Kugelschreiber an mich weiter.

Verdutzt schaute ich auf die Liste: »Sagtest du nicht, dass du Dr. Samuel bist?«, fragte ich meinen neuen Bekannten.

»Ja, natürlich.«

»Aber hier steht Robert Kodoloy und nicht Duisburg, sondern Mannheim«, stellte ich fest.

»Pst«, machte Sam und fragte: »Was willst du denn hinein schreiben?«

Ich sah ihn verständnislos an.

»Darf ich«, sagte er mehr bestimmend als fragend und nahm mir das Bord aus den Händen.

»Ich kann schreiben«, sagte ich. »Ich bin Lehrerin.«

»Pst«, machte Sam wieder. »Wie wär's mit Sybille?«

Ich verstand nicht, was er wollte.

»Sybille«, sagte er, »Sybille ist ein hübscher Name.« Er schrieb ihn in die Liste. »Maretto klingt auch nicht schlecht«, meinte er und schrieb es als Nachnamen dahinter.

»Was soll das?«, fragte ich.

Sam sah mich nachdenkend an. »Und Stuttgart ist eine schöne Stadt«, und er trug sie in die Liste ein. »Dort wird es bestimmt eine Goethestraße geben. Ein schöner Straßenname.« Und auch den trug er ein. »Schön, schön, schön – passt zu dir!«

Jetzt musste ich lachen und ließ Sam wissen: »Und meine Lieblingszahl ist vierundzwanzig.« Ich schaute zu, wie Sam die Zahl als Hausnummer eintrug. »Jetzt will ich aber wissen, wem man damit einen Streich spielen will.«

Sam lachte nicht. »Niemand hier im Saal hat seinen richtigen Namen eingetragen. Keine Adresse führt zu einem Ugander. Wir spielen niemandem einen Streich, sondern wir verhindern, dass jemand uns einen Streich spielt.«

Mir war es immer noch ein Rätsel. War ich zu arglos?

Sam zog mich zur Seite: »Hast du genau zugehört, was Idi Amin uns predigen ließ? Er sagte, kommt zurück, das Land wird wachsen!«

»Und es gibt eine bessere Zukunft ...«

»Es wird wachsen, Luisa!«, sagte Sam beschwörend und streng, und mit Pausen zwischen jedem Wort fragte er mich: »Wovon – wächst – ein – Land?«

Schon der eindringliche Klang seiner Stimme jagte mir einen kalten Schauer über den Rücken. »Oh, Gott!«, entfuhr es mir. »Wir haben doch eben Frieden und Freundschaft besungen – und jetzt ist mir, als meinst du das Gegenteil.«

»Tansania«, sagte Sam. »Er will Kagera für sich, die ganze Westseite des Viktoria-Sees. Die Tansanier erkennen seine Regierung nicht an und geben Milton Obote Asyl, so etwas kann ein Mann wie Idi Amin nicht akzeptieren. Es wird Krieg geben.«

»Woher weißt du das?«, fragte ich.

Sam blickte bedeutungsvoll auf die versammelten Afrikaner: »Unsere Trommeln schweigen nie.«

Mit Sam sprach ich über Ugandas Norden. Er war vom Stamm der Acholi im nördlichen Westen. Die Acholi waren in der Kolonialzeit die stillen Herrscher von Uganda, bis Idi Amin die Macht an sich riss. Sie mussten sich immer mit Stärke behaupten und waren geprägt durch viele Stammesfehden, Bürgerkriege und Grenzkonflikte und von einem tief verwurzelten Hass gegen den Süden des Landes, wo es nie den Hunger des Nordens gab. Manche Eigenschaften, die sich aus der Not und in der Härte des Lebens in der wechselhaften Natur entwickelt hatten, teilten sie mit denen der Karamojong. Trotzdem behielt ich mein Erlebnis mit dem Präsidenten für mich. Ich wollte in Sam nicht den Hass schüren, der ihm bereits im Blut lag.

So sprachen wir beim Tanz über unser Leben in Deutschland – und dass es wie ein Gruß aus der Heimat sei, auf solch einem Fest mit Landsleuten zusammenzukommen.

Mehr aber freute ich mich auf ein Wiedersehen mit meinen deutschen Freunden. Ich hatte mir ein paar Tage Urlaub dazu genommen, um Bonns Nähe zu Köln für einen Besuch mit den Familien Franke, Schilling, Gruner und Jansen zu nutzen.

»Ich kenne ja bald mehr Leute in Köln als in Uganda«, stellte ich lachend fest. »Fast bin ich eine Deutsche.«

»Köln!«, freute sich Sam. »Dann haben wir ja den gleichen Weg. Das liegt auf der Strecke nach Duisburg. Ich bin mit dem Auto hier. Darf ich dein Chauffeur sein?«

Mir fiel meine erste Reise nach Köln ein. »Oh ja!« rief ich erleichtert, als bliebe mir damit eine Odyssee durch weißes Gras und die Verlorenheit auf kalten Bahnhöfen erspart. »Dann werde ich nicht in den falschen Zug steigen.«

So fuhren wir gemeinsam Richtung Köln und hatten noch nicht unser Ziel erreicht, als Sam mir gestand, dass er mich am liebsten nicht in Köln aussteigen ließe, sondern mich sehr gern mitnehmen möchte nach Duisburg. »Ich habe mich in dich verliebt!«

Ich sagte nichts, lächelte nur innerlich, sodass Sam ungeduldig wurde. »Kommst du mit?«, fragte er. »Für immer!«

»Meine Ausbildung«, bremste ich ihn, »ich muss sie erst zu Ende bringen. Ich will Hotelfachfrau werden, deshalb bin ich ja überhaupt noch in Deutschland. Das Praktikum dauert noch ein Jahr. Erst dann bin ich richtig ausgebildet.«

Sam schwieg betroffen. Mit solch einer Begründung hatte er nicht gerechnet. Nach einer Weile fragte er: »Warum willst du im Hotel arbeiten, du bist doch eine Lehrerin.«

»Nicht für Deutschland«, erklärte ich.

»Du willst also hier bleiben?«

»Ja!«

»Nicht zurück nach Uganda?«

»Doch!«

Wieder schwieg Sam, während ich den dumpfen Druck spürte, dass es keine richtige Antwort auf seine Frage gab. Ich wusste doch selbst nicht, wohin ich gehörte. Aber was wollte Sam? Und war das eben ein Antrag? Wir hatten uns doch noch nicht einmal geküsst.

In Köln angekommen, fragte Sam nach der Adresse – und schließlich: »Kann ich dich dort besuchen?«

Ich gab ihm die Telefonnummer von Ontrud Schilling. »Aber nicht vormittags anrufen, dann schlafen Nachtschwestern.«

»Ich sage dir morgen, wann ich dich besuche«, sagte Sam und gab mir auch seine Adresse. »Wir werden uns wiedersehen.« In seinen Augen blitzte Erwartung. Als er mir zum Abschied seinen ersten Kuss auf die Lippen hauchte, erwiderte ich ihn leidenschaftlich.

Er schnappte nach Luft. »Bald! Sehr bald werden wir uns wiedersehen!«

Stürmisch war auch das Wiedersehen mit Wolfram und Ontrud Schilling. Es war doch alles noch gar nicht so lange her, und schon gab es so viel zu berichten. Besonders von dem, was man sich von Frau zu Frau erzählte.

Ich vertraute mich meiner Freundin an: »Er hat gesagt, er will mich für immer bei sich haben. Noch bevor er mich geküsst hat, sagte er es. Was soll ich denn davon halten?«

Ontrud hatte Mühe ernst zu bleiben: »Hattest du nicht einmal erzählt, dass die Annäherung zwischen Männern und Mädchen in Uganda ein sehr schüchterner Vorgang ist? Vielleicht ist er noch von der Art seiner Väter geprägt. Was macht er denn in Deutschland?«

»Er hat Medizin studiert. Dr. Samuel ist Radiologe in einem Duisburger Krankenhaus.« Ich fühlte Stolz in mir aufsteigen, einer Nachtschwester zu erzählen, dass ein Arzt um mich warb.

»Ein Arzt!«, staunte Ontrud. »Ein schwarzer Arzt. Luisa, was zögerst du noch? Da passt doch alles zusammen. Erinnerst du dich noch an deine Geldsorgen? Hast du jetzt etwa keine? Das ist alles vorüber, wenn du einen Arzt heiratest.«

»Nein«, sagte ich, »das ist nicht alles. Das habe ich schon gehabt. Joshua ist schwarz und verdient bei der Eisenbahn viel Geld, aber er wurde nicht mein Mann, nur der Vater meines Kindes. Es kommt weder auf die Hautfarbe noch auf das Geld an. Es muss

Liebe sein. Ich muss in Deutschland doch nicht meinen Brüdern gehorchen.«

»Liebst du denn diesen Sam?«

»Das kann ich doch noch gar nicht wissen«, seufzte ich.

»Willst du es denn herausfinden?«

»Ach, Ontrud«, klagte ich. »Ich wusste, dass ich Pierre liebte, doch er verzehrte sich in Liebe zu seinem Chef. Ich habe in Bad Reichenhall Stephan kennengelernt. Das sollte gar nicht mehr als ein Flirt werden, aber als es vorüber war, blieb doch ein Schmerz. Und dann in München die große Liebe zwischen Michael und mir. Es scheiterte, weil seine Eltern wohl Angst davor hatten, karierte Enkelkinder zu bekommen. Nein, ich werde erst einmal meine Ausbildung beenden. Und dann gehe ich zurück nach Uganda.«

»Dein Risiko ist, dass er bis dahin eine Andere gefunden hat«, meinte Ontrud. »Aber andererseits ist heute nichts besser für eine Frau, als selbst einen Beruf zu haben.«

»Das gilt für Deutschland«, winkte ich ab.

Ontrud streckte schulmeisterlich den Zeigefinger in die Luft: »Das gilt für dich – egal wo du bist! Und übrigens: Jeder Hahn wird zarter, wenn man ihn auf kleiner Flamme schmort. Du musst ihn nur bei Laune halten.«

Dreimal fuhr Dr. Samuel während meiner Urlaubstage den Weg von Duisburg nach Köln und zurück. Allein – auch das letzte Mal, als er mich zum Abschied fragte: »Duisburg oder München?«

Ich blieb dabei: »Erst der Beruf!«

»Eine richtige Karrierefrau«, sagte Sam und ich wusste nicht, ob er es bewundernd oder abfällig meinte.

Im Zug nach München ging mir all das durch den Kopf. Es waren schöne Tage in Köln und die Freude des Wiedersehens war auf allen Seiten. Ob man sich jemals wieder treffen würde? Und

Sam? War auch das vielleicht ein Abschied für immer? Ich hatte ihn lieb gewonnen. Es war ein schönes Gefühl, wenn er seinen Besuch ankündigte. Und wenn er dann lachend auf mich zukam, fing ich an zu schweben. Jetzt fehlte er mir, und an jedem Bahnhof merkte ich, dass mit dem wachsenden Abstand zu ihm auch mein Verlangen nach ihm größer wurde.

In München stieg ich aus, ohne mich dort zu Hause zu fühlen. Ich hatte kaum Lust, meine Kleidung aus dem Koffer zu nehmen, um sie wieder in den Schrank zu hängen. Ich lief den kurzen Weg zum Sheraton-Hotel, obwohl mein Dienst erst am nächsten Morgen begann.

»Hallo, Fräulein Natiwi, da sind sie ja wieder«, grüßte der Pförtner. »Wie war's denn auf der Uganda-Party?«, fragten mich die Kollegen an der Rezeption. »Schön, dass du wieder da bist!«, freute sich die Kollegin in der Telefonzentrale.

Zurück im Wohnheim, lagen Blumen vor meiner Tür. Auf der Karte des Blumengeschäfts stand: Aus Duisburg grüßt Sam!

Am liebsten hätte ich sofort bei ihm angerufen und ihm einen Kuss durchs Telefon geschmatzt, ein paar verliebte Worte gesagt. Ich tat es nicht. Es war so ähnlich wie mit Michael, auch er schickte mir Blumen und ich rief spontan bei ihm an. Und es blieb nichts, als eine wehmütige Erinnerung. Würde sich dies mit Sam wiederholen?

Diesmal wollte ich drei Nächte darüber schlafen. Und am vierten Tag war ich stolz darauf, es noch länger ausgehalten zu haben. Am fünften Tag rief ich an. Vor mir stand Sams Blumengruß.

»Sie blühen immer noch, als seien sie gerade gepflückt«, erzählte ich ihm. »Es tut gut, auch deine Stimme zu hören.«

»Komm nach Duisburg«, bat Sam.

»Dass du das sagst, davor hatte ich Angst«, gestand ich ihm. »Aber du kennst ja meine Antwort.«

Sam ließ nicht locker: »Erst wenn du hier bist, gibt es keinen Grund mehr dafür.« Dann wurde er ernst: »Hast du es schon erfahren – es ist soweit: Amin besetzt das tansanische Kagera. Es ist Krieg. Und ich bin Krieger. Ich müsste dort sein!« Er machte eine lange Pause. »Aber auf welcher Seite?«

Mir stockte der Atem. Ich dachte an meine Brüder, die in der Regierung arbeiteten. Es war mir unvorstellbar, dass sie daran beteiligt sein könnten. Nein, sagte ich mir, das ist eine andere Abteilung; unser Vater hat uns Frieden gelehrt, weil er die Schrecken des Krieges kannte.

»Bleib hier!«, sagte ich. »An meiner Seite. – Aber du musst noch ein Jahr warten.«

Zunächst wartete Sam sechs Wochen, dann kam er nach München. Es war kurz vor Weihnachten und München sah aus, als sei es mit Zucker übergossen. Er war mit dem Auto gefahren, in Duisburg war noch kein Schnee gefallen, aber je weiter er ins Bayerische kam, desto weißer wurde die Landschaft. »Die Felder neben der Autobahn sahen aus, als wären sie mit weißem Gras bewachsen«, erzählte er mir lächelnd.

Bei diesem Satz fühlte ich mich innerlich erglühen. »Du siehst mit meinen Augen!«, jubelte ich. Und gemeinsam lachten wir noch einmal darüber, dass ich vor drei Jahren im Sommerkleid von Nairobi nach Frankfurt flog – ins Land der Weißen, wo alles weiß war, sogar das Gras.

Wie anders war es doch, mit Schal, Mütze und Handschuhen warm verpackt über den Marienplatz zu schlendern, der im Lichterglanz des Christkindlmarktes erstrahlte. Unter den drehenden Flügeln der großen Weihnachtspyramide nahm Sam mich so fest in den Arm, dass ich seine Wärme spürte. Warm waren auch seine Worte: »Es ist wunderbar hier. So glanzvoll präsentiert sich Duisburg nicht zur Weihnachtszeit. Aber es gibt dort einen

Hafen, das ist auch interessant. Und es gibt eine schöne Wohnung, das ist meine und wird unsere. Im nächsten Jahr werden wir dort Weihnachten feiern. Dort werden wir eine Familie gründen. Eine schwarze Familie in einem weißen Land.«

Der Duft von Glühwein und Maronen wehte über den Markt. Die Luft war plötzlich nicht mehr kalt und das Stimmengewirr verlor sich in Glöckchenklang und Drehorgelmusik. Die Glitzerwelt des Christkindlmarktes spiegelte sich in den Tränen, die in meinen Augenwinkeln wuchsen – Perlen der Liebe. Das Eis war gebrochen. In diesem Moment wünschte ich mir, dass das Jahr schnell vergeht und die neue Liebe diese Zeit überdauert.

Sam verstand es, die Zeit kurz erscheinen zu lassen. Er rief an, schrieb gelegentlich auch Briefe und kam sogar zu Besuch. Voller Aufregung war er, als er am 14. April 1979 nach München kam. Ich hatte ein freies Wochenende und traf Sam am Samstagabend.

»Hast du es in den Nachrichten gehört! Sie haben Kampala besetzt. Schon Mittwoch. Uganda ist untergegangen – oder neu auferstanden. Wir wissen es noch nicht.«

Ja, ich hatte etwas gehört. Nichts Genaues, vielleicht war es nur ein Gerücht oder die üblichen Streitereien. In Karamoja gab es ja seit jeher Unruhen an den Grenzen Ugandas. Die Stämme kannten nicht die Linien der Landvermessung und folgten ihren Tieren.

Sam aber war aufgeregt: »Tansania hat zurückgeschlagen. Idi Amin ist auf der Flucht. Das Land hat keine Regierung mehr«, sprudelt es aus ihm hervor.

Ich dachte nur an meine Brüder.

»Amins Operation Magurugur ist gescheitert. Tansania siegte! Die Uganda National Liberation hat geholfen, sie wird von Obote geführt und besteht fast nur aus Exil-Ugandern.«

»Was für ein elender Krieg!« Ich schlug die Hände vors Gesicht. »Dann kämpfen ja Ugander gegen Ugander. Brüder gegen Brüder.«

»Nicht gegen Ugander, sondern gegen Idi Amin und seine Banditen. Ihn gibt es nicht mehr. Er ist nicht mehr der Schrecken unseres Landes.«

»Ist er tot?«

»Hoffentlich! Er ist jedenfalls nicht mehr in Uganda.«

»Ist es noch Uganda?«

»Vielleicht nicht heute, aber bald. Bestimmt bald.«

Mich erfasste eine unendliche Traurigkeit; ich ließ meinen Tränen freien Lauf. Nie hatte ich mich um Politik und Macht gekümmert. Ich wusste nur, dass alle Menschen für ein besseres Leben kämpfen oder es gegen ihre Neider verteidigen. Und immer wurde es schlechter, selbst für die Sieger. Wer betroffen ist, denkt an seine Kinder, an die ganze Familie. Wenn dann noch etwas bleibt, hilft man den Freunden. Doch wer denkt an das ganze Volk? Niemand. Das liegt nicht in der Natur des Menschen. Ein ganzes Volk ist Gottes Sache. Er wird wissen, was zu tun ist. »Aber ich verstehe es nicht«, sagte ich traurig. »Wir haben unser Land verloren.«

»Wir haben gewonnen!«, jubelte Sam. »Gewonnen! Gewonnen!«

Was hatte er gesagt? Ich wusste in diesem Augenblick nicht, ob meine Gedanken und Gefühle mit denen von Sam noch im Gleichklang waren. Ich fühlte mich plötzlich heimatlos und sank Trost suchend in seine Arme. Sam aber umklammerte mich, wirbelte mich herum wie in einem Siegestanz, bis wir beide erschöpft auf mein Bett fielen. Ich presste mein Gesicht in das Kissen. Sam sah meine Tränen nicht, fühlte nicht meinen Schmerz. Er fühlte sich stark und mächtig.

»Irgendwann«, sagte Sam, »irgendwann gehen wir nach Uganda zurück – dann ist Deutschland nur noch die Erinnerung an eine Zeit, in der wir keine Heimat hatten.«

***

Das Jahr verging schnell. Im Hotel war ständig Hochbetrieb, und wenn Sam freie Tage hatte, kam er nach München. Er bestand darauf, dass ich in meinen Ferien zu ihm nach Duisburg komme. »Zum Eingewöhnen«, sagte er. Er zeigte mir das Krankenhaus, in dem er Röntgenarzt war und ich staunte über seine große Wohnung. »Fast wie bei Maggie in Nairobi«, stellt ich bewundernd fest. Ich konnte mir kaum vorstellen, dass auch ich einmal so leben würde, wie es anderen selbstverständlich war.

Mit einem Fahrgastschiff fuhren wir von Duisburg rheinaufwärts nach Köln und trafen wieder mit meinem Freundeskreis zusammen. »Ja«, sagte ich schließlich, »es muss nicht unbedingt München sein. Hier ist es auch schön.« Was ich nicht sagte, war mir nicht weniger wichtig: Hier würde ich bestimmt nicht Michael treffen. Es war immer noch nicht genügend Zeit vergangen, die Glut dieser Liebe ganz zu löschen – ihr Ende war mein Opfer an den Hochmut der Weißen, denn Gott schuf kein Gebot zur Trennung von Schwarz und Weiß.

Noch vor Weihnachten packte ich meinen Koffer. Zu den Papieren gehörte als besonderer Schatz das Zertifikat meiner Hotelausbildung. Es standen gute Noten darin. So gut, dass die Hotelleitung mich gern weiterhin beschäftigen wollte. Für mehr Lohn und ohne zeitliche Begrenzung. Diese Zusage war mein neues Deutschland-Ticket – für unbefristeten Aufenthalt! Für mich war es ein Ewigkeits-Dokument, ein Wertstück wie ein Klumpen Gold! Als ich damit aus dem Ausländeramt kam, war es wie ein Schritt in meine neue Heimat. Im Duisburger Steigenberger Hotel würde ich das Zertifikat voller Stolz vorzeigen können, dort hatte Sam mir ab Januar einen Arbeitsplatz in der Buchhaltung besorgt.

Ich hatte ein schlechtes Gewissen, als ich im Sheraton-Hotel trotz des unterschriebenen Arbeitsvertrags nun doch meinen Abschied nahm. Man hatte mir deutlich zu verstehen gegeben, dass der spontane Vertragsbruch keine Freude auslöste. Aber es war der Liebe wegen – das stimmte die Geschäftsleitung milde.

Sam wollte mich mit dem Auto abholen. »Wir wollen noch einmal über den Christkindlmarkt gehen, wo es mit uns begann, denn dort erst hast du wirklich ja gesagt. Und nach Duisburg fahren wir dann durch die deutsche Savanne, in der jetzt weißes Gras wächst«, hatte er am Telefon gesagt und mich abermals mit seinem romantischen Sinn überrascht.

Und so rollten wir durch die Winterlandschaft und Sam nannte fast nebensächlich einen Termin: »Morgen müssen wir ins Rathaus, deine Papiere vorzeigen. Für den 22. Februar habe ich uns auf dem Standesamt angemeldet. Ein Freitag, zwei Tage nach Aschermittwoch. Wir sprengen die Fastenzeit und feiern am Samstag und Sonntag mit all unseren Freunden.«

»Anhalten! Sofort anhalten!«, rief ich.

Sam trat auf die Bremse. Der Wagen rutschte etwas, bevor er stand. »Was ist los? Mich so zu erschrecken!«

Ich fiel ihm um den Hals und küsste ihn nach Herzenslust. »Das ist los!«, sagte ich hastig und küsste ihn noch einmal. »Wir heiraten! Und du hast schon alles geregelt! Du wirst ein guter Ehemann sein. Ich bin einfach glücklich.«

»Ich bin schließlich der Mann«, sagte Sam, »wer sollte es sonst planen?«

»Trotzdem ist alles so anders als in Karamoja.«

»Auch anders als in Kitgum.«

»Meinst du, dass unsere Familien eine deutsche Hochzeit anerkennen? Du wirst meinem Klan hundert Kühe schicken müssen!«

Sam lachte. »Wir werden ihnen Hochzeitskarten schicken und mitteilen, dass wir uns allein füreinander entschieden haben. Es lebe die Selbstbestimmung!«

»Das darfst du so nie sagen«, dämpfte ich sein Temperament. »Sie werden sich betrogen fühlen. Wir werden sie demütig bitten müssen, unsere Entscheidung anzuerkennen. Deutsches Brauchtum gilt nicht in Uganda.«

Sam nickte: »Ja, so wird es sein. Der Unterschied liegt in der Diplomatie. Das ist eine schwere Kunst. Ich sage es dir schon jetzt: Ich beherrsche sie nicht.«

Ich lachte ihn aus: »Ich bin ja eine Lehrerin, ich bringe es dir bei. Also, lieber Sam: Dieses Eingeständnis eben war höchst undiplomatisch.«

»Aber die Wahrheit«, verteidigte er sich.

»Zweite Regel«, doziert ich: »Diplomatie hat nichts mit Wahrheit zu tun.«

»Ich verspreche dir feierlich, diplomatischer zu werden.«

»Heißt das, du wirst mich anlügen?«

Sam startete den Wagen. Schweigend fuhr er weiter, bis ein Wegweiser Richtung »Duisburg« wies. Sam zeigte mit dem Finger darauf. »Das ist die Wahrheit! Duisburg. Das zählt jetzt für uns.«

Als wir bald darauf vor der Wohnungstür standen und Sam die Tür geöffnet hatte, hielt er mich zurück, packte mich dann mit entschlossenem Griff, dass ich mich erschrocken an seinen Hals klammerte – und er trug mich erhaben über die Schwelle.

»Das macht man so in Deutschland, wenn man seine Braut ins Haus bringt«, lachte Sam. »Das ist jetzt auch dein Zuhause.«

»Oh, Sam!« scherzte ich. »Du hast Erfahrungen mit deutschen Hochzeitsbräuchen?«

»Um es diplomatisch zu sagen: Ich habe sie für dich studiert.«

Ich durchwanderte die Wohnung, als sei ich das erste Mal hier. Ich las die Buchrücken im Regal. Zwischen medizinischer Fachliteratur stand Lyrik von Okot p'Bitek und eine Betrachtung zur Kultur der Acholi. Elefantenfiguren stützen das Ende der Bücherreihen. Aus einer Zimmerecke blickten Masken in den Raum und auf dem Sekretär darunter stand ein Glas mit roter Erde. Magisch angerührt griff ich danach, hob den Deckel, führte das Glas zur Nase und sog den erdigen Duft in tiefen Zügen ein.

Sam schaute mir angespannt zu. »Heimaterde«, sagte er und betont es eindringlich, »die Erde meiner Heimat.«

»Wie viele Zebras und Löwen mögen schon darüber hinweggegangen sein«, sinnierte ich.

Ich leckte einen ausgestreckten Finger an, um ihn in die Erde zu tunken, um etwas von dem Staub auf der Zunge schmecken.

»Halt!«, rief Sam in barschem Ton, noch ehe mein Finger ins Glas gefahren war.

Erschrocken hielt ich inne.

»Es ist meine Erde«, sagte Sam schroff. »Sie ist aus Kitgum, dem Land der Acholi. Das ist meine Heimat, nicht die der Karamojong.«

Eben noch hatte ich mich zu Hause gefühlt, – jetzt fühlte ich mich als geduldeter Gast. Gehorsam stellte ich das Glas wieder auf den Sekretär.

»Wo darf ich meine Sachen unterbringen?«, fragte ich.

Die Arbeit im Hotel war nicht so abwechslungsreich wie in München, doch es drehte sich sowieso alles um die bevorstehende Hochzeit. Wir verschickten Einladungen an unsere Freunde und Bekannten. Wer zusagte, kam gleich auf eine Liste, wurde zur Übernachtung eingebucht und in der Sitzordnung des Hochzeits-Banketts vorgesehen. Der Belegungsplan des kleinen Hotels, das wir für unseren Start in die Ehe gebucht hatten, füllte sich mehr und mehr.

»Gut, dass du eine Hotelfachfrau heiraten willst«, sagte ich zu Sam. »Manchmal habe ich das Gefühl, einen Kongress auszurichten. Mir schwirrt der Kopf. Es kommen über hundert Gäste.«

»Und dann klagst du schon?«, meinte Sam. »In Uganda wären es mindestens dreihundert gewesen.«

»Hast du keine Ahnung oder machst du Spaß?«, meinte ich. »Du bist zwar seit zehn Jahren in Deutschland, aber in Uganda ist es immer noch so, wie es immer war. Beide Familien richten das Fest aus und alle Frauen im Dorf bereiten köstliche Speisen zu; die Männer achten darauf, dass es genug Hirsebier gibt. Niemand muss eingeladen werden. Es läuft doch alles wie von selbst. Der Pfarrer spricht den Segen, alle klatschen, trommeln und singen und der Bräutigam eröffnet den Tanz, die Braut lächelt dazu und ist so hübsch, dass jeder Mann neidisch ist, aber sie hat nur Augen für den einen. Und dann wird sieben Tage lang gefeiert.«

»Ist das nicht viel anstrengender?«

»Oh, nein!«, sagte ich. »Wie der Rhythmus ist, so wirbeln die Beine – ganz egal, wie lange.«

»Zwei Tage sind ja doppelt so lang, als es in Deutschland üblich ist. Es ist also fast eine ugandische Hochzeit.«

Ich umarmte Sam: »Viel wichtiger ist, dass die Ehe lange dauert, und dann ist sie jeder Mühe wert. Aber eine Freundin an der Seite zu haben, wäre schön – ich bin hier ja noch so neu.«

Die Freundin meldete sich per Telefon. Es war Ontrud aus Köln: »Ich könnte drei Tage früher kommen und dir etwas helfen, wenn du mich brauchst«, bot sie an.

»Für die Arbeit benötige ich keine Hilfe«, sagte ich, »aber eine Freundin brauche ich. Ja, ich brauche dich. Es ist ja keine Mutter und keine Schwester hier, und in der Hotel-Buchhaltung endet alles Gemeinsame mit der Arbeitszeit.«

Während im ganzen Rheinland der Karneval seinen Höhepunkt und Abschluss fand, war ich besorgt um mein eigenes Fest. Mit Ontrud kaufte ich ein festliches Kleid. Auf Schleier und Tüll verzichtete ich, denn wir wollten nur standesamtlich heiraten. Erst wenn unsere Familien unsere Ehe anerkannten, wollten wir – vielleicht in Uganda – den kirchlichen Segen erbitten.

»Mir ist richtig schwindelig«, gestand ich Ontrud.

»Das geht vorüber«, beschwichtigte sie mich bemutternd, doch sie hatte den sicheren Blick einer Nachtschwester, der plötzlich Erkenntnis brachte: »Bist du schwanger?«

Ich war verblüfft über diese Frage, die eher eine Feststellung war – und auf die ich gar keine Antwort hatte.

»Du bist schwanger!« sagte Ontrud. »Ich sehe es dir an.«

Es war einen Tag vor der Trauung, als Ontrud mir die Schachtel aus der Apotheke auf den Tisch legte. »Der Test«, sagte sie. »Dann wollen wir doch mal sehen!«

Gemeinsam studierten wir den Beipackzettel, dann ging ich ins Badezimmer. Nach einer Weile kam ich mit wedelndem Teststreifen heraus. »Ich weiß nicht, wie ich das deuten soll, sieh du es dir einmal an ...«

»Es ist ...«, sagte Ontrud, »wenn ich es recht sehe, ja, es ist – es ist positiv.«

»Positiv?«, wiederholte ich fragend.

»Du bekommst ein Kind, Luisa. Du wirst Mutter!« Ontrud nahm mich spontan in den Arm.

Mir liefen die Freudentränen über die Wangen. Es war, als hätte ich den Fruchtbarkeitstest ein zweites Mal bestanden. »Aber hätte es nicht noch etwas warten können?«, meinte ich dann.

»Ihr konntet es doch auch nicht«, lachte Ontrud, »wie willst du es dann von deinem Kind erwarten. – Sag' mal, hattest du es wirklich noch nicht bemerkt?«

»Ich dachte, das ist alles wegen der Aufregung«, meinte ich. »Bitte sag' nichts zu Sam. Ich werde ihn damit zur Hochzeit überraschen.«

Ontrud taxierte meine Figur: »Sehen kann man noch nichts.«

»Es kann doch höchstens der zweite Monat sein. Wie konntest du es denn sehen?«

Ontrud lächelte: »Der Glanz deiner Augen, dein mildes Gesicht, die samtene Haut...«

Das standesamtliche Ja war feierlicher, als wir es uns ausgemalt hatten. Ich trug stolz und würdevoll ein cremefarbenes Kleid. Im Arm hielt ich einen Strauß mit siebenundzwanzig roten Rosen. Es sei die Zahl der Jahre, die er auf mich gewartet hatte, erklärte mir Sam. Und die, die ich im Haar trug, sollte das Kind symbolisieren, das er sich von mir wünschte. Vor dem schweren Eichentisch des Standesbeamten stand Sam neben mir, er trug einen dunkelblauen Anzug und eine Fliege in gleicher Farbe vor dem weißen Hemdkragen. Er war ernst und gefasst. Der Beamte hielt eine kleine Rede. Ich verstand nicht viel davon, doch unsere Freunde waren erheitert. Ich wartete angespannt auf das Stichwort, um die Worte »Ja, ich will!« zu sagen – und sie kamen mir dann fast zu laut über die Lippen. Bei Sam war es ebenso.

»Sie dürfen die Braut jetzt küssen«, sagte der Standesbeamte, nachdem unsere Ringe golden an den Fingern glänzten. Wir küssten uns, und es kam mir überhaupt nicht mehr seltsam vor, dass andere dabei zuschauten.

In dem kleinen Hotel war bald eine Stimmung, als sei man irgendwo in Uganda auf einem Dorffest. Sam hatte für afrikanische Musik gesorgt, und wenn auch die dunkelhäutigen Menschen in der Minderheit waren – sie gaben den Rhythmus und die Weißen tanzten danach.

»Wir sind eben doch alle aus dem gleichen Stoff«, stellte Sören Franke fest, der mit seiner Tochter Verena gekommen war und von seiner kranken Frau die besten Grüße überbrachte.

Allerdings war mein Fest keine pausenlose Freude. Immer wieder musste ich mich heimlich übergeben. »So ist das eben«, meinte Ontrud mit wissendem Lächeln.

Spät in der Nacht nahm Sam mich liebevoll in den Arm und sagte in salbungsvollem Deutsch: »Geht es dir nicht gut, herzallerliebste Gemahlin?«

»Es ist, weil ich noch eine klitzekleine Überraschung für dich habe«, sagte ich geheimnisvoll.

»Und die liegt dir etwas auf dem Magen?«

»So kann man es auch sagen – vielleicht eher darunter.«

»Das weiß ich doch«, sagte Sam. »Aber es ist schön, es von dir zu erfahren.«

»Du weißt ..., du Schuft ...«

»Ich bin Arzt, Luisa«, sagte Sam bedeutungsvoll. »Und außerdem: Diese kleine Überraschung ist ja eine von mir.«

»Aber die Hochzeitsnacht will ich trotzdem. Komm! Unsere Gäste können allein weiterfeiern.«

Familienzuwachs

Unsere wachsende Familie brauchte mehr Geld. Wie gut, dass Sams Bewerbung am Düsseldorfer Universitätskrankenhaus angenommen wurde. Jetzt konnte der Umzug nach Neuss noch mit wenig Hab und Gut geschehen, denn die Möbel gehörten zur Wohnung. Alles, was wir unser eigen nannten, passte in Sams Wagen. Das Wichtigste aber trug ich unterm Herzen. Wir wussten bereits: Es wird ein Mädchen. So hieß denn der schwarze Hügel, der vor gar nicht langer Zeit noch ein flacher Bauch war, Beatrice. Im August sollte sie die Welt begrüßen.

Es war keine leichte Zeit für mich. Die gesundheitliche Überwachung meiner Schwangerschaft oblag einem Frauenarzt. Nie hätte es in Karamoja sein dürfen, dass ein Mann mich an meiner intimsten Stelle berührt – und gar noch ein fremder. So etwas war stets die Aufgabe der erfahrenen Frauen. Wie sollte denn auch ein Mann sich mit dem Wachsen der Leibesfrucht und der Geburt auskennen? »Es ist in Deutschland so«, hatte Sam mir erklärt. »Die Medizinmänner der Savanne verstehen sich wohl besser darauf, die Geister zu beschwören, wo es jedoch darum geht, den Körper als eine biologische Maschine zu begreifen, da sind Ärzte einfach die besseren Mechaniker.«

So versuchte ich, meine Beschämung und nervöse Furcht damit zu überwinden, dass ich mir vorstellte, als Auto in eine Werkstatt zu fahren und dem Mechaniker unter die Motorhaube schauen zu lassen. Einige Wochen vor der Geburt wurde ich in den Vorgang der Entbindung eingeweiht. Wozu? Ich wusste doch, wie ich in die Hocke gehen musste, wie ich mit den Fersen meine Hinterbacken zusammenhalten und pressen musste, – aber wieder war es anders: Ich sollte auf dem Rücken liegen und in den Himmel schauen. Das ist sicher eine christlichere Art der Geburt, sagte ich mir, doch wirklich vorstellbar war es für mich nicht.

Bald erlebte ich es in der Praxis. »Ganz ruhig, es wird alles gut«, redete eine der Schwestern auf mich ein. Rings um mich herum waren nur weiße Kittel zu sehen, als sei eine Geburt ein kritischer Krankheitsfall, der ohne ärztliche Betreuung nicht denkbar war. Still dachte ich an die Autowerkstatt, spürte die Wehen nur wie ein Ruckeln im Getriebe, fühlte das Werkeln unter der Motorhaube. »Tief durchatmen«, sagte eine Schwester. Der Motor stand eine Weile still – dann hörte ich einen Schrei. Nicht meinen – es war Beatrice. Meine Tochter! »Ein Mädchen!«, sagte einer der Mechaniker. »Herzlichen Glückwunsch!«

Für einige Minuten lag Beatrice auf meiner Brust. So klein und hilflos, so zart und zerknittert, so jämmerlich und doch so liebenswert, wie sich das zierliche Geschöpf in seinem Urvertrauen zwischen meine Brüste drängte und doch schon Persönlichkeit war. Zärtlich glitten meine Hände über ihre feuchte Haut. Ich sog den Geruch meines Babys tief ein und spürte, dass ich ganz eins mit ihm bin.

Jäh erlosch mein Glücksgefühl, als man mir das Baby wieder fortnahm, es mir entriss, wie es mir schien. »Dann wollen wir die Kleine mal bettfein machen«, sagte eine der Schwestern. Eine Weile beschäftigten sie sich noch mit ihr. Beatrice wurde gewaschen, gewogen, vermessen ...

»Darf ich sie noch einmal ...«, bat ich.

»Später«, sagte man mir, »wenn Sie auch gewaschen sind und wenn die Kleine ihren ersten Hunger stillen möchte.«

Welch eine endlose Zeit für eine Mutter. Nie hätte ich in Karamoja mein Baby hergeben müssen. Dort ist es gut ein Jahr lang ein Stück meiner selbst. Es trinkt aus der Brust, es schläft auf den Rücken gebunden, es schaut der Mutter bei der Arbeit zu und wiegt sich im Brusttuch, wenn sie sich bewegt. Kein Lärm kann es wecken, keine Gefahr, die es fürchten muss. Mutter und Kind atmen die gleiche Luft, schmecken den gleichen Dunst und sind vom gleichen Staub bedeckt. Das ist die Zeit, in der Familienbande wachsen, die niemand trennen kann.

In Deutschland wird das Kind in eine Ordnung hinein geboren. Die durchtrennte Nabelschnur schafft eine neue Einheit im System, in dem die Mutter nicht mehr allgegenwärtig ist, sondern sich an die Besuchszeiten halten muss.

Beatrice lag gerade an meiner Brust, als Sam ins Zimmer kam. Stolz blitzte aus seinen Augen, als er seine Tochter erblickte. »Wie schön sie ist! Unsere Beatrice!«

Er konnte sich kaum sattsehen an dem kleinen Wesen, das sich an der Knospe einer Brust verankert hatte und rhythmisch die

Wangen einzog, als sei es das Selbstverständlichste auf der Welt, sich auf diese Weise zu ernähren.

Sam war angerührt von dem friedvollen Bild der stillenden Mutter. Er beugt sich über mich und Beatrice, küsste erst den Flaum des kleinen schwarzen Kopfs und dann meine Brust. Er sog selbst an der freien Knospe, richtete sich dann lachend auf und leckt sich die Lippen.

»Ja, das ist gute Milch für meine Tochter!«

»Aber das war's nun auch«, sagte ich, »der Rest ist für Beatrice.«

Als ich drei Tage später nach Hause kam, hatte Sam eine Kinderwiege hergerichtet. Blumen standen auf dem Tisch. Es waren auch schon Glückwunschkarten eingetroffen. Sam hatte in seinem Stolz Ontrud angerufen; mit ihr hatte ich während der Schwangerschaft am meisten telefoniert, weil sie ja als Krankenschwester einiges über die Gepflogenheiten einer Geburt in Deutschland erläutern konnte. Ontrud hatte ein Lauffeuer durch den Freundeskreis gehen lassen: Luisa ist Mutter! Die Tochter heißt Beatrice.

Sam wiegte sein Töchterchen in seinen Armen, als sei er selbst die Mutter.

Sein Vaterstolz freute mich. Dennoch scherzte ich: »Was du dir alles heraus nimmst! In Uganda dürftest du mich und das Kind sechs Monate lang nicht einmal berühren.«

Sam korrigiert mich: »In Uganda schon – nur in Karamoja nicht! Es kommt immer auf den Stand der Zivilisation an.«

Es war so, wie er es gesagt hatte – aber dass er es sagte, traf wie ein Stich in meine Seele. Ich schwieg. Ich wollte es vergessen, wollte gleichrangig mit ihm glücklich sein.

Alles drehte sich um Beatrice. Als sie gerade zehn Tage alt war, gingen wir gemeinsam in ein Fotostudio, um Eltern und Kind auf ein Bild zu bannen, das wir Freunden und Verwandten schicken konnten.

»Schwarz-weiß oder Farbe?«, fragte der Fotograf im routinierten Standard und errötet im gleichen Augenblick.

»Wäre ich der Fotograf, ich wählte Farbe«, sagte Sam ernst. Der Fotograf nahm es als Entscheidung und kehrte langsam zu seiner Blässe zurück.

»Stell dir das in Schwarz-Weiß vor«, sagte Sam, als wir anderntags das Familienbild betrachteten, »dann hättest du aschgraue Lippen.«

Mir war etwas anderes aufgefallen: »Es ist noch etwas Platz auf dem Bild, findest du nicht auch?«

»Ein Kind allein ist einsam«, bestätigte mir Sam.

Wir meinten vielleicht nicht dasselbe. »Moses müsste hier sein«, sagte ich mit mütterlicher Sehnsucht. »Beatrice hätte dann einen großen Bruder!«

»Ich werde ihn mitbringen«, sagte Sam.

»Mitbringen ...?«

»Ja«, sagte Sam. »Es ist doch sowieso an der Zeit, dass ich mich deiner Familie vorstelle. Jetzt, wo wir eine eigene Familie sind.«

»Du fliegst allein?«

»Du bist Mutter, kümmerst dich hier um Beatrice.«

»Und du holst Moses!« Ich jubelte es heraus. Ich hatte es mir immer erträumt, dass ich eines Tages zu ihm zurückkommen würde, doch ein noch größeres Glück wäre es, wenn Moses nach Deutschland käme, an der Hand meines Mannes, der dann sein Vater sein würde. Ich flog Sam um den Hals. »Oh, du mein lieber Sam, was bist du für ein herrlichwunderbarer Papa!«

»Ich fliege nächste Woche«, sagte Sam. »Für vier Wochen. Ich habe Urlaub genommen.«

»So lange?«

Sam nickte: »Wie war es doch? Sechs Wochen Rühr-mich-nicht-an. Jetzt bekommst du wenigstens vier.«

»Ich werde trotzdem Sehnsucht nach dir haben. Aber ich freue mich, dass du mit Moses zurückkommen willst.«

***

Sam wurde im Lorika-Klan herzlich aufgenommen. Besonders die älteren Männer, die mit schulischer Ausbildung wichtige Positionen in Regierung und staatlichen Unternehmen erlangten, begrüßen den Röntgen-Arzt mit einer Anstellung in einem deutschen Universitätskrankenhaus als jemanden, der ihnen ebenbürtig war. Mitglieder beider Familien trafen sich zu einem großen Fest. Sie besiegelten so die Hochzeit zwischen Sam und Luisa wie eine Verbrüderung zwischen Acholi und Karamojong. Über mehrere Tage ging das Fest, zu dem manche von weit her anreisten. Sam zeigte das Bild seiner Familie mit einer strahlenden Mutter und dem Töchterchen Beatrice. Er hatte mehrere Bilder mitgenommen, damit man sie im Dorf Nabilatuk herumzeigen konnte.

Auf seiner Reise durch das Land stellte man Sam auch einen aufgeweckten sechsjährigen Jungen vor: »Das ist Moses, den Luisa geboren hat.«

Sam schüttelt ihm die Hand und fragte nach seinem Befinden.

»Es geht mir gut«, sagte Moses schüchtern.

»Ich werde deine Mutter von dir grüßen«, sagte Sam.

Er besucht noch seine Mutter in Kitgum, die sich zu alt fühlte, um Freude an der turbulenten Feier zu haben.

»Was ist das für eine Frau, die du geheiratet hast?«, fragte sie. »Warum hast du keine Acholi genommen? Unser Stamm hat genug Mädchen, die hübsch sind und sich einen Mann wie dich wünschen, einen, der es zu etwas gebracht hat.«

»Es gibt keine Acholi in Deutschland«, sagte Sam.

»Was willst du in Deutschland? Es gibt Uganda. Es gibt Kitgum. Selbst Pader und Gulu wären besser gewesen als dieses Karamoja. Und du nimmst eine Frau von dort. Jetzt musst du dich mit ihr in einem fernen Land verstecken. Was willst du in diesem Europa, wenn du ein Afrikaner bist?«

»Mutter, ich habe in Deutschland studiert. Das ging so nicht in Uganda, nicht einmal in Kenia.«

»Das Studium ist doch vorbei«, warf die Alte ein.

»Bei Idi Amin wäre ich in Ungnade gefallen.«

»Er ist weg!«, krähte die Alte. »Amin ist verschwunden! Niemand weiß, wo er ist. Vielleicht ist er so tot wie alle, die ihm nicht den Hintern lecken wollten. Was hindert dich also an der Rückkehr?«

»Später vielleicht, Mutter. Nicht jetzt.«

»Später bin ich tot. Tot, ohne zu wissen, wer deine Frau ist, ohne deine Kinder zu kennen«, wehklagte die Frau.

»Komm einfach mit.« Sam wollte Ruhe haben, sie sollte seine Frau selbst in Augenschein nehmen und sehen, dass sie es wert war, die Frau ihres Sohnes zu sein. »Flieg mit nach Deutschland. Wir haben dort Platz genug. Du kannst bei uns wohnen.«

»Ich will in meiner Heimat sterben, hier in Kitgum.«

»Du kannst bei uns zu Besuch sein und fliegst zurück, wann immer du möchtest.«

Die Alte wollte nicht nach Deutschland. Aber sie hatte keine Argumente mehr. Dumpf brütete sie vor sich hin, murmelt unwillig etwas von Undankbarkeit, die man ihr entgegen bringt.

»Ich fliege Ende der nächsten Woche«, sagte Sam. »Wenn du meine Frau und meine Tochter kennenlernen willst, dann muss ich morgen die Reisepapiere besorgen. Übermorgen ist es zu spät.«

Sams Mutter sah sich in die Enge gedrängt. Unwillig schüttelte sie den Kopf und nickte gleichzeitig.

»Du kannst noch eine Nacht darüber schlafen«, sagte Sam.

»Das muss ich nicht«, sagte sie barsch.

»Also?«

»Ich komme mit! Die werde ich mir ansehen!«

***

Ich wartete nicht auf Post. Jeder Brief würde später als Sam ankommen. Er würde anrufen, um die Ankunft mitzuteilen, damit ich alles vorbereiten und ein Festmahl zum Wiedersehen kochen kann. Ein oder zwei Tage vorher würde er anrufen, je nachdem, wo es ein internationales Telefon gab, vielleicht erst beim Abflug auf dem Airport.

Vier Wochen waren fast vorüber, als das Telefon klingelte. »Wir landen Samstag um 17 Uhr in Düsseldorf. Wie geht es Beatrice?«

»Sie hat sich prächtig entwickelt. Ich glaube, sie wartet mit Sehnsucht auf ihren Papa. Wie geht es Moses?«

»Er lässt dich grüßen. Meine Mutter kommt auch mit.«

»Wie schön!«

»Bis Samstag!«

Es knackte in der Leitung. Gern hätte ich noch ein wenig geplaudert. Nun aber musste ich ja nicht mehr lange warten.

Ich freute mich nicht allein auf Moses und Sam. Es machte mich ebenso vergnügt, meine Schwiegermutter kennen zu lernen. Ich war in der Tradition der Karamojong erzogen und wusste, dass der Mutter meines Mannes mehr Ehre gebührte als meiner eigenen. Die Frau, die meinen Mann gebar, lebt auch im Blut von Beatrice. So ist die Mutter des Mannes auch die Mutter seiner Familie. Ich richtete ihr ein Zimmer her, in dem sie wohnen konnte, solange sie bei uns zu Besuch sein wollte. Auch wenn sie nie mehr von uns gehen wollte, sie wäre für immer willkommen.

Schmorbraten mit Semmelknödel wollte ich meiner Familie zubereiten. Sie würden Hunger haben, wenn sie am späten Nachmittag nach diesem endlos langen Flug ankommen. Dieses deutsche Essen gehörte zu Sams Lieblingsspeisen, und ich war sicher, dass der würzige Braten ein gutes Willkommensmahl für seine Mutter sein würde, um Gefallen an Deutschland zu finden. Gleich schrieb ich meinen Einkaufszettel, um mich auf die größere Runde am Familientisch einzustellen. Auf dem Weg zum Supermarkt schob ich stolz den Kinderwagen vor mir her.

»Wie süß!« rief eine junge Frau. »Darf ich sie mir mal genauer ansehen?« Gern gestattete ich ihr einen Blick.

»Das ist Beatrice, gerade zwei Monate alt.«

»Und schon so hübsch«, bewunderte die Frau das dunkle Menschlein. Auch sie schob einen Menschen vor sich her. Es sei ihr Mann, erzählte sie, der saß im Rollstuhl und blickte wie aus einer fernen Welt auch dann an mir vorbei, als ich ihm zum Gruß die Hand reichte.

»Ich bin Marianne«, stellte sich die Frau vor. »Es wäre schön, wenn wir uns einmal zum Kaffee treffen.«

»Gern!«, freute ich mich. »Ich fühle mich noch so neu in Neuss.« Neu in Neuss – gemeinsam lachten wir über das Wortspiel. Ich spürte, dass ich eine neue Freundin gefunden hatte.

Stella

Die Anzeigetafel auf dem Düsseldorfer Flughafen meldete eine pünktliche Landung der Globe Air Maschine aus Entebbe. Ich war rechtzeitig in der Ankunftshalle. Beatrice schlief in dem roten Tuch, mit dem ich sie auf den Rücken gebunden hatte. Der Kinderwagen war mir im Trubel der Reisenden zu umständlich. Auch war es so einfacher, wenn Beatrice nach einer Mahlzeit verlangen würde. Ich zog dann meine »süße Last« nach vorn und öffnete für mein Töchterchen die Bluse. Ich konnte diesen Vorgang leicht mit der Jacke abdecken – nicht aus Scham, sondern weil ich nicht von Ordnungsdiensten darauf hingewiesen werden wollte, dass hier Betteln verboten sei. Tatsächlich ist es zu meiner Verwunderung schon geschehen, dass ein Mann den natürlichen Fütterungsvorgang bestaunte und mir wohlwollend einen Fünf-Mark-Schein in die Bluse steckte. Das wollte ich nicht noch einmal zulassen. Wenn aber meine Schwiegermutter das Kind und die Ehefrau ihres Sohnes auf diese afrikanische Art miteinander verbunden sieht – wie wenig fremd müsste es ihr vorkommen.

Das Flugzeug war gelandet, doch es dauerte, bis Pass- und Gepäckkontrolle erledigt waren. Schließlich sah ich Sams aufragende dunkle Gestalt in der Menge.

Sam trug die Koffer, neben ihm ging seine Mutter, angetan mit einem farbigen afrikanischen Kleid. Es war Herbst und einen Augenblick lang dachte ich daran, dass auch Sams Mutter genau wie ich zur Weihnachtszeit im Sommerkleid nach Deutschland geflogen wäre.

Dann ging mein Blick hin und her. Wo war Moses? Ich konnte ihn im Gewirr der Reisenden nicht entdecken. Mein Blick ging an dem Mädchen vorüber, das auf der anderen Seite neben Sam herlief. Wo ist Moses? Jetzt sah ich, dass das Mädchen ihre Hand mit an dem Griff des Koffers hielt, den Sam trug.

Wir gingen aufeinander zu.

Ich spürte, dass mein Herz schneller schlug und ein aufgeregtes Vibrieren durch meinen Körper lief: »Wo ist Moses?«, fragte ich ohne Umschweife und ohne nach dem Reiseverlauf zu fragen oder ein Willkommen auszudrücken.

»Das ist Stella«, sagte Sam mit einer Kopfbewegung auf das etwa zehnjährige Mädchen. Seine Mutter stellte er nicht vor, es war auch so offensichtlich.

Ich umarmte meine Schwiegermutter, und zögernd reichte ich dem Mädchen die Hand. »Wer ist dieses Mädchen?«, fragte ich Sam.

»Stella«, wiederholt er.

»Und wo ist Moses?«, fragte ich erneut.

»Du hast die Pflicht, meine Tochter zu betreuen und zu pflegen«, gebot mir Sam. Nach einer Weile sagte er eindringlich: »Ich will den Namen Moses nicht mehr hören!«

Es schnürte mir die Kehle zu. Ich konnte nichts darauf erwidern. Sam, seine Mutter und Stella unterhielten sich in der Sprache der Acholi. Sie sprachen schnell, sodass ich nur Bruchstücke ihrer Sätze verstand. Ich fühlte mich ausgegrenzt.

Erst als Beatrice zu weinen begann, war ich nicht mehr allein. Für einen Augenblick war das Töchterchen Mittelpunkt der neu geformten Familie. Wir gingen zum Ausgang. Sam winkte ein Taxi heran.

Die Fahrt verlief schweigsam. Nur ab und zu ein fragender Satz von der Schwiegermutter, kurz und knapp von Sam beantwortet. Ich mühte mich nicht, es zu verstehen; ich stillte Beatrice. Stella schaute angerührt zu.

Als wir in der Wohnung waren, wandte ich mich noch einmal an Sam, um etwas über meinen Sohn zu erfahren: »Bitte sag mir doch, wie es ihm geht, warum ist er nicht mitgekommen? Was ist mit Moses?«

Sam sah mich mit flackerndem Blick an, presste erst die Lippen zusammen und riss sie dann weit auf, um mich anzuschreien: »Ich will diesen Namen nicht mehr hören!« Er schlug hart mit der Hand auf den Tisch. »Hast du das verstanden!?«

Ja, ich hatte es gehört – verstanden hatte ich es nicht. Schluchzend lief ich in die Küche, um Semmelknödel und Sauerbraten als Abendessen herzurichten. Unablässig liefen mir die Tränen über die Wangen. Stella kam zu mir in die Küche, erwiderte meinen traurigen Blick, wollte mir behilflich sein und strich mir mit der Hand über den Rücken. Ich dachte an Moses und nahm die neue Tochter in den Arm. Es gab keinen anderen Trost für mich.

Schweigend aßen wir zu Abend. Stella, stolz darauf, an der Zubereitung mitgewirkt zu haben, futterte mit großem Appetit. Sam, dessen Leibgericht es war, beobachtete seine Mutter, die missmutig das Fleisch durchkaute und die Knödel nur prüfend auseinanderzog, um sie dann beiseitezuschieben. Schnell bereitete ich ihr ein Butterbrot, legte Radieschen und Tomaten hinzu, servierte es meiner Schwiegermutter so appetitlich, als käme es aus der Hotelküche.

Die Mutter aß des Hungers wegen. Sie nuschelte auf Acholi mit ihrem Sohn. Sam nickte. Ich wusste nicht, was sie gesprochen hatten.

Am nächsten Morgen ordnete Sam an: »Ab jetzt wird meine Mutter kochen. Und du, Luisa, wirst dafür sorgen, dass die nötigen Zutaten im Hause sind.«

Der Einkaufsauftrag machte mich froh, weil ich damit einen Vorwand hatte, die Wohnung zu verlassen. Mit Beatrice im Kinderwagen machte ich mich auf den Weg, Hirse, saure Milch und Ziegenfleisch zu kaufen. Doch bald war ich verzweifelt, weil das meiste von dem, was meine Schwiegermutter verlangte, in Neuss nicht zu haben war. Auf meinem Weg traf ich Marianne, die ihren behinderten Mann durch die Straßen schob.

»Das alles kannst du bestimmt in Düsseldorf bekommen«, vermutete Marianne. »In Neuss brauchst du gar nicht weiter zu suchen.« Sie versprach mir, Augen und Ohren offen zu halten, ob es irgendwo einen Händler gäbe, der derartige Waren führte. Gern würde sie auch mit mir gemeinsam suchen; so verabredeten wir uns, am nächsten Tag nach Düsseldorf zu fahren.

Zuversichtlich berichtete ich zu Hause: »Morgen werden wir Hirse kaufen können. Bestimmt auch Kräuter und Gemüse, wie sie in Uganda wachsen.« Ich würde alles tun, damit sich die Schwiegermutter bei uns wie zu Hause fühlte, versicherte ich der Familie.

Die Schwiegermutter aber konnte sich überhaupt nicht vorstellen, dass die schlichtesten Nahrungsmittel, die in Kitgum in jeder Hütte zu finden waren, in einer so großen Stadt wie Neuss nicht zu haben sind.

»Sie mag mich nicht, es ist ihr gleichgültig, ob ich zu essen habe oder nicht«, klagte die Mutter ihrem Sohn. »Ihre Freundlichkeit ist Heuchelei. Wohl auch die Liebe zu dir ist nur gespielt, damit sie mit deinem Geld gut leben kann. Ha, eine Karamojong! Wissen wir doch, wie primitiv und boshaft sie sind. Zudem ist sie ohne Vater und Mutter. Sie bringt Schande über uns.«

Sam versuchte, sie zu beschwichtigen. »Luisa ist meine Frau, Mutter. Und wir sind nicht in Kitgum, wir sind in Deutschland, Mutter. Hier ist vieles anders.«

»Anders heißt nicht richtiger«, sagte die Mutter.

»Morgen wird Luisa Hirse kaufen«, versprach Sam. »Sie wird Beatrice und Stella bei dir lassen, damit sie selbst ungestört nach dem suchen kann, was du in der Küche benötigst.«

Mit diesem schlichten Satz war die Hausordnung neu geregelt. Die Küchenhoheit oblag nun komplett der Schwiegermutter, ebenso die Verantwortung für Beatrice und Stella. Ich sollte ihr zu Diensten sein, ich war nicht mehr Gastgeberin, sondern Magd. Ich fügte mich in die neue Rolle, denn mir entging nicht das zufriedene

Nicken der Mutter, der ich doch eine liebende Schwiegertochter sein wollte, wenn nur die häusliche Stimmung wieder freundlicher würde. Letztlich hatte Sam sich ja auch zu mir bekannt, und mir ein warmes Gefühl der Geborgenheit gegeben.

Später im Bett schmiegte ich mich an Sam. Meine Traurigkeit der letzten Tage war gewichen. Zwar quälte mich die Ungewissheit gegenüber Moses, doch ich gewann Hoffnung, dass Sam mir mehr über ihn erzählen würde. Ich musste ihm nur etwas Zeit geben. Ich begann mit einem Gespräch über seine Tochter, die er aus Uganda mitgebracht hat.

»Stella ist ein hübsches Mädchen«, sagte ich. »Ich freue mich zu sehen, wie lieb sie mit Beatrice umgeht.«

»Ja, die beiden mögen sich.«

»Gern hätte ich auch ihre Mutter kennengelernt. Du hast mir nie erzählt, dass du eine Frau in Uganda hast.« Es war mir doch vertraut, dass Männer mehrere Frauen hatten, warum also sollte er es mir verschweigen?

»Stella hat keine Mutter«, sagte Sam, »ich habe nur eine Frau.«

Behutsam forschte ich weiter und erfuhr, dass Sam während seiner Studentenzeit eine ugandische Krankenschwester kennengelernt hatte. Nach Stellas Geburt ging sie fort. Sam hatte nie wieder von ihr gehört. Das Kind wuchs in seiner Familie auf. Es war ihm eine Schmach, sodass er nie darüber sprach.

***

Marianne stand bereits an der Bushaltestelle. »Ich habe mich schon schlaugemacht«, begrüßte sie mich. »Es gibt wohl zwei oder drei Läden in Düsseldorf, die afrikanische Lebensmittel anbieten.«

»Was bin ich froh, dass du mir dabei hilfst«, sagte ich. »Wenn es mir nicht gelingt, die Schwiegermama glücklich zu machen, dann wird die ganze Familie unglücklich werden.«

Im Bus faltete Marianne einen Stadtplan auseinander und tippte in das Straßennetz Düsseldorfs. »Da müssen wir hin.«

Ich blickte aus dem Fenster. Wir fuhren über den Rhein, auf dem ein Schleppdampfer drei Schuten flussabwärts manövrierte. »Immer, wenn ich diesen breiten Strom sehe, fällt mir das afrikanische Sprichwort ein: Folge dem Fluss und finde das Meer!« Ich sann einen Augenblick nach. »In Karamoja konnten wir in der meisten Zeit des Jahres in den Flüssen wandern, weil sie nur in der Regenzeit Wasser führen, dann aber so reißend, dass das andere Ufer unerreichbar ist.«

»Auf dem Rhein musst du dich nur treiben lassen ...«

»... und erreichst das Meer?«

»Ich glaube, es sind noch ein paar Schleusen dazwischen. Aber irgendwann kommst du in die Nordsee und weiter in den Ozean. Was soll uns denn das Sprichwort sagen?« Marianne wartete nicht auf meine Antwort, sie deutete es sich selbst: »Ganz gleich, wie lang der Fluss ist, ganz gleich, wie eng oder sogar wie trocken er ist, er führt zum Meer. Das ist der Punkt, an dem du zu tausend neuen Ufern gelangen kannst. Am Meer bist du frei.«

Ich dachte nach. »Ich glaube, das Sprichwort ist für Fische gemacht. Wir können uns doch nicht für jeden Ort entscheiden.«

»Nein«, sagte Marianne, »können wir nicht.«

Ich nickt: »Nein.«

Marianne gefiel das nicht: »Aber wenn wir wirklich wollen.«

Darauf ich: »So stark, dass wir es müssen!«

Dann lachten wir so laut miteinander, dass sich die Leute im Bus nach uns umdrehten. Wir fühlten uns plötzlich stark und selbstsicher, schauten uns an, als könnten wir jedes dieser tausend Ufer erreichen.

Zunächst aber erreichten wir den Laden, in dem es afrikanische Hirse gab, Maismehl und Maniok-Wurzeln. Sogar Erdnusscreme und Gewürze entdeckte ich in den Auslagen, ließ mir Trockenfisch einpacken und nahm aus dem Fleischtresen noch Beinscheiben mit. »Das reicht erst einmal«, meinte ich. »Vielleicht lässt mich die Schwiegermama ja auch wieder an den Herd. Dann werde ich versuchen, sie mit Kartoffelbrei und gebratenem Kohl satt zu machen.«

»Jetzt haben wir noch Zeit, einen Kaffee zu trinken«, schlug Marianne vor. Sie hatte das Bedürfnis, mir aus ihrem Leben zu erzählen.

Marianne war elternlos in einem Heim aufgewachsen. Nie hatte sie eine echte Freundin gehabt. Keine Eltern zu haben, kein richtiges Zuhause, keine Geschwister – das prägte ihr Leben wie ein Klumpfuß. Immer fühlte sie sich allein und sitzen gelassen. Nicht einmal die Jungen hatten Interesse an ihr, obwohl sie hübsch war. Doch es fehlte ihr, so fröhlich wie die anderen zu sein; das verlieh ihrem Gesicht diese bockige Traurigkeit, von der man sich abwandte, um nicht auch davon befallen zu werden.

»Deshalb habe ich dann irgendwann Georg geheiratet. Ein Behinderter muss doch dankbar sein, wenn man sich um ihn kümmert, habe ich gedacht. Aber wir lieben uns nicht. Er droht mir manchmal sogar, dass er ins Heim gehen wird. Dann bin ich wieder allein«, klagte sie.

Ich winkte der Kellnerin: »Zwei heiße Schokoladen mit Sahne!« Zu Marianne sagte ich: »Schokolade macht glücklich, habe ich im Hotel gelernt. Vielleicht hast du nur zu wenig Schokolade bekommen.« Dann erzählte ich ihr noch ein paar lustige Geschichten aus Uganda und wundert mich selbst darüber, wie viel Freude ich aus dem harten Leben von Karamoja in meiner Erinnerung bewahrt hatte.

»Du tust mir gut!« sagte Marianne zu mir, als wir wieder über den Rhein nach Neuss fuhren. »Du bist meine Schokolade!«

»Oh, Marianne«, flüsterte ich, »jetzt bin ich aber froh, dass man bei mir nicht so genau sieht, wenn ich rot werde. Dass ich Schokolade bin, haben bisher nämlich nur deutsche Jungen zu mir gesagt.«

Jetzt errötete Marianne: »Keine Angst, ich werde dich nicht anknabbern.«

***

Sams Mutter war glücklich. Sie kochte nach Art der Acholi, – und sie war es, der es am besten schmeckte. Wohl zwei Wochen lang blieb die Stimmung in der Familie fröhlich.

Auch Sam hatte jedoch in all den Jahren, die er nun schon in Deutschland lebte, einen verwöhnten Gaumen bekommen. »Ihr solltet euch beim Kochen ablösen oder es gemeinsam machen«, schlug er seiner Mutter vor. »So kann jede von den Gerichten der anderen lernen. Und wenn du zurück fährst nach Kitgum, dann könntest du zeigen, was man in Deutschland isst und wie man es zubereitet.«

»Warum sollte ich zurück nach Kitgum gehen?«, fragte sie.

Sam machte ein Gesicht wie vom Blitz getroffen.

»Wenn du gern bei uns bleiben willst«, beeilte ich mich zu sagen, »dann werden wir eine größere Wohnung beziehen, damit du etwas mehr Platz hast.«

Sam fing sich wieder. »Aber du bist Mutter einer ganzen Familie. Wir können dich nicht für uns allein beanspruchen.«

Die Mutter schüttelte den Kopf. »Auch du bist Teil einer Familie und hast dich davon gemacht. Warum nicht auch ich?«

»Es freut uns ja, wenn es dir so gut bei uns gefällt«, sagte ich. »Bleib gern, solange du möchtest.« Gewiss, auch ich hatte den Schwiegermutter-Besuch als eine vorübergehende Situation verstanden. Aber die Mutter des Ehemannes ist immer willkommen und sie hat das Recht, die Bestimmende im Haushalt zu sein. Ich wusste, dass ich mich fügen musste. Und Sam sollte wissen, dass ich mich nicht dagegen auflehnen würde.

»Es gefällt mir, in der Sonne auf eurem Balkon zu sitzen. Das wirst du deiner Mutter doch gönnen.« Sie sah ihren Sohn herausfordernd an.

Sams Gesicht hellte sich etwas auf. Es war Mitte Oktober, goldener Oktober nannte man es, wenn das Wetter sich so gnädig erwies wie in jenen Tagen. Er lächelte seine Mutter an: »Es ist, wie Luisa sagt: Du bist willkommen, solange du möchtest. Und du kannst zurück nach Kitgum, wann immer du möchtest.«

Die Mutter nickte zufrieden.

***

Beatrice entwickelte sich prächtig. Stella war lieb zu ihr und Sam war auf beide Mädchen stolz. Die Spannungen zwischen mir und der Schwiegermutter verstärkten sich jedoch wieder. Sam wollte es nicht bemerken. Er liebte mich, doch er wusste nicht, dass ich wieder schwanger war. Ich wollte es für mich behalten. Jetzt jedenfalls, solange mein Bauch sich nicht wölbte. Es war Anfang Dezember und der erste Schnee hatte die Stadt weiß überpudert.

»Was ist das für ein grausames Wetter«, klagte Sams Mutter.

»So ist es immer im Winterhalbjahr«, sagte ich und betonte das Halbjahr, um ihr klar zu machen, dass Kälte, Wind und Schnee noch lange andauern würden. »Der Sommer ist nur kurz, du konntest ein paar schöne Tage erleben. Jetzt müssen wir einige Monate Geduld haben.«

Die Mutter hat diese Geduld nicht. Der Januar war noch nicht vorüber, als sie verkündete: »Ich will nach Hause. Ich bin nicht zu euch gekommen, um in Frost und Schnee den Tod zu suchen.«

Wenige Tage später brachte Sam seine Mutter zum Flughafen.

»Es wäre vernünftig, du kämest mit mir«, sagte sie.

Sam strich ihr sanft über die Wangen. »Hier habe ich meine Frau, meine Kinder und meine Arbeit. Du weißt, dass ich hier zu Hause bin.«

»In Kitgum bist du zu Hause, Junge. Schau in den Spiegel, du bist schwarz, du gehörst nicht in diese weiße Welt.«

»Ich bin hier nicht allein, Mutter.«

»Deine Frau ist eine Fremde, eine Karamojong – wie willst du dich bei ihr zu Hause fühlen.«

»Wir werden dich besuchen, Mutter.« Der Flug wurde aufgerufen. »Du musst jetzt gehen, Mutter. Leb' wohl und grüße die Familie.«

»Komm bald!« sagte die Mutter. »Komm allein und trenne dich von dieser Barbarin.« Sie sah ihrem Sohn streng in die Augen, drehte sich um und ging entschlossen durch die Passkontrolle.

Auch Sam ging, ohne sich umzuwenden.

***

Zu Hause empfing ich Sam liebevoll. Jetzt wollte ich das Geheimnis offenbaren, das ich nur mit ihm teilen wollte. Dass er mir die Schwangerschaft noch nicht angesehen hatte, wunderte mich nicht. Es war zu viel Unruhe in der Familie, zu viel Missgunst, die sich mehr und mehr von der Mutter auf Sam übertrug. Ich war voller Hoffnung, dass jetzt wieder das Glückin unsere Familie einziehen würde.

Ich hatte meine Arme auf seine Schultern gelegt und sah ihn verheißungsvoll an. »Auch wenn deine Mutter wieder fort ist – wir sollten uns dennoch nach einer größeren Wohnung umsehen. Unsere kleine Familie wird größer. Du wirst noch einmal Vater.«

Sam nahm meine Arme ruckartig von sich. »Du bist schwanger!?«

Ich deutete es als Überraschung und übersah sein verfinstertes Gesicht. »Vielleicht ist es diesmal ein Sohn!«

»Das ist nicht mein Kind!«, fuhr Sam mich an.

Erschrocken wich ich zurück. »Es ist unser Kind! Wir haben uns doch genug geliebt, lieber Sam.«

Sam packte mich aggressiv bei den Schultern und fuhr mich unbeherrscht an: »Willst du mir eine Horde primitiver Karamojong-Kinder bescheren? Willst du mein Ansehen in meiner Familie ruinieren?«

Mir schoss eine Tränenflut aus den Augen. Stella stand mit entsetztem Blick und sprachlos aufgerissenem Mund abseits. In der Wiege schrie Beatrice sich die Lunge aus dem Hals, als sei die Atemluft vergiftet.

»Was ist denn plötzlich los?«, schluchzte ich.

»Du bist eine Hure!«, schrie Sam. »Das ist nicht mein Kind! Wo warst du, wenn du nicht zu Hause warst?«

»Wie kannst du so schlecht von mir denken?«, wimmerte ich. »Wenn ich nicht bei euch war, dann habe ich in Düsseldorf Lebensmittel aus Afrika besorgt, damit sich deine Mutter bei uns wohlfühlt. Meine Freundin Marianne hat mich dabei begleitet; ich habe hier sonst niemanden.«

Sam grummelte unwirsch unverständliche Worte. In meiner Not schlug ich ihm vor, einen Vaterschaftstest zu machen. Er antwortete nicht darauf. Seit er seine Mutter zum Flughafen brachte, war er ein anderer, ein schweigsamer Mann geworden, der nur dann etwas sagte, wenn er etwas gebieten wollte.

Und so blieb es.

Ich flüchtete mich in meine Mutteraufgabe. Meine Freude galt der kleinen Beatrice, und Sams inzwischen elfjährige Tochter kam mir manchmal vor, als sei sie meine kleine Schwester, der ich meinen wachsenden Babybauch zeigte, an dem Stella mit aufgelegtem Ohr den Herzschlag des werdenden Lebens erlauschte. Ab und zu kam Marianne zu Besuch und gemeinsam versuchten wir im Trost an Stärke zu gewinnen, indem wir uns gegenseitig den Kummer mit unseren Männern von der Seele redeten.

Die Spannungen zwischen Sam und mir zehrten an meiner Seele; mein ganzer Körper war in Mitleidenschaft gezogen. Schließlich drohte gar eine Fehlgeburt, ich musste ins Krankenhaus. Sam besuchte mich dort nicht, obwohl es bis dort nur wenige Minuten waren. Missmutig akzeptierte er, dass Marianne während seiner Arbeitszeit in der Familie meine Mutterdienste übernahm und sich um Beatrice und Stella kümmerte.

***

Alles schien sich zu wenden.

»Ein Sohn!«, jubelte Sam.

Er nahm unseren kleinen Alexander auf dem Arm und schwenkte ihn übermütig hin und her. »Mein Sohn!«, rief er. »Ich habe einen Sohn!«

Ich lachte, auch wenn ich mit ausgebreiteten Armen bereitstand, mein neues Baby aufzufangen, falls der Vater es in zu großer Freude in die Luft werfen würde. »Sieht er nicht prächtig aus! Er sieht jetzt schon aus wie du!«

Sam strahlte seinen Sohn an, lachte und stupste ihm mit dem Finger auf die Nase. Jetzt war alles wieder in Ordnung, die Familie war wieder heil. Marianne hatte es mit einem drastischen Spruch vorausgesagt: Kleinkinderscheiße ist der beste Ehekitt!

Und während Sam sich noch mit seinem Filius amüsierte und sein Selbstwert zusehends an der Vaterschaft wuchs, erinnerte ich ihn mit meinem romantischsten Blick aus den Augenwinkeln: »He, Sam! Hier ist die glückliche Mutter, die dich liebt und dir diesen Sohn geboren hat!«

Sam sah mich an, als habe ich ihm eine schlechte Nachricht überbracht. »Ja«, sagte er nüchtern, »er hat nur einen Makel: Er ist nur ein halber Acholi, zur anderen Hälfte ein Karamojong.«

Mir stockte der Atem. Und wie ein Hammerschlag wurde es mir klar: Es wird niemals wieder so wie früher! Die Schwiegermutter war die Stärkere, sie hatte mit ihren Worten und mit ihrem Verhalten in Sam den Stammeshass zwischen Acholi und Karamojong aufleben lassen. Alle Gegensätzlichkeiten zweier Nachbarvölker standen plötzlich zwischen uns.

Ob es uns gelingen würde, eine neue Brücke zu bauen?

»Ich weiß nicht, wann ich wiederkomme«

Sam und ich sprachen über Wochen nur wenig miteinander. Er sagte mir auch nicht, was in den Briefen stand, die er aus Uganda erhielt. Er nahm sie mit sich, wenn er zu einem Freund nach Dortmund fuhr. Einige Male machte er diesen Weg.

»Es muss etwas geregelt werden«, bemerkte er dann knapp.

Es schien ein weiteres Problem hinzugekommen zu sein. Sam erklärte mir: »Meine Mutter ist erkrankt. Ich muss zu ihr fliegen, bevor sie stirbt. Es ist meine Sohnespflicht. Ich kann nicht absehen, wann ich zurückkomme.«

»Es wird schon gut gehen«, hoffte ich. »Bei Mutter in Uganda und hier bei uns. Wir freuen uns auf deine baldige Rückkehr.«

»Wünschst du ihr den schnellen Tod?«, fragte Sam düster. Er wollte mich falsch verstehen.

»Dass sie gesund wird«, sagte ich, »dass deine Mutter schnell wieder froh sein kann – und du zu uns zurück kommst.«

Sam flog schon am nächsten Tag.

***

»Es tut mir wirklich leid«, sagte der Mann am Bankschalter. »Ich kann Ihnen nichts auszahlen. Das Konto ist weit über seine Möglichkeiten hinaus belastet. Ihr Mann hatte zuletzt fünfzehntausend Mark abgehoben. Und dann waren da noch die üblichen Fälligkeiten.«

Ich sagte nichts, nickte dem Bankangestellten nur zu und versuchte ein Lächeln. Ich erwartete Post von Sam; er würde mir doch schreiben, sicher auch das Konto im Auge haben, er wird es in der Eile der Abreise vergessen haben. Wie lange aber wird er fort sein? Zwei Wochen oder zwei Monate? Vielleicht sogar ein halbes Jahr? Wenn er fünfzehntausend Mark mitnahm, hatte er für eine längere Zeit vorgesorgt. Sicher wollte er mir etwas davon geben. Er hatte es vergessen. Wovon sonst sollte ich denn mit den drei Kindern in dieser Zeit leben?

In meiner Not ging ich zu Marianne. Sie packte mir Brot, Butter, Milch und Eier in eine Tasche.

»Ein bisschen kann ich dir helfen, – so von heute auf morgen. Das ist ja aber keine Lösung für länger! Wir müssen zum Sozialamt.«

Dort schilderten wir Frauen die Situation.

»Afrikanische Männer!«, stöhnte die Angestellte. Sie blätterte in einem dicken Ordner mit Verordnungen. »Dafür gibt es keine Paragraphen«, stellte sie fest, ging zum Aktenschrank, las die Ordnerrücken. »Nichts!«, sagte sie.

Wir gaben ein jammervolles Bild, wussten nicht ein noch aus. Wenn es hier keine Hilfe gab, wo dann?

Ich zog ein Foto aus der Tasche, das ich Sam schicken wollte. Stella in der Mitte, rechts und links Beatrice und Alexander. »Das sind meine Kinder, sie sind zu Hause und möchten etwas zu essen haben. Ich habe doch nur ein bisschen Nachbarschaftshilfe.«

Die Sozialarbeiterin betrachtete das Bild. Stella und Beatrice lachen, das Baby Alexander ist zufrieden. Aber wie lange noch?

»Vielleicht weinen sie jetzt gerade vor Hunger?«, sagte ich.

»Ein Überbrückungsgeld – könnte es ein Überbrückungsgeld sein?«, fiel es Marianne ein.

»Für eine Woche«, sagte die Frau, »danach wird es schwierig. Fragen Sie doch mal beim Arbeitgeber Ihres Mannes nach.«

Daran hatte ich noch nicht gedacht. Ich schöpfte Hoffnung.

Zu Hause klingelte das Telefon. Es war der Leiter der Röntgenabteilung, er wolle nur daran erinnern: »Es sind noch einige private Sachen ihres Mannes im Krankenhaus. Wir möchten bitten, dass er sie abholt.«

»Kann es nicht dort bleiben, bis er wieder zurück ist? Er macht ja nicht Urlaub auf ewig.«

»Er ist ja nicht mehr in unseren Diensten«, sagte der Chef, stockte dann: »Wissen Sie das vielleicht gar nicht?«

Was hatte ich gehört? Hatte er seine Arbeit verloren? Und mir nichts davon gesagt?

»Sind Sie noch dran?«, fragte der Röntgenleiter.

»Ich komme heute noch selbst vorbei«, sagte ich, ohne auf die Frage einzugehen.

Getrieben von unheilvollen Ahnungen machte ich mich sofort auf den Weg. Was war geschehen? Warum hatte er mir nichts davon erzählt? Wo wird er arbeiten, wenn er zurückkommt? Wird die Not noch größer, wenn auch er hungrig ist?

»Bitte nehmen Sie Platz.« Der Chef der Röntgenabteilung begrüßte mich in seinem Dienstzimmer. Auf dem Schreibtisch stand ein offener Karton, den er mir entgegen schob. »Das ist alles. Persönliche Kleinigkeiten. Vielleicht nicht wichtig, aber wir können sie ja nicht einfach wegwerfen.«

»Warum hat er das denn nicht mitgenommen?«, fragte ich.

»Er war gar nicht mehr hier«, sagte der Röntgenleiter und drehte ein Schriftstück auf der Tischplatte. »Wenn Sie mir den Erhalt bitte quittieren wollen, Frau Samuel. Reine Formsache.«

»Er war nicht mehr hier?«, fragte ich verwundert.

»Nein«, sagte der Herr im weißen Kittel, »es ging dann wohl doch schneller als er es selbst gedacht hatte.«

Mir gingen wirre Gedanken durch den Kopf. »Was ging schneller? Was ist denn geschehen?«

»Sie wissen das nicht?«, staunte der Chef. »Er wollte doch zurück nach Uganda. War ein attraktives Angebot: Direktor des Militärkrankenhauses in Kampala! – Oh, durfte ich das vielleicht gar nicht wissen? Ein Staatsgeheimnis vielleicht ...« Er macht eine Pause und kratzte nachdenklich seinen weißen Kinnbart. »Nun ja, Sie sind ja seine Frau. Also – es ist ja möglicherweise eine geheime Kommandosache. Behalten Sie es bitte für sich.«

»So geheim, dass er mir nichts davon sagte?«, stieß ich in meinem Erstaunen hervor.

»Ich kenne mich da nicht aus, Frau Samuel. Er hat gekündigt. Außerordentlich, er war ja noch unter Vertrag. Es müsste etwas schneller gehen, sagte er. Nun ja, wir wollen doch seiner Karriere nicht im Wege stehen.«

»Geheime Kommandosache ...«, wiederholte ich fassungslos.

»Vielleicht durfte er Ihnen gar nichts sagen – oder er wollte Sie nicht beunruhigen. Er wird Sie sicher bald nachholen«, beruhigte der Chef mich.

Ich saß wie versteinert vor dem Mann im weißen Kittel. War das alles wahr, was er sagte? Konnte es wirklich sein, dass Sam sich so davon gemacht hatte?

»Ich habe keine Nachricht von ihm. Er hat keine Adresse hinterlassen. Ich weiß gar nicht, wo er ist. Er hat auf der Bank alles Geld abgehoben. Ich habe drei hungrige Kinder zu Hause. Und die Miete ist fällig.« Ich fühlte die Welt über mir zusammenstürzen und konnte die Tränen nicht mehr zurückhalten. »Gott im Himmel, steh' mir bei«, schluchzte ich.

Der Röntgenleiter kam hinter seinem Schreibtisch hervor, legte tröstend seinen Arm um meine Schultern und wusste nicht recht, was er noch sagen sollte, er tröstete mich nach dem ärztlichen Muster, dass das Leben trotz allem weiter gehe, dass die Zeit alle Wunden heile. »Es gibt für alles eine Lösung.« Und als habe ihm dieser Satz selbst Erleuchtung gebracht, fügte er hinzu: »Mit etwas Glück jedenfalls – für die nächste Zeit.« Er griff zum Telefon und wählte eine kurze hausinterne Nummer.

Wie durch Watte hört ich ihn sagen: »Keine Überweisung. Seine Frau holt es gleich in bar bei ihnen ab.« Er rüttelte mich ein bisschen, lächelt mich väterlich an: »Die Endabrechnung ist noch nicht raus, man wird sie Ihnen in der Verwaltung in bar auszahlen. Haben Sie Ihren Ausweis dabei? Pardon, es ist Vorschrift.«

Ich dachte an Beatrice, Alexander und Stella. Trotz allem, was mich eben wie ein Schlag getroffen hatte – jetzt spürte ich, wie ein übermächtiger Druck von mir wich. Ich atmete auf, lächelte sogar, als ich dem Röntgenchef die Hand drückte.

»Ich weiß schon Bescheid«, sagte die Frau hinter dem Besucher-Tresen der Krankenhaus-Geschäftsleitung. »Kommen Sie doch eben herum und setzen Sie sich. Es dauert nur einen Augenblick, bis das Geld hier ist.«

Ich nickte dankbar.

»Ich kann Ihnen ja schon mal die Abrechnung erklären«, sagte die Angestellte und legte ein tabellarisches Zahlenwerk auf den Tisch. »Also, weil es über die Sechs-Wochen-Frist hinaus ist, haben wir den nächsten Quartalsabschluss zu Grunde gelegt, und das hier sind eine anteilige Urlausabgeltung und das übliche Weihnachtsgeld.«

Ich hatte im Hotel auch in der Buchhaltung gearbeitet, kannte auch Gehaltsabrechnungen, nicht aber solche, die über ein ganzes Quartal gingen und Zusatzleistungen hatten. Ich schaute nur dorthin, wo »auszuzahlender Betrag« stand und hielt die Luft an. Als mir die Scheine vorgezählt wurden, verschleierte sich mein Blick.

»Wenn Sie eine Stunde später gekommen wären, hätten wir es bereits überwiesen«, sagte die Frau.

Mit jähem Schreck erinnerte ich mich an die Bank und an das überzogene Konto. »Muss ich das jetzt zur Bank bringen?«

»Ihr Mann ist zurück nach Uganda, hat man mir erzählt.« Die Frau machte eine kleine Pause. »Wir hatten Dr. Samuel übrigens sehr gern. Aber ihre Probleme hat er nicht mitgenommen, die haben Sie jetzt ganz allein.« Sie stopfte die Geldscheine in einen Umschlag und reichte ihn mir. »Viel Glück damit! Und schonen Sie besser unser Sozialamt, die haben es ja nicht so reichlich wie die Bank.«

Wie im Traum verließ ich die Krankenhaus-Verwaltung.

»Halt!«, rief mir die Angestellte nach. »Vergessen Sie Ihren Karton nicht.«

Mai 1982: Aus Uganda war immer noch kein Lebenszeichen von Sam gekommen. War er dort überhaupt angekommen? Er war nun fast ein halbes Jahr fort. Und wäre nicht die Aufgabe mit den drei Kindern und den rhythmisch wiederkehrenden Arbeiten, ich hätte die Zeit als Ewigkeit empfunden. So schien es mir, als seien nur wenige Tage seit Sams Abreise vergangen. War er aber mir gegenüber nicht eine Erklärung schuldig? Wollte er seiner Familie vielleicht erst ein Heim schaffen und sie dann überraschen? Kommt vielleicht morgen ein Brief oder ein Anruf: Packt eure Sachen und kommt nach Uganda!

Ich hatte inzwischen aufgehört, darüber mit Marianne zu sprechen. Der Alltag einer Mutter hat seine eigenen Themen und Probleme – und auch Marianne war nicht ohne Sorgen.

Erst abends im Bett quälten mich die Gedanken. Dann stellte ich mir vor, dass Sam lachend durch die Tür kommt und alles nur ein Missverständnis war. Oder dass er sich am Telefon meldete und bat, sie mögen alle zusammen schnell nach Uganda kommen, jetzt, wo ihm seine neue Aufgabe etwas mehr Zeit lasse. Wäre es nicht ohnehin besser, Sam nachzufolgen? Auch ohne dass er uns ruft? Zurück nach Uganda, dort wo auch Moses auf mich wartete.

So lag ich da mit dem leeren Bett neben mir und grübelte in die Dunkelheit hinein. Ist das die Farbe der Zukunft für mich und die drei Kinder? Und was sollte mit Moses werden? Hatte Sam seine Familie vergessen oder vielleicht schon eine neue gegründet – eine Acholi-Familie?

Irgendwann holte mich der Schlaf ein. Dann träumte ich von einer glücklichen Familie in Uganda. Es waren Träume, in denen ich mit Sam sprach, in denen die Familie stolz beieinander war. Träume, die mir Kraft gaben und mich den realen Alltag vergessen machten, der einfach dahinschwand, bis die Zeit sich wieder wendet und es so sein würde, wie es früher war.

Besuch aus Karamoja

Es war schon Herbst, als ich einen Anruf aus der Botschaft von Uganda erhielt. Endlich! Mein Herz schlug mir bis zum Hals.

»Sind Sie Fräulein Natiwi?«

Ich wollte korrigieren, ich war ja verheiratet, die Frau von Dr. Samuel – nein, ich tat es nicht, auch wenn es mir verräterisch vorkam. »Ja, das bin ich.«

»Wir haben eine große Bitte«, kam es durch die Leitung. Ein Minister aus Karamoja sei in eine Koblenzer Klinik eingeliefert worden. »Wir haben Sprachschwierigkeiten, sein Englisch reicht nicht weit, wir brauchen einen Dolmetscher. Können Sie helfen, Fräulein Natiwi? Es ist schließlich ein Landsmann von Ihnen, Minister Choudry.«

»Der Mineralienminister Choudry?«

»Oh, Sie kennen sich aus, Fräulein Natiwi. Darf ich das als Ihre Zusage werten? Die Botschaft übernimmt alle Kosten, und natürlich erhalten Sie ein Honorar.«

Minister Choudry hatte mich einst von Kaabong nach Moroto mitgenommen. Damals, als ich weg wollte aus der Obhut meiner Tante, um das Lehrer-College zu besuchen. Wie aber konnte ich ihm diese Tat neben meinen Mutterpflichten vergelten? Jetzt musste ich etwas zu meiner Situation sagen.

Plötzlich war eine andere Stimme am Telefon, die Stimme einer Karamojong. »Hallo, Natiwi!« Es war die Frau des Ministers. Wir kannten uns aus der Schulzeit. Karamoja mag Millionen Menschen haben, doch jene, die eine Schule besuchten, kannten einander. Sie würde sich gern um die Kinder kümmern, während ich als Dolmetscherin gegenüber den Ärzten in Koblenz tätig würde, schlug die Ministergattin vor.

»Und ich bin immer dann zur Stelle, wenn irgendwas nicht klappt«, versprach meine deutsche Freundin Marianne, als ich ihr von dem Vorhaben erzählte.

Es dauerte zehn Tage, bis Minister Choudry das Krankenhaus wieder verlassen konnte.

»Ich bin heute Abend zu einem geschäftlichen Essen verabredet, darf ich dich dazu einladen und auch dabei deine sprachlichen Fähigkeiten nutzen?«, fragte er mich im freundschaftlichen

Ton. Am Abend stellt er mich als »mein rettender Engel« vor und erstarrte schier vor Erstaunen, als seine Geschäftsfreunde mich mit einem fröhlichen »Guten Abend, Fräulein Natiwi!« begrüßten.

Auch ich war überrascht, bekannte Persönlichkeiten zu treffen. »Guten Abend, Herr Kienbaum. – Wie geht es Ihnen, Herr Sartorius?« Gegenüber Minister Choudry klärte ich auf: »Wir kennen uns von verschiedenen Tagungen, die im Sheraton Hotel in München stattfanden.« Die drei Herren waren tief beeindruckt und baten mich wie im Chor gleichzeitig zu Tisch.

Bei Chateaubriand und trockenem Beaujolais redeten die Herren über das Vorhaben, ugandische Betriebe, die in der Ära Idi Amin herabgewirtschaftet wurden, organisatorisch wieder in Gang zu setzen. Die »reizvolle Aufgabe«, wie der Unternehmensberater aus Gummersbach dieses Vorhaben klassifizierte, wandelte sich im Laufe der Unterhaltung zu einer »großen Herausforderung«. Schließlich sprachen sie vom »Projekt Uganda«, dessen Chancen und Risiken nicht allein im betriebswirtschaftlichen Denken lagen, sondern »vor allem in der Kenntnis von Land und Leuten und wie man mit ihnen in einen geschäftlichen Dialog tritt«. Alle Augen richten sich auf mich.

»Wenn Sie mit im Boot sind, wird es ein Erfolg«, wandte sich Herr Kienbaum voller Zuversicht an mich. »Sie sind beteiligt. Wir werden ein Konzept entwickeln und bei der Weltbank einen Antrag auf Fördergelder stellen. Schlagen Sie ein, Fräulein Natiwi! Zwanzig Prozent gehören Ihnen!« Er streckte mir die Hand zur Partnerschaft entgegen, die ich nur deshalb zögernd ergriff, weil ich mein Glück noch nicht fassen konnte.

Jetzt musste ich klarstellen, was Minister Choudry schon wusste: »Ich bin inzwischen verheiratet und habe drei Kinder zu versorgen. Mein Mann ist nach Uganda zurückgekehrt und im nächsten Jahr werden wir ihm folgen – gleich nach Ende des Schuljahres.«

Jetzt leuchteten Herrn Sartorius' Augen. »Dann sind Sie ja zur richtigen Zeit am richtigen Ort!« Er wollte im Rahmen dieses Projekts eine Matratzenfabrik in Uganda gründen. »Wir werden riesige Baumwollfelder anlegen und bald wird ganz Uganda auf unseren Matratzen schlafen!«, schwärmte er und reichte mir ebenfalls die Hand. »Seien Sie meine Partnerin, auch ich biete Ihnen eine Erfolgsbeteiligung.«

Ich wusste nicht, was sie sagen sollte. Vor wenigen Tagen noch hatte ich festgestellt, dass die Geldschwierigkeiten bald zurückkehren werden, und jetzt wurden mir Partnerschaften in Projekten und Unternehmen angeboten. Unsicher schaute ich auf Minister Choudry, der meine fragenden Augen anders deutete.

»Uganda stabilisiert sich. Ein paar kleine Unruhen sind nach dem Umsturz doch normal. Wir sind ein aufstrebendes Land. Ich bin jetzt fünfzehn Jahre Minister. Es sind nur die Präsidenten, die kommen und gehen. Jetzt ist Präsident Obote wieder da – schon seit zwei Jahren. Er ist ein starker Mann, der die Wunden heilen wird, die Amin in unser Land gerissen hat.« Wie zur Bekräftigung dieser Aussage hob er sein Glas. Gemeinsam stießen wir an. Es war besiegelt.

Am nächsten Tag fuhr ich gemeinsam mit Minister Choudry zurück nach Neuss, um seine Frau Joyce von ihren Pflichten in meinem Haushalt zu erlösen. Auf ihrer »diplomatischen Rundreise« wollten sie jetzt nach Paris, nach London und von dort per Schiff ins Mittelmeer.

»Wir sind so viel unterwegs, einen Urlaub könnten wir uns schon aus Zeitmangel nicht erlauben«, sagte der Minister augenzwinkernd. Und spontan nahm er mich zum Abschied in den Arm. »Ich freue mich auf unser Wiedersehen in Uganda.«

Über Minister Choudrys Schulter hinweg bemerkte ich, dass sich das Gesicht von Joyce verdunkelt. Ich wand mich deshalb in diplomatischer Unverbindlichkeit aus den Armen des Ministers und wünschte eine gute Reise.

***

Ein milder Frühlingshauch zog durch das Rheinland. Die Bäume entfalteten ihre Blätter in leuchtend hellem Grün. Ich schob die Kinderkarre durch den Park an der Kaiser-Friedrich-Allee. Beatrice stand auf der Fußstütze der Karre, die Alexander mit seinen kurzen Beinchen noch nicht erreichen konnte. Er schlief mit lächelndem Gesicht, als amüsierte er sich über seine Schwester, die munter plappernd ihre Mutter anfeuerte, als presche sie mit einem römischen Streitwagen durch die Arena. Auf dem Kiesweg, der den kleinen Teich umfasste, kam uns Stella entgegen.

»Ich habe eine Eins in Mathe!«, jubelte sie.

Einige Spaziergänger stutzen. Das muntere schwarze Mädchen schwenkte eine Schultasche. Sprach Deutsch! Konnte rechnen! Hatte eine Eins!

»Na, na, wenn das man stimmt«, meinte eine vorübergehende Frau zu ihrem Mann.

»Wird wohl hier geboren sein«, sagte der.

»No-no-no!«, protestierte ich. »Stella ist noch nicht einmal zwei Jahre in Deutschland und spricht schon besser Deutsch als ich, obwohl ich Lehrerin bin.«

»Die zweitbeste Arbeit!«, sprudelte Stella hervor.

»Ach so«, sagte die Frau. »Sie geben ihr also kräftig Nachhilfeunterricht.«

»Da klärt sich alles auf«, meinte der Mann. »So mogeln die sich durch, und unsere Kinder haben dann das Nachsehen.«

»Bella, Bella!«, begrüßte Beatrice die herumhüpfende Stella und ich, die dem Ehepaar eben noch etwas entgegnen wollte, ließ es nun bei einem milden Lächeln.

Ich hatte mit Stella vom ersten Tag an deutsch gesprochen. Anfangs mit knappen englischen Erklärungen, später auch das nicht mehr. Sicher hatte das dazu beigetragen, dass sie sogar auf das Gymnasium wechseln konnte. Es machte mich stolz, obwohl Stella nicht meine leibliche Tochter war.

Wie schön wäre es doch, wenn Sam diesen Erfolg miterlebte. Doch weiterhin gab es keine Nachricht von ihm. Bis zum Juli würde er sich bestimmt melden. Bestimmt!

***

Die nächste »ugandische Meldung« kam nicht von Sam, sondern von Cornelius, einem Stiefbruder von mir, Sohn der ersten Frau meines Vaters. Er war der Erste des Klans, der ein Internat besuchte – zu einer Zeit, als die Karamojong in ihrer Sprache noch kein Wort für derartige Einrichtungen hatten und sich wohl nur Vater Lorika vorstellen konnte, wofür das, was dort gemacht wurde, gut sein sollte.

Cornelius rief aus Bonn an. Auf der Botschaft hatte er meine Telefonnummer und die Adresse erfahren. Seit der Dolmetscher-Aufgabe für Minister Choudry war ich dort registriert.

»Musstest du dich mal verstecken?«, fragte er gerade heraus. »Man hat mir erzählt, dass sie vor einiger Zeit mühsam nachforschten, ob du überhaupt noch in Deutschland bist. Sie hatten dich zur Unabhängigkeitsfeier eingeladen, als du noch im Sheraton Hotel warst, aber dein Name stand nicht auf der Liste.«

»Bist du noch in der Botschaft, Cornelius?« Wie ein Feuerball war mir ein Glücksschauer durch die Glieder gefahren. »Sag ihnen herzlichen Dank, dass sie nach mir gesucht haben, sonst hätte ich nicht Minister Choudry und Herrn Kienbaum und Herrn Sartorius getroffen – und du hättest mich auch nicht finden können. Alles andere ist zum Vergessen.«

»Das ist wohl eine längere Geschichte«, vermutete Cornelius. »Warum war dein Name denn nicht auf der Liste?«

»Ach, nichts«, sagte ich. »Wir haben alle falsche Namen und Adressen geschrieben. Denk einfach, dass es ein Scherz war.«

Cornelius schaltet schnell: »Oktober 1978 – da gab es keine Scherze! Und das wusste man in Deutschland? Alle Achtung!«

»Was machst du in Deutschland?«, wollte ich wissen.

Er lachte geheimnisvoll und jungenhaft. »Erzähl ich dir, wenn ich bei dir bin. Morgen Vormittag! Passt es? Ich brauche jemanden, der mich ein paar Tage begleitet. Nur Englisch ist nicht genug für Deutschland. Es gibt zu wenige, die das verstehen. Hast du Zeit?«

»Meine Zeit wird von drei Kindern beansprucht!«

»Ho, ho«, lachte er anerkennend. »Du kennst aber sicher jemanden, der sie versorgen kann! Also bis morgen.«

»Bis morgen, Cornelius.«

Kaum hatte ich den Hörer aufgelegt, da klingelt es an der Tür. Es war Marianne.

»Es ist vorbei und es tut mir nicht leid!«, sagte sie forsch. »Ich hab' ihn ins Heim gebracht. Er wollte es ja immer. Nun hat er es.«

Es folgte die ganze Geschichte ihrer Ehe mit Georg. Er war immer ungeduldiger mit seiner Behinderung geworden, verlangte immer mehr von ihr. Aus seiner Misslaunigkeit wuchs oft ein heftiger Streit hervor. Anfangs erfüllte sie seine Bedürfnisse aus fürsorglicher Liebe, immer mehr aber empfand sie ihr Tun als ungelohnte Aufgabe. Was er ihr einst dankte, machte er ihr immer mehr zur Pflicht. Und wenn sie aufbegehrte, drohte er ihr, sie zu verlassen und in ein Heim zu gehen. Sie fürchtete sich vor dieser Einsamkeit, die ihr Leben nutzlos zu machen schien. Jetzt hatte er überzogen, Marianne empfand Georg als Last. Und nicht er verließ sie, sondern sie brachte ihn weg.

»Es ist für immer!« sagte sie hart. »Es ist aus!« Sie weinte nicht. Sie hatte auch vorher nicht geweint. Sie konnte nicht mehr, aber sie hatte diesen entschlossenen Stress, der einen Läufer auf den Beinen hält, wenn er das Zielbanner sieht.

Vor Monaten hatte ich Marianne noch darin bestärkt, eine Entscheidung zu treffen. Jetzt tat es mir um Georg leid.

»Vielleicht braucht ihr nur einmal eine Auszeit. Jeder kann für sich einmal darüber nachsinnen, was der andere für ihn bedeutet.« Auch ich hatte ja meinen Schock überwunden, konnte immer noch nicht verstehen, warum Sam nichts über den wahren Grund seines Weggehens gesagt hatte. Aber ich hatte seine herzlosen Worte, seine schmerzhaften Aggressionen, seine Verachtung mir gegenüber vergessen, weil ich sie vergessen wollte. Jetzt freute ich mich darauf, ihn im Juli wieder zu sehen. Könnte es nicht bei Marianne ebenso sein? »Lass einfach zwei oder drei Wochen darüber vergehen, dann sieht alles anders aus.«

Sie schüttelte den Kopf. »Wenn ich zu Hause herumsitze, wird meine Wut noch größer. Dann kann ich auch gleich den Schlussstrich unter diese Ehe ziehen.«

»Du brauchst Ablenkung.«

»Ja, ich muss hier einfach ein paar Tage raus«, stimmte mir Marianne zu. »Aber wohin?«

In diesem Moment ging ein Licht in meinen Augen auf. »Du sprichst doch Englisch, oder?«

»Wieso fragst du das?«

»Ja oder nein?«

Marianne lachte über meine blitzenden Augen und fühlte sich gefordert: »I speak English very well – aber nicht so schnell!«

Ich schaltete um: »It's because of my brother. He needs someone for conversations in Germany for a few days. He will visit me tomorrow morning at eleven o'clock.«

»What a guy is that?«, fragte Marianne.

»See him by yourself.«

»You really think so? Okay, ich komme – um halb zwölf, ihr habt ja auch erst einmal was zu bereden.«

»Einverstanden!«, sagte ich. »Cornelius hat gerade eben angerufen. Ich habe keine Ahnung, weshalb er in Deutschland ist. Er fragte nur, ob ich jemanden hätte, der ihn der Sprache wegen ein paar Tage begleiten könnte.«

»Und du begießt dann bei mir die Blumen.«

»Aber höchstens bis zum Juli ...«

Es war halb elf, als es schellte. Kaum hatte Luisa die Tür einen Spalt breit geöffnet, reckten sich vier spitze Schnäbel hinein, an den Köpfen rot und gelb flammende Strahlenkränze. Dahinter leuchtete ein weiß strahlendes Gebiss, aus dem lautes Lachen drang.

»Die besten Grüße aus Uganda!«, rief Cornelius.

Reflexartig wich ich vor den Schnäbeln zurück, bevor ich sah, dass die Köpfe, die wie Ugandas Wappenvögel aussehen, grüne Hälse hatten. Es waren keine Kronenkraniche, sondern Strelitzia, die Paradiesvogelblumen.

»Gestern Nacht habe ich sie auf dem Flughafen von Entebbe gekauft und sie sind immer noch frisch! Man könnte sie exportieren. Wo gibt es in Europa so schöne Blumen!«

»Cornelius!«, rief ich und musste erst einmal tief Luft holen. Vor mir stand ein stattlicher Herr im besten Mannesalter, angetan mit einem hellen westlichen Anzug, weißem Hemd, unter deren Kragenspitzen eine sonnengelbe Krawatte mit fröhlichem Muster hervorquoll. Selbstsicher und unternehmend sah er aus mit seinen lebhaften Augen, deren Weiß gewinnend und neugierig aus dem schwarzen Gesicht blitzten.

»Luisa! Wie geht es dir? Zeig mir deine Kinder. Wann kommst du nach Uganda? Dein Mann wohnt sehr nobel in Kololo. Eine bessere Adresse gibt es in Kampala nicht. Als Oberarzt der Armee steht ihm das zu. Er wartet schon auf dich!«

»Sollst du mich grüßen?«, fragte ich erregt.

»Wenn ich ihn getroffen hätte, bestimmt! Verzeih mir, ich hatte keine Zeit. Ich habe nur davon gehört. Ein Kollege von früher, als ich noch Sanitäter war, hat es mir erzählt.«

Ich hatte gehofft, eine Botschaft von Sam zu erhalten, nun schluckte ich an einer Enttäuschung und lenkte ab: »Du hast den Beruf gewechselt? Siehst ja auch aus wie ein Exportminister, bist du geschäftlich in Deutschland?«

Cornelius lachte: »Ich Minister? Nein, ich bin ein freier Mann! Sanitäter mochte ich nicht mehr sein. Es deprimiert, die Leute in den Tod zu begleiten. Aber ich habe gesehen, dass man in Kampala gern Fleisch isst, aber kein Vieh hat. In Karamoja haben wir es. Ich musste Schlachter werden und einen Jeep kaufen und habe den Karamojong Rinder und Ziegen abgekauft und dann wieder in Kampala verkauft. Und als die Karamojong nun Geld hatten, da haben sie mich gefragt, ob ich ihnen dafür nicht Geräte und Geschirr und Karren und Messer mitbringen könnte. Ich bin Händler geworden. Bei mir bekommst du alles.«

Ich staunte. »Man sieht, dass es dir gut geht. Ich hätte nicht gedacht, dass ein Karamojong Kaufmannsgeist entwickeln könnte.«

»Nicht alle«, lächelte Cornelius hintergründig, »aber jene, die indische Frauen geheiratet haben!« Weit vor der Zeit, als Idi Amin die Inder des Landes verwies, hatte er ein indisches Mädchen zur Frau genommen. Als sie ihm keinen Sohn gebar, nahm er ihre Schwester als zweite Frau. Es wurde erzählt, er wolle nicht zwei Schwiegermütter haben. Während in Uganda der von den Indern über Jahre hindurch aufgebaute Handelsmarkt zusammenbrach, nutzte Cornelius die kaufmännischen Kenntnisse seiner Frauen, um das brachliegende Geschäftsfeld neu zu beleben.

»Du bist geschäftlich in Deutschland?« forschte ich erneut.

»Ja«, sagte Cornelius, musste dann aber selbst über diese knappe Antwort lachen. »Auch«, fügte er hinzu. »Ich will nach Stuttgart und mir einen Mercedes kaufen.«

»Einen Mercedes!?« Ich mochte es nicht glauben. »Das ist eine Staatskarosse! Was willst du damit auf Ugandas Straßen?«

»Meine Frauen wollen darin spazieren fahren«, sagte Cornelius provozierend. Als ich nicht darauf einging, erklärte er eine andere Version: »Wenn ich mit dem Pickup nach Mombasa fahre, bekomme ich so viel Ware, wie er fassen kann. Schlechte Ware zum schlechten Preis. Wenn ich mit dem Mercedes komme, wird man mir Verträge und Rabatte anbieten. Und ich bekomme gute Ware, damit ich ihr Kunde bleibe. Du musst Eindruck machen, dann bezahlt sich das beste Auto von selbst.«

»Mama!«, rief Beatrice.

»Oh, die Kinder!«, sagte ich. »Du wolltest ja die Kinder sehen.« Ich führte Cornelius ins Kinderzimmer, wo er von Beatrice mit munterem Plappern begrüßt wurde. Alexander schlief satt vom Frühstück in seinem Bettchen. »Stella ist zur Schule, die kannst du später kennenlernen.«

Es klingelte. Marianne kam wie verabredet.

Sie sah ausgeruht aus und hatte sich nett herausgeputzt. Ihr blondes Haar umrahmte ihr schmales Gesicht und floss sanft auf die gepolsterten Schultern ihrer pastellgrünen Jacke. Darunter trug sie eine Rüschenbluse und eine eng geschnittene Pagenhose, die in helle Stiefeletten mündet. Ihre Augen weiteten sich, als sie Cornelius sah.

»My girlfriend Marianne – meine Freundin Marianne. Deine Dolmetscherin – she wants to be your interpreter«, stellte ich sie meinem Bruder vor.

Er hob seine ganze Länge aus dem Sessel, sodass Marianne zu ihm aufblicken musste. Sie knickste artig. »Nice to meet you.«

Cornelius lächelte verführerisch: »Call me Corny.«

Mein Blick wanderte verblüfft von Marianne zu Cornelius und von Cornelius zu Marianne. Sie standen da und schauen sich mit weltfremdem Grinsen an. Es gab im Moment nichts zu sagen, und als ich mich mit dem Satz »Ich kümmere mich mal um das Essen« in die Küche verabschiedete, hatten sie es gar nicht gehört.

Als ich den Tisch deckte und dampfende Schüsseln hinzustellte, waren Cornelius und Marianne lebhaft im Gespräch.

»Sprachlich scheint es ja keine Schwierigkeiten zu geben«, bemerkte ich.

»Nein«, meinte Marianne, »nicht einmal sprachlich.« Und sie verriet gleich den Plan der nächsten Tage: »Wir fahren morgen nach Stuttgart und dann mit Cornys neuem Wagen durch ganz Deutschland. Der wird ab Hamburg nach Mombasa verschifft.«

Am Nachmittag fuhren wir an den Rhein. Cornelius und ich mit den drei Kindern sahen aus wie eine perfekte schwarze Familie – und mittendrin Marianne wie eine marmorbleiche Skulptur.

Cornelius schwärmte jedoch: »Sie ist eine goldene Göttin!« Dabei strich er der zart errötenden Marianne sanft über die blonde Mähne.

Nie zuvor war mir aufgefallen, wie schön meine Freundin war. Ich konnte verstehen, dass Cornelius nur Augen für sie hatte und nicht von ihrer Seite wich. Es war nicht einfach für mich, Marianne für ein paar Sätze von Frau zu Frau zu gewinnen.

»Er hat zwei Frauen«, klärte ich nur knapp auf. »Es sind Inderinnen.«

»Nur zwei?« sagte Marianne ganz selbstverständlich. »Das sind bei euch doch eher wenig.«

Später am Abend sagte mir Marianne: »Am besten, wir verabschieden uns jetzt schon von dir. Wir wollen morgen ja früh los und dich nicht stören. Du hast dann ja auch mit den Kindern zu tun. Corny kann bei mir schlafen, ich habe ja Platz genug in der Wohnung.« Sie suchte und fand noch einen zweiten Schlüssel in ihrer Handtasche und reicht ihn mir lachend: »Damit du die Blumen begießen kannst.«

Am nächsten Abend rief Marianne an: »Der Wagen ist toll! Wir haben eine rote Nummer und ich zeige Corny jetzt erst einmal Deutschland.« Sie kicherte und amüsierte sich selbst über diesen Satz. »Ich kenne doch von Deutschland nicht mehr als Neuss, Düsseldorf und Recklinghausen.«

Jeden Abend rief Marianne an. Aus Freiburg, vom Bodensee, aus München und Nürnberg, aus Würzburg und Kassel. Schließlich aus Hamburg: »Nachts sind wir auf einer riesig hohen Brücke über den Hafen gefahren. Atemberaubend, sage ich dir! Corny war begeistert. Das war jetzt die letzte Mercedes-Fahrt in Old Germany; morgen geht der Wagen an Bord und schippert nach Mombasa. Und wir fliegen übermorgen.«

»Ich freue mich auf dich«, sagte ich. »Du hast bestimmt eine Menge zu erzählen.«

Marianne antwortete nicht gleich. »Es ist so«, fing sie zögernd an, »es tut mir für dich eigentlich ein bisschen leid. Aber weißt du..., wir sehen uns dann ja bald in Uganda. Ich fliege nämlich mit. Corny wird mich heiraten!«

»Marianne!«, rief ich in einer Gefühlsmischung aus Freude und Bestürzung. »Ich wünsche euch Glück! – Aber was ist mit Georg, was mit der Wohnung, du bist doch auch noch verheirat...«

»Das zählt jetzt alles nicht, Luisa! Es gibt nur noch Corny!« Marianne war wie berauscht. Nach einer Weile sagte sie: »Ich habe einen Rechtsanwalt beauftragt. Corny hat ihn bezahlt. Er hat gesagt: Das ist mein Brautpreis! Der Anwalt wird sich bei dir den Schlüssel holen, um die Wohnung aufzulösen.«

Wie sollte ich das alles nach ein paar Sätzen durchs Telefon begreifen, doch eines war mir klar: »Ich bin ja so froh, dich auch in Uganda als Freundin zu haben!«

***

Ein Brief im Juni:

Liebe Marianne, die Schilderung Deiner Hochzeit habe ich immer und immer wieder gelesen. Wie gern wäre ich doch dabei gewesen! Schon deshalb, weil alles so anders ist, als ich es von unseren Hochzeiten im Klan erinnern kann. Wie sehr hat sich doch alles in den acht Jahren verändert, in denen ich nicht mehr in Uganda und Karamoja gewesen bin. Fast könnte man meinen, dass die echten Afrikaner aussterben und nach und nach alle zu Europäern werden. Darüber will ich mich aber nicht beklagen, denn ich fühle mich ja selbst oft wie eine schwarz angestrichene Deutsche.

Bald fangen hier die Großen Ferien an und wir sagen Deutschland ade! Stella hätte gern ihre Schulzeit in Neuss zu Ende gebracht, aber das geht nun nicht mehr. Wie sollte ich denn meine Familie durchbringen? Auf dem Sozialamt hat man mir immer wieder Mut machen wollen, doch hier zu bleiben. Die Arbeitserlaubnis würde ja weiterhin gelten und bei der Wohnungsmiete würden sie uns ebenfalls helfen. Ich habe lange darüber nachgedacht. Aber eine Frau gehört zu ihrem Mann! Zwar habe ich immer noch keine Nachricht von Sam, doch er wird viel zu tun haben in seiner neuen Aufgabe als Leiter des Militärkrankenhauses. Bestimmt hat er das Haus schon für uns hergerichtet, das wird auch seinen Kindern gefallen. Nie hätte ich mir träumen lassen, dass ich einmal in Kololo wohnen werde – das armselige Hirtenmädchen Natiwi aus Karamoja. Ja, ja, ich weiß, was Du jetzt sagen wirst: Dass ich Lehrerin bin und Hotelfachfrau mit gesellschaftlichen Umgangsformen, die Deutsch, Englisch und Swahili spricht. Und doch komme ich mir so verloren und allein vor. Ob Sam mich noch anerkennt in seiner neuen Stellung? Ich habe eine Überraschung für ihn: Ich werde mitwirken am Uganda-Projekt. Deutsche Aufbauhilfe für Uganda. Ich male es mir immer wieder aus, damit ich nicht verzweifle... Wenn Sam doch nur eine klitzekleine Nachricht schicken würde. Vielleicht hat er versucht zu telefonieren, während ich mit den Kindern nicht zu Hause war. Ach, bald hat das alles ein Ende.

Jetzt habe ich schon einige Möbel verkauft und muss nur noch zusammenpacken, was ich tragen kann. Mit drei Kindern auf dem Arm und an der Hand wird es sowieso nicht ganz einfach sein. Dennoch freue ich mich, wieder in die Heimat zu kommen und wieder in einer richtigen Familie zu leben. Vor allem freue ich mich darauf, meinen Moses zu sehen. Aber diese Freude ist noch mit der Angst verbunden, dass er mich gar nicht erkennt. Er ist jetzt neun, – wie soll er mich als seine Mutter erkennen?

Danke, dass Ihr Moses bei Euch aufgenommen habt. Bald wird er sein Zuhause bei uns haben. Wir werden am 18. Juli am späten Nachmittag in Entebbe landen. Du musst nicht zum Airport kommen, der Weg von Mbale bis Kampala ist weit und beschwerlich genug; und ich werde meine Sehnsucht dann erst einmal an Sam auslassen und Euch am nächsten oder übernächsten Tag in Kololo erwarten.

Jetzt, nachdem ich all das geschrieben habe, kann ich es schon gar nicht mehr abwarten, nach Uganda zu kommen und auch Dich wieder zu sehen, liebe Marianne.

Herzliche Grüße aus Deiner alten Heimat
von Deiner Luisa

Ich schrieb einen weiteren Brief:

Allerliebster Sam, am 18. Juli landen wir um 17.30 Uhr in Entebbe – Alexander, Beatrice, Stella und ich. Wir freuen uns alle, dann wieder bei Dir zu sein. Dann wird Uganda auch für Beatrice und Alexander zur Heimat. Lange Zeit hatten wir Sehnsucht nach Dir – jetzt freuen wir uns sehr darauf, wenn Du uns am Airport in die Arme schließt und mit uns zu Deinem schönen Haus fährst, das dann zum Heim unserer Familie wird.

Ich muss Dir gestehen, dass ich einige Zeit sehr enttäuscht war, dass Du mir nichts von Deinem Angebot zur Klinikleitung erzähltest. Hattest Du befürchtet, dass ich Dir Dein Vorhaben wieder ausreden würde, weil ich mich in Deutschland so wohl fühle? Weißt Du denn nicht, dass ich immer zu Dir halte, was auch geschieht und wo Du auch bist? Jetzt wünsche ich mir nur, dass Du mich wieder in die Arme nimmst und unseren Kindern ein guter Vater bist.

Deine Adresse habe ich von meinem Bruder Cornelius erfahren. Stell Dir vor, er hat sich hier einen Mercedes gekauft. Er hat also Erfolg in einem Land, dem es wieder besser geht und das eine gute Zukunft hat. Er hat mir auch gesagt, dass Du in Uganda als Direktor des Militärkrankenhauses ein geachteter Mann bist. Es macht mich stolz, Deine Frau zu sein.

Genauso wirst Du stolz sein, – auf Deine Stella, wenn Du ihre Zeugnisse siehst. Sie gehört in ihrer Klasse zu den Besten und wird keine Schwierigkeiten haben, in Kampala die Allerbeste zu sein!

Wenn ich morgen diesen Brief zur Post bringe, sind es noch drei Wochen, bis wir bei Dir sind. Du wirst also rechtzeitig von unserer Ankunft erfahren.

In Gedanken umarme und küsse ich Dich

Deine Luisa

Welcome to Uganda

»Sind das Ihre leiblichen Kinder?« Der Blick des Mannes in Uniform, der meinen Pass kontrollierte, wanderte von Beatrice, die Alexander mit der Kinderkarre schon ungeduldig durch die Sperre schieben wollte, zu Stella, die sich heulend abgewandt hatte. Misstrauisch musterte er erst mich, dann Stella, die fast schon meine Größe erreicht hatte.

»Wirklich erst zwölf?«, fragte er.

Ich nickte.

»Und Sie sind dreißig?«

»Fast einunddreißig«, bestätigte ich.

»Was hat sie? Warum weint sie?«, wollte der Beamte wissen.

»Ihr fällt der Abschied von ihren Freundinnen schwer«, erklärte ich. »Wer weiß, ob wir jemals wieder herkommen.«

»Hat sie keinen eigenen Pass?«

Ich schüttelte den Kopf. Ich mochte nicht laut »nein« sagen, wollte nicht, dass Stella es hörte und womöglich meinen Trick verriet. Es war nicht korrekt, dass ich alle drei Kinder als meine eigenen in den Pass eintragen ließ. Doch wie sollte ich die Ausreiseeinwilligung des Vaters erlangen, der seit anderthalb Jahren kein Lebenszeichen von sich gab, von dem ich nur über anderen Personen etwas erfahren hatte?

Der Beamte zog die Unterlippe hoch und die Stirn herunter. Es sah so komisch aus, dass ich zu jeder anderen Zeit darüber gelacht hätte. Jetzt aber blieb ich unberührt davon und wartete fast unbeteiligt mit offener Hand, um den Pass wieder in Empfang zu nehmen.

Der Beamte griff zum Stempel, drückte ihn in den Pass. »Gute Reise!«, sagte er und lächelte mit wieder heruntergelassener Unterlippe und zurückgeschobener Stirn.

Entspannt legte ich eine Hand auf Beatrices Schulter – und sogleich setzte sie die Karre in Bewegung. »Komm!«, sagte sie, und Stella folgte mit traurig hängendem Kopf.

»Die Karawane zieht weiter!«, hörte ich den nächsten Passagier sagen, der seinen Pass zur Kontrolle vorlegte.

Wenig später saßen wir im Flugzeug.

»Wann fliegen wir?«, wollte Beatrice wissen.

»Gleich geht's los«, sagte ich und nickte auch Alexander zu, der mit großen Augen alles um ihn herum beobachtete. Als aber die Düsen aufheulten, heulte auch Stella wieder. »Warum bleiben wir nicht hier?«

»Ihr wollt doch alle zu eurem Vater!«, behauptete ich mit familiärer Selbstverständlichkeit. »Und Uganda ist doch unsere Heimat.«

»Was ist Heimat?«, fragte Beatrice.

»Da, wo die ganze Familie ist«, erklärte Luisa.

»Aber hier sind meine Freundinnen«, sagte Stella. »In Kampala kenne ich niemanden. Ich will hier bleiben!«

Das Flugzeug rollte zur Startbahn.

»Wir fliegen ja gar nicht!«, rief Beatrice enttäuscht.

»Alle angeschnallt?«, fragte eine Stewardess.

Die Maschine vibrierte im Dröhnen der Düsen, immer lärmender, schneller, bis sich die Ohren im Druck schlossen. »Wir fliegen!«, jubelte Beatrice schrill und Alexander lachte laut das Kribbeln aus seinem Bauch heraus. Stella hielt sich schluchzend an meinem Arm fest, während ich ihr sanft übers Haar strich. In diesem Augenblick wusste ich, dass die Heimat einer Mutter ihre Kinder sind – und Stella war mir zur Tochter geworden, als käme auch sie aus meinem Leib.

»Ich kann dich verstehen«, sagte ich. »Auch ich verlasse ein Land, das mir schon zur Heimat geworden war. Es sind viele Freunde, die ich verlasse. Doch ich freue mich ebenso, meine Mutter, die ganze Familie und vor allem Moses, viele Freundinnen und mein Land wieder zu sehen. Es ist doch das Land, in dem wir keine Fremden sind, wo alle so sind wie wir.«

Stella antwortete nicht darauf und ich spürte, dass ihre Sehnsucht trotz allem nicht dem Ziel unserer Reise galt. Erst als die Stimme des Flugkapitäns aus den Lautsprechern tönte und das Erreichen der Flughöhe verkündete, trocknete sie sich die Tränen und setzte sich aufrecht in ihren Sessel. »Es ist, wie es ist«, sagte sie leise. »Wir fliegen nach Uganda. Wo wir hingehören. Aussteigen geht nicht.« Mit einem letzten Seufzer schloss sie das Thema ab und versuchte zaghaft ein Lächeln.

Auch ich lächelte. Ich blickte durch das Fensterloch des Jets nach unten, wo ein paar weiße Wolken über Deutschland trieben. Zu Stella sagte ich: »Wie gut ist es doch, dass unsere Erinnerungen ganz klein in unsere Köpfe passen. Mit hundert Koffern mehr hätten wir sicher nicht fliegen dürfen.«

Nach einer Weile erschreckte mich die helle Stimme von Beatrice: »Warum macht ihr die Augen zu?«

»Wir träumen ein bisschen«, sagte Luisa. »Mach' du doch auch deine Äuglein zu, dann sind wir am Ende der Reise hellwach.«

Schließlich schliefen die drei Kinder. Ich aber wurde von meinen Gedanken wach gehalten. Die Vergangenheit mischte sich mit den Zukunftserwartungen. Die Freude, das Vaterland und die Familie wieder zu sehen, stand gegen den Zweifel, bei der Verwandtschaft meines Mannes willkommen zu sein. Dann erfasste mich wieder die sich bald erfüllende Sehnsucht nach Moses. Doch würde mein Sohn mich überhaupt erkennen?

Die Sonne stand schon weit im Westen, als das Flugzeug im Sinkflug den Viktoria-See erreichte. Erst ein gleißend weißer Wolkenschleier, dann ein blau glitzernder Gruß. »Gleich landen wir!«

»Ich freue mich auf Papa!«, sagte Stella. »Er wird uns doch abholen?«

»Natürlich!«

»Wir freuen uns alle!«, betonte Beatrice, und auch Alexander plappert seine freudige Zustimmung.

Sanft setzte das Flugzeug auf, rollte über die Piste. Es kam Bewegung in die Passagiere. Einige boten ihre Hilfe an. Mit drei Kindern und viel zu viel Handgepäck war es nicht leicht, die Gangway hinunter zu steigen. Unten angekommen sank ich auf die Knie, beugt mich nieder und küsste den Boden meines Vaterlandes. Verwundert und schließlich begeistert beteiligen sich die Kinder an der Zeremonie.

Als ich mich aufrichtete, sah ich das »Welcome to Uganda« über dem Eingang zum Terminal, das mit seinen Fassaden-Blessuren so gar nicht einladend wirkte. Der Flughafen war voller bewaffneter Soldaten. Es kam mir dennoch vor, als sei gar keine Zeit vergangen seit 1975. Erst jetzt wurde mir klar, dass ich nie darüber nachgedacht hatte, wie Uganda nach der Regierungszeit Idi Amins aussehen könnte. Wo war der Unterschied zwischen Idi Amin und Milton Obote?

Auf dem Weg zur Passkontrolle und an der Ausgabe der Koffer, schweifte mein Blick durch die umhereilenden Menschen. Ich suchte Sam, suchte den großen Mann, der lachend auf uns zukommen würde und sich zu unseren Kindern herunter beugte, um sie zu packen und auf den Arm zu nehmen, sie vor Freude herumzuwirbeln und mit ihnen lachen würde.

»Wo ist denn Papa?«, fragte Stella ungeduldig.

»Ich seh' ihn nicht. Kommt er nicht?«, fragte Beatrice.

Auch Alexander forderte knapp: »Papa!«

Wartet hier bei den Koffern, setzt euch auf die Bank«, forderte ich von den Kindern.

»Bitte nicht hier!« Ein Uniformierter trat mir mit freundlicher Bestimmtheit entgegen und deutete auf ein Schild: Reserviert für unsere internationalen Gäste! »Die Bank muss frei bleiben. Gehen Sie etwas weiter aus diesem Bereich heraus.« Ich lief durch die Halle, fragte am Schalter nach Dr. Samuel oder einer Nachricht von ihm, schaute mich vor dem Flughafen um. Mein Blick verschleierte sich durch die Tränen, die mir in die Augen stiegen.

»Er ist nicht gekommen«, sagte ich zu mir selbst, trocknete die Augen und riss sie erneut auf, um vielleicht doch Marianne mit Moses zu entdecken. Nichts!

»Wo ist Papa?«, fragte Stella erneut, als ich zurück in die Halle kam.

»Wahrscheinlich ist etwas Wichtiges dazwischen gekommen«, erklärt ich, ohne es selbst zu glauben. Was konnte es denn Wichtigeres geben, als nach anderthalb Jahren die Ehefrau und die drei Kinder vom Flughafen abzuholen?

»Er ist ja Arzt«, suchte ich für mich selbst nach einer Erklärung, »er muss wohl einem sehr kranken Patienten helfen.« Ich wusste es – ein Klinik-Direktor gibt Anweisungen, er muss nicht selbst röntgen oder im Operationssaal sein. »Vielleicht ist er auch nicht rechtzeitig hergekommen. Es sind sehr viele Autos auf der Straße.« Ich wusste, dass die Straße nach Entebbe die beste in ganz Uganda war. Idi Amin legte Wert darauf, eine prachtvolle Anfahrt für seine ausländischen Gäste zu haben.

»Er kommt nicht«, sagte Stella in trotzigem Ton. »Warum kommt er nicht?«

»Er wird es uns nachher sagen«, beschwichtigte ich sie. Auch in mir wuchs die Gewissheit, dass wir vergeblich auf ihn warteten. »Vielleicht hat er unseren Brief nicht bekommen.«

Mir fiel ein, dass ich kein ugandisches Geld hatte. Ein dunkles Fenster in der Wand war der Bankschalter. Für zwei Fünfzig-

Dollar-Noten bekam ich einen Stapel Schillinge. Die Passagiere des Flugs aus Deutschland hatten längst mit ihren Koffern den Flughafen verlassen. Die Halle leerte sich. Der rote Abendhimmel, der eben noch durch eine Reihe zerborstener Fenster unterm Dach das Geschehen in ein warmes Licht getaucht hatte, verfinsterte sich. Unsere hilflos wirkende Gruppe fiel auf. Ein Offizier sprach mich an, als mein Blick fragend über Einschüsse an den Wänden schweifte: »Das waren die Israelis, als sie den Palästinensern die Geiseln abgenommen haben. Aktion Thunderbolt – 1976. Es ist sieben Jahre her, aber ein Mahnmal. Und Sie mit Ihren Kindern, was wollen Sie hier? Es geht kein Flug mehr ab und es landet kein Flugzeug mehr. Sie wollen hier doch nicht übernachten?«

Ich erklärte das Problem, wartete auf Abholung, doch niemand war gekommen. »Es scheint etwas Wichtiges passiert zu sein, mein Mann ist ja Direktor im Militärkrankenhaus.«

Es war das erlösende Wort. »Dr. Samuel!?«, rief der Offizier freudig aus. »Gar kein Problem! Ich bringe sie zu ihm!«

Im Militärwagen brauste der Offizier mit uns die breite Paradestraße nach Kampala entlang. Ich musste ihm keine Adresse nennen. »Er wohnt in Kololo«, verriet der Offizier, »ein sehr schönes Haus ist das! Sie werden sich dort wohlfühlen, Frau Samuel, und die Kinder auch.«

Der Wagen hielt vor einem Park. Scheinwerfer beleuchten die eiserne Einfriedung. Durch die Büsche schimmerte ein grell angestrahltes Gebäude. »Wir sind da!«, sagte der Offizier. Er stoppte den Wagen an der bewachten Einfahrt, machte Meldung und durfte passieren.

»Ein Palast!«, bestaunte Stella die stattliche Villa. Ich kam mir klein und verlassen vor. Vor kurzer Zeit noch träumte ich von der Rückkehr in die Heimat und hatte Karamoja vor meinem inneren Auge, die Savanne mit ihren Hütten und Viehherden, die kleine Schule in Kotido und das städtische Chaos von Moroto. Jetzt stand ich mit Koffern, Taschen und drei Kindern vor einem herrschaftlichen Domizil, das unser Zuhause werden sollte, weil ich die Ehefrau von Dr. Samuel bin, des wichtigsten Mann im Militärkrankenhaus.

Im Geiste hörte ich die Stimme meines Bruders Cornelius: »Er ist ein angesehener Mann.«

Dieses Haus machte es deutlich.

Aber nicht dieser »angesehene Mann« kam uns aus dem Haus entgegen, sondern ein schlanker junger Bursche, angetan mit glatt sitzender schwarzer Hose und weißem Hemd. »Frau Samuel?«, fragte er höflich und stellte sich als »John« vor.

»Ja«, sagte ich verblüfft. Wir wurden also erwartet – nein, das sähe anders aus. Es war immerhin bekannt, dass wir kommen. »Und das sind Stella, Beatrice und Alexander«, stellt ich die Kinder vor.

»Sie können sich dort im Seitentrakt einquartieren«, wies mich der Hausdiener ein. »Ich helfe Ihnen!« Er griff zwei Koffer und ging voraus. Er öffnete eine schmale Seitentür, drehte an einem Lichtschalter und beleuchtet einen schlichten Raum, der mit einem Tisch, Stühlen, einer Bank und einem Schrank sparsam möbliert war. Drei weitere Türen wiesen zu angrenzenden Räumen. »Schlafraum, Toilette und Küche«, erläutert John mit Kopfnicken zu den Türen, stellte die Koffer ab und verließ uns mit einer leichten Verbeugung.

Stella und Beatrice erkundeten die Räume, Alexander schlief auf meinem Arm, ich selbst erfasste noch gar nicht, was eben geschehen war. Eilig lief ich John hinterher, der bereits die Stufen zum Haupteingang hinauf stieg.

»John!«, rief ich. »John, warten Sie! Wo ist denn mein Mann?«

»Doktor Samuel ist auf der Jagd, Madame«, antwortete John. »Er wird morgen Abend zurück sein. Wenden Sie sich an mich, wenn Sie etwas brauchen.«

»Danke«, sagte ich mechanisch, dann schoss mir das Wasser in die Augen. Ich spürte immer deutlicher, dass ich nicht willkommen war. Es würde sich alles aufklären, redete ich mir gleichzeitig ein, wischte mir über das Gesicht und ging zurück in unser neues Zuhause. Es war ja irgendwie doch wie in Karamoja: Die Frauen eines Mannes haben ihre eigenen Hütten. Hatte ich das denn vergessen? Hier war es ein Haus, in dem Frauen ihren eigenen Lebensraum hatten. In Deutschland hatte ich mich an ein anderes familiäres Zusammenleben gewöhnt. War es jetzt wieder alles anders? Es quälte mich die Ungewissheit und es gab niemanden, den ich fragen konnte.

Es war spät geworden. Die Kinder schliefen tief in ihren Betten. Die lange Reise mit ihren Aufregungen hatte sie müde gemacht. Ich mochte mich nicht zur Ruhe legen, saß noch am Tisch, hatte den Kopf in die Hände gestützt und dachte nach, ohne zu wissen, worüber. Ich spürte nur einsame Leere.

Es klopfte an der Tür. Erst als das Pochen lauter wurde, nahm ich es wahr, erhob mich vom Stuhl. Ich hörte Stimmen – da wurde die Tür schon aufgerissen, ein kräftiger Junge stand auf der Schwelle, nur einen Augenblick, dann rannte er lachend auf mich zu.

»Mama? – Mama!«

»Moses!«

Bevor ich es geistig erfasst hatte, sank ich in die Knie. Mutter und Sohn lagen sich in den Armen, als seien die neun Jahre seit unserer Trennung nicht gewesen. Wir lachten und weinten zu gleicher Zeit und drücken uns, dass es fast wehtat. Nur schemenhaft nahm ich wahr, dass sich im Hintergrund eine Frau die feuchten Augen wischte: Marianne.

»Wir haben es nicht eher geschafft«, erzählte Marianne später, »der Weg von Mbale nach Kampala ist zu weit, die Straßen sind zu schlecht. Meine Fahrkünste sind noch nicht ausreichend geländegängig. Eigentlich wollten wir rechtzeitig am Flughafen sein. Ist auch gut so, dann waren wir keine Konkurrenz für Sam.«

Ich überhört den letzten Satz und wandte mich scherzend an Moses: »Kannst du denn noch nicht Auto fahren?«

Der nickte mit ernster Verbitterung: »Natürlich! Aber ich darf es nicht.«

»Das ist gut so. Warte noch ein paar Jahre damit, dann kannst du es umso besser«, tröstete ich ihn und wechselte das Thema: »Ihr habt sicher Hunger. Ich mache euch etwas zu essen.« Ich eilte in die Küche, in der mir vor allem der große Kühlschrank aufgefallen war – ich öffnete die Tür ... Er war leer. Ein Blick in die Vorratskammer: Ein Sack Hirse und getrocknete Bohnen. Zurück im Wohnzimmer las Marianne mir das Dilemma aus dem Gesicht.

»Wir haben noch Proviant im Wagen. Das wird uns schmecken.«

Ich war erleichtert. »Wir sind spät gekommen. Ich kenne noch niemanden im Haus. Sam war verhindert, uns vom Flughafen abzuholen. Morgen wird alles anders sein.«

Wir hatten uns viel zu erzählen. Moses hatte in den vergangenen Jahren viele Familien des Klans kennengelernt. »Sie haben ihn wie einen Hund gehalten«, flüsterte Marianne, »viele glauben, er sei ein Kind von Idi Amin.« Seitdem er sein Zuhause bei Corny hatte, war Marianne ihm in kurzer Zeit fast eine Mutter geworden. Noch später in der Nacht, als die Frauen allein waren, sprach Marianne darüber, dass ihre Liebe zu Corny wohl nicht der einzige Schlüssel zum Glück sein wird.

»Die Familie hat in Afrika einen großen Einfluss auf die Beziehung zweier Menschen. In Deutschland wären Corny und ich sicher ein Traumpaar geblieben...«

»Seid ihr es nicht mehr?« fragte ich erschrocken. »Nach so kurzer Zeit?«

»Wir lieben uns«, sagte Marianne, »aber ich bin die Frau Nummer drei. Die beiden indischen Schwestern sind sich in allem einig und in diesem Verbund doppelt dominant. Corny kann ihnen nichts befehlen. Sein Erfolg ist mit ihrem Können verbunden, auch wenn sie allein nichts erreichen würden. Sie brauchen sich gegenseitig. Ich bin nur Beiwerk, es ist Cornys Prestige, eine weiße Frau zu haben.«

Betroffen schwieg ich.

»Verstehe mich nicht falsch«, beschwor Marianne ihre Freundin. »Ich bereue nichts! Ich habe eine weitere Liebe entdeckt. Es ist dieses Land, dieses Lebensgefühl, dieses Chaos, von dem sich niemand verrückt machen lässt. Ich liebe Afrika – so wie ich es hier erlebe. Nie wieder werde ich nach Deutschland zurückkehren.« Als ich weiterhin schwieg, fügte sie hinzu: »Bei dir könnte ich es mir eher vorstellen.«

Ich überließ mein Bett der Freundin und legte mich selbst auf die harte Bank im Wohnzimmer. Der durchs Fenster dämmernde fahle Schein des Nachthimmels machte die kahlen Wände des Zimmers noch trister. In meiner Erinnerung tauchten Bilder aus dem Kölner Gefängnis auf. Sie mischten sich mit denen des zerschossenen Airport-Terminals, mit den bewaffneten Soldaten vor dem eisernen Zaun. Ich wollte diese Bilder aus dem Kopf löschen, stellte mir das noble Haus, in das wir eingezogen waren, im Sonnenschein vor, und dass mir aus dem Portal lachend und mit ausgebreiteten Armen Sam entgegenkommt. Morgen, wenn er zurück sein würde. Nur wo Liebe ist, ist es wirklich lebenswert.

Die Sonne schien hell durchs Fenster, ein munteres Gewimmel entstand. Die kleine Waschgelegenheit in der Toilette wurde bedrängt. Die Kinder redeten durcheinander und sangen schließlich gemeinsam ein Lied. Moses gehörte wie ganz selbstverständlich dazu – und das war es ja auch.

»Das macht die Sonne«, freute sich Marianne, »das ist es, was ich an Afrika liebe!«

Auch ich sang mit und auch meine Feststellung hatte eine Melodie: »Fast hatte ich es vergessen, in Afrika hat man das Lachen erfunden.«

Wie eine Zauberin packte ich nebenbei deutsches Bauernbrot, milde, geschnittene Wurst, Schokolade und Butter aus. Über Nacht war mir eingefallen, dass ich Sam mit einer deutschen Brotzeit überraschen wollte, dem Geschmack unseres ersten gemeinsamen Morgens. Doch meine romantische Phantasie war dahin. Jetzt war ich Mutter – noch einmal mehr. »Frühstück!«, rief ich.

Die Kinder versammelten sich am Tisch.

»Ich will Milch trinken!«, forderte Stella.

»Hole ich euch«, sagte ich und eilte hinaus und die Treppen zum Haupteingang empor. John würde Milch haben oder wissen, wo es sie gibt – in so einem großen Haus.

Als ich die Tür öffnete, stieß ich in meinem Eifer fast mit der alten Frau zusammen, die mir entgegenkam und erschrocken vor mir zurück wich.

»Schwiegermutter!« rief ich erfreut. »Ich wusste ja gar nicht, dass du auch hier wohnst. Wir sind erst so spät angekommen.« Ich wollte sie umarmen, doch die Alte wehrte mich energisch ab.

Ich beachtete auch jetzt ihre spröde Art nicht, wollte jeden Streit vermeiden. »Ist Sam schon zurück?«, fragte ich.

»Wenn mein Sohn etwas von dir will, wird er zu dir kommen«, sagte sie kalt.

»Ich möchte um etwas Milch für meine Kinder bitten«, sagte ich freundlich. Die Alte schlurfte wortlos davon.

John tauchte aus dem Hintergrund auf. »Doktor Samuel wird am späten Nachmittag erwartet.«

»Dann werden wir uns bis dahin ein wenig in Kampala umsehen«, sagte ich. »Es hat sich sicher viel verändert. Fährt vielleicht ein Wagen in die Stadt, der uns mitnehmen kann?«

»Fragen Sie beim Militär, Madame«, sagte John. »Die freuen sich, wenn sie mal eine andere Aufgabe haben, als hier herumzustehen.«

Die Schwiegermutter kam zurück, hielt einen Tonkrug voll Milch in den Händen und reichte ihn mir. »Für die Kinder meines Sohnes«, sagte sie, und noch einmal eindringlich: »Für seine Kinder!«

»Danke, Mutter!« – Unwillkürlich verbeugte ich mich vor ihr.

Bald nach dem Frühstück trieben wir ziellos im Gewimmel von Kampala. Durch die Straßen im Central-Bezirk schob sich ein ungeordneter Strom aus Menschen, Karren und Automobilen. Nur wer länger hinschaute, erkannte, dass es mehr war als wabernde Bewegung. Autos stoppten mitten im Gewühl, Leute stiegen aus oder ein. Waren wurden entladen. Kisten und Ballen tanzten auf den Köpfen ihrer Träger durch die Menge. Andere schoben oder zogen Handwagen. Männer torkelten aus den Bars, andere gingen aufrecht hinein. Frauen schleppten Kinder auf dem Rücken oder vor der Brust durch die Straßen. Hier und dort dampfte ein Kessel auf kleinem Feuer. Würzige Duftschwaden zogen durch die Straßen. Hungrige kauften sich eine Mahlzeit, aßen stehend in der Menge oder hockten an den Häuserwänden. Es gab weder Fahrbahn noch Bürgersteig. Der Platz zwischen den Häuserreihen war für alle da. Es waren hoch aufragende Gebäude mit mehreren Etagen, einige mit Schatten spendenden Vordächern und kühlen Arkaden, in denen schwarze Schönheiten auf hohen Hacken über blanke Fliesen ihre Shoppingtour abstöckelten.

»Ich erkenne es überhaupt nicht wieder«, staunte ich. »Bald wird es hier wie in Düsseldorf aussehen.«

»Ich glaube, die Unterschiede werden uns noch lange erhalten bleiben«, winkte Marianne ab, »und sei es nur der Staub.«

Stella ging mit Moses Hand in Hand voran. Beatrice hielt sich an Marianne und Alexander saß auf meiner Hüfte.

»Lasst uns da mal hineingehen!«

Es war ein großes Einkaufszentrum. Waren aus aller Welt, Luxus und neueste Technik, schrille und dezente westliche Mode, Schmuck und Uhren – kaum etwas aus Afrika.

»Das ist ja ein indisches Center«, stellt ich plötzlich fest. »Ich dachte, die Inder sind alle verschwunden.« Ich wandte mich an eine indische Verkaufsleiterin: »Seit wann ist denn dieses Indien-Center wieder hier?«

Die Inderin war verblüfft: »Wir waren nie weg. Wir hatten gerade unser 25-jähriges Jubiläum. Haben Sie uns denn jetzt erst entdeckt?«

»Ich war lange in Deutschland«, erklärte ich. »Als ich fortging, hatte Idi Amin bereits fast alle Inder des Landes verwiesen.«

Die Direktrice lachte: »Uns nicht! Irgendwann hatten die Regierenden wohl Angst, dass sie sich ohne die indischen Händler nicht mehr ihre Wünsche erfüllen können. Haben Sie sich schon einmal umgesehen, was es bei uns alles gibt?«

Und so schauten wir uns um, betrachteten die Waren und die Preise. »Wer kann sich das hier leisten?«, fragte ich.

»Du hast es eben gehört«, antwortete Marianne mit sanfter Ironie, »die Regierenden.«

»Ich hab' Hunger«, meldete Beatrice an, als wir wieder im Gewühl der Straßen waren, gerade dort, wo eine Straßenküche Emmuna anbot. Jetzt fühlte ich mich zu Hause – so etwas gab es in Deutschland nicht.

»Hier sind wir richtig!«, rief ich begeistert und ließ gleich sechs Schüsselchen davon füllen. Das müsste doch jedem munden.

Moses freute sich darauf. Stella verzog das Gesicht, doch der Hunger ließ ihr keine Wahl. Beatrice probierte vorsichtig soviel, wie sie zwischen zwei Fingerspitzen bekam.

»Was ist das?«, wollte sie wissen.

»Hirsekörner, Milch, Früchte und Hackfleisch«, zählte ich auf; das Blut verschwieg ich, schmeckte es aber auch nicht heraus. Vielleicht hatte man inzwischen ein anderes Rezept. »Als ich so alt war wie du, da war es mein Leibgericht.«

»Schmeckt komisch«, meinte Beatrice, hatte sich aber schnell daran gewöhnt und Alexander stopfte die beste Karamojaspeise kritiklos in sich hinein.

»Jedenfalls werden deine Kinder hier nicht verhungern«, stellte Marianne fest.

»Heute Abend will ich aber etwas Deutsches essen«, forderte Stella. »Und jetzt habe ich Durst.« Die staubigen roten Cola-Dosen auf dem Karren eines Straßenhändlers waren ihrem Blick nicht entgangen. Es gab wirklich alles in Kampala! Ich zahlte, Stella nahm die Dose, auf der die Empfehlung »Gekühlt genießen!« zu lesen war – und wenig später schoss eine warme, klebrige Fontäne in die Menge.

»Schnell weg!«, rief Moses und wir folgten ihm in eine Seitenstraße, in der ein Supermarkt sogar Vollkornbrot, Wurst und Käse hatte – und noch mehr für ein deutsches Abendessen.

»Weißt du noch, wie wir in Düsseldorf nach Hirse gesucht haben?«, amüsierte sich Marianne. »Jetzt sind wir in Kampala und suchen deutsche Lebensmittel.«

Auf dem Postamt versuchte ich eine Verbindung ins Ministerium herzustellen, um mich mit Edward zu verabreden. Ich wurde abgewiesen. »Eine Frau Samuel ist auf seiner Telefonliste nicht akkreditiert«, sagte man mir. Erst als ich den Namen Lorika erwähnte, stellte man das Gespräch zum Vorzimmer durch.

»Willkommen Frau Luisa, Sie sind nach Uganda zurückgekehrt?« Es war der gleiche Sekretär wie vor acht Jahren. »Der Minister, also Ihr Bruder, er ist übermorgen frei für Sie, – kommen Sie mittags, er wird mit Ihnen essen gehen wollen. Ich halte den Termin frei.«

»Das ist nett. Wie geht es Ihnen?«

»Ach, das ist kein Thema zwischen uns, Frau Luisa. Aber ich versichere Ihnen, Ihr Bruder – ist es nicht eher Ihr Vater? – er hat immer freundlich von Ihnen gesprochen. Trotz allem.«

Ich verstand die Worte, doch nicht deren Sinn. »Trotz allem? Was ist denn geschehen?«

»Oh, ich dachte, Sie wüssten es. Es war nicht gut, dass Sie in Deutschland geblieben sind. Präsident Amin hat Ihre Verwandten aus dem Staatsdienst entlassen. Ein oder zwei weitere noch. Das waren harte Jahre. Nicht alle werden sie dafür lieben, Frau Luisa. Aber Ihr Vater, Ihr Bruder, wird sie freundlich empfangen. Entschuldigen Sie bitte, ich habe nicht gewusst ...«

»Schon gut, schon gut«, beruhigte ich ihn, meine Bestürzung verbergend, »besser, ich weiß es jetzt, als es erst übermorgen zu erfahren.«

Ich hörte förmlich, wie der Sekretär sich verbeugte: »Es gibt keinen Groll mehr, Frau Luisa, nicht vom Minister. Es ist ja alles wieder gut.«

»Ich danke Ihnen für Ihre Information.«

»Vergessen Sie mich dabei; ich wollte nicht plaudern.«

»Versprochen.«

Betroffen hängte ich den Hörer ein und atmet tief durch. Was hatte ich nur angerichtet, als ich auf den Rat hörte, in Deutschland zu bleiben. Jetzt fühlte ich mich tief in der Schuld meines Stiefbruders Edward, der als ältester Sohn der ersten Frau meines Vaters nach dessen Tod die sechste Frau übernahm, die meine Mutter war. So war er für mich Stiefbruder und Stiefvater zugleich und wie Bruder und Schwester wie auch Vater und Tochter, so vertraut waren wir miteinander. Wie sehr hatte ich dieses Vertrauen gebrochen? In welche Not hatte ich seine Familie gebracht? Und wie großherzig war es von ihm, es mich nicht einmal wissen zu lassen.

Marianne spürte aus meiner nachdenklichen Schweigsamkeit, dass ich keine gute Nachricht erhalten hatte. »Ist etwas geschehen?«, fragte sie einfühlend.

Ich muss traurig ausgesehen haben. »Ich hätte nicht in Deutschland bleiben dürfen. Ich hätte gleich zurückfliegen müssen. Gleich nach meiner Genesung.«

»Macht man dir Vorwürfe deshalb? Das war Neid, Luisa.«

»Nein, Marianne, das war bittere Not – für die ganze Familie.«

»Wenn es so war, dann ist es ja jetzt nicht mehr.«

»Übermorgen«, sagte ich, »übermorgen weiß ich mehr. Dann treffe ich Edward. Es macht mir Angst, daran zu denken.«

Marianne winkte ein Taxi heran. Ein verbeulter VW-Bus stoppte. Der Fahrer sprang heraus, schob die Tür auf und fordert zum Einsteigen auf.

»Ist doch schon besetzt«, stellt Marianne fest.

»Nur mit fünf Leuten«, sagte der Fahrer. »Bitte zusammenrücken!«, rief er ins Blechgehäuse, und uns Frauen erklärt er: »Ihr seid ja nur zu zweit – und die paar Kinder.«

Fast war es zum Atmen zu eng, doch die Fahrt dauerte ja nur eine kurze Zeit.

***

»Ich bereite das Abendessen vor«, sagte ich und ging in die Küche. Ich wollte allein sein, und Marianne, die das bemerkte, kümmerte sich um die Kinder.

Ich packte die eingekauften Lebensmittel aus, füllte den Kühlschrank und hantierte mit Töpfen und Tellern, war ganz versunken in meine Arbeit – und schreckte dann jäh auf:

»Du hättest in Deutschland bleiben sollen!«

Es war Sams Stimme! Verstört drehte ich mich um, und da stand er – direkt hinter mir in der Küche. Ich hatte ihn nicht kommen hören, und wie von einem Blitz erleuchtet, sah ich eine offene Tür, die ich vorher nicht bemerkt hatte, weil die an ihr hängenden Tücher Schloss und Klinke verdeckten.

»Sam!«, rief ich erschrocken und erfreut zugleich, hatte gar nicht verstanden, was er sagte und wollte ihn umarmen. Mit festen Händen fing er meine auf ihn zufliegenden Arme ab und hielt sie sich vom Leib.

»Warum bist du gekommen?«, fragte er streng.

»Sam«, flehte ich fast, »wir gehören doch zusammen. Du, ich und unsere Kinder.«

Sam hielt mich noch immer an den Armen und sah mir kalt in die Augen. Er sprach leise, aber eindringlich: »Du bist hier in einer anderen Welt. Es passt einiges nicht mehr zusammen.« Er schwieg einen Moment, als rühre ihn meine Hilflosigkeit an. »Jetzt bist du da. Es ist, wie es ist. Also bereite uns das Abendessen. Der Speiseraum ist die zweite Tür auf dem Gang.«

»Sam ...«, begann ich erneut, »ich freue mich so, dass wir wieder zusammen sind.«

Er ließ meine Arme los und ging ohne ein weiteres Wort durch die Tür, durch die er gekommen war.

Ich sank auf einen Stuhl. Es ist mir, als sei mir soeben ein Geist erschienen. Durch meinen Kopf schwirrten Fragen, für die ich keine Antwort fand. Mir war elend, aber ich konnte nicht weinen.

»Marianne!«, rief ich – es kam nur leise über meine Lippen, aber Marianne hörte es.

»Soll ich dir helfen?«, fragte sie, als sie fröhlich in die Küche kam. Doch dann sah sie mich, wie ich blass und mutlos dasaß, mit weiten hilflosen Augen. »Ist dir schlecht?«, fragte Marianne, und eher scherzhaft fügte sie hinzu: »Ist dir ein Geist begegnet?«

Ich nickte. »Dort hinter den Handtüchern ist er herausgekommen – da ist eine Tür. Und da hindurch ist er auch wieder verschwunden. Ich soll das Abendessen machen.« Ich erzählte, was sich zugetragen hatte, um es mir selbst zu vergegenwärtigen.

Marianne tröstet mich: »So ist Sam nicht, das hat andere Gründe. Wir werden es herausfinden. Und jetzt bereiten wir ein großartiges Abendessen. Ich werde noch ein paar Früchte aus dem Garten holen. Na, die werden Augen machen, wenn wir das Abendessen servieren! Und du wirst sehen: Alles wird gut.«

Eine Stunde später trugen wir auf. Platten voller leckerer Speisen, appetitlich als bunte Häppchen arrangiert, so wie ich es in deutschen Hotelküchen gesehen hatte. Dazu trällerten wir ein Liedchen, damit es im ganzen Haus zu hören war. John schaute als Erster, was dort vor sich ging.

»Ich werde Wasser und Tee holen«, sagte er.

»Ich bringe noch Milch mit«, ließ Marianne wissen, die wieder zurück in die Küche eilte.

»Ich hole die Kinder«, rief ich. Alexander nahm ich auf den Arm und Beatrice an die Hand, es folgten Stella und Moses. Wie eine kleine Prozession zogen wir von der Küche den Gang entlang ins Speisezimmer. Ich stutzte, als ich die Zahl der vielen Familienmitglieder abschätzte, die in diesem Haus wohnten. Ich sah Sam am Kopf der Tafel, dirigierte die Kinder zu ihm und stellte mich neben ihn.

»Guten Abend! Wir sind die Samuel-Familie, die jetzt endlich wieder zusammen ist. Wir wünschen guten Appetit!«, rief ich den Männern und Frauen zu, die am Tisch Platz genommen hatten.

Sie schauten neugierig auf mich und die Kinder. Ein Raunen ging durch die Gesellschaft. Einige erhoben sich von ihren Plätzen, um Raum zu schaffen, damit Sam seine Frau und die Kinder neben sich haben konnte. Schließlich hatte jeder einen Platz und auch Marianne, die mit einem Krug Milch durch die Tür kam, fand einen Stuhl. Während einige schon die Arme nach den Häppchen reckten, schauten die anderen erwartungsvoll auf Sam, der seinem Klan jetzt wohl seine Familie vorstellen würde. Er aber blickte ernst und schweigsam in die Runde.

Ich wollte das bedrückende Schweigen brechen, stand auf und verkündet fröhlich, während ich Alexander hoch über die Köpfe aller hob: »Das ist Alexander, unser Jüngster, und hier seine große Schwester Beatrice, die noch eine größere Schwester hat, Stella war in Deutschland eine der Besten in ihrer Schulklasse, und mein Sohn Moses freut sich mit uns, dass wir jetzt alle in Uganda sind.«

Sams Gesicht war noch ernster, noch strenger geworden, langsam erhob er sich, reckte drohend seinen Körper empor und zeigte auf Moses. »Er nicht!«, sagte er forsch. »Er gehört nicht an diesen Tisch. Er ist nicht mein Sohn. Er ist ein Karamojong.«

Niemand sagte etwas. Auch mir hatte es die Sprache verschlagen. Erst als Moses sich eingeschüchtert erhob und zur Tür wandte, begriff ich, was Sam gesagt hatte.

»Sam, – auch ich bin eine Karamojong.«

Er sah mich an und nickte.

Wie in Trance stand ich auf, drückt Alexander an mich, nahm Beatrice bei der Hand und folgte Moses.

»Du bleibst hier!«, hörte ich Sam wie aus weiter Ferne rufen, doch diese Anweisung galt nicht mir, sondern Stella, die ebenfalls mit uns gehen wollte.

Marianne kam mir nachgelaufen. Sie hatte eine Platte mit Häppchen und den Milchkrug vom Tisch genommen und hielt beides triumphierend empor, als habe sie eine Beute zu verteilen. »Wir haben doch sonst gar nichts zu essen. Wir haben den ganzen Einkauf für die Party verbraucht.«

»Die Party?« Ich verstand nicht, dass meine Freundin fast eine gelassene Fröhlichkeit ausstrahlte.

Marianne legte mir den Arm um die Schulter und tätschelte meine Wange. »Luisa, du bist keine Afrikanerin mehr, und ich bin keine Deutsche mehr. Mich wundert nichts mehr in diesem Land. Und du hast dich noch nicht wieder daran gewöhnt. Freue dich doch einfach darüber, dass du hier eine kleine Wohnung hast. Wenn du tust, was dein Mann will, kannst du hier sorglos leben. Wie viele Frauen würden sich das wünschen?«

»Sag, dass du das nicht so meinst«, wisperte ich kraftlos.

Marianne hob die Schultern. »Ich habe keinen anderen Trost. Wenn du handeln willst, flieg zurück nach Deutschland.«

»Du weißt, dass das nicht geht.«

»Acht Jahre warst du dort. Hättest du damals beim Abflug in Nairobi gedacht, dass das möglich ist?«

Ich winkte ab: »Hier ist meine Familie, meine Heimat, – das lasse ich nicht mehr los.«

»Dann sprich mit Sam. Er muss dir doch erklären, was das alles zu bedeuten hat.«

Spät in der Nacht wagte ich mich noch einmal in den Gang hinter der Küche. Ich wünschte mir Sam zu treffen und tastete mich an der Wand entlang. Ein Lichtschein jenseits des Vestibüls wies mir den Weg. Sam saß am Schreibtisch und blätterte in Aktenordnern. Fast lautlos betrat ich den Raum durch die halb geöffnete Tür, jeder Schritt war eine Überwindung.

»Bitte, Sam«, flüsterte ich, damit nur er es hören könnte, »lasst uns miteinander reden.«

Sam blickte ruhig auf, bot mir mit einer Handbewegung an, Platz zu nehmen, so war er es wohl gewohnt, wenn er einen Arztkollegen zur Diagnosebesprechung empfing.

»Sam«, begann ich, »was hat alles zwischen uns so anders werden lassen? Sind wir nicht eine glückliche Familie gewesen? Können wir es nicht wieder sein?«

Sam schwieg lange. Er schien sich zurückzuerinnern. Ich wollte ihn dabei nicht unterbrechen und schwieg ebenfalls. Es vergingen endlose Minuten, in denen wir uns nur in die Augen schauten, als suchten wir darin die Glut unserer verlorenen Liebe. Ich blickte in eine fremde Leere, als sei er nicht mehr der Mann, der einst mit all seiner Herzlichkeit um meine Liebe warb. Sam sah in meinen Augen ein Meer aus Tränen, doch es umspülte nicht seine Seele. Aus seinen Augen sprach seine Mutter. Sie war es, die seine Schwestern und Brüder vor dem Unglück des bösen Blicks gewarnt hatte, der nach ihrem Glauben von allen Karamojong ausging. Die Verwandten, die nach Sitte der Acholi in diesem Haus seine unbegrenzte Gastfreundschaft genossen, hatten sich beim Abendessen mit furchterregenden Berichten gegenseitig zu übertreffen versucht. Acholi und Karamojong waren keine Brüderstämme mehr, sondern Feinde, denn die Nomaden aus dem kargen Hochland waren den Tieren näher als den Menschen und wer sich mit ihnen vereinte, brachte Unheil über sich und seine Familie. In diesem Moment wusste ich, dass all das geschehen sein musste. Vielleicht hatte Sam mich, seine Frau, noch in ein besseres Licht rücken wollen und auch meine Fähigkeiten außerhalb des häuslichen Lebens hervorzuheben versucht. Dann hatte seine Mutter hart und schrill aufgelacht, wie ich es schon früher erlebt hatte. Sie wird ihren Töchtern und Söhnen berichtet haben, dass diese Karamojong sie fast hatte verhungern lassen, als ihr Sohn sie mit nach Deutschland genommen hatte. Es schien mir, als hörte ich, wie sie es aus sich heraus schrie. Und als sie allein zurückkehrte, um nicht von mir vergiftet zu werden, da wusste jeder in ihrer Familie, dass großes Unheil bevorstünde. Und jetzt habe man diesen Unheilszauber hier im Haus. Ein jeder solle wachsam sein...

Sam atmet tief, bevor er sprach, langsam, als bedachte er jedes einzelne Wort: »Deutschland war eine gute Zeit – bevor wir heirateten, deutsch heirateten. Jetzt sind wir in Uganda. Unsere deutsche Ehe hat hier keine Bedeutung. Du bist nicht meine Frau, ich bin nicht dein Mann. Nie würde meine Familie es zulassen, dass ich eine Karamojong heirate.«

Ich verstand diese Worte nicht. »Wir sind doch Ugander – du ebenso wie ich.«

»Ich bin ein Acholi – du bist eine Karamojong.«

Ich bin eine Karamojong – war das eine Schande? Ja. Traurig und demütig schwieg ich.

»Meine Arbeit im Militärkrankenhaus ist, die zerschlagenen Knochen unserer Soldaten zu heilen. Gebrochene Beine, zerhackte Arme, zertrümmerte Rücken. Es gibt keinen, der nicht jemanden nennen könnte, dem die Karamojong die Knochen zerbrachen, Wunden in den Körper schnitten oder Löcher hinein schossen. Das sind nur die Überlebenden – die Toten kommen nicht ins Krankenhaus. Es ist das Erbe Idi Amins, der sich mit den Karamojong verbrüdern wollte. Präsident Obote hat eine große Aufgabe vor sich.«

Ich war entsetzt. »Ich habe nie davon gehört. Nur, dass Uganda wieder eine Zukunft hat. Was soll ich tun? Was ist meine Stellung hier in deinem Haus?«

Sam schloss die Augen, während er sich einen Augenblick in seinem Sessel zurücklehnte und nachdachte. Dann sprach er kühl und sachlich seine Anweisungen: »Mach dich nützlich. Koche das

Essen nach ugandischer Art, so wie es die Acholi machen. Sprich nicht über deine Herkunft. Gehorche, wenn jemand etwas von dir verlangt. Du hast hier keine Rechte, du bist geduldet. Es liegt an dir, ob das so bleibt.«

»Bin ich jetzt deine Hausangestellte?«

»Nein. Du bekommst keinen Lohn dafür.«

Es schnürte mir die Kehle zu. Ich hatte doch gar nicht von Geld gesprochen. Jetzt wusste ich, dass ich eine Gefangene der Willkür von Sam und seinen Verwandten sein würde.

»Was ist mit den Kindern?«

»Sie gehören in die Familie. Es wird ihnen gut gehen.«

»Und ich?«

»Du kannst hier wohnen und wirst nicht Hunger leiden. Meine Familie wirft mir bereits vor, dass das zu großzügig sei.«

Meine Welt brach zusammen, ich und wünschte mir in dieser Hoffnungslosigkeit nur eines: »Ich möchte so gern einmal meine Mutter besuchen.«

In Sams Rede war keine Wärme mehr: »Deine Mutter lebt in Karamoja. Wenn du dorthin willst, dann mache dich zu Fuß auf den Weg, aber komme nicht zurück.«

Ich erhob mich von meinem Stuhl, als sei ich um eine Zentnerlast schwerer geworden. Traurig blickte ich Sam ins Gesicht, bevor ich mich langsam zur Tür wandte.

»Und noch etwas«, rief Sam mir nach, »empfange bitte keinen Besuch. Und für diesen Moses ist hier kein Platz. Stella wird in meiner Familie aufgenommen. Beatrice und Alexander können zunächst bei dir bleiben. Wenn du Fragen hast, wende dich an John.«

Ich tastete mich wie eine Blinde durch den dunklen Gang zurück zur Wohnung. Marianne und die Kinder schliefen bereits.

***

»Bitte nehmen Sie und Ihre Kinder dort einen Augenblick Platz, Frau Lorika, der Minister wird Sie persönlich hier abholen.« Der Portier wies auf die üppigen Ledersessel, die um einen Glastisch herum platziert waren.

Es war Donnerstag, der Tag, an dem ich Edward treffen wollte. Kurz vor Mittag hatte ich Abschied von Marianne und Moses genommen. Sie sind zurück nach Mbale gefahren. Später wird Moses wiederkommen können, hatte ich ihm versprochen. In ein paar Tagen oder in zwei Wochen, vielleicht auch später, aber ganz bestimmt. Ich fühlte mich schlecht dabei, denn ich wusste noch nicht, wie das möglich sein würde. Aber ich war mir sicher: Er wird in Kampala eine höhere Schule besuchen. Er wird ein kluger Karamojong sein! Marianne hatte ihm bestätigend zugenickt und es sogar für möglich gehalten, selbst mitzukommen, um ebenfalls in Kampala zu leben und zu arbeiten. Das war vielleicht die Lösung. Ein kurzer Blick Mariannes zu mir verriet mir ungesagt, dass sie lieber heute als morgen aus Mbala fortginge, um nicht mehr der Feindseligkeit der indischen Schwestern ausgeliefert zu sein, mit denen sie ihren Mann teilte.

Ich hatte Sam seit dem Gespräch in der Nacht nicht wieder gesehen. Stella war bereits am Vortag vor dem Frühstück von der Schwiegermutter aus meiner Wohnung geholt worden. Immer noch hatte ich Stellas fragenden Blick vor Augen, auf den ich keine Antwort hatte. Auch jetzt nicht. Es hatte noch niemand eine Arbeit von mir verlangt. Es war, als wäre ich gar nicht vorhanden. Mir war auch jetzt nicht wohl. Ich fühlte mich schuldig gegenüber Edward. Dass ich aber mit meinem Geburtsnamen Lorika sofort das Vertrauen der auf Abschirmung bedachten Beamten hatte, gab mir etwas des verlorenen Selbstgefühls zurück. Auch für Beatrice hatte dieser Name einen guten Klang, und immer wieder sagte sie vor sich hin: »Lorika, Lorika, Lorika!«

»Luisa, meine liebe Natiwi! Herzlich willkommen in Kampala. Wie schön, dass du wieder in Uganda bist!« Edward kam mit ausgebreiteten Armen auf mich zu. So sah nicht jemand aus, der einen Groll auf mich hatte.

Erleichtert fiel ich meinem Bruder-Vater in die Arme. »Wie schön, dich nach all den Jahren gesund, reich und glücklich zu sehen!«

Breit lachte er zurück: »Was wäre das für ein Land, in dem es dem Finanzminister schlecht ginge?« Und schnell fügte er hinzu: »Das war ein Scherz, Natiwi. Geld spielt in Uganda nur deshalb keine Rolle, weil keins da ist. Lasst uns von anderen Dingen reden. Was hast du für prächtige Kinder. Sie können in den Garten gehen; wir haben hier einen wunderbaren Kindergarten – ich glaube, es gibt dort jetzt gerade etwas zu essen. Kommt mit!« Und zu mir sagte er leise: »Dann können wir uns doch besser unterhalten. Es hat sich hier herumgesprochen: Wer aus Deutschland kommt, bringt ein bisschen Sternenstaub mit.«

Die Kinder wurden von jungen Mädchen in Empfang genommen. Vor dem hinteren Ausgang parkte eine schwarze Limousine. Eifrig steigt der Chauffeur aus und öffnete die Türen zum Einsteigen. »An den See«, sagte der Minister, und zu mir: »Jetzt zeige ich dir unser Land von seiner schönsten Aussicht.«

Das Restaurant lag auf einer Anhöhe, und der Tisch, von dem der Ober sozusagen auffällig dezent das Reserviert-Schild entfernte, bot einen weiten Blick über den blauen Viktoria-See mit seinem üppig grünen Ufer, das ab und zu von sandigen Buchten unterbrochen wurde. Bunte Boote dümpelten in der Mittagssonne auf dem glitzernden Wasser. »Du musst nur schauen, Luisa«, sagte Edward, »nur schauen, und alle Sorgen schwimmen davon.«

»Du musst meinetwegen oft hier gesessen haben, Edward.« Ich wollte dieses Kapitel nicht wieder mit nach Hause nehmen.

»Ich habe erst jetzt gehört, dass die Lorika-Familie bei Idi Amin in Ungnade gefallen war, weil ich in Deutschland geblieben bin.«

Edward sah mich lange an. »Ja, verzeih mir«, bat er, »ich war dir eine Zeitlang nicht wohl gesonnen. Es war eine bittere Zeit für die Familie. Doch wenn es diese Zeit nicht damals gegeben hätte, dann wäre sie jetzt. Oder glaubst du, Präsident Obote hätte mich aus der Regierung von Idi Amin übernommen? Überhaupt war die Überlebenschance mit ein paar Rindern und in einer Lehmhütte größer als an einem Schreibtisch bei Idi Amin.« Mit einem bitteren Lächeln fügte er hinzu: »Vorausgesetzt natürlich, dass ich eine Hose trage. Allein dass sie nicht auf ihre gewohnte Nacktheit verzichteten wollten, kostete Hunderte oder mehr den Kopf. Und manche, die meinten, gut mit ihm befreundet zu sein, schwammen tot in diesem schönen See – entdeckt, weil die Flusspferde bereits von anderen Leichen satt waren. Nein, meine kleine Natiwi, du musst dir nichts vorwerfen und dich nicht entschuldigen. Allerdings«, fügte er nachdenklich hinzu, »ich bin auf einem Posten, um den man mich beneidet. Deshalb denken nicht alle so wie ich und halten dich immer noch für die Ursache ihres bescheiden gewordenen Lebens.«

»Ich würde ihnen gern helfen, wenn ich es nur könnte.«

»Lasst uns von anderen Dingen reden. Darf ich dir ein Steak bestellen? Und ich garantiere dir, dass es von einem Karamoja-Rind stammt. Cornelius hat dafür gesorgt. Er beliefert auch dieses Restaurant.«

»Dann will ich gar nicht erst in die Speisekarte schauen«, sagte ich freudig.

»Was möchtest du zuerst?«, fragte Edward. »Willst du etwas über Uganda erfahren oder mir etwas von Deutschland erzählen?« Er gab dem Kellner einen kurzen Wink. »Wie immer«, erklärte er ihm die sofort verstandene Bestellung.

»Sag mir, was in diesem Land vorgeht«, bat ich ihn. »Ich stellte mir vor, dass nach dem Umsturz alles besser geworden ist. Aber es wimmelt von Militär, als ob überall Gefahr sei. In der Familie meines Mannes werde ich angefeindet, weil ich eine Karamojong bin. Das gab es doch früher nicht.«

»Karamoja ist ein Problem«, sagte Edward. »Obote mag die Karamojong nicht. Immer wieder schickt er seine Soldaten dorthin.«

»Wieso?«, fragte ich. »Und wieso bis du sein Minister. Du bist doch auch ein Karamojong?«

Edward hob die Schultern. »Vielleicht braucht er mich, um zu zeigen, dass er nichts gegen die Karamojong hat. Er ist schließlich der Präsident aller Ugander. Er will dort Frieden haben und keinen Bürgerkrieg zwischen den Stämmen. Aber er will es gewaltsam erzwingen.«

»Was wirft man den Karamojong denn vor?«

»Sie haben sich während des Putsches aus Idi Amins Militärbeständen bewaffnet. Diese Waffen nimmt Obote ihnen wieder ab – mit seiner Armee, die er mit den Insassen der Gefängnisse aufgebaut hat. Das ist ein blutiges Geschäft, das der Öffentlichkeit so gut es geht vorenthalten wird. Die Karamojong verteidigen ihren traditionellen Lebensraum. Zwei Jahre ist im Hochland der Regen ausgeblieben. Die Viehherden und die Karamojong kennen keine Grenzen, sie brauchen Weideland und Wasser. Es gab deswegen nie eine Zeit ohne Grenzkonflikte mit dem Sudan und mit Kenia – neuerdings auch innerhalb Ugandas an den Bezirksgrenzen im Nordwesten. Dort, wo dein Ehemann herkommt. Einige nennen es Bürgerkrieg.«

»Er bestreitet die Ehe, sie ist deutsch und gilt nicht nach ugandischem Recht, sagt er.« Ich wollte nicht darüber reden, wollte nicht klagen, doch jetzt konnte ich alles sagen. »Er hat mich von der Familie isoliert. Ich muss ihnen gehorchen. Moses darf dort nicht wohnen und niemand darf mich dort besuchen. Ich bin eine Fremde in der eigenen Familie. Auch die Kinder nimmt er mir. Ab Montag wird er sie auf dem Weg zu seinem Krankenhaus in den Kindergarten bringen.«

»Hat er denn eine andere Wahl?«, überlegte Edward. »Es ist für einen Militärarzt nicht anders als für einen General: Wer auf dieser Seite kämpft, kann sich nicht seine Frau von der anderen Seite holen. Alles andere ist doch so, wie wir es von unserer Kindheit her kennen. Du hast in den letzten Jahren eine Welt kennengelernt, wie es sie hier nicht gibt. Wenn du dich über unsere Welt beklagst – wer sollte das verstehen?«

»Was ist falsch an mir, Edward? Bitte sag es mir.«

»Du bist gebildet, eine Lehrerin ...«

»Außerdem Hotelfachkraft.«

»... und kannst mehrere Sprachen. Deutsch ist sehr wichtig für uns. Es gibt Deutsche, die Wirtschaft in unser Land bringen wollen. Nichts daran ist falsch, Luisa, du brauchst nur die richtigen Aufgaben.«

Nach einem tiefen Atemzug sagte ich ihm: »Nein, Edward, ich werde diese Aufgaben nicht bekommen, mein Mann wird es mir nicht erlauben.«

Der Kellner schenkte Wein und Wasser ein, ein Zweiter servierte uns die Steaks.

»Lass es dir schmecken!«, sagte Edward. »Es wird dir Kraft geben.«

Als wir zurück zum Ministerium fuhren, wusste ich, dass ich es so machen werde, wie Edward es mir empfohlen hatte: »Sag deinem Mann gar nichts und nehme den Vormittag für dich. Frage bei der Deutschen Botschaft, wie du Geld verdienen kannst. Sie werden verwundert sein, aber sie werden dir und sich selbst helfen. Lass deine Post dorthin gehen, denn was bei dir zu Hause ankommt, gehört dem Klan und nicht dir.«

Und als ich im Ministeriumsgarten Beatrice und Alexander wieder in Empfang nahm, erzählt ich meinen Kindern voller Freude: »Ab Montag wird euch der Papa jeden Tag mit in den Kindergarten nehmen.«

An diesem Abend war ich wieder fröhlich und entspannt. Jetzt wusste ich, dass ich einen Vertrauten hatte – so würde ich die Abneigung der Familie ertragen. Mit Sam sprach ich nur über die Kinder. Ich stimmte ihm zu, mit den Kindern künftig nur englisch zu sprechen, so wie es in der gehobenen Gesellschaft von Kampala inzwischen üblich war. Und Sam willigte ein, dass ich meine pädagogischen Kenntnisse dafür einsetzte, den Kindern auch Swahili beizubringen. Den deutschen Wortschatz sollten sie spielerisch erhalten, nicht aber, wenn andere dadurch nicht verstehen könnten, worüber sie sprachen.

Wer an sich glaubt, ist nie allein

Ich hatte mir vorgenommen, so unauffällig wie möglich ein Teil von Sams Klan zu sein. Wortlos half ich im Haushalt, ohne dass man mir sagen musste, was zu tun sei. Ich wollte nicht die Dienerin der ganzen Sippe werden, wollte nicht die Achtung vor mir selbst verlieren. Denn wer sich selbst achtet, wird nie allein sein und stets seine eigene Welt haben.

Wenn Sam morgens mit den Kindern das Haus verließ, machte auch ich mich auf den Weg ins Zentrum von Kampala. Oft nahm mich ein Soldat mit in die Stadt, doch auch zu Fuß war der Weg nicht allzu weit.

Bis zur Deutschen Botschaft war es ein kleiner Spaziergang. Dort wurde ich freundlich begrüßt. Als ich vom Projekt Uganda sprach, das den wirtschaftlichen Aufbau des Landes fördern sollte, und dass ich dafür von der Unternehmensberatung Kienbaum als Kontaktperson vorgesehen sei, erhielt ich einen Arbeitsplatz. Hier hatte ich meine eigene Briefadresse und konnte auch mein Geld verwahren. Anfangs hatte ich es Sam geben wollen, schließlich war es sein Verdienst, doch von Tag zu Tag wurde mir bewusster, dass es mir gehörte, mir und den Kindern, die er verlassen hatte.

Ich schilderte die Situation meiner durch den Zwist zwischen Ugandas Völkern belasteten Ehe so nüchtern wie möglich. Ich fand Verständnis – mehr noch: »Betrachten Sie dieses Haus als ihren Zufluchtsort!«, bot mir der Botschafter an. »Wer weiß denn heute, ob es morgen besser oder schlimmer wird.«

Ein paar Tage später wurde ich auf der Botschaft mit traurigen Blicken empfangen. Ein Fernschreiben von Kienbaum war angekommen. Das Projekt Uganda sei auf unbestimmte Zeit verschoben worden. Die Weltbank könne hierfür derzeit keine Mittel zur Verfügung stellen, doch sei das Anliegen auf die Liste förderungswürdiger Projekte gesetzt worden.

Der Botschafter seufzte: »Das liegt jetzt für Jahre auf Eis.« Er machte ein so unglückliches Gesicht, dass ich ihn aufmuntern wollte: »Bei uns doch nicht! Wir haben hier ja gar kein Eis!«

Jetzt lachte er wieder: »Wie recht Sie haben! Versuchen Sie mal, in Kampala an einem heißen Tag ein kühles Getränk zu bekommen – das gibt es einfach nicht!« Ich solle mir aber nur keine Sorgen um meinen Schreibtisch machen, sagte der Botschafter. Es gebe doch Interessenten für Kaffee, Baumwolle und Matratzen. »Vielleicht macht es jemand mit eigenem Geld. Zuerst aber braucht man Unternehmen, die für den Transport sorgen, sonst ist sowieso alles für die Katz.«

Ich verließ die Botschaft an diesem Tag früher als gewohnt. Enttäuschung und Hoffnung wirbelten meine Gedanken durcheinander. Ich ließ mich durch die Straßen Kampalas treiben. Heiß stand die Luft zwischen den Häusern. Ich schmeckte den Staub auf der Zunge, in der Kehle schmerzte die Trockenheit. Jetzt einen kühlen Trunk! Ein Becher Wasser. Es war warm und hatte einen muffigen Geschmack, so wie ich es aus meiner Kindheit kannte.

»Haben Sie nicht etwas Kaltes?«, fragte ich.

»Nur, wenn Sie früh am Morgen kommen, dann ist hier alles so kühl wie die Nacht«, sagte der Barmann.

»Haben Sie denn kein Eis?«

Der Barmann lächelte bedauernd: »Madame, wir sind hier am Äquator. Sie sehen doch so aus, als wüssten Sie das.«

»Ich werden Ihnen Eis bringen«, sagte ich und lachte in das ungläubige Gesicht des Barmanns. »Wir nennen es Äquator-Eis!«

Zu Hause füllte ich Wasser in die Schalen, in denen der Kühlschrank im Gefrierfach Eiswürfel produzieren konnte. Jetzt erst wurde mir bewusst, was für ein Luxus mich hier umgab, der mir aus Deutschland so selbstverständlich war.

Am nächsten Morgen überreichte ich dem überraschten Barmann eine Plastiktüte, in der mit Zeitungen ummantelt eine weitere Tüte steckt – voll mit Eiswürfeln.

»Versprochen ist versprochen!«, sagte ich und ging mit dem Gefühl, eine gute Tat getan zu haben, zur Botschaft.

Als ich zwei Tage später wieder in der Tageshitze durch die Straße ging, lief der Barmann hinter mir her. »Madame, warten Sie. Madame, ich brauche Eis! Ich brauche es jeden Tag!« Er zog sogar ein Bündel Geldscheine aus der Hosentasche. »Ich muss noch bezahlen«, sagte er und zählte mir fünfhundert Schillinge in die Hand.

Verblüfft steckte ich den unerwarteten Verdienst ein. »Es sollte eigentlich nur eine kleine Gefälligkeit sein.« Kaum gesprochen bedauerte ich diesen Satz. Doch der Barmann hatte ihn ohnehin in seinem Eifer überhört. Er hielt mir einen weiteren Schein entgegen. »Bitte«, sagte er, »morgen wieder!«

Von der anderen Straßenseite kam ein weiterer Barkeeper herüber. »Ist das deine Eisprinzessin?«, fragte er den Kollegen, und zu mir sagte er: »Ich brauche auch Eis. Ich zahle den gleichen Preis.«

Plötzlich war mir bewusst, dass ich mich mitten in meiner eigenen Unternehmensgründung befand. »Morgen früh bringe ich Eis«, versprach ich.

Es blieb nicht bei zwei Kunden. Es sprach sich herum, und einige Straßencafés hielten Styroporbehälter und Thermoskannen für mich bereit, damit es keine Transportprobleme gebe. Der große Kühlschrank produzierte jetzt ohne Unterlass Eiswürfel. Ich hatte dafür weitere Schalen mit Einsatzgittern gekauft und einen Neffen sozusagen als Geschäftspartner gewonnen. Er schleppte nun auch täglich Eis in die Bars von Kampala und freute sich über seinen Verdienst, kaufte sich davon ein buntes Hemd und einen Ball, mit dem er mit anderen Jungen am Abend vor dem Haus spielte.

Der plötzliche Wohlstand des Jungen fiel auf. Sam wollte von ihm wissen, auf welche Art er zu Geld gekommen sei. Er befürchtete, in schlechten Ruf zu geraten, wenn Mitglieder seines Klans sich unrechtmäßig bereicherten. Er wollte es genau wissen, – und der Neffe erzählte voller Stolz, wie begehrt das von mir produzierte Eis in der Stadt war.

»Damit ist ab sofort Schluss!«, fuhr Sam den Jungen an. Er verlangte nach dem restlichen Geld, doch der Neffe schüttelte den Kopf: »Ich habe alles ausgegeben.«

Ich befüllte gerade die Eiswürfelschalen, als Sam voller Wut durch die Tür kam. Er schlug mir die Schalen aus der Hand, packte das elektrische Kabel des Kühlschranks und riss es wütend mit unbändigem Ruck gleichzeitig aus Steckdose und Kühlschrank heraus, dass die Funken flogen.

»Hier wird kein Eis produziert!«, schrie er. »Du wirst nicht weiter mit Eiswürfeln um Almosen betteln! Willst du mich zum Gespött der Leute machen? Soll man sich erzählen, dass der Direktor des Militärkrankenhauses kein Geld hat, seine Leute zu ernähren?«

Wie erstarrt stand ich in der Küche. Das Wasser aus den Schalen tropfte mir vom Körper. Ich starrte auf Sam, auf das abgerissene Kabel, wollte etwas sagen, doch es fehlten mir die Worte.

Auch Sam rang in seiner Wut nach Luft. »Gib es mir!«, keuchte er. »Gib mir das Geld! Sofort!«

Wie in Trance griff ich in die Tasche und zog ein paar abgegriffene Schillingscheine hervor. Es war weniger als ein Viertel der Tageseinnahme, der Rest lag in meinem Schließfach der Botschaft.

Sam riss mir die knitterigen Banknoten aus der Hand und betrachtet sie voller Abscheu. »Dafür machst du das? Für ein paar dreckige Schillinge? Hast du denn gar kein Ehrgefühl?« Er warf mir die Scheine verächtlich vor die Füße. »Es ist nicht anders, als wenn du dich selbst verkaufst. Wie recht meine Mutter hat – du bist eine Hure!« Und als wollte er stattdessen mich treffen, trat er in seinem Zorn so hart gegen den Kühlschrank, dass ihm der Schmerz ins Gesicht fuhr.

Um keine Genugtuung zu offenbaren, wollte nun ich ihn zur Rede stellen: »Was geht hier vor? Was willst du mir vorwerfen? Es ist doch keine Sünde, den kleinen Bars etwas Eis zu bringen. Es ist Gewinn für sie, weil sie mehr Getränke verkaufen, ihre Gäste freuen sich über eine Erfrischung, und auch ich habe etwas Geld – ich bekomme doch von dir keinen einzigen Schilling.«

Aber damit reizte ich Sam noch mehr. »Du brauchst kein Geld! Ich verbiete es dir!«, schrie er herrisch und hinkte aus der Küche.

Am nächsten Morgen kam der Neffe mit Schuld beladen zu mir. »Ich habe alles gehört«, sagte er. »Es tut mir Leid. Er hatte mein neues Hemd und den Ball gesehen. Ich wusste nicht, dass er es nicht wissen durfte. Aber wozu verdiene ich denn Geld, wenn ich es nicht ausgeben darf?«

»Es ist vorbei«, sagte ich. »Auch bei mir gibt es jetzt keine kalten Getränke mehr.«

»Ich kann den Kühlschrank reparieren«, schlug er vor.

Resigniert schüttelte ich den Kopf.

In Kampala mochte ich nicht mehr durch die Straßen der Bars gehen, in denen jetzt vergeblich auf die Eislieferung gewartet wurde. Fast kam es mir vor, als hätte ich eine Umkehr der wirtschaftlichen Entwicklung Ugandas verursacht. Dass auch meine Einnahmequelle versiegt war, kam mir dagegen banal vor.

Als ich dem Botschafter von meinem Kummer erzählte, tröstete er mich: »Wir brauchen schon lange einen größeren Kühlschrank, die Barkeeper können den kleinen haben und sich ihr Eis selbst produzieren und die Getränke kühlen. Und was Ihren Verdienst betrifft: Aktivieren Sie Ihre Kontakte nach Deutschland. Sie haben doch ein wirtschaftliches Gespür bewiesen. Telefon und Ticker stehen Ihnen zur Verfügung. Bei Erfolg gibt es ein Honorar; für nicht realisierte Erfolgsaussichten haben wir allerdings nur eine sehr kleine Aufwandsentschädigung.«

Als wenige Tage später der große Kühlschrank geliefert wurde, fuhr ich mit dem Elektrohändler gleich zu meinen vernachlässigten Eiskunden, um ihnen das noch intakte Gerät zu bringen.

»Die Eisprinzessin!«, rief ein Barmann, als ich aus dem Lieferwagen stieg. »Haben Sie Eis mitgebracht?«

»Leider nicht«, sagte ich, »doch jetzt könnt ihr das Wasser selbst einfrieren und auch die Flaschen kühlen. Ich habe einen Kühlschrank für euch! Ein Geschenk der Deutschen Botschaft.«

Die Freude darüber wollte sich nicht einstellen, der Barmann hielt die Schnur mit dem Stecker in der Hand und zog die Schultern hoch. »Wir haben hier keine Elektrizität, Madame«, sagte er traurig. »Kommen Sie einmal nach Sonnenuntergang hierher, wenn unsere Fackeln brennen. Es ist sehr romantisch – aber es macht keinen Kühlschrank kalt.«

Sein Kollege von der gegenüberliegenden Straßenseite kam herbei, schaute auf den Kühlschrank und auf das Anschlusskabel – ein breites zufriedenes Grinsen ging über sein Gesicht. »Das ist kein Problem, Madame«, sagte er – und ein kleines Kopfzucken lenkte den Blick seines Kollegen auf einen nahen hölzernen Strommast, von dessen oberem Ende sich sechs Leitungen über die flachen Bauten hinweg in zwei Richtungen verloren. »Da wird doch Strom drin sein«, meinte er.

Der Fahrer der Elektrofirma machte ein unbeteiligtes Gesicht. In gleichgültiger Routine, als habe er noch Zubehör vergessen, packt er zwei aufgerollte Kabel in den Kühlschrank und ein paar Geldscheine gingen kaum merklich von Hand zu Hand.

»Es geht voran in Uganda«, sagt der Fahrer zu mir. »Ich fahre Sie gern nach Hause.«

***

Der Botschafter begrüßte mich mit verschmitzt blitzenden Augen. Er wedelte mit einem Zettel, auf dem ein Name und eine Telefonnummer standen. »Da haben Sie wohl Ihren Charme spielen lassen. Er will unbedingt nur mit Ihnen sprechen. Friedrich Funke aus München. Sehr interessant, sehr interessant, der Mann.«

Ich ließ mir nicht viel Zeit, um eine Telefonverbindung herzustellen. Eine Sekretärin meldete sich und schien schon auf den Rückruf gewartet zu haben. Laut hörte ich ihr Rufen: »Sie ist dran, Herr Funke! Ich stelle durch!«

»Funke, einen Moment bitte.« Ich hörte Schritte, eine Tür fiel ins Schloss, dann war er wieder am Apparat. »Guten Tag, Fräulein Natiwi! Sie sind es doch, oder?«

»Wenn Sie mich so nennen, dann kennen wir uns vielleicht aus dem Sheraton-Hotel, ist es so?«

»Donnerwetter, Sie haben aber ein gutes Gedächtnis. Es war ein Kongress. Herr Kienbaum hat mir erzählt, dass sie wieder in Uganda sind. Er wollte mir Mut machen, in Ihr Land zu investieren. Er sagte mir auch, dass Sie jetzt anders heißen – sorry, habe ich vergessen.«

Seine lockere Art zu sprechen gefiel mir. »Ich bin jetzt Frau Samuel – aber wenn Sie es leichter behalten können, dann sagen Sie einfach Luisa.«

»Dann bin ich Friedrich«, sagte Herr Funke. »Aber zur Sache: Ich bin Spediteur. Herr Kienbaum sagte mir, es ist in erster Linie das Transportwesen, woran Ugandas Fortschritt krankt. Wie sehen Sie das, Luisa?«

»Genau das ist es! Ich kenne ja die Straßen in Deutschland, – hier sind die Autobahnen das, was man in Deutschland einen Feldweg nennt. Wir brauchen Autos, die darauf fahren können.«

»Die habe ich. Glauben Sie, dass damit Geld zu verdienen ist? Ich werde es nur mit einem Partner aus Uganda machen.«

Der Botschafter stand neben mir, hatte sich herunter gebeugt, um zu hören, was da aus dem Hörer kam. Er stieß mich an und nickte heftig. Ja, ja, sollte das heißen, man würde schon einen Partner finden.

»Es gibt sicher einige, die nur darauf warten, dass jemand kommt und die Initiative ergreift. Wie viele Lastwagen werden Sie einsetzen wollen, Friedrich?«

»Vier, später sechs. Wenn es läuft, auch zwölf. Vorausgesetzt, es gibt einen Partner, dem ich vertrauen kann«, wiederholte er sich.

Und nach einer bedeutungsvollen Pause: »Wie ist es denn mit Ihnen, Luisa? Sie sind eine engagierte Frau! Wenn ich weiß, dass Sie sogar Ihr Geld mit in die Sache stecken, dann fliege ich nächste Woche nach Nairobi und wir können die Sache besprechen.«

»Warum nach Nairobi? Unser Airport ist Entebbe.«

»Sie sagen also, ich soll kommen? Ich lande trotzdem in Nairobi. Ich will eine Strecke Straßenerlebnis haben. Die Trucks werden ja nicht nur durch Uganda kurven, sie müssen auch zum Hafen in Mombasa, nach Tansania und in den Kongo. Es ist ein Abenteuer! Sie wollen wirklich mit einsteigen?«

Womit sollte ich einsteigen? Mit dem Geld, das ich mit dem Verkauf von Eiswürfeln verdient hatte? Nein, ich konnte es gar nicht. Was aber würde Friedrich Funke sagen, wenn ich »nein« sagte?

»Ja«, sagte ich also. »Wenn Sie mir diese Aufgabe zutrauen, dann bin ich dabei.«

»Wenn nicht mit Ihnen, mit wem dann, Luisa!«

Mir war mulmig zumute, aber hatte bisher nicht alles geklappt, was ich gemeinsam mit den Weißen gemacht hatte? Ich lachte einfach durchs Telefon.

»Also gut«, sagte Friedrich Funke. »Ich komme am nächsten Donnerstag am späten Vormittag in die Botschaft. Haben Sie ein nettes Restaurant in der Nähe?«

»Mit einem herrlichen Blick über den Viktoria-See! Ich freue mich auf unser Treffen. Beste Grüße nach München.«

»Danke. Bis nächste Woche Donnerstag, Luisa. Grüß Gott!«

Ganz langsam legte ich den Hörer auf und drehte meinen Kopf zum Botschafter, um ihn lange fragend anzuschauen.

»Glückwunsch, Luisa!«, lachte der schließlich. »Sie haben soeben den ersten Schritt in ihr eigenes Unternehmertum getan.«

»Wirklich?«, fragte ich. »Ich mochte nicht nein sagen. Dann wäre doch sein Interesse gleich wieder weg. Er hat von Geld gesprochen. Ich habe doch kein Geld. Er fragt mich also in der nächsten Woche, mit welcher Summe ich denn einsteigen will – und ich sage: Mit dreitausend Schilling, das habe ich mir mit dem Verkauf von gefrorenem Wasser verdient. – Und weg ist er wieder!« Plötzlich musste ich über mich lachen, als sei alles nur ein Spaß gewesen. Zögernd lachte der Botschafter mit.

Dann war ich wieder ernst: »Was meinen Sie, wie viel müsste es wohl sein?«

Der Botschafter kratzte sich mit nachdenklichem Gesicht hinterm Ohr und schaukelte den Kopf abwägend hin und her. »Nach deutschen Gepflogenheiten«, sagte er bedächtig, »wird das wohl so um die zehn Millionen sein.«

Ich hatte ihn wohl angesehen, als käme er vom Mond.

»Schilling«, beeilte sich der Botschafter zu erklären, »ich meine Schilling, Luisa!«

Ich sah ihn noch genauso an wie zuvor.

»Das sind also rund fünfzigtausend Deutsche Mark«, erklärte der Botschafter, und weil sich mein Gesichtsausdruck immer noch nicht änderte, fügt er hinzu: »Dann müssten Sie einen Kredit aufnehmen. Die Botschaft könnte gegenüber der Bank hierfür eine positive Einschätzung aussprechen.«

»Das ist nett«, sagte ich mit dem Versuch, aus der Sache wieder herauszukommen, »aber die Bank will Sicherheiten, also mindestens eine seriöse Bürgschaft.«

»Das eine hilft dem anderen«, meinte der Botschafter. »Wenn Ihr Mann eine Bürgschaft gibt ...«

Ich schnitt ihm den Satz ab: »Der darf es nicht wissen!«

Der Botschafter war anderer Meinung: »Die Beteiligung an einem Transportunternehmen ist etwas anderes als der Verkauf von Eiswürfeln an die Straßenkneipen. Das ist ein Negerjob!« Er stutzte. »Verzeihung, Luisa, aber dieser Ausdruck kommt nicht von den Weißen. Ein Schwarzer der gehobenen Gesellschaft macht so etwas nicht, er will so anerkannt sein wie die Weißen. Deshalb wird Ihr Mann in diesem Fall zustimmen. Er tut hiermit ja etwas für Uganda. Und seine Frau kontrolliert das Geschäft mit dem Deutschen, ist sogar beteiligt. Besser geht es doch gar nicht. Fragen Sie ihn – er wird zustimmen!«

Die Argumente des Botschafters leuchteten mir ein, er hatte in allem recht – nur in einem Punkt zweifelte ich weiter: Sam wird es nicht tun. Als Acholi verbürgte er sich niemals gegenüber einer Karamojong. Sein Klan würde es nicht zulassen.

»Ich werde erst einmal zuhören, was Herr Funke zu sagen hat«, sagte ich. »Er wird ja nicht am ersten Tag einen Vertrag und Geld haben wollen. Wir kennen uns ja kaum.«

***

Ich habe mich nicht erst heute entschlossen, nach Uganda auszuwandern«, verriet mir der weiße Unternehmer aus Deutschland – mir, dieser schwarzen Frau, die er sich als Geschäftspartnerin wünschte. Sein Blick glitt über den Viktoria-See. »Es ist ein herrliches Land. Ich kenne es aus Erzählungen und Büchern. Jetzt, wo ich es persönlich sehe, kommt es mir noch großartiger vor.«

Friedrich Funke saß auf demselben Platz, auf dem ich gesessen hatte, als ich mich nach all den Jahren mit Edward traf. Wir aßen das gleiche Steak aus Cornys Lieferung und tranken den gleichen Wein. Es war alles gesagt. Mit vorerst acht Lastwagen wollte Funke ein Transportnetz für Lebensmittel und Waren aufbauen, bis nach Nairobi und Mombasa, nach Tansania, Ruanda und Burundi. »Natürlich auch nach Karamoja«, verspracht er mir, als sei dies ein weiteres Land, »das gesamte Uganda. Aber das geht natürlich alles nur mit Ihnen gemeinsam, Luisa.«

Die finanzielle Beteiligung bezeichnete Friedrich Funke als »symbolische Größe«. Denn natürlich stünden fünfzigtausend Mark nicht im Verhältnis zu einer Beteiligung von fünfundzwanzig Prozent. Ich hatte nicht gewagt, danach zu fragen, jetzt wusste sie beides – ein Viertel der Firma für zehn Millionen Schilling. Zehn Millionen – ob nun Schilling, Dollar oder Mark, es war eine Zahl, die meinen Kopf schwer machte.

»Wissen Sie eigentlich«, fragte ich Friedrich Funke im Tonfall einer Lehrerin, »wissen Sie eigentlich, dass das in Uganda zehn Millionen Schilling sind?«

Und ebenso nüchtern meinte der: »Ja, so ungefähr hatte ich es auch überschlagen. Ein großer Haufen Kleingeld! Aber doch ein symbolischer Wert. Mir kommt es auf Ihr Engagement an, auf Ihre Sprachkenntnis und Ihr Wissen um Land und Leute. Ohne Sie kann ich das nicht machen. Deshalb müssen Sie in der Firma verankert sein und nicht weglaufen, wenn in den ersten drei Monaten noch nichts verdient wird.«

Ich verstand: »Sie meinen also, dass ich nicht nur um Ihr Unternehmen kämpfen soll, sondern auch um mein Geld.«

»Um unser Unternehmen, Luisa!«, betonte Friedrich Funke. »Wir arbeiten am Erfolg, wer nicht mitmacht, erleidet persönlichen Verlust. Dabei verdoppelt sich die Motivation.« Er zog aus seiner Aktenmappe eine Berechnung hervor. »Sehen Sie mal – in einem Jahr spätestens könnte Ihr Einsatz doppelt wieder drin sein.«

Ich sah ihn ungläubig an.

»Mein Einsatz ist um ein Vielfaches höher als Ihrer, Luisa. Es ist nicht viel weniger als ich überhaupt habe. Sie können mir glauben, dass ich nicht träume. Ich habe es mit allen mir zur Verfügung stehenden Daten und Fakten durchgerechnet. Es liegt nur noch daran, die Menschen mit ihrer Sprache, mit ihrer Mentalität, mit ihren Gewohnheiten einzubinden und ihr Vertrauen zu gewinnen.« Er macht eine kleine Pause, um mir dann fast hypnotisierend in die Augen zu schauen. »Das ist Ihr Part, Luisa. Ich kenne niemanden sonst, der das könnte. Machen Sie mit! Machen Sie mit?«

»Ja!« wollte ich rufen, aber ich schwieg. Eine lange Weile hielt ich Friedrich Funkes Blick stand, während ich an die zehn Millionen Schilling dachte, die ich nur dann hätte, wenn ein anderer dafür bürgte. Ich lächelte zaghaft: »Es geht um zehn Millionen. Es ist gleichgültig, wie sich das in Deutsche Mark oder Dollar umrechnet. Wir sind in Uganda – und bevor wir eine Entscheidung über zehn Millionen treffen, schlafen wir darüber.«

Als habe er so etwas erwartet, sagte Friedrich Funke: »Wir sehen uns also am Samstag.« Er strahlte übers ganze Gesicht.

***

Am späten Abend ging ich wieder durch den dunklen Gang ins Haupthaus. Wieder war der Lichtschein aus Sams Arbeitszimmer mein Wegweiser. Ich klopfte an, bevor ich eintrat, und ging selbstbewusst auf ihn zu. Wieder bedeutete er mir mit einer Handbewegung, vor seinem Schreibtisch Platz zu nehmen und sah mich an, als wollte er fragen: »Was sind denn die Beschwerden?«

»Wir beide können gemeinsam etwas für Uganda tun, für die Zukunft unseres Landes«, sagte ich. Diesen Satz hatte ich geübt. Wir beide gemeinsam! Darauf kam es mir an. Und wenn es gut für Uganda war, was könnte ihn davon abhalten?

Sam antwortete nicht darauf, sah mich nur an, eher misstrauisch als erwartungsvoll, eher gestört als neugierig. Seine Handbewegung forderte mich auf, mich zu beeilen.

»Es geht um Warentransporte mit großen Trucks, die unseren Straßenverhältnissen gewachsen sind. Ein deutscher Investor bittet um meine Mithilfe, um es zu einem ugandischen Unternehmen zu machen ...«

Ich berichtete von dem Gespräch mit Friedrich Funke und der positiven Einschätzung der deutschen Botschaft. Ich sprach von den Vorteilen für ugandische Bauern und Firmen, die ihre Produkte besser in die Stadt und in die angrenzenden Länder bringen könnten. Ich erwähnte die Verbindung zum Hafen in Mombasa, um Kaffee zu verschiffen und von dort Gerätschaften ins Land zu bringen, die für eine bessere Ernte sorgen könnten.

Sam unterbrach mich: »Du möchtest also, dass ich es dir erlaube, mit diesem Deutschen zusammenzuarbeiten?«

Erst jetzt schoss es mir durch den Kopf, dass er schon das verbieten könnte – ohne dass ich mein Bürgschaftsanliegen überhaupt erwähnt hatte. »Ja«, sagte ich, »bitte Sam! Es müsste doch auch deiner Mutter recht sein.«

»Sie ist wieder in Gulu. Sie ist alt und will ihren Lebensrest in ihrem Dorf verbringen. Sie ist nicht glücklich in deiner Nähe.«

»Und du?«, fragte ich.

»Es ist, wie es ist. Du bist hier zu Hause und die Mutter meiner Kinder. Was willst du mehr? Wenn Du dem Deutschen helfen willst, dann tue es. Es hat nichts mit mir zu tun.«

Ich atmete auf – das war der erste Schritt, ich wagte den zweiten: »Es geht um eine Beteiligung. Ich benötige einen Kredit, der schon bald verdient sein wird. Eine Sache des Vertrauens. Ich möchte dich um eine Bürgschaft bitten.«

Sams Gesichtszüge wurden hart. Er beugte sich über den Schreibtisch und zischte mich an: »Ich beteilige mich nicht an diesen korrupten Geschäften. Weder direkt noch indirekt.«

Ich schluckte, doch gab ich noch nicht auf: »Bitte, Sam, es ist eine seriöse Sache. Uganda braucht diese Hilfe, um wirtschaftlich voranzukommen.«

»Wenn du es ohne mich kannst, bitte. Mehr ist dazu nicht zu sagen.« Und als versuchte er eine freundliche Wende, fügte er hinzu: »Wenn du mehr Platz brauchst – das Zimmer meiner Mutter steht leer. Mache es dir schöner in diesem Haus.«

Meine Stimmung schwankte auf und ab – jetzt jubilierte sie fast, ich wollte sein Angebot festhalten: »Das Haus wäre schöner für mich, wenn ich hier Freundschaft spürte, Sam. Könnte nicht Marianne in dem Zimmer wohnen? Sie ist nicht mehr glücklich bei Cornelius. Auch sie wird von der Familie nicht angenommen. Gern würde sie nach Kampala ziehen, sie könnte in der Deutschen Botschaft arbeiten.«

Sam war verblüfft über diesen Vorschlag. »Sie muss Miete zahlen«, sagte er. »Bringt sie Kinder mit?«

»Einen Jungen«, sagte ich. Dabei dachte ich an Moses, sagte es aber nicht.

»Dann ist die Miete höher«, sagte Sam.

Spontan lief ich um den Schreibtisch und umarmte und küsste Sam. Erschrocken ließ er mich gewähren, nahm mich schließlich sogar in den Arm und erwidert meinen Kuss. Dann ließ er mich wie vor sich selbst erschrocken los und trennte sich aus der Umarmung. »Ich habe noch zu tun«, sagte er.

Beschwingt ging ich zur Tür, drehte mich noch einmal um. »Gute Nacht! Ich bin glücklich!« rief ich Sam zu.

Lange konnte ich nicht einschlafen. Es war ein Wunder geschehen! Marianne würde bei mir einziehen. Sie würde Moses mitbringen. Wir würden einfach eine Familie mit zwei Müttern sein – und irgendwann würde auch Sam wieder mein Mann sein, so wie ein Mann ein Mann ist. Was zählte da noch die Beteiligung an der Transportfirma von Friedrich Funke?

***

Als ich am Morgen aufwachte, musste ich lange nachdenken, um sicher zu sein, dass mein nächtliches Gespräch mit Sam kein Traum war. Es war wie immer: Frühstück mit den Kindern, dann trötete die Hupe von Sams Wagen. Er fuhr mit den Kindern davon. Auch diesmal winkte er nicht. Soviel stand jedenfalls fest: Er würde mir nie eine Bürgschaft geben. Aber er hatte zugestimmt, dass Marianne zu mir kommt. Ob er es sich gedacht hatte, dass es sich bei dem Jungen um Moses handelte? Miete wollte er von Marianne haben. Ich selbst aber hatte nach wie vor kein Geld. So kam denn die Partnerschaft mit Friedrich Funke wieder in meine Gedanken.

Ein Soldat nahm mich mit in die Stadt. In der Nähe des Regierungsgebäudes stieg ich aus, um von einer Telefonstation aus bei Edward anzurufen. »Es ist wichtig«, sagte ich, »nur eine knappe Frage. Eine Viertelstunde vielleicht.« Er hatte Zeit.

»Der Minister erwartet Sie bereits, Frau Lorika«, sagte man mir am Empfang, bevor ich mich vielleicht doch als Frau Samuel vorgestellt hätte.

»Du willst also Spediteurin werden«, begrüßte mich Edward.

»Woher weißt du das denn?«

»Buschtrommeln«, lachte Edward. »Erzähl mal!«

Als ich alles berichtet hatte, reckte Edward beide Daumen in die Höhe. »Das hört sich gut an. Dafür ist eine Bürgschaft kein Problem. Wir müssen natürlich ein paar bürokratische Dinge erledigen. Konzeption sichten, Verträge einsehen. Die Eröffnungsbilanz, Gewinnprognosen, Referenzen. Hat ein paar Tage Zeit, aber es muss Hand und Fuß haben. Wir haben inzwischen englische Regeln. Wenn es doch schief geht, müssen wir beweisen können, dass es nicht leichtfertig war.«

Ich wunderte mich: »Ich hatte dich gebeten – jetzt aber bürgt der Staat.«

»Es ist doch auch gut für den Staat. Der Finanzminister hat es jedenfalls so erkannt«, lachte Edward. Er deutete durchs Fenster auf ein Gebäude an der Straßenecke. »Das ist eure Bank. Ich werde mit dem Direktor sprechen, du kannst dann mit ihm die Formalitäten erledigen. Grüße ihn von mir und sage ihm, dass du Luisa Lorika bist. Samuel – das ist ein Name, der etwas Militärisches hat, das mag nicht jeder.«

***

»Du hättest besser für passablere Straßen sorgen sollen, Luisa, dann würde dir jetzt nicht der Rücken schmerzen«, feixte der Fahrer, der aus dem Augenwinkel beobachtete, wie ich mir die Hüfte rieb.

»Auf der Nationalstraße wäre die Fahrt sicher angenehmer gewesen«, warf ich ihm vor.

»Diese Piste ist aber typischer für alle übrigen Straßen und außerdem eine Abkürzung.«

Ronald sollte einen der Trucks von Future Transport Ltd. steuern, die drei Wochen später in Mombasa eintreffen würden. Auf die Firmengründung hatte ich mit Friedrich Funke und dem Botschafter mit deutschem Sekt angestoßen. »Jede Perle soll Ihnen Glück bringen«, hatte der Botschafter uns gewünscht und dann bedeutungsvoll hinzugefügt: »Und am meisten Uganda, der Perle von Afrika!«

So gut es ging, notierte ich während der Streckenerkundung, was auf den Feldern wuchs. Es gab Zuckerrohranbau, Bananen- und Kaffeeplantagen, Bataten und Maniok.

»Das brauchst du dir nicht zu merken«, meinte Ronald. »Maniok wird nur in Uganda nicht als Gift bezeichnet. Und Süßkartoffeln will auch keiner haben. Das sind Produkte, die sie mit dem Eselkarren weit genug bringen.«

Ich war überwältigt von dem grünen Land, aber Ronald winkte ab und wies auf den Mont Elgon, der sich am Horizont über die Landschaft erhob. »Ich glaube, unsere größten Schätze liegen im Berg und unter der Erde. Aber gut, ich esse auch lieber Erdnüsse als Kupfer.« Er freute sich grinsend über seine Feststellung, und als ich fragte, warum hier keine Rinder zu sehen seien, fügt er sich über diese Frage amüsierend hinzu: »Die würden den Bauern doch die Felder leer fressen.«

Das kam mir paradox vor. »Wir haben in Karamoja jede Menge Vieh, aber es mangelt an Regen und grünen Weiden. Hier ist all das, aber ich sehe keine Herden. Wir werden das ändern, Ronald«, sagte ich entschlossen.

»Wozu?«, fragte Ronald. »Wir bringen Bohnen und Bataten nach Karamoja und holen von dort Fleisch. Das ist unser Job. Solange hier Ackerbau und in Karamoja Viehzucht ist, solange müssen wir nicht leer zurückfahren.«

Ich machte mir Notizen. Mit derartigen Überlegungen hatte ich mich weder im Lehrer-College noch auf der Hotelfachschule beschäftigen müssen. Jetzt erst begriff ich, was Transport bedeutete, aber auch, welche Risiken dabei zu bedenken sind. Ich gab mir Mühe, Ronald gegenüber gleichmütig zu wirken. Er war schließlich mein Angestellter und nicht mein Lehrmeister, – jedenfalls sollte er es nicht merken. Er sollte auch nicht wissen, dass ich diese Strecke aus einem ganz anderen Grund erkunden wollte. In Mbale wollte ich Moses und Marianne wiedersehen.

»Wir werden in Mbale meinen Bruder Cornelius besuchen. Er wird sicher ein wichtiger Kunde werden«, sagte ich zu Ronald.

»Meinst du Corny? Den mit den Rindern?«, fragte Ronald wissend.

»Ja, der.«

»Irgendwie sind wir Konkurrenten. Er macht auch Transporte.«

»Wir werden Geschäftsfreunde sein«, sagte ich. »Es ist nicht sein Bestreben, ein Transportunternehmen zu haben. Aber was sollte er machen, solange es uns nicht gibt?«

»Es gibt nichts Wichtigeres als die Future Transport!«, lachte Ronald und ich stimmte ihm zu.

***

Es war schon spät am Vormittag, als wir wieder in unserem Lastwagen saßen. Wir hatten diesmal die Hauptstraße genommen und waren nicht mehr allein auf der Piste. Die Landschaft war eintönig, aber die Straße nicht etwa so, dass man einfach drauflos fahren konnte. Ronald war um eine ruckfreie Fahrt bemüht, umkurvte Schlaglöcher und starrte konzentriert voraus, um das Tempo den Verhältnissen anzupassen. Hinter uns wirbelte roter Staub auf.

»In der Regenzeit ist dies eine Schlammpiste«, kommentierte Ronald, »Dann sind wir auf dem felsigen Nebenweg besser dran.«

Stumm nickte ich, ohne genau hingehört zu haben. Mir ging das Gespräch mit Marianne nicht aus dem Kopf. Fast wunderte es mich, dass sie nicht einfach eingestiegen war, um mit nach Kampala zu fahren. Die indischen Schwestern hatten zum Abschied herzlich gewinkt. Corny hatte dieses »Bis dann!« gerufen, so, als würden wir uns schon am Abend wieder auf dem Dorfplatz treffen. Wenn das nicht gewesen wäre – sie wäre eingestiegen, da war ich mir ganz sicher. Ich meinte auch so, Mariannes stumme Bitte zu verstehen: Hilf mir, einen Job zu finden. Sag mir, wo ich arbeiten kann. Nimm mich mit nach Kampala!

Auch Moses hatte gefragt: »Holst du mich ab?« Und ich hatte ihm über das krause Haar gestrichen und ihn getröstet: »Heute noch nicht, aber bald.«

Wann sollte das sein? Es hatte nur eine kurze Möglichkeit gegeben, Marianne zu sagen, dass sie und Moses bei mir wohnen könnten, dass mit Sam alles abgesprochen sei.

Wozu dann warten?

»Kannst du hier umkehren?«, fragte ich Ronald.

Er fühlte sich in Fahrkunst und Verantwortung geprüft. »Ich bestimmt«, sagte er selbstsicher, »aber mit diesem Karren habe ich Bedenken. Der rutscht mir von der Piste oder er steht quer über beide Fahrspuren. Man würde mich dafür hassen.«

»Und wenn ich zurück wollte?«

»Dann kannst du im nächsten Dorf aussteigen. Irgendjemand wird dich nach Mbale mitnehmen. Dies ist kein Taxi, Madame!« Ronald schmunzelte, er glaubte, den vermeintlichen Test durchschaut und bestanden zu haben. Mit wichtigem Ernst fügt erklärt er: »Die Fracht ist der Chef. Das Ziel ist unveränderbar. Die Zeit ist einzuhalten.«

»Hast du das in Uganda gelernt?«, fragte ich ungläubig.

»Ja, in Uganda«, sagte Ronald. »Von den Engländern.«

»Aha«, sagte ich nur. Mir ging Marianne nicht aus dem Kopf. Marianne, die sich in dieses Land verliebt hatte, in dem sie den fröhlichen Gleichmut und das Chaos für sich entdeckt hatte, das sie liebte, auch wenn es Menschen gab, die ihr niederträchtig gegenüberstanden. Wie wird die Zukunft dieses Landes sein? Was wird aus Karamoja?

Als hätte Ronald meine Gedanken empfangen, stellte er fest: »Ich glaube, dies war eine Fahrt bis zur Endstation von Future Transport. In zwei Wochen kommen die ersten Trucks in Mombasa an. Sie werden von dort über Nairobi nach Kampala fahren und von dort über Nairobi nach Mombasa, vielleicht auch mal nach Tansania. Alles andere kann ich mir nicht vorstellen. Moroto vielleicht einmal im Jahr. Aber Kotido oder sogar Kaabong – was sollten wir dort hinbringen, was sollten wir dort holen, wer sollte die Tour bezahlen?«

»Wir werden es tun!«, sagte ich trotzig.

Jetzt schwieg auch Ronald. Wohl eine Viertelstunde stand das Schweigen wie eine Mauer zwischen uns. Schließlich drehte er den Kopf zu mir, öffnete den Mund, um seinen erdachten Satz von der Zunge zu lassen.

Ich aber kam ihm zuvor, jedes einzelne Wort betonend: »Wir werden nach Karamoja fahren!« Und damit er es wirklich glaubte, präzisierte ich es: »Zuerst nach Nakapiripirit, dann nach Moroto. Schließlich auch nach Kaabong – und auch nach Kitgum in Acholi und über den westlichen Nil nach Moyo und in den Kongo. Wenn du es nicht kannst, dann werden die anderen Fahrer diese Touren übernehmen. Du kannst ja ohnehin nicht in sechs Trucks gleichzeitig sitzen.«

Ronald begriff jetzt, dass es nicht seine Kollegin, sondern seine Chefin war, die da neben ihm saß. An meinem Willen sollte er nicht rütteln können. Und nun stellte er mir die Frage, die auch ich ihm schon gestellt hatte: »Hast du das in Uganda gelernt?«

Ich reckte meinen Rücken und wuchs so noch ein Stück. Ohne Ronald anzuschauen, sagte ich stolz: »Nein, nicht in Uganda – in Karamoja!« Und um auch mir selbst alle Zweifel darüber zu vertreiben, dass es so geschehen würde, wie ich es wollte, sagte ich: »Ich bin eine Karamojong!«

Folge dem Fluss
und finde das Meer.

IV.
FLUCHT INS BLAUE

Es waren erst sieben Monate vergangen, seit Edward den Kredit für mich ermöglicht hatte. Wir saßen wieder an »unserem Tisch« im Restaurant am Viktoria-See, an dem wir ungestört reden konnten und wo es die Steaks von Cornys Rindern gab.

»Es ist fast alles bezahlt!«, berichtete ich stolz. »In zwei Monaten werde ich das Konto ausgleichen. Nicht einmal ein Jahr brauche ich! Es kommt mir so vor, als seien wir die einzige Spedition von Kampala bis Mombasa. Immer mehr wollen ihre Waren durch uns transportieren lassen. Ich war optimistisch, aber es wird noch übertroffen – es ist wie ein Traum. Wir fahren zum Hafen nach Mombasa und nach Tansania, sogar in den Kongo gingen schon Touren. Nur nach Karamoja fahren wir so selten, dass es mir wehtut. Gerade dort wollte ich doch die Lebensumstände verbessern, aber es geht alles daran vorbei. In der nächsten Woche kommt der vierte Truck. Edward, du hast es ermöglicht, dass ich reich werde und dass es meinen Kindern gut gehen wird.«

Edward wischte mit der Serviette über die Lippen und sah mich ernst an: »Du sprichst von dir und deinen Kindern, nicht von deiner Familie, zu der auch dein Mann gehört. Er ist in der Gesellschaft geachtet. Die Frauen beneiden dich um ihn.«

Schweigend blickte ich über den Viktoria-See. »Wenn ich genug Geld habe, werde ich mit den Kindern zurückgehen – zurück nach Karamoja, dort wo man uns braucht.«

»Aus Geld wachsen in Karamoja keine Früchte. Du wirst in Kampala bleiben müssen. Uganda hat keinen anderen Ort, der geschäftlichen Erfolg und ein angenehmes Leben vereint.« Edwards Blick schien mir bis in die Seele zu dringen, um dann nachdrücklich zu fragen: »Was ist mit deinem Mann?«

»Sam ist aus Teso, seine Mutter lebt in Gulu in Acholi, ich bin eine Karamojong. In Deutschland verband uns, dass wir Schwarze unter Weißen waren. Hier leben wir in demselben Land, aber wir stammen aus verschiedenen Völkern. Ist dir noch nicht aufgefallen, dass die Unterschiede immer größer werden?« Meine Stimme zitterte, als ich das sagte. Mein Hals war trocken, schnell griff ich zum Glas, trankt hastig ein paar Schlucke. Dann sagte ich, was mich in den Nächten nicht einschlafen ließ: »Ist er noch mein Mann? Bin ich noch seine Frau? Nein! Aber ist es seine oder meine Schuld? Nein. Ich weiß es nicht.«

»Du willst ihn verlassen?«

»Je besser es mit der Spedition läuft, umso freier werde ich sein, das zu entscheiden.«

Edward ergriff meine Hand und drückte sie mit familiärer Wärme. »Du bist nicht mehr in Europa, Luisa«, sagte er. »Wir sind hier in Afrika, und es ist ein Unterschied, ob du deinen Mann verlässt oder ob er dich davonjagt. Dein Geld ist nur dein Geld, solange er nichts davon weiß. Und deine Kinder sind nur dann deine Kinder, solange er nicht weiß, wo sie sind. Karamoja und Teso sind Nachbarn, aber die Politik bemüht sich, sie zu Feinden zu machen.«

»Bist du nicht ein Teil dieser Politik?«, fragte ich.

»Ihr Handlanger bin ich«, seufzte Edward. »Es gibt nicht viele, die sich mit Finanzen auskennen, deshalb habe ich sogar als Karamojong diesen Posten. Aber ich entscheide nicht nach meinem Gewissen, sondern ich handle nach den Vorgaben des Präsidenten. Wenn ich das nicht täte, säßen wir jetzt nicht hier; es gäbe mich wahrscheinlich gar nicht mehr.«

Eine dumpfe Ohnmacht legte sich auf mein Gemüt: »Niemand ist frei in Uganda. Das ist es doch, was du mir sagen willst.«

»Noch ist nicht alles verloren«, sagte Edward. »Vielleicht ist es gut, so wie es ist. Jetzt jedenfalls. Die Zeit wird neue Menschen mit neuen Gedanken bringen. Das fällt nicht mehr in meine Generation.«

»Du klingst müde«, warf ich ihm vor. »Wir sollten von etwas anderem reden.« Und während mein Blick über die trägen Wellen des Viktoria-Sees glitt, fragte ich: »Konntest du dir als Nomadenkind in Karamoja vorstellen, dass es irgendwo so viel Wasser gibt?«

»Du musst dem Fluss folgen, um das große Wasser zu entdecken. Aber in Karamoja versiegen die Flüsse nach dem Regen im Sand. Du bist genau wie ich diesem roten Sand davongelaufen, um hierher zu gelangen, wo es Wasser in solcher Fülle gibt, dass es überläuft und schließlich sogar Afrika verlässt – aber es fließt nicht bergan und macht deshalb einen Bogen um Karamoja. Nur wer austrocknen will, kehrt dorthin zurück.«

Ich wollte das nicht akzeptieren: »Wir sind dort geboren und über eine Million weitere, die dort noch leben. Ich werde nicht aufgeben, ihnen zu helfen, so wie auch mir geholfen wurde.«

»Was war das für eine Hilfe? Niemand brachte dir Wasser, es wurde dir nur möglich gemacht, zum Wasser zu gehen. Was willst du anders machen? Ich wünsche dir eine glückliche Hand dabei.« Edward senkte den Blick. »Als Finanzminister kann ich dir dafür jedoch nichts in deine Hand legen.«

»Eine bessere Straße wäre nötig ..., wenigstens eine.«

Edward hob bedauernd die Schultern: »Selbst wenn das Geld dafür vorhanden wäre, sie müsste zuerst von der Regierung beschlossen sein. Das ist nicht meine Sache – und die anderen werden es nicht tun.«

Ich wollte nicht aufgeben: »Wer ist zuständig? Ich werde mit ihm reden.«

»Er kommt aus Teso.«

Ich seufzte: »Also zwecklos.«

Edward sah mich lange schweigend an, es war, als habe er seine Sätze formen müssen: »Füge dich in dein Schicksal, Luisa. Du siehst doch, dass sich alles zum Guten wendet. Es braucht nur viel Zeit. Verbünde dich mit der Familie deines Mannes. Es ist nicht gut, Feinde zu haben – oder sogar damit verheiratet zu sein.«

»Ich habe mir keine Feinde gemacht«, begehrte ich auf. »Sie waren es, die mich als ihren Feind bezeichnen. Nicht nur mich – sie haben das ganze Volk der Karamojong zu ihrem Feind erklärt. Wie kann ich auf ihrer Seite sein? Und wie kannst du es?«

Edward hob die Hände. »Still, Luisa!« beschwor er mich. »So etwas darf hier niemand hören.« Und während er seinen Kopf zu mir über den Tisch beugte, flüsterte er: »Wir sind in sehr schweren Zeiten, Luisa. Es ist ernster, als du bereits spürst. Es ist nicht nur die Familie deines Mannes, es ist die Hälfte Ugandas, die sich gegen Karamoja wendet. Es ist noch der Zorn Idi Amins auf die nackten Wilden, die Tiere, wie er die Nomaden nannte. Er predigte den Hass gegen sie, und immer noch geht die Saat seiner Hetze auf. Wenn die Regierung sich jetzt auf die Seite Karamojas stellte – wer könnte es verstehen? Es gibt doch keinen Grund dafür. Und ohne Grund gibt es keine Investitionen für diesen Teil des Landes. Jetzt jedenfalls nicht. Nicht einmal freundlich wird man zu ihnen sein. Die Duldung zu erhalten ist das höchste Ziel. Es schwelt ein Brand in unserem Land, und jede kleine Flamme muss ausgetreten werden, damit uns nicht das Feuer eines Bürgerkriegs verbrennt.«

Diese plötzliche Klarheit traf mich wie ein Schlag. Halt suchend ergriff ich Edwards Hände, es flackerte vor meinen Augen. Dass Edward jetzt schwieg, machte seine Rede noch eindringlicher. Und ich konnte nichts entgegnen.

Nach einiger Zeit versuchte Edward, das Gespräch wieder auf die Familie zu lenken: »Was ist mit deiner deutschen Freundin und deinem Sohn? Sind sie noch bei Corny in Mbale? Ich hörte, dass seine indischen Frauen die Deutsche nicht akzeptieren. Und Moses gilt für viele immer noch als ein Sohn Idi Amins. Ich weiß, dass es nicht stimmt, aber Gerüchte sind stärker als die Wahrheit. Mbale ist nicht Karamoja, aber nah dran, zu nah – es ist ein unruhiges Gebiet.«

»Sie wohnen inzwischen bei mir«, sagte ich leise. »Schon seit zwei Monaten. Sam hat es erlaubt; er bekommt eine Miete dafür. Marianne arbeitet in der Deutschen Botschaft, in ähnlicher Weise, wie ich es tat.«

»Moses in Sams Haus?«, fragte Edward erstaunt.

Ich zuckte mit den Schultern. »Ich glaube, er hat ihn noch nicht einmal gesehen. Vielleicht denkt Sam auch, dass Moses Mariannes Kind ist, Moses ist gewachsen, sieht männlicher aus als bei meiner Ankunft. Oder es ist Sam einfach egal, ja, er wird nicht einmal darüber nachgedacht haben. Manchmal kommt es mir vor, dass er das alles verdrängt, weil er nicht gegen die dunkle Macht seiner Mutter ankommt. Niemand kommt gegen sie an. Die ganze Familie hat sie mit ihren düsteren Gedanken verhext. Niemand sagt etwas gegen das, was sie behauptet. Selbst wenn sie weit weg in Gulu ist, erreicht mich ihr Fluch.«

Edward hörte mit unbewegtem Gesicht zu, während mir die Tränen in die Augen stiegen.

»Marianne und Moses sind mein Halt«, tröstete ich mich selbst. »Moses besucht das Gymnasium, Marianne arbeitet in der Botschaft und ich wirke im Büro von Future Transport. Wir sind bei Sam nicht zu Hause, wir wohnen dort nur.«

»Es kann doch nicht so bleiben«, meinte Edward. »Was sind deine Pläne?«

»Kann ich denn Pläne für die Zukunft haben? Nach dem, was du gerade gesagt hast?«

Edward nickte wichtig. »Vielleicht musst du sie sogar haben, damit die Zukunft dich nicht überrollt.«

»Weißt du noch, wie unser Gespräch begann?«, fragte ich und lächelte sogar wieder. »Ich sagte, dass mein Kredit fast bezahlt ist. Jetzt fängt das Geldverdienen an. Ist es nicht so, dass alle Pläne mit Geld zusammenhängen? Ich werde freier sein, um das zu tun, was mir am Herzen liegt: Etwas für unser Land schaffen – und besonders für Karamoja. Hilfst du mir dabei?«

Edward senkte den Blick. »Ich bin nicht der Steuermann meines Bootes. Die Zeit wird unser Land verändern – aber wann kommt diese Zeit?«

»Sie ist schon da!« Ich reckte mich optimistisch auf und hob damit auch Edwards Stimmung.

»Ja, sie lacht mich an«, sagte er.

Wir werden reich

Als ich durch die Bürotür kam, hatte Friedrich Funke den Bürostuhl bis zum Anschlag nach hinten gekippt und die Füße mit den derben Stiefeln auf den Schreibtisch gelegt. Er blätterte im Geschäftsbuch, dessen Zahlen ihm ein breites Grinsen ins Gesicht zauberten. »Es konnte wirklich nicht besser kommen!«, sagte er.

»So sieht Erfolg aus«, sagte ich. »Du siehst aus wie ein Amerikaner, der nach Öl gebohrt hat.«

Funkes Grinsen wurde noch breiter. »Hier werden wir reich, ohne zu bohren. Liegt auch an dir, Luisa. Du bist die fünfundzwanzig Prozent wert. Für fünfzigtausend Mark würde ich heute doch keine fünf Prozent mehr hergeben.«

»Fünfzigtausend Deutsche Mark ...« Ganz langsam zischte ich die Summe durch die Lippen und blitzte meinen Partner gekränkt an. »Zehn Millionen waren es, Friedrich Funke!« Und als er mich erschrocken und belustigt zugleich anschaute, wiederholt ich es: »Zehn Millionen Ugandische Schilling! Weißt du eigentlich, wie viel Geld das ist?«

Ja, er wusste es, es waren fünfzigtausend Deutsche Mark, nicht mehr, eher weniger, ein bisschen mehr als vierzehntausend Dollar. Franke wusste auch, dass er mir das jetzt nicht mit einfachen Zahlen vorrechnen durfte. Und er durfte auch nicht nach dem Muster kontern: Versuch mal, für zehn Millionen Uganda-Schilling einen Truck zu kaufen, solch einen, von denen Future Transport bald fünf hatte.

»Na, was ist?«, hakte ich nach.

»Zehn Millionen sind zehn Millionen«, sagte Franke, kratzte sich hinterm Ohr und grinste. »Es ist ungefähr soviel Geld, wie man als Partnerin von Future Transport in neun Monaten verdienen kann. Es gibt in Uganda wahrscheinlich kaum andere Möglichkeiten außerhalb der Regierung, so viel Geld zu verdienen.«

»Ja«, sagte ich, »es ist phantastisch. Aber lass die Regierung aus dem Spiel. Sag so etwas nie wieder, auch nicht zu mir.«

Franke nickte und betrachtete wieder die Geschäftszahlen. »Es hat den Anschein«, wandte er sich an mich, »als hätte eine gleiche Leistung nicht immer den gleichen Preis. In Kenia muss man mehr bezahlen als in Uganda, europäische Firmen zahlen noch mehr. Das können wir doch nicht machen.«

»Alle sind zufrieden«, sagte ich.

»Doch nur, weil sie die anderen Preise nicht kennen.«

»Du möchtest, dass in Kenia ebenso niedrige Preise wie in Uganda berechnet werden?«

»Umgekehrt. Es gibt doch keinen Grund, den Bauern und Firmen in Uganda Rabatte einzuräumen.«

»Doch!«, protestierte ich. »Es gibt niemanden in Uganda, der durch uns einen Sack Kaffee nach Nairobi bringen lässt, für den er nicht mehr bekommt, als die Fracht kostet.«

Funke verzog das Gesicht. Es passte nicht in sein Weltbild, dass ihm eine Schwarze die Marktwirtschaft erklärte. »Sollen sie ihn teurer verkaufen. In Kenia ist Kaffee teuer und wächst unter derselben Sonne.«

»Warum sollte man in Kenia Kaffee aus Uganda kaufen, wenn er so teuer und so gut ist wie in Kenia?«, fragte ich.

Ich bekam keine Antwort. Funke zündete sich umständlich ein Zigarillo an. »Afrikanische Verhältnisse«, murmelte er. »Tabak, vielleicht geht's mit Tabak oder mit Baumwolle ... Was laden wir denn eigentlich hauptsächlich in Uganda?«

»Meistens das, was die Leute tragen können«, sagte ich. »Sie gehen damit auf die Märkte in den Städten und fahren gern mit, wenn wir denselben Weg haben. Neben den offiziellen Ladungen ist immer noch reichlich Platz für sie. Es ist nur wenig unbequemer als in den Bussen, aber unsere Preise sind günstiger.«

Funke machte große Augen. »Ich lerne noch«, sagte er genervt, »ich lerne wirklich noch jeden Tag dazu.«

Ich tröstete ihn: »Wir doch auch, Friedrich.«

***

»Sie kommt gleich. Sie verabschiedet gerade den Konsul von Tansania.« Ich wartete einen Augenblick im Besucherzimmer der

Deutschen Botschaft, wo ich Marianne zu einem verabredeten Shopping-Bummel im Kampala-Zentrum abholen wollte.

Ich hörte sie im Nebenzimmer lachen. Ein Mann lachte ebenfalls. Sie redeten lebhaft miteinander auf Swahili. Wie gut Marianne es schon sprach! Der Mann antwortete mit schwarzer Stimme. Tief und warm klang sein kehliger Ton durch die Wand. Ohne alle Worte zu verstehen, spürte ich die herzliche Männlichkeit, die davon ausging. Dann war es ruhig – nach einer Weile wieder beidseitiges Lachen. Dann öffnete sich die Tür und ein hochgewachsener Mann trat in den Flur, mit weißem Hemd, roter Krawatte und marineblauem Anzug, dessen Jacke seine breiten Schultern straff umfassten. Durch die offene Tür des Besucherzimmers gewahrte er mich, nickte mir zu und verabschiedete sich mit staksiger Höflichkeit von Marianne: »Ich wünsche einen schönen Nachmittag. Ich freue mich auf die Fortsetzung unseres Gesprächs.«

»Ja, ja, ich auch!«, rief Marianne ihm nach, dann sah auch sie mich. »Oh, Luisa, hast du schon lange gewartet?«

»Lange genug, um alles zu ahnen«, schmunzelte ich. »Du bist verliebt in ihn, stimmt's?«

»Das ist der Konsul von Tansania!«, sagte Marianne. »Wir denken über Kooperationen nach.«

Ich überhörte den förmlichen Ton. »Aha, Kooperationen. Und er ist nett, sieht gut aus, kann gut küssen ...«

»Lass das!«, forderte Marianne, doch in ihren Augen funkelte noch das Glück des Augenblicks.

»Er ist dir gleichgültig? Dann nehme ich ihn!« feixte ich.

»Unterstehe dich!«, warnte Marianne und knuffte mir in die Seite. »Was meinst du...?«

»Nur zu! Aber was ist mit Corny?«

»Ich kann nicht zu ihm zurück. Ab und zu schickt er mir Geld – aber er wäre sicher froh, wenn er auch damit aufhören könnte, denn seine Schwestern werden es irgendwann erfahren. Und dann – je größer die Summe, desto heftiger der Krach.«

»Schade um Corny.«

»Ich wünsche ihm auch den Frieden in seiner Familie. Ich bin doch nur ein Eindringling.«

Plötzlich erschrak ich: »Du gehst doch nicht nach Tansania?«

»Er hat meistens in Uganda zu tun. – Luisa, wir sind doch noch nicht einmal am Anfang ...«

»Ich habe auch die Pause gehört«, sagte ich vieldeutig.

»Wer weiß wann ...«, Marianne schloss einen Augenblick selig die Augen. »Hauptsache Afrika!«

Der Abendhimmel hatte sich rot gefärbt. In Kampala gingen die Lichter an. Die Shopping-Arkaden lockten mit flimmerndem Neon. An den Rändern der chaotisch vollgestopften Autoplätze flammten Fackeln auf, die das auf der Straße platzierte Gestühl der kleinen Kneipen und Speisehäuser einladend beleuchteten. Von glühenden Grills duftete es nach gebratenem Fisch und Fleisch.

»Lass uns eine Kleinigkeit essen«, schlug Marianne vor und wir genossen die frisch zubereiteten Häppchen, während wir das Treiben rings um uns herum beobachteten.

»Mich beunruhigen die vielen Soldaten«, bemerkte ich. »Überall in der Stadt laufen sie zu zweit oder in Gruppen herum. Und wie sie ihre Gewehre tragen! So, als wollten sie jeden Moment damit schießen. Es sind mehr als früher. Ob es wirklich so gefährlich ist in Kampala?«

Marianne winkte ab: »Ich finde es beruhigend, dass sie ein waches Auge haben. In Mbale kamen sie immer, um die Leute auseinander zu treiben. Sie glaubten wohl, dass Männer, die zusammen reden, etwas Kriminelles vorhaben. Allerdings gab es auch manche Prügeleien. In letzter Zeit hat das Militär manchmal geschossen. Es soll auch Tote gegeben haben.«

»Beschützen sie uns oder bewachen sie uns?«, fragte ich.

»Die einen so, die anderen so«, meinte Marianne. »Es ist doch egal. Sie kommen sich wichtig vor, manchmal zu wichtig. Wir können doch nichts dagegen machen.«

Als wir schließlich durch die Shopping-Arkaden bummelten, waren wir auch dort von Militär umgeben. Soldaten standen an den Eingängen, patrouillierten sogar durch die Kaufhäuser.

»Hier, sieh mal!« Marianne hatte einen amtlichen Aushang entdeckt. »Ausgangssperre! Um acht Uhr abends darf niemand mehr auf der Straße sein. Hast du das gewusst?«

Jetzt spielte ich die wissende Gleichgültige: »Ach ja, ich habe so etwas gehört. Aber dann sind wir ja sowieso zu Hause. Es hat mich nicht weiter interessiert. Und die Trucks fahren grundsätzlich nicht nachts – schon wegen der schlechten Straßen.«

Als wir mit dem Taxi nach Hause fuhren, war es fast sieben. Der Fahrer nickte uns zu: »Sie sind gut in der Zeit. In einer halben Stunde ist es Glücksache, einen leeren Wagen zu bekommen. Gute Zeiten für uns!«

»Der Tod hat keine Eile«

Dr. Samuel hatte Besuch. Seine Schwester Kate, die vor einem halben Jahr nach Kampala zog, war zum Abendbrot geblieben.

»Du kannst gern heute Nacht hier schlafen«, sagte Sam. »Wir haben Platz genug und im Gästezimmer steht ein bequemes Bett. Dann kann uns die Ausgangssperre gleichgültig sein.«

Kate willigte ein und sie plauderten noch einige Stunden miteinander. Kate brachte Nachrichten von der Mutter, die vor einigen Wochen zurück nach Kitgum gefahren war. »Sie fürchtet sich davor, in Kampala zu sterben«, erzählte sie ihrem Bruder, »aber sobald sie in Kitgum ist, möchte sie bald zurück, weil sie um dein Wohl fürchtet. Sie ist nicht mit deiner Frau einverstanden und wünscht sich so sehr, dass du dir eine Frau aus Acholi nimmst. Warum tust du ihr nicht den Gefallen, du bist ihr liebster Sohn, deinem Stand nach könntest du drei Frauen haben oder mehr.«

»Ich habe wichtigere Aufgaben«, sagt Sam. »Im Militär-Hospital gibt es viel zu tun – viel zu viel!«

»Es hängt mit Karamoja zusammen, nicht wahr? Ich habe davon gehört. Und deine Frau ist eine Karamojong. Ist es dann nicht verständlich, wenn deine Mutter sich sorgt?«

»Sie ist eine alte Frau und macht sich zu viele Gedanken.«

»Ja, sie ist alt – sie hat ein langes Leben in sich, eine Zeit über Kinder und Enkel – sie weiß mehr als wir alle. Sie schaut in die Vergangenheit so klar wie in die Zukunft.«

»Ich verehre sie wie ein Mann seine Mutter verehrt«, sagte Sam. Ihm war das Thema lästig.

Kate gab nicht nach: »Wo ist deine Frau?«

»Sprich nicht weiter über sie«, verlangte Sam, »wir sind von Tisch und Bett getrennt.«

»Wohnt sie in diesem Haus?«, forschte Kate.

»Es sind verschlossene Türen dazwischen.«

Kate stemmte sich auf den Armlehnen aus dem Stuhl. Gerade stellte sie sich vor Sam. »Ich will in diesem Haus nicht schlafen, nicht Wand an Wand mit einer Karamojong!« Sie ging zur Tür: »Ich werde nach Hause gehen. Es ist über die Abkürzung nur eine gute halbe Stunde zu Fuß.«

»Das kannst du nicht machen«, sagte Sam förmlich, »es ist bereits Sperrstunde.«

»Niemand wird mich sehen. Ich nehme den Pfad jenseits der Straße, ich bin ihn schon oft gegangen.«

»Es ist gefährlich!«

»Und wie gefährlich ist es, in diesem Haus zu bleiben?«

»Kate, bitte!«

Doch Kate ging entschlossen zur Tür.

»Ich werde dich nach Hause fahren«, entschloss sich Sam.

»Das fällt doch erst recht auf.«

»Ich bin der oberste Militärarzt. Man kennt mich. Für einen Arzt gibt es immer einen Grund, nachts unterwegs zu sein.«

Kate lächelte: »Immerhin bist du noch freundlich zu deiner Familie. Vergiss sie nicht in dieser Zeit.«

Am Tor zum Grundstück standen wie üblich zwei Soldaten. Einer tippte an die Mütze. »Guten Abend, Dr. Samuel, so spät noch ins Hospital?«

»Bin bald zurück«, antwortete Sam und wartete mit laufendem Motor, bis das Tor offen war.

Die Scheinwerfer tasteten über die Ränder der leeren Straße. Kein Mensch, kein Auto, völlige Ruhe, es war fast gespenstisch, denn in Kampala war es sonst nie ganz still.

»Siehst du«, sagte Kate, »wer hätte mich sehen sollen, wenn ich hier nach Hause gehe. Dort drüben ist der Pfad, dort wird nicht einmal ein Hund laufen, und der Weg ist viel kürzer.«

»So ist es besser.«

Als Kate ausstieg, beschwor sie Sam abermals: »Denke an die Worte unserer Mutter. Schaffe diese Karamojong aus deinem Haus. Gründe eine Familie, die auch unsere sein kann. Du bist mit einer Karamojong kein angesehener Mann, nicht in Kampala und erst recht nicht in Teso oder Acholi.«

Wortlos wendete Sam den Wagen und fuhr die Strecke zurück. Er erschrak, als das Scheinwerferlicht eine Absperrung erfasste. Eine Baustelle! Hatte er sie eben übersehen? War er in Gedanken eine andere Straße gefahren? Es waren Straßenarbeiter, die einen Kanaldeckel geöffnet hatten. Es gibt Dinge, die kann man besser nachts erledigen, zumal jetzt kein Verkehr ist, dachte Sam.

Einer der Straßenarbeiter gab ihm Zeichen mit den Händen: Langsam fahren! Langsam rechts an der Baustelle vorbei! Noch langsamer! Sam folgte den Anweisungen, grüßte mit der freien Hand ...

Dann plötzlich – auf beiden Seiten des Wagens wurden die Türen aufgerissen. Einer der Männer warf sich hinein, griff ins Lenkrad und zog den Zündschlüssel aus dem Schloss. Stotternd verreckte der Motor.

Sam spürte eine harte Hand im Gesicht, die seinen Mund verschloss. Weitere Hände packten seine Schultern und rissen seine Arme nach hinten, bevor er sie zur Abwehr nutzen konnte. Sie zerrten ihn an den Beinen aus dem Wagen. Sein Kopf schlug mit hartem Ruck auf das Pflaster. Sie drehten ihn mit dem Gesicht zum Boden. Dann knoteten sie ihm einen Strick um den Leib, den sie durch die Beine zogen und auf dem Rücken mit den Händen vertäuten. Von dort aus umwickelten sie die Beine, um das Seil schließlich knapp über den Füßen derart fest zu zurren, dass der Strang in die Knöchel schnitt.

Einen Moment lang, als der auf seinem Rücken kniende Mann aufstand, bekam Sam genug Luft, um laut aufzuschreien, doch der Schrei erstickte sofort in einem nach Petroleum stinkenden Lappen, der ihm in den Mund gestopft wurde. Mit Fußtritten drehten sie seinen Körper auf den Rücken. Für eine Sekunde sah er ein Messer aufblitzen, spürte es am Hals, fühlte den stechenden Schmerz.

»Stirb langsam, du verdammter Kriegerheiler«, sagte jemand mit hasserfüllter Stimme; sie wussten genau, wen sie massakrierten. »Stirb langsam, du Hund, so wie unsere Freunde durch eure Folterknechte starben. Der Tod hat keine Eile.«

Er spürte die Hände, die ihn erneut packten, ihn aufhoben – und wieder fallen ließen. Mit dem Kopf voran stürzte er in den Kanalisationsschacht. Schwarze Nacht umfing ihn. Es war aus!

Wie aus einem Strudel ohne Oben und Unten, ohne Gefühle und ohne Laut erwachte Sam wie aus einem Albtraum. Er nahm sich lange nicht wahr, wusste nicht, was geschehen war, würde niemals sagen können, welche Unendlichkeit er brauchte, um sich seiner Situation bewusst zu sein.

Vielleicht war es das Blut, das warm und träge aus seinem Hals über das Gesicht rann, das ihm bereits die Augen verklebte. Es tränkte auch das Tuch in seinem Mund und mischte sein süßes Aroma mit dem beißenden Petrol-Geschmack. Es ekelte ihn. Doch jetzt wurde der anfangs trockene Fetzen schmierig glatt, und als er sich erbrach, rutschte der Knebel mit heraus. Sein Würgen und Husten schmerzte ihn im ganzen Körper, dann aber bekam er wieder Luft, bevor ihm das in die Nasenlöcher fließende Blut ihm erneut den Atem nahm.

Krampfhaft versuchte Sam, zu denken. Nach und nach spürte er seine schmerzenden Glieder, gewahrte erst jetzt, dass seine Füße über ihm waren und es keine weitere Bewegungsfreiheit gab, als er sie beim Kotzen hatte; den Rücken konnte er etwas krümmen, den Bauch einziehen und herauswölben.

Es war ein verzweifeltes Rühren, das nichts weiter bewirkte, als dass ihm etwas Hartes unter das Kinn rutschte und ihm noch mehr Raum nahm. Er wollte diesen Brocken loswerden, scheuerte mit dem Kinn hin und her, bis er es jäh als das Walkie-Talkie ausmachte, sein Notruf-Gerät, mit dem er ständig in Kontakt mit dem Hospital sein musste. Stets steckte er es lose unters Hemd, weil es zu groß für die Tasche war und zu lästig am Gürtel. Es gehörte so zu seinem Körper, dass er es auf seinem Bauch gar nicht mehr bemerkte.

»Dr. Samuel?« War das sein Name, der zwischen Rauschen und Knacken aus seinem Hemd tönte? Jetzt musste er die Ruftaste drücken! Er hatte das Bild des Funkgeräts vor Augen, wusste genau, wo die Taste sitzt, doch wie lag es unter seinem Kinn? Verzweifelt hackte er mit dem Kinn darauf ein, glaubte nach einem Knacken, dass er die Taste getroffen hatte. Ich bin überfallen worden!, wollte er sagen, doch es kamen nur röchelnde Laute aus seiner Kehle. Er keuchte den Namen der Straße, auf der es geschehen war.

Die Anstrengung löste einen warmen Blutschwall aus, der ihm Panik ins Hirn trieb. Hat man mich gehört? – schoss ihm durch den Kopf. Dann verlor er erneut die Sinne.

***

»Ich möchte zu Dr. Samuel«, erklärte ich dem Pförtner des Militär-Hospitals.

»Im vierten Stock«, sagte der Pförtner. »Wenden Sie sich bitte an die Stationsschwester; ich nehme an, dass er noch im Operationssaal ist. Sie sind doch Frau Samuel, nehme ich an.«

Ich nickte und eilte zum Fahrstuhl. Ich war wütend, weil Sam mir nichts gesagt hatte. Morgens warteten schließlich Beatrice und Alexander vor der Tür, um mit ihm in den Kindergarten zu fahren, aber er war nicht da. Sein Wagen war schon fort. Als ich John fragte, wo denn Stella sei, ob Sam nur sie zur Schule gebracht hätte, hob er nur bedauernd die Schultern. Gewiss, der Weg zur Schule war nicht so weit, dass man ihn nicht auch zu Fuß gehen konnte, aber Stella wird zu spät gekommen sein, im Kindergarten wird man Beatrice und Alexander vermissen. Jetzt sollte Sam mir erklären, wie es dazu kam und ob es immer so bleiben musste.

Sollte er es doch sagen, wenn er auch die Kinder nicht mehr wollte, weil sie ja halbe Karamojong waren. Sollte er sie doch aus dem Haus jagen, die Ehe für beendet erklären und die Kinder in Ruhe lassen. Ich wollte ein klares Wort.

Meine Schritte hallten durch den langen Korridor im vierten Stock. Ich war entschlossen, auf der Stelle alles von ihm zu fordern. Es musste Schluss sein mit diesem Spuk! Schließlich war ich eine erfolgreiche Geschäftsfrau, die allein für ihre Kinder sorgen konnte.

Die Stationsschwester, aufgeschreckt von meinen nagelnden Schritten, eilte mir ebenso forsch entgegen.

»Samuel«, rief ich ihr hastig zu, »ich will meinen Mann sprechen. Ist er hier?«

»Im Operationssaal ...«

»Wird es lange dauern?«, fragte, ich schroff.

Die Stationsschwester setzte eine mitleidige Miene auf. »Oh, Frau Samuel, ich hatte sie gar nicht erkannt. Es tut mir so leid. Es wird sicher noch eine Weile dauern, bis sie ihn sprechen können.«

»Wie lange – eine halbe, eine ganze Stunde!«

»Wir können es nicht genau abschätzen. Die Wunden sind nicht tief, aber er hat viel Blut verloren, verliert immer wieder das Bewusstsein ...«

»Sam!?« fragte ich. »Was ist passiert?« Wie ein Schock jagte mir die plötzliche Erkenntnis durch den Körper, dass Sam in diesem Moment nicht Arzt, sondern ein Notfall-Patient war. Ich tastete zur Wand.

»Sie wissen es nicht?« Die Stationsschwester griff mir unter die Arme. »Es sieht vielleicht schlimmer aus, als es ist. Sein Zustand hat sich etwas stabilisiert, wir fürchten nicht mehr um sein Leben.«

»Was ist passiert?«, fragte ich erneut. Mit aufgerissenen Augen forschte ich im Gesicht der Schwester.

»Sie wissen es wirklich noch nicht? Wir haben doch bereits vor drei Stunden angerufen. Waren Sie denn nicht zu Hause? Kommen Sie.« Die Stationsschwester führte mich ins Dienstzimmer, rückte mir einen Bürostuhl zurecht. »Möchten Sie einen Kaffee?« Sie füllte eine Tasse, ohne auf meine Antwort zu warten.

»Was ist geschehen?«, fragte ich wieder.

»Sie haben ihn erst heute Morgen gefunden. Kopfüber haben sie ihn in die Kanalisation gesteckt. Sein Walkie-Talkie hat ihn gerettet. Wir wussten, dass er es ist, aber wir haben kaum etwas verstanden.« Bruchstückhaft fügte sich vor meinem inneren Auge aus den gebrochenen Sätzen zusammen, was in der Nacht geschehen war. »Ein Überfall war es. Das Auto haben sie dort gelassen, sonst hätte niemand gewusst, wo zu suchen sei. Es waren Schleifspuren zu sehen. Ein Brecheisen lag auch da. Sonst hätten sie den Kanaldeckel gar nicht herausheben können. Wie lange mag er in dem Schacht gesteckt haben. Warum ist er denn weggefahren? Wir hatten ihn nicht gerufen. Und es war doch Sperrzeit. Er muss während der Sperrzeit auf der Straße gewesen sein. Jemand muss es gewusst haben.«

Ich nippte an der Kaffeetasse, hörte die Krankenschwester wie durch Watte, und dennoch malte sich die Szene des Überfalls in meiner Vorstellung.

»Oh Gott«, seufzte ich, »wie kannst du so etwas zulassen?«

Mein ganzer Groll, mit dem ich in das Hospital gestürmt war, war verflogen, wandelte sich in Angst und Sorge. Ich wollte Sam sehen, seine Hand halten, ihm über die Stirn streichen. Es war doch mein Mann, der in Not war. Aller Groll, den ich gegen ihn hatte, war verflogen.

»Ich möchte zu ihm«, bat ich mit hilfloser Zärtlichkeit.

Die Stationsschwester legte mir sanft einen Arm um die Schulter und redete tröstend auf mich ein: »Er schläft bestimmt. Die Ärzte sind bei ihm. Warten Sie noch zwei Stunden. Ruhen sie sich selbst etwas aus. Wir haben hier ein kleines Zimmer mit einer Liege.«

Wie ein gehorsames Kind folgte ich der Schwester. Als die Schwester eine Decke über meinen zusammengekauerten Körper legte, liefen mir die Tränen über das Gesicht. Schluchzend schlief ich ein.

***

Vier Stunden später erwachte ich, rieb mir die Augen, wusste nicht, wo ich war. Ich hatte von Neuss geträumt, von der Zeit, als ich mit Sam in die neue Wohnung einzog, von der Geburt unserer Tochter. Von der Zeit, als Sams Mutter noch gar nicht wusste, dass ihr Sohn in Deutschland geheiratet hatte. Von der schönsten Zeit meines Lebens!

»Sie können jetzt zu ihm«, sagte die Stationsschwester, die nach mir gesehen hatte. »Er ist wach und wird sicher gleich wieder einschlafen.«

Gemeinsam gingen wir über den Gang. 404 stand auf der Tür, die Stationsschwester öffnete sie behutsam.

Ich ging hinein und sah einen weiß verhüllten Kopf in weißen Kissen. Eine Gipsschale hielt ihn in unverrückbarer Position. Die Beine waren hochgelegt, die Arme lagen schlaff auf der weißen Bettdecke. Braune Hautflächen, die weder von Pflastern noch von Binden verdeckt waren, stachen wie Flecken aus dem unendlichen Weiß des Krankenzimmers.

»Sam«, sagte ich nur. Wortlos setzte ich mich zu ihm auf die Bettkante und griff nach der unverbundenen Hand, zog sie an mich und küsste die Handfläche.

Sam stöhnte leise unter dem Schmerz, den er bei jeder Bewegung verspürte. Aber seine Augen schauten mich dankbar an. Um seinen Mund spielte ein kaum wahrnehmbares Lächeln der Begrüßung.

»Ein Wunder, dass es mich noch gibt«, hauchte er. »Es wird noch etwas dauern, bis ich wieder wirklich lebe.«

»Ich werde für dich beten«, versprach ich. Ich fragte nicht, was ihm passiert war. Ich sah ihm an, dass ich mehr darüber erfahren hatte als er selbst.

Wir waren schweigend beieinander. Ab und zu spürte ich, dass ein leichter Druck von seiner Hand ausging. »Komm morgen wieder«, bat er schließlich und schloss müde die Augen.

Die Stationsschwester nahm mich beiseite: »Ihr Mann ist eine robuste Natur«, meinte sie beruhigend. »Den Gips haben wir ihm nur vorsorglich an den Hals gelegt. Es sind wahrscheinlich nur Prellungen. Er hat ja stundenlang mit dem Kinn auf der Brust auf dem Kopf gestanden – wenn man das so ausdrücken kann. Die Reflexe an den Armen und Beinen schließen nicht auf eine Lähmung. Seien Sie unbesorgt.«

Es fiel mir schwer, sorglos zu sein. Mehr noch als sein zerschundener Körper ging mir Sams Hilflosigkeit zu Herzen. Was würde sein, wenn es so bliebe? Ich würde für ihn da sein. Er ist doch mein Mann!

Täglich besuchte ich Sam im Hospital. Ich spürte, dass sich sein Zustand besserte und die Stationsschwester meinte, dass ich meinen Anteil daran hatte. »Er wartet auf Sie«, hatte sie mir verraten, und dass es gut für seinen Lebensmut sei, denn trotz allem – »ohne den ist er verloren«, hätten die Ärzte gesagt. So stieg auch mein Lebensmut – vielleicht gab es auf diesem Wege auch einen neuen Anfang für uns.

Marianne hatte ihre Zeit in der Botschaft verkürzt und kümmerte sich etwas mehr um die Kinder. Ich vernachlässigte die Büroarbeit bei Future Transport, soweit ich es später aufholen konnte. Ronald hatte die Terminierung der Touren übernommen.

Als mir eines Morgens John über den Weg lief, stellte ich ihn zur Rede: »Du hast es gewusst, dass Sam überfallen wurde und im Krankenhaus liegt! Warum hast du es mir nicht gesagt?«

»Ich wollte Sie nicht beunruhigen, Madame«, sagte John.

»Rede keinen Unsinn, John!«, fuhr ich ihn an. »Ich bin Sams Frau! Ich muss es wissen!«

»Bitte, Madame«, flehte John um Verständnis, »hier im Haus wohnen zwei Brüder und ein Neffe von Dr. Samuel. Es ist eine Art Familienrat, der mir sagt, was ich machen und was ich lassen soll. Es tut mir auch Leid um Stella, sie wäre gern weiterhin hier zur Schule gegangen; jetzt ist auf einem Internat. Madame, ich werde dafür bezahlt, dass ich es so mache, wie man es mir sagt.«

»Hat Sam das gesagt? Ich werde mit ihm reden!«

»Mit seiner Mutter, Madame, Sie müssen mit seiner Mutter reden. Sie ist eine starke Frau.«

Ich sah John wütend an. Aber welche Schuld traf ihn. Ich stampfte mit dem Fuß auf, wirbelte herum und ging davon.

»Sie wird kommen!«, rief John mir nach. »Ich habe ihr einen Brief geschickt und sie hat telegrafiert, dass sie ihrem Sohn während seiner Genesung beistehen wird.«

Es war der achte Tag, an dem ich mich auf den Weg machte, Sam im Hospital zu besuchen. Auf dem Markt hatte ich frisches Obst gekauft, um ihn damit zu erfreuen. Es ging ihm schon viel besser.

Als ich mich mit flottem Schritt dem Hospital-Portal näherte, kam mir durch die Tür meine Schwiegermutter entgegen. Ich nickt ihr zu. »Guten Morgen. Schön, dass du gekommen bist«, rief ich ihr zu. »Geht es ihm gut?«

Sams Mutter starrt mich böse an, reckte zornig das Kinn vor und stellte sich mir breitbeinig in den Weg.

»Du wirst dort nicht hineingehen. Du wirst die Hände von meinem Sohn lassen!«

Spontan trat ich einen Schritt zur Seite, wollte an der Schwiegermutter vorbeigehen, doch die breitete die Arme aus, stieß mich dann mit größerer Kraft zurück, als ich es der alten Frau zugetraut hatte.

»Es ist mein Sohn!«, rief sie hysterisch.

»Er ist mein Mann!«, sagte ich fest.

Die Alte kratzte mir ins Gesicht. »Du hast ihm genug Unheil angetan! Geh dorthin zurück, wo du hergekommen bist!«

Noch einmal versuchte ich es: »Ich möchte zu Sam. Er wartet auf mich. Jeden Tag bin ich bei ihm gewesen. Ich habe Obst für ihn gekauft. Bitte – lass' mich zu ihm.«

Mit Genugtuung sah die Alte Blut von meinem Kinn tropfen, das sich auf meinem hellen Kleid ausbreitete. »Schau dich an, wie blutrünstig du bist. Der böse Geist fließt aus dir heraus wie Eiter aus der Wunde. Was hast du bezahlt, um meinen Sohn zu Tode zu bringen? Willst du ihn jetzt mit deinem Obst vergiften? Mach' dich davon, bevor ich dir die Augen auskratze! Du gehörst nicht zu uns. Du gehörst zu den Tieren.«

Mir stockte der Atem. Einen Augenblick glaubte ich, nicht mehr Herr meines Handelns zu sein. Ich wollte zuschlagen, wo Worte nicht mehr halfen! Doch dann drehte ich mich um und lief ohnmächtig weinend davon.

Ich schluchzte noch, als ich zu Hause ankam und entkräftet in Mariannes Arme sank.

***

»Wie soll das denn weitergehen?«, fragte ich, als ich mit meinem Bericht zu Ende war. Ich erwartete keine Antwort.

»Vielleicht ist sie nur eine Mutter, die sich um ihren Sohn sorgt«, versuchte Marianne zu vermitteln, und bevor ich ihr mit meiner

Gegenrede ins Wort fiel, fragte sie: »Hast du nicht auch eine Mutter, die sich um dich sorgt?«

»Ich würde sie so gern einmal besuchen«, seufzte ich. »Auch das hat man mir verboten. Mehr noch, zu Fuß soll ich zu ihr gehen und nicht mehr zurückkehren.«

»Du vergisst, dass du Geld verdient hast, du kannst dir einen Jeep mit Fahrer mieten – und bist zurück, bevor sie gemerkt haben, dass du weg warst.« Marianne musste unweigerlich lachen. »Sam ist doch bestimmt noch eine Woche im Krankenhaus, bewacht von seiner Mutter.«

»Mindestens zehn Tage werden es sein«, sagte ich.

»Das klingt, als ob du schon die Tasche gepackt hast. Nimm deine Kinder mit, sie haben doch um Ostern ein paar freie Tage vom Kinderhort verdient.« Und mit verklärter Stimme fügte sie hinzu: »Auch ich werde ein paar Tage fort sein. Ezekiel, der Konsul von Tansania, hat mich in sein Land eingeladen.«

»Du wirst doch wiederkommen?«

»So sicher wie du.«

Am nächsten Tag verabredeten wir uns mit einem Taxi-Mann, der sich über die weite Tour freute. Auch Moses, Beatrice und Alexander waren begeistert. Noch eine kurze Nacht schlafen, dann starteten wir bei Sonnenaufgang nach Nakapiripirit im Süden Karamojas, wo meine Mutter ihr Zuhause hatte, seit sie mit dem Schneider verheiratet war.

Marianne zwängte sich neben die Kinder auf die Rückbank; am Tansania-Konsulat stieg sie aus, der Konsul empfing sie mit offenen Armen.

***

»Ich bin froh, dass wir wieder in Kampala sind«, freute sich Moses und sprang aus dem Jeep. »Niemals will ich in Karamoja leben. Wir fahren doch nie wieder dorthin?«

»Es wird alles besser«, sagte ich. »Irgendwann werden sich alle Menschen in Uganda vertragen und Karamoja wird seine Schätze für sein Volk freigeben. Was kann denn das Land dafür, wenn wir seine Kostbarkeiten noch nicht entdeckt haben.«

»Klingt ja alles sehr geheimnisvoll«, sagte Beatrice. »Nun wollen wir mal sehen, was wir im Kühlschrank entdecken.« Es war spät und nicht nur sie hatte Hunger.

Sie waren fast mit dem Essen fertig, als es an der Tür rumorte.

Moses sprang auf. »Das wird Marianne mit ihrem Gepäck sein. Ich helfe ihr.«

Es war nicht Marianne.

In der Tür stand wankend ein schlaksig-dürrer junger Mann, der mit einem Gewehr durch die Luft fuchtelte. Als er Moses gewahrte, rammte er ihm den Gewehrkolben so heftig in den Bauch, dass Moses vom Schmerz gekrümmt zu Boden ging.

»Georg!«, rief ich, als ich Sams Neffen erkannte. »Was tust du? Du bist ja betrunken!« Ohne das Gewehr zu beachten, beugte ich mich zu Moses hinunter, um ihm zu helfen.

Torkelnd richtete Georg den Gewehrlauf auf mich. »Mach mir was zu essen!«, grölte er. »Los! Sofort! Du hast mir zu gehorchen!«

Beatrice und Alexander waren von ihren Stühlen aufgesprungen und brüllen vor Schreck und Angst laut auf.

»Seid still!«, fuhr Georg sie an. »In die Ecke mit euch!« Und zu Moses, der langsam wieder auf die Beine kam: »Du auch. In die Ecke!«

»Georg, sei vernünftig. Du bist betrunken!«, versuchte ich ihn zu beschwichtigen. »Gib mir das Gewehr. Hast du Hunger? Ich mache dir etwas zu essen.«

Georg schwankte weiter hin und her, das Gewehr im Anschlag, den Finger am Abzug. »Es ist mein Gewehr!«, lallte er trotzig. »Ich kann dich damit erschießen und kein Hund wird um dich heulen. Man wird mich dafür loben – eine Karamojong weniger!« Und zum Zeichen, wie ernst er es meinte, schoss er vor mir in die Bretter des Fußbodens.

Ein Schuss und die Angstrufe der Kinder übertönten das Motorgeräusch des Autos, das auf den Hof gefahren war. Dann stand Marianne schreckensbleich in der Tür hinter Georg.

Sie brauchte nur einen kurzen Augenblick, um die Situation zu erfassen. Dann entfuhr ihr ein schriller Schrei, aus dem sie Kraft und Mut schöpfte. Sie stürzte sich auf Georg, ergriff das Gewehr mit beiden Händen – und während sie herumwirbelte und selbst das Gleichgewicht verlor, krachte ein weiterer Schuss aus dem Lauf. Georg sackte zusammen, als habe man ihm die Beine weggerissen. Mit einem Mal war es totenstill; wie erstarrt schauten wir auf ihn. Erst der aus der Zimmerdecke rieselnde Mörtel verriet, wohin der Schuss gegangen war. Georg hatte die Wucht des Gewehrkolbens niedergestreckt; wehleidig stöhnend hielt er seinen Kopf.

Marianne und ich packten den Neffen an Beinen und Armen und legen ihn am Rand des Hofes unter den Büschen ab. Mit einem Eimer Wasser frischten wir seine Sinne auf. Das Gewehr lehnten wir schräg an die Wand und traten kraftvoll mit den Füßen dagegen, bis der Kolben herausbrach und der Lauf gekrümmt war.

Am Morgen war Georg verschwunden. Er ließ sich auch an den nächsten Tagen nicht blicken.

Im herrschaftlichen Teil des Hauses hatte die Schwiegermutter das Regiment übernommen. Wie ein Feldherr stand sie vor der Tür, als der Wagen anrollte, in dem ihr Sohn nach Hause kam. Drei Wochen war er im Hospital. Er sah aus wie zuvor, nur auf dem Hinterkopf klebte noch ein Pflaster.

Ich schaute aus der Tür, doch da traf mich schon der Blick der Schwiegermutter – ich wich zurück.

Erst am nächsten Tag wagte ich mich ins Haus. Schnell huschte ich in Sams Arbeitszimmer, ohne von der Schwiegermutter gesehen zu werden. Wie vermutet saß Sam bereits wieder am Schreibtisch.

»Guten Morgen, Luisa«, sagt er kühl und machte wieder diese distanzierte mechanische Bewegung, wie ein Arzt einem Besucher einen Platz anbietet.

»Geht es dir gut?«, fragte ich.

»Es ist ein gutes Hospital – und meine Mutter stand mir liebevoll zur Seite.«

»Ich wäre auch gern bei dir gewesen.«

»Du hattest ja Wichtigeres zu tun«, sagte er mit kaltem Blick, »Mutter hat es mir berichtet.«

»Was?«, fragte ich fassungslos. »Sie hat mich nicht zu dir gelassen, hat sich in den Weg gestellt und mir ins Gesicht geschlagen. Die Augen wollte sie mir auskratzen.«

Sam schlug mit der flachen Hand auf den Tisch. »Rede nicht so von meiner Mutter!«

Mir stiegen die Tränen in die Augen. »Ich wollte es dir eigentlich nicht sagen, aber sie hat mich beschuldigt, dass ich den Überfall auf dem Gewissen habe. Sie muss krank sein, so etwas zu glauben.«

»Hast du eine bessere Erklärung?«

»Sam, du weißt doch selbst viel mehr als ich über die unruhigen Zeiten, in denen wir leben, über die Kämpfe zwischen den verschiedenen Völkern unseres Landes«, beschwor ich ihn.

»Ja, und wir sind von dieser unterschiedlichen Abstammung.«

»Können wir nicht ein Beispiel für ein glückliches Miteinander sein. Bei allem Unglück, das dir geschehen ist – ich habe ein paar

Tage lang geglaubt, es könnte für uns zu einem neuen Anfang führen.«

Sam lehnte sich zurück wie ein Ankläger, dem noch ein Beweisstück eingefallen war: »Du hast sogar meinen Neffen Georg niedergeschlagen, als er dich um ein Abendessen bat. Wer so etwas tut, dem traut man auch anderes zu...«

Ich rang nach Luft, um ihm zu erklären, wie es wirklich war: »Er war betrunken und fuchtelte mit dem Gewehr herum. Er drohte, mich zu erschießen. Dass ihn der Gewehrkolben am Kopf traf, war ein Missgeschick, es passierte beim Ausgleiten.«

»Wer soll dir das glauben?«

»Es sind zwei Einschüsse im Fußboden und in der Decke...«

»Wo ist das Gewehr?«

»Es ist zerstört, es geht keine Gefahr mehr davon aus.«

Sam war außer sich: »Hast du nicht eben von Unruhen in unserem Land gesprochen? Und dann nimmst du einem jungen Mann die Waffe, die ihm das Leben retten kann?«

Ich flehte ihn an: »Bitte glaube mir. Es ging mir doch darum, selbst vor ihm sicher zu sein und das Leben unserer Kinder zu schützen...«

Plötzlich stand keifend seine Mutter in der Tür: »Ist sie schon wieder hier? Will sie dich schon wieder blenden mit ihren Geschichten?«

»Hinaus, du Hexe!«, fauchte sie mich an und trat zur Seite.

»Geh!«, sagte Sam, und mehr zu sich, aber vernehmlich für alle: »Es muss ein Ende haben. Ich werde eine Lösung finden.«

Wie ein geprügelter Hund wand ich mich an meiner Schwiegermutter vorbei und verließ das Haus.

Als ich wortlos in meine Wohnung kam, sah mich Marianne mitleidend an. »Du siehst schlecht aus«, stellte sie fest. Sie wusste, dass sie jetzt nichts fragen durfte, sagte nur: »Ich bringe die Kinder in den Hort und gehe zur Botschaft, dann hast du Zeit, dich um dein Geschäft zu kümmern. Heute Abend werden wir über alles reden.«

Marianne fragte auch nichts, als sie nachmittags mit den Kindern zurück kam und ich sie mit flackerndem Blick empfing. »Später«, sagte sie nur. »Wenn die Kinder schlafen. Wenn alle schlafen – auch Moses.«

Luisas Bericht

»Muss ich noch darüber reden, was mir heute Morgen bei Sam geschah? Man hat mich eine Hexe genannt. Ich aber meine, dass es Sams Mutter ist, die ihren eigenen Sohn verhext. Sie löscht in ihm jede Liebe zu mir aus und vergiftet die ganze Familie mit ihrem Hass.

Auch Sam glaubt inzwischen, dass ich ihm nach dem Leben trachte, dass ich die Auftraggeberin des Überfalls auf ihn bin. Welch groteske Idee! Wie aber soll ich meine Unschuld beweisen? Schon der Versuch einer Verteidigung würde mich doch eher verdächtig machen. Ich bin so ohnmächtig!

Ich würde zu gern weglaufen zu meiner Mutter, zurück in den Nomadenkral, wo man hinausgehen kann in die Weite der Steppe, wo ich mit den Tieren reden kann, wo mir ein paar Beeren vom Strauch das Leben versüßen.

Doch wie war es, als wir nach Nakapiripirit kamen! Ich schwieg bisher. Ich konnte nicht darüber sprechen. Es bricht mir das Herz, es zu erzählen. Auch jetzt. Und doch darf ich es nicht für mich behalten. Ich bin ein Zeuge dieses Unrechts.

Die Hütte meiner Mutter – ich habe sie noch gesehen, als sie neu errichtet war – sie liegt in Schutt und Asche. Der Rest rauchte noch, als wir eintrafen. Nur weniges ihrer Habe konnten sie aus den Flammen retten. Nachbarn haben ihr und ihrem Mann ein Lager angeboten.

Es waren Soldaten da. Ugandische Soldaten – nicht Pokot und nicht aus Kenia, unsere eigenen waren es, Soldaten unseres Landes, die meiner Mutter Hütte niederbrannten. Präsident Obote hatte sie geschickt, um die Karamojong zu entwaffnen.

Ja, es gab Waffen. Als Obotes Verbündeten aus Tansania ins Land zogen, um Idi Amin zu stürzen, da gab es Gelegenheiten. Die Karamojong plünderten Waffenlager. Fast jeder Mann hat seitdem ein Gewehr. Sie wollen damit keinen Krieg beginnen, aber es erleichtert ihnen die Jagd. In letzter Zeit aber haben sie damit auch ihr Leben und ihre Herden verteidigt. Dann, wenn man ihnen beides nehmen wollte. Jetzt sollen sie wieder schutzlos sein und ihre Waffen abliefern.

Sie glaubten dem Schneider nicht, dass er keine Waffe hat. Was soll ein Schneider mit einem Gewehr, hat er sie gefragt. Aber es hat nichts genützt, sie haben eine Fackel in die Hütte geworfen und sie festgehalten, damit sie zusehen, wie ihr Heim in den Flammen zusammenfällt.

So geht es jedem, der seine Waffen nicht abgibt! So haben sie es den anderen zugerufen. Jeder hat doch eine Waffe! Wer keine hat, der lügt. Sein Haus wird brennen!

Zu wenige im Dorf hatten zwei Gewehre, um eines weiter zu geben. Schließlich brannten zwölf Hütten. Einer der Männer konnte sich losreißen und lief, um noch zu bergen, was in der Hütte war. Die Soldaten ließen ihn nicht mehr heraus. Er kam in den Flammen um. So hat man es mir erzählt und noch Schlimmeres. Sie hatten ja Gewehre, sie waren die Starken, und sie schossen nicht nur auf Männer, sondern auch auf Mütter und auf schreiende Kinder.

Als wir ankamen, war all das vorüber. Die Soldaten waren fort. Aber die Angst vor ihnen ist geblieben. Es ist kein Lachen mehr im Dorf. Nur Furcht und Elend.

Was sollte ich machen? Ich habe meiner Mutter alles Geld gegeben, das ich bei mir hatte. Sie sind jetzt nach Moroto gefahren in der Hoffnung, dass die Soldaten nicht in die kargen Gebiete kommen, dass sie dort eine neue Hütte bauen und noch ein paar Jahre in Frieden leben können.

Hätte ich mitfahren sollen? Gemeinsam mit meinen Kindern? Moses aber besucht die Schule in Kampala. Wo sonst wird er lernen, was er für seine Zukunft braucht. Und Beatrice und Alexander? Wird ihr Vater für sie sorgen, der mir doch sagte, wenn ich nach Karamoja gehe, soll ich nicht zurückkommen.

Schließlich verdiene ich Geld in Kampala. Es ist nicht denkbar, Future Transport von Moroto aus zu führen, es gibt doch nicht einmal Touren dorthin. So dachte ich.

Also wusste ich, dass ich nur nach Kampala zurück kann. Nur hier kann ich mit meinen Kindern leben – ohne Mann, ohne Familie, nur Moses, Beatrice, Alexander und ich. Nur mit einer Freundin an der Seite – eine Weiße in einer Welt voller Schwarzer, die feindlich miteinander umgehen. Was für eine seltsame Hoffnung.

Doch du weißt noch nicht alles.

Als ich heute ins Büro kam, brachte mir der Bote dieses Telegramm:

Luisa, es ist aus. Wenn dich diese Zeilen erreichen, bin ich auf dem Schiff nach Deutschland. Drei Trucks sind mit an Bord. Die anderen sind mitsamt ihrer Fracht gestohlen, die Fahrer ermordet. Ein Zufall, dass ich noch lebe. Jetzt rette ich, was noch zu retten ist. Ich danke dir für deine Hilfe, doch unsere Träume vom Erfolg sind dahin. Ich habe dir etwas Geld auf dem Konto gelassen. Es ist nicht viel, denn die Passage ist teuer. Wenn ich wieder in Deutschland bin, werde ich ein armer Mann sein, der seinen Gläubigern erzählen muss, wie er die Kredite zurückzahlen will. Weiß der Himmel, wie das gehen soll. Dir und deinem Land wünsche ich eine Wende zum Guten. – Friedrich.

Mein Kopf ist leer, Marianne.

Leer? Nein, er ist zum Bersten voll. Es ist kein Platz zum Denken mehr darin.

Als ich nach Hause kam, habe ich versucht zu beten. Ich wusste nicht, um was ich bitten sollte. Und ich wusste nicht, wen ich anbeten sollte. Es ist niemand mehr da. Ich fühle nichts mehr in mir.

Für einen kurzen Augenblick meinte ich: Dann fange ich eben etwas anderes an. Dann fiel mir Minister Chodry ein. Erinnerst du dich, dass ich dir von ihm erzählte. Da war ja die Idee von den Baumwollplantagen und der Matratzenfabrik. Dann hörte ich nichts mehr von ihm und seine Frau schickte mir das Erinnerungsfoto zurück, das wir in Deutschland gemacht hatten. Sie hatte meinen Kopf herausgeschnitten. Sie hatte nichts dazu geschrieben, nur das zerschnittene Bild geschickt. War es vielleicht, weil ich nicht mit einem Mann aus Karamoja verheiratet bin? Duldet man in meinem Stamm auch nicht einen Mann aus den Nachbarvölkern? Ich weiß es nicht. Ich will auch nicht mehr darüber nachdenken.

Ich kenne Frauen in Kampala, die früher zu meinen Freundinnen gehörten, mit denen ich auf dem College war. Wir haben uns aus den Augen verloren. Sie sind in ihrer Familie aufgegangen. Ich war fort. Wie soll ich sie um Hilfe bitten, wenn ich schon froh sein muss, wenn sie mich nicht auch fortjagen.

Was ist mit Edward, kann er mir helfen? Er ist Minister und Karamojong. Das ist schon genug Gegensätzlichkeit. Ich habe gesehen, wie es die Regierung mit Karamoja hält und wie wenig sie die

Menschen dort achtet. Wer weiß denn, was man über die toten Truck-Fahrer erzählt? Wer profitiert denn jetzt von den gestohlenen Lastwagen und von den Waren? Ist es vielleicht sogar... – ich mag das alles gar nicht zu Ende denken.

Ich habe es gemacht, wie Friedrich Funke sagte. Ich habe mir bei der Bank das letzte Geld auszahlen lassen. Wir werden ein halbes Jahr davon leben können, vielleicht ein oder zwei Monate länger.

Wir werden nicht in diesem Haus bleiben können.

Wir müssen fort – aber wohin?«

Ich schwieg lange und auch Marianne unterbrach die quälende Stille nicht.

»Ich mache uns einen Tee«, sagte sie dann fast so, als sei nichts geschehen, und ging in die Küche.

Mariannes Erkenntnis

»Ich denke nur ungern an Deutschland zurück. Ich war ein Heimkind, eine Verstoßene. Mein Misstrauen gegenüber anderen gab man mir reichlich zurück. Dass ich mir einen Mann nahm, der meiner Pflege bedurfte, war keine Liebe – er forderte allein meine Dienstleistung.

Das größte Glück war für mich, dich kennenzulernen, Luisa. Niemand sonst nahm mich so selbstverständlich hin. Es ist, als hättest du in mir einen Schalter umgelegt. Ich habe die Welt plötzlich mit anderen Augen gesehen. Mit deinen Augen, die so fröhlich und optimistisch waren.

Jetzt kommen sie mir dunkel und verhangen vor. Das Weiß funkelt nicht mehr, der Optimismus scheint verflogen. Dennoch spüre ich die Kraft, die immer noch verborgen in dir steckt. Deine

Kraft schläft nur, Luisa, sie ruht sich nur aus, um bald wieder da zu sein. Für dich und für deine Kinder.

Nicht aber für deinen Mann.

Du wirst ihn nicht zurückgewinnen, solange es seine Familie gibt, die dich nicht zugehörig empfindet. Ihr habt geheiratet, ohne das Einverständnis des Klans. Du weißt doch, dass so etwas keinen Segen hat.

Weißt du noch, wie mich der Blitz getroffen hat, als Corny bei dir in Neuss zu Besuch war? Himmel war das eine Liebe! Manchmal dachte ich, es könnte auch dir so ergehen – mit Friedrich Funke. Ja, ich glaube wirklich, dass er dich sehr mochte. Aber er ist nicht so spontan wie Corny, er hat nicht das afrikanische Feuer, – er hatte eine heilige Einstellung zur Ehe, so wie man es sonst nur in altehrwürdigen deutschen Romanen lesen kann.

Heute Morgen hatte ich in der Botschaft davon erfahren, was mit seinen Wagen und den Fahrern passiert ist und auch, dass er bereits an Bord eines Frachters auf dem Weg nach Genua ist. Er hat die erste Möglichkeit ergriffen und nicht auf ein Schiff nach Deutschland gewartet. Ich erfuhr davon wohl zur gleichen Zeit, als dich das Telegramm erreichte. Da wusste ich, dass auch dich der Blitz getroffen hat, nur auf eine ganz andere Art, als ich es mit Corny erlebt hatte.

Corny brachte mir eine weitere Liebe bei: die zu Afrika – ich muss wohl Uganda sagen, denn Afrika ist vielfältiger als ich es von Deutschland aus vermutet habe. Schon Uganda ist so unterschiedlich, dass man kaum glauben mag, wie ein so kleines Land so unendlich viele Kontraste hervorbringen kann.

Aber was für mich zum schillernden Abenteuer wurde, bedeutet für dich Konflikte zwischen Familien, Stämmen und Völkern.

Es ist für mich nur deshalb zu verstehen, weil auch ich die Spannungen des familiären Machtkampfs durchlitten habe. Die indischen Frauen deines Bruders waren wohl das, was bei dir die Schwiegermutter ist. Sie hatten zwar eine feinere Art und umarmten mich sogar, als ich mich für immer von ihnen verabschiedete. Doch der Preis war so hoch wie deiner: Wir mussten beide den geliebten Mann wieder abgeben.

Aber nichts kann mich so traurig machen, dass ich Afrika dafür verlassen würde. Ich weiß nicht, warum das so ist. Bin ich hier als Weiße mehr wert? Ja, vielleicht als Prestige-Objekt. Manchmal glaubte ich, dass Corny mich nur deshalb mit in dieses Land genommen hat. Aber solch ein Zweifel blieb nie lange; – er konnte mich auf so leidenschaftliche Weise vom Gegenteil überzeugen!

Ich habe eure Sprache erlernt und unterhalte mich mit schwarzen Frauen und Männern, als gehöre ich ganz selbstverständlich zu ihnen. Sie achten meine Meinung und sind freundlich zu mir, ganz gleich, welcher Volksgruppe sie angehören.

Wie weh ist mir dann, von der Brandschatzung in Karamoja zu hören. Ich fühlte im tiefsten Herzen mit dir, Luisa. Das Haus der Mutter in Schutt und Asche zu sehen, verbrannt von den eigenen Landsleuten..., das presst einem doch die Seele aus dem Leib.

Und was war, während du das Elend erlebtest? Während du dein Geld hergabst, die Not deiner Mutter und ihres Mannes zu lindern, während du deinen Kindern deine Heimat als sterbendes Dorf zeigen musstest, – in dieser Zeit fuhr ich mit Ezekiel durch das grüne Tansania. Es war ein strahlend blauer Himmel, in den in der Ferne der breite Kegel des Kilimandscharo ragte. Büffel, Antilopen, Zebras und Giraffen zogen über die Savanne ... Das wird meine Heimat, Luisa! Ezekiel will mich zur Frau nehmen!

Oh, ich weiß Luisa, es ist kein guter Zeitpunkt, dir das zu sagen. Glück und Unglück liegen immer wieder so dicht beieinander, dass es kaum ausgehalten werden kann. Doch sei zuversichtlich, auch für dich wird es wieder Glück geben.

Du wirst es in Deutschland finden, Luisa.

So wie ich es in Afrika gefunden habe.

Du kannst nicht in diesem Haus bleiben. Wir beide nicht. Und auch nicht in dieser Stadt. Du auch nicht in diesem Land.

Es wird einen Bürgerkrieg in Uganda geben. Es wird sein, wie es war, als Idi Amin die Macht übernahm, und so, wie sie Idi Amin gestürzt haben. Es ist immer das Militär, das zu stark wird, bis es keine Befehle mehr annimmt, sondern selbst handelt. In Tansania bereiten sie schon das Asyl für Milton Obote vor. Er wird fliehen müssen; sein eigenes Heer ist zu stark für ihn. Das sind keine düsteren Prophezeiungen, man muss nur die Ohren spitzen. Meine Arbeit in der Botschaft und meine Liebe zum Konsul von Tansania ist auch die Quelle mancher Informationen. Wir haben den Krieg doch schon, du hast ihn doch schon erlebt, Luisa. Dein Geschäftspartner ist bereits auf der Flucht. Auch du musst dich retten! Dich und deine Kinder! Du kannst hier nichts mehr für dein Volk tun. Es geht nur noch um euch. Beatrice und Alexander sind deutsche Staatsbürger, das solltest du dabei nicht vergessen ...

Ich habe mich heute in der Botschaft erkundigt: Dein Visum für Deutschland gilt noch. Moses kann in deinen Pass eingetragen werden; du brauchst dazu keine Unterschrift seines Vaters.

Nimm dein Leben in die Hand, Luisa. Du selbst bist der Herr deines Schicksals – hast du es nicht schon oft genug bewiesen. Warte nicht, bis es von Anderen bestimmt wird.

Kannst du dir vorstellen, dass du mich irgendwann in Tansania besuchst, dass wir von diesem Albtraum nur noch als von einem überstandenen Schicksalsschlag sprechen, der uns stärker gemacht hat? Und dann fahren wir gemeinsam nach Karamoja und sehen uns an, wie schön es dort geworden ist! Irgendwann.«

***

Noch nie hatte Marianne so lange und so eindringlich gesprochen. Eher musste sie sich anhören, wie Andere auf sie einredeten, wie sie ihr Leben zu ändern hatte. Meist waren es Vorwürfe des falschen Handelns, die Trotz in ihr hervorriefen und sie noch weiter hinabzogen. So wollte sie nicht mit mir reden. Jetzt hoffte sie, dass es ihr gelungen war und wartete auf meine Antwort.

Ich hatte mich zurückgelehnt und die Arme vor der Brust verschränkt. Meine Augen hielt ich geschlossen und mein Atem ging schwer. Endlos lange saß ich so da.

Marianne wagte es nicht, zu sprechen. Drückte meine Haltung Ablehnung aus? Dachte ich über das Gesagte nach? Wusste ich nicht weiter? War ich von der Freundin enttäuscht? Es war nicht erkennbar, was in mir vorging – ich wusste es doch selbst nicht.

Schließlich löste ich meine Arme aus der Verschränkung. Ganz langsam senkte ich meinen Kopf in die Handflächen, um mein Gesicht darin zu verstecken. Nur Seufzer drangen hervor, als eilte mir die Seele davon, um Hilfe zu holen. Meine Finger krümmten sich vor der Stirn. Jeden Gedanken wollten sie festhalten, jeden einzelnen prüfen, Für und Wider abwägen, sie miteinander verbinden, überhaupt begreifen, was zu tun sei. Ich suchte nach Klugheit. Und ich musste meiner Hintergrundstimme das Recht entziehen, immer wieder zu sagen: Das bildest du dir doch alles nur ein!

Marianne goss Tee in die leeren Tassen, tropfte ein bisschen Milch hinzu, nach englischer Art, wie ich es von Frau Burton gelernt hatte, damals in Karamoja, als ich die erste Lehrerin meines Nomadenvolks war. Unendlich lang schien es her zu sein.

Gedankenversunken betrachtete ich die Milchwölkchen, die wie die Schleier tanzender Elfen durch den Tee waberten. Jäh erschrak ich, als eine Träne in die Tasse fiel und wie eine Perle zurücksprang, bevor sie in ihren eigenen Wellenkreisen versank.

Ich wischte mir über die Augen und sah Marianne traurig an: »Du weißt doch, dass das nicht geht.«

Marianne strich mir über das Haar: »Mit Gottes Hilfe.«

»Ich glaube, wir haben Gott zusammen mit den Engländern aus dem Land gejagt«, sagte ich. »Wir haben seine Gebote nicht mehr; es gelten Gesetze aus Macht und Gewalt. Edward hat mich daran erinnert: Es ist etwas anderes, wenn eine Frau ihrem Mann wegläuft, als wenn er sie fortjagt. Wir sind seine Gefangenen.«

»Du musst fort sein, bevor er dich vermisst«, sagte Marianne beschwörend. »Heute Morgen sprach ich mit John«, erzählte sie weiter. »Wir sprachen über das Wetter. Gut, dass es so trocken ist, meinte er, Ende nächster Woche will Sam nämlich mit seiner Mutter zu einem Familienfest nach Pader. Eine ganze Woche lang wollen sie dort bleiben. Das ist deine Chance.«

Ich schaute sie ungläubig an.

»Deine Chance ... und es ist die Chance deiner Kinder«, wiederholte Marianne, und noch einmal: »Die Chance deiner Kinder.«

Dann lagen wir Freundinnen uns schluchzend und lachend in den Armen. Eine Tasse kippte um und über den Tisch ergoss sich der Tee mit den tanzenden Elfen und der salzigen Tränenperle.

Leb' wohl, Uganda

Der 10. April 1985 war ein Sonntag wie andere Sonntage in dieser Zeit. Sam war mit seiner Mutter bereits früh aufgebrochen. Sie hatten sich weder von mir noch von den Kindern verabschiedet. Sie hatten überhaupt nicht gesagt, dass sie für mehrere Tage fort sein würden. Stella blieb auch am Wochenende im Internat. John war ins Haus zurückgekehrt, um die eingekehrte Ruhe mit sich selbst zu genießen.

Es war nichts Besonderes, dass ein Taxi vorfuhr, um mich und die Kinder zum Gottesdienst abzuholen. Die anglikanische Kirche war etwas weiter entfernt und wurde nicht von den Nachbarn besucht. Auch Mitglieder aus Sams Klan gingen dort nicht hin. Niemandem würde es auffallen, dass wir dort gar nicht ankamen.

»Ich habe noch etwas auf dem Weg zu erledigen«, sagte ich dem Fahrer. »Bitte halten Sie doch schon dort vorn an der Ecke.« So erklärte sich auch die größere Tasche, die man wohl nicht für den Kirchgang braucht.

Von der Straßenecke waren es nur wenige Minuten bis zum Tansania-Konsulat. An der schwarzen Limousine, die vor dem Konsulat stand, wartete Marianne und winkte uns zu.

»Es ist alles im Kofferraum«, sagte Marianne. Sie hatte Kleidung und einige andere Dinge, die wir mit nach Deutschland nehmen wollten, bereits Tag für Tag in unauffälligen Mengen mitgenommen und in zwei Koffer verstaut. »Die Tickets liegen am Flugschalter bereit. Du musst dich auf die Botschaft berufen.«

Ich nickte dankbar. »Und jetzt keine Umarmung«, flüsterte ich, »nichts, was nach Abschied aussieht.« So tätschelten wir uns nur ein »Mach's gut!« auf die Schultern.

Als ich Marianne den Umschlag zustecken wollte, in dem das Geld für die Flugtickets war, wehrte sie ab: »Du brauchst es doch viel mehr als ich. Es ist dort schneller verbraucht als hier.« Und eins musste sie noch verraten: »Ich habe im Konsulat geschlafen – toll. Ezekiel wünscht euch alles Gute. Wir fahren morgen endgültig nach Tansania. Hier wird es zu heiß.«

Moses konnte es kaum glauben, dass er in die schwarze Limousine einsteigen sollte. »Wo fahren wir hin?«, fragte er.

»Ein Ausflug«, sagte ich. »Zu Tante Maggie in Kenia.«

»Mit diesem Auto? Darf ich vorn sitzen?«

»Kleine Jungen sitzen besser hinten«, meinte der Fahrer.

Moses protestiert: »Ich bin nicht klein. Ich habe morgen Geburtstag, ich werde elf Jahre alt!«

»Dann soll es dein Geburtstagsgeschenk sein«, sagte ich und schaute den Fahrer bittend an. Schmunzelnd gestattete er es.

Wie konnte eine Mutter den Geburtstag ihres Erstgeborenen vergessen? Ich atmete tief durch und verzieh mir, denn ich war mit meiner schnellen Reaktion zufrieden; wer weiß, wie ich den wachen Geist noch brauchen würde. »Wir werden es schaffen!« sagte ich zu mir selbst.

»Natürlich!«, antwortete der Fahrer und startete den Motor.

Die Straßen waren wenig befahren. Ab und zu begegnete uns eine Militärkolonne.

»Besser sie kommen von dort, als dass sie dort hinfahren«, meinte der Fahrer. »Im Mabira-Wald soll es Kämpfe geben. Wir müssen auf der Hut sein.«

Mein Mutterherz schlug heftiger. Vorn saß stolz und aufrecht mein fast elfjähriger Moses. Alexander und Beatrice, vier und fünf Jahre alt, teilten sich mit mir die Rückbank und schauten seitwärts aus den Fenstern. Bald würde die einförmige Landschaft sie müde machen, hoffte ich. Vorher aber wollte ich ihnen noch etwas vom versäumten Gottesdienst geben und stimmte ein frommes Lied an:

Niemand kann mir den Weg zeigen,
nur der Sohn Gottes. Halleluja.
Keiner kann mich führen.
Keiner kann mich von meinem Leid befreien.
Keiner kann meine Last tragen.
Nur der Sohn Gottes. Halleluja.

Erst sang ich eine Zeile vor, dann wiederholten sie alle gemeinsam, auch der Fahrer sang mit und die Limousine schwang mit beim kraftvoll aus fünf Kehlen tönenden »Halleluja«, dem Zauberwort, in dem sich meine Angst verflüchtigte.

Der Gesang mag ihnen die Müdigkeit gebracht haben; Beatrice und Alexander waren in den Schlaf gesunken. Ihre kleinen Körper schmiegten sich an mich und schützend legte ich meine Arme um sie – so, wie eine Henne ihre Küken unter die Flügel nimmt.

»Noch knapp zwei Stunden bis zur Grenze«, sagte der Fahrer, um die Stille im Wagen zu unterbrechen. Er weckte damit Moses, der sich auch in die Polster fallen ließ, als seine technische Neugier befriedigt war. Er rieb sich die Augen und blickte die endlose Straße entlang.

»Da ist was«, sagte Moses. »Da vorn auf der Straße.«

Der Fahrer kniff die Augen zusammen. »Straßenkontrolle«, sagte er. »Wird ja immer schlimmer. Jetzt blockieren sie sogar die Fahrbahn.«

Es war nicht die Polizei. Beim Näherkommen sahen sie rechts und links der Straße mit Buschwerk getarnte Militärfahrzeuge stehen. Soldaten sprangen heraus, einige liefen in den Wald.

Der Fahrer schaute in den Rückspiegel. Auch dort Militärfahrzeuge. Sie kamen in schneller Fahrt näher. Er selbst drosselte die Fahrt der Limousine und rollte langsamer auf den quer stehenden Panzerwagen zu.

Gebannt beobachtete ich den Mann hinter dem Lenkrad. Ich spürte seine Anspannung durch den mahlenden Kiefer und im festen Griff am Lenkrad. Jede Faser seines Körpers schien unter Spannung zu stehen. Er atmete laut in tiefen Zügen...

»Festhalten!« schrie er dann.

Er griff zur Schaltung, riss das Lenkrad herum, trat ins Gaspedal – und die Limousine raste raketenartig an den Militärfahrzeugen vorbei. Schüsse bellten hinter uns her – und mit zischendem Krach zogen sich tausend Spinnennetze durch die Rückscheibe.

»Panzerglas«, sagte der Fahrer. »Ich hatte es gehofft.«

Der Wagen raste weiter über die Piste, flog über Wellen und schlingerte in den von Lastwagen geprägten Rillen. Ich packte die verschreckten Kinder noch fester, stemmte meine Füße gegen die Vordersitze und den Rücken in die Sitzpolsterung. Moses hielt sich mit beiden Händen am Armaturenbrett fest und beobachtete scharf, was der Fahrer tat. »Vorsicht!« rief er manchmal, wenn er glaubte, ein Schlagloch früher als der Fahrer gesehen zu haben.

Wohl zehn Minuten hielt diese Höllenfahrt an. Dann fauchte der Fahrer ein erleichtertes »Pfuuuh!« und drosselte die Fahrt wieder auf ein Tempo, das dem Zustand der Straße entsprach. Wir erreichten die Grenze nach Kenia ohne weitere Zwischenfälle.

Am Kontrollposten aber waren die Militärs wieder in der Überzahl. Vom Bruderland sprach man früher, sagte »Hallo!« und war schon auf der anderen Seite. Jetzt wollte man genau wissen, wer Uganda verließ oder aus Kenia einreiste. Jeder schien verdächtig zu sein. Die Grenzer kontrollierten nicht allein, sie wurden selbst von Soldaten kontrolliert. Keiner vertraute dem anderen.

Zwei Soldaten umrundeten das Diplomatenfahrzeug. Die zersprungene Heckscheibe warf Fragen auf. »Ein Anschlag?«, wollte man wissen.

»Steinschlag!«, sagte der Fahrer und hob die Schultern. »Unsere Straßen – sie sind nun mal nicht besser. Sie fliegen einem manchmal um die Ohren.« Die Soldaten waren zufrieden. Eine einfache Antwort machte am wenigsten Arbeit.

Einer der Soldaten steckte den Kopf durch die Fahrertür und beäugte mich und die Kinder. »Familienausflug im Diplomatenwagen?«, fragte er und verlangt argwöhnisch nach den Ausweisen.

»Eine frühere Mitarbeiterin der Botschaft«, erklärte der Fahrer. »Wir haben nur den gleichen Weg. Ich hole auswärtige Gäste aus Nairobi.«

»Wir besuchen Tante Maggie. Ich habe morgen Geburtstag«, rief Moses fröhlich dazwischen.

Der Soldat schmunzelte: »Habe auch solch einen Bengel zu Hause.« Er blickte auf die afrikanische Identitätskarte, die ich aus meiner Tasche gezogen hatte. »Sie sind doch Frau Salomon – die Frau unseres Hospital-Direktors.«

»Ja, die bin ich«, lächelte ich zurück. »Soll ich ihm Grüße bestellen? Wenn es seine Zeit erlaubt, wird er übermorgen nachkommen. Vielleicht treffen Sie ihn hier.«

»Dann grüße ich von Ihnen«, lachte der Soldat. »Mich wird er nicht mehr kennen, ich war doch nur ein Patient von hundert. – Gute Reise!« Und zu Moses: »Viel Spaß bei Tante Maggie!«

Als der Fahrer bereits den Motor gestartet und den Gang eingelegt hatte, klopfte der Soldat dröhnend aufs Limousinendach: »Und lassen Sie die Heckscheibe auswechseln!«, rief er. »Macht so ja keinen guten Eindruck. Sieht fast so aus, als hätte jemand auf Sie geschossen!«

»Stimmt ja auch«, sagte Moses, doch der Wagen rollte bereits und der Soldat wandte sich auf dem mit Lärm erfüllten Platz einem anderen Fahrzeug zu.

Es war spät geworden und wir übernachteten in Malaba auf der kenianischen Seite. Lange konnte ich nicht einschlafen. Was wäre, wenn der Soldat Rückfrage bei Sam hielte? Was, wenn er anderen davon erzählte, die von der davonbrausenden Diplomaten-Limousine bei der Straßenkontrolle wussten? Die wussten, dass eine Kugel an der Panzerglasscheibe abgeprallt war? Woher aber sollten wir wissen, ob die Soldaten Beschützer oder Feinde waren?

Die sonnige Fahrt über die erhabenen Berge und durch die üppig grünen Täler Ostafrikas machte mich glücklich und traurig zugleich. Was für eine schöne Welt! Und wie bitter, sie verlassen zu müssen. Ich rief mir Erinnerungen aus Deutschland ins

Gedächtnis und ließ die äußeren Eindrücke mit dem gewählten Ziel konkurrieren. Es war meine Seele, die mir die Antwort gab: Frei wollte ich sein, frei von Flüchen, frei von Anfeindungen und frei von Hass und Verdammung. Meinen Kindern wollte ich ein unbeschwertes Zuhause geben, einen Weg in die Zukunft ebnen.

Wie mochte es Marianne gehen? Mir fiel ein, dass ich keine Adresse von ihr hatte. Und erst jetzt war mir klar, dass auch sie keine hatte. Wir hatten kein Zuhause mehr. Keine Heimat. Eine Mutter mit ihren drei Kindern – irgendwo. Wie trockene Dornenbüsche, die der Wind über die rote Erde der Savanne treibt ...

Drei Tage blieben wir in Nairobi. Es gab keinen früheren Flug nach Deutschland. Wir waren in einem billigen Hotel abgestiegen, nicht weit vom Airport entfernt.

Moses fragte nicht mehr nach Tante Maggie. Sie musste plötzlich zu ihrer kranken Mutter reisen, hatte ich ihm vorgeschwindelt. Er fand das nicht so schlimm, es gab für ihn in Nairobi genug zu sehen, auch wenn wir uns die Zeit nur im fußläufigen Umfeld des Hotels vertrieben. Gespannt war er nur auf die Überraschung, die ich ihm zu seinem Geburtstag versprochen hatte. »Dreimal müssen wir noch schlafen, dann werde ich es dir verraten.«

Beatrice und Alexander freundeten sich auf dem Spielplatz im nahen Park schnell mit anderen Kindern an. Deren Mütter unterhielten sich gern mit mir über altägliche Dinge und trieben mir damit das Grübeln aus dem Kopf. Denn immer wieder breiteten sich in meinen Gedanken Befürchtungen aus, Sam könnte auftauchen, um mir die Kinder zu entreißen und um mich für meinen Ungehorsam zu bestrafen.

Dann war Donnerstag. Dreimal hatten wir uns in dem armseligen Hotel Gute Nacht gesagt. Dreimal wachten wir morgens gemeinsam auf.

»Heute feiern wir meinen Geburtstag!«, forderte Moses.

»Den ganzen Tag!«, versprach ich. »Und ganz zum Schluss eine besondere Überraschung.«

Nach dem Frühstück schaffte ich zwei Koffer und eine Tasche vor die Tür. Das Taxi wartete bereits.

Wir fuhren zum Airport, wollten uns die großen Flugzeuge ganz aus der Nähe anschauen und darüber staunen, wie sie abhoben oder aus dem Himmel herabschwebten. Beatrice und Alexander glaubten, sich daran erinnern zu können, dass sie bereits einmal mit solch einem Vogel geflogen sind, – so oft hatte ich ihnen schon davon erzählt.

»Irgendwann werde ich auch damit fliegen«, sagte Moses.

»Bestimmt«, nickte ich geheimnisvoll. »Ich habe noch etwas zu erledigen«, sagte ich den Kindern und bat eine junge Frau vom Airport-Service, einen Augenblick nach den Kindern zu schauen.

Die Tickets lagen wie abgesprochen bereit. »Hier ist noch eine Nachricht für Sie«, sagte das blonde Mädchen mit der gelben Bluse und dem blauen Halstuch am Lufthansa-Schalter und reicht mir einen Brief. Ein Telegramm von Marianne, es kam aus Tansania.

»Guten Flug und viel Glück! Marianne und Ezekiel.« Es war eine Adresse dabei. Ich faltete das Papier sorgsam zusammen, damit es in den kleinen Lederbeutel passte, den ich mir um den Hals gehängt hatte und den ich sogleich wieder tief unter mein Kleid steckte, wo ich ihn direkt auf der Haut spürte. Es war mir, als sei dies der letzte Faden, der mich mit Afrika verband.

»Bleiben Sie für längere Zeit in Deutschland?«, fragte die Lufthansa-Stewardess.

Ich konnte nicht antworten, nickte nur stumm und wandte mich meinem Gepäck zu.

»Sie können dort drüben schon einchecken«, hörte ich die freundliche Stimme wie durch eine Wattewand.

Der Riemen meiner Tasche zerrte diagonal über Brust und Rücken. Sie war schwer, es war alles darin, was ich und die Kinder für den langen Flug nach Frankfurt brauchten. Ich hielt sie mit beiden Händen umfasst, um ihr so etwas Gewicht zu nehmen und auch, um die Boarding Cards zu sichern, unsere Tickets in eine freie Welt.

Gemeinsam bummelten wir über den nahen Markt. Zum Mittag durften sich die Kinder in einem kleinen Restaurant ihr Lieblingsessen auswählen. Später lagen wir auf dem Rasen des Airports. Zeit für einen Mittagsschlaf. Nur ich wachte über sie, hütete unsere Tasche und blickte möglichst unauffällig in die Runde, ob vielleicht jemand mit einem zu schnellen Schritt in genau unsere Richtung ging. Ich faltete die Hände und sprach ein Gebet. Gott hatte uns erhört.

Die Sonne erreichte nur noch die Dachkanten der hohen Häuser Nairobis. Der Himmel verlor sein strahlendes Blau und bekam einen roten Schimmer. Moses rieb sich die Augen und sah mich herausfordernd an:

»Jetzt kommt die Überraschung!«

»Pst«, machte ich, »lass die beiden noch schlafen. Ich will dir etwas erzählen.«

Moses schlug die Beine übereinander, reckte sich auf und legte die Hände auf die Knie, als wollte er meditieren – oder doch wenigstens eine spannende Geschichte hören.

»Was meinst du, warum wir hier auf dem Airport sind?«, fragte ich ihn.

»Wir wollen fliegen!«, sagte Moses so unvermittelt, als sei es die selbstverständlichste Sache der Welt.

Ich war überrascht: »Wie kommst du denn da drauf!«

»Weil die Koffer weg sind«, sagte Moses, »und weil du noch was zu erledigen hattest, und weil du so traurig warst und dann wieder so froh, und weil es doch gefährlich war, nach Kenia zu fahren. Und Marianne hat geweint, als wir abfuhren, weil wir nie mehr wiederkommen. Und du solltest es nicht sehen, dass sie so traurig war. Ja, und nun fliegen wir weg – extra zu meinem Geburtstag.«

Ich wurde von meinen Gefühlen davon getragen. Tränen liefen mir über die Wangen. Ich nahm meinen Jungen in den Arm und drückte ihn an mich. Auch Beatrice und Alexander waren erwacht und kuschelten sich mit in meine Arme.

»Jetzt sind wir eine richtige Familie«, sagte Moses. »Jetzt wollen wir nach Deutschland.«

»Wer hat dir das gesagt?«, fragte ich. »Seit wann weißt du das? Hast du es jemandem erzählt?«

»Immer schon«, sagte Moses. »Es war mein Geheimnis.«

Es war Nacht, als die Maschine abhob. Wir hielten uns bei den Händen und kicherten über das Kribbeln im Bauch, bis das Flugzeug sich in eine waagerechte Position legte und ruhiger über den Nachthimmel glitt. Unter uns glitzerten die Lichter großer Städte wie funkelnde Diamanten. Ich stemmte die Kleinen vor das Bullauge in der Bordwand, auch Moses schaute nach unten.

»So sieht Afrika von oben aus – wie ein Märchenland.«

»Es ist ein Märchenland«, sagte ich.

»Und Deutschland?«, fragte Moses.

»Das ist die Überraschung!«, sagte ich.

Bitte anschnallen!

»Wir befinden uns im Anflug auf Frankfurt. Bitte schnallen Sie sich an und stellen Sie die Sitzlehnen senkrecht.«

Gleißendes Licht durchflutete die Flugzeugkabine. Die Sonne schien mit uns auf gleicher Höhe zu sein. Der hellblaue Frühlingshimmel war wolkenlos und stimmte die Menschen optimistisch. Der Blick auf die Landschaft zeigte grüne und schwarze Felder und Äcker. Auf den Straßen strebten Autos in Kolonnen in Richtung der großen Stadt am Main. Das Flugzeug verlor an Höhe, setzte mit leichtem Ruck auf und rollte über die Betonbahn bis vor das Flughafengebäude.

Routiniert lief die Passkontrolle ab. Bald schon zogen die Koffer über die Gepäckausgabe. »Bitte passieren!«, winkte der Zöllner uns durch. Eine schwarze Mutter mit drei schwarzen Kindern und nur zwei Koffern und einer Tasche galt nicht als verdächtig. Ein einzelner Mann gleicher Hautfarbe, ebenfalls mit zwei Koffern, musste den Inhalt zeigen. Afrikanischen Männern wurde misstraut, afrikanischen Frauen wurde vertraut. Es war alles noch so wie vor zehn Jahren.

Plötzlich wurde mir bewusst, dass ich meine Eindrücke nicht mit meinem Abflug verglich, sondern mit meiner Ankunft, damals als ich mit meinem gelben Sommerkleid und in Sandalen verloren in der großen Halle stand. Ich schaute an mir herunter – nein, die Kleidung stimmte diesmal, und auch die Kinder waren der Jahreszeit entsprechend gekleidet. Ich hatte nichts falsch gemacht – ich bin zu Hause, endlich wieder in Deutschland!

»Meeting Point«, las ich. Dort sollte ich warten. Ich setzte die Koffer ab, platzierte Beatrice und Alexander darauf, nahm Moses vorsorglich an die Hand und schaute in das Durcheinander der Menschenmenge, in der jeder Einzelne ein anderes Ziel zu haben schien.

»Ein Mädchen holt uns ab«, erklärte ich meinem ungeduldigen Sohn. »Es hat eine Unterkunft für uns.« Marianne hatte es von der Botschaft aus über die Kienbaum-Unternehmensberatung organisiert. Ein Mitarbeiter, der mich noch von einer Besprechung mit Minister Choudry kannte, wollte seine Tochter schicken.

»Das muss sie sein!«, stellte ich fest, als ein Mädchen zielsicher auf uns zukam.

»Ich bin Ines Schrader«, stellte sie sich vor. »Willkommen in Deutschland! Schöne Grüße von meinem Vater, er hat für Sie ein Zimmer in einem kleinen Gasthaus etwas außerhalb der Stadt gebucht. Ich werde Sie dorthin bringen.«

Die Größe des Zimmers ließ keinen Zweifel: Herr Schrader hatte mich als junge Frau in Erinnerung, nicht aber als Mutter mit drei Kindern. Nach dem Frühstück machte ich mich mit meiner vaterlosen Familie wieder auf den Weg und ließ eine Nachricht zurück: »Danke für die Hilfe. Wir fahren jetzt nach Neuss. Grüße von Luisa mit ihren Kindern.«

***

Sofie war überrascht. »Hallo Luisa!«, rief die Sozialarbeiterin, die mich sofort erkannte. Sie war meine Betreuerin, als ich mich wieder auf den Weg nach Uganda machen wollte, hin zum Vater meiner Kinder, der sich ohne Abschied davon gemacht hatte.

»Deine Kinder sind ja ordentlich gewachsen!«, stellte Sofie fest und begrüßt Beatrice und Alexander. »Und das ist sicher Moses, von dem du so viel erzählt hast. Endlich hast du ihn bei dir. Was macht ihr in Deutschland?«

Sofies Blick wurde ernst, als ich ihr in knappen Worten die Notlage schilderte, in die wir geraten waren und in der wir uns noch immer befanden. »Aber nichts wäre schlimmer gewesen, als dort zu bleiben. Wir müssen jetzt nur den Weg in unsere Zukunft finden.«

Sofies Stirn legte sich in Falten. Sie war es, die mir damals den Rat gegeben hatte, nicht zurück nach Uganda zu gehen. Sie hatte mich beschworen, dass ich in Deutschland alle Hilfe bekommen würde, um auch als alleinstehende Mutter ohne Not zu sein, dass meine Ausbildung viele Möglichkeiten bot, Geld zu verdienen und ein eigenständiges Leben aufzubauen. Aber sie wusste auch, dass es nicht hilfreich wäre, mir jetzt mit »hätte, wenn und aber« Vorwürfe zu machen. Während sie den Kindern mit Papier und Buntstiften eine Beschäftigung gab, besprach sie mit mir die geringen Möglichkeiten, die ihr die Behörde jetzt noch ließ.

»Du kannst sieben Tage im Frauenhaus wohnen. Dann aber musst du eine andere Lösung gefunden haben.«

Sieben Tage ohne Sorgen! Ich war glücklich.

Ich schrieb eine kurze Nachricht an Marianne:

Jetzt sind wir also wieder in Deutschland. Ich habe erfahren, dass es anders ist, mit drei Kindern anzukommen. Wie einfach erscheint es mir heute, als ich jung und im Sommerkleid in den Winter eines fremden Landes geflogen war. Wie wohl habe ich mich in all den Jahren hier gefühlt. Im Flugzeug habe ich ein Gefühl gehabt, als kehre ich jetzt zu meinen Wurzeln zurück, weil ich mich im Grunde meiner Seele schon als weiße Frau fühlte. Ich weiß jetzt gar nicht mehr, wohin ich gehöre. Und dennoch wünsche ich mich nicht zurück nach Kampala.

Wir werden jetzt zu viert um eine bessere Zukunft beten, das kann Gott doch nicht überhören. Er wird uns Kraft geben und wir werden sie nutzen. Wir werden es schaffen!

Und irgendwann sehen wir uns wieder ...

Alles Liebe von Luisa.

******

***

*

»Wir wurden eine deutsche Familie.«
Luisa Natiwi mit Beatrice, Moses und Alexander.

Was noch zu sagen ist

Manchmal werde ich gefragt, wo ich meine Heimat habe. In Deutschland, wo ich die meisten Jahre meiner sechs Lebensjahrzehnte verbrachte? Oder doch im Herzen Afrikas, in Karamoja oder im grünen Süden Ugandas am Viktoria-See? Wenn ich die Augen schließe und mir vorstelle, dass jemand »Natiwi!« ruft – ja, dann spüre ich meine Wurzeln, die tief in der roten Erde stecken. Doch diese Zeit ist vergangen. Seit einiger Zeit empfinde ich es nicht einmal mehr sonderbar, wenn ich meine methusalemsalte Mutter auf ihrem Handy anrufe. Mir wird fast schwindelig, wenn ich diesen Zeitsprung überdenke – aus der Steinzeit ins IT-Zeitalter... Aber ich will es nicht übertreiben, Afrika ist noch nicht am Ziel seiner Entwicklung – und ich muss gestehen, wenn ich dort bin, freue ich mich auf die Rückkehr nach Hamburg. Heimat hier und Heimat dort – ich habe beide in meinem Herzen.

Heute lebe ich in Hamburg. Meine Kinder haben Berufe im medizinischen Bereich, in der Organisation von TV/Film und im kaufmännisch-betriebswirtschaftlichen Bereich. Und ich habe Freude daran, Kindern afrikanische Märchen zu erzählen und Erwachsenen vom Nomadenleben und von den Bemühungen, dem Fortschritt hinterher zu laufen und um Hilfe zur Selbsthilfe zu bitten. Afrika braucht Schulen und Handwerk, Wissen um Landwirtschaft und Viehzucht, damit der Hunger nicht durch Lebensmittelspenden aus den Helikoptern bekämpft wird, sondern durch eigene Leistung. Afrika braucht Verständnis zur rechten Zeit, statt Mitleid wenn es fast zu spät ist...

Afrika brennt! Im Norden steht das Volk auf, um sich von ihren Despoten zu befreien. Im Süden verblassen die Wirtschaftshoffnungen, die in die Fußball-WM 2010 gesetzt waren. Die Westküste bringt ständig neue Konflikte hervor. Der Osten erstarrt in Hungersnot; den Helfern droht Gefahr durch die Gier derer, die daran verdienen wollen. Sie fordern die Hälfte der Hilfe als Wegezoll, um dann die Hungernden und Durstenden ihrem Schicksal zu überlassen.

Afrika ist reich! Reich, ohne diesen Reichtum selbst zu nutzen. Die Kolonialherren der westlichen Welt wollten das Land ausbeuten. Die Afrikaner taten, was sie am besten konnten: Sie jagten sie davon. Jetzt kommen Chinesen, um ihren Rohstoff-Hunger zu sättigen. Sie werden sich nicht fortjagen lassen, denn die IT-Welt braucht Metalle, die es nur dort gibt.

Im Zentrum dieses gepeinigten Kontinents liegt Uganda. Das Land, das Wissenschaftler als »Wiege der Menschheit« etikettierten, das Winston Churchill als »Perle Afrikas« bezeichnete, bevor Idi Amin an die Macht kam, um das Paradies in eine Hölle zu verwandeln.

Afrika ist zu groß, um es zu ignorieren.

Afrika ist zu schwach, um sich in der Welt zu behaupten.

Afrika ist zu wichtig, um es sich selbst zu überlassen.

Afrika braucht Hilfe, weil die Welt Afrika braucht. Als starken Partner – und nicht als ein uneiniger Kontinent, dessen Völker vom Hunger in die Planlosigkeit getrieben werden. Und es braucht Schutz vor jenen, die ihre Macht und Stärke für sich allein beanspruchen.

Deshalb müssen wir lernen, Afrika zu verstehen.

Verstehen kann man nur, was man kennt. Aus dieser Erkenntnis heraus habe ich meine Lebensgeschichte öffentlich gemacht – als ein deutsch-afrikanisches Kontrastschicksal, das trotz aller darin vorkommenden Brutalität vor allem eines hat: In jedem Schicksal steckt eine Lösung. Immer gibt es jemanden, der hilft – immer ist auch der eigene Wille die Kraft, eine Änderung herbeizuführen.

Ist es nicht erstaunlich, dass ein Hyänenbiss für mich zum größten »Glücksfall« meines Lebens wurde? Missionare holten mich aus dem Kral, heilten meine Wunden und machten aus mir die erste Lehrerin der Karamojong, die im kargen Hochland mit ihren Viehherden dem Wasser folgten. So, ist es noch heute, denn außerhalb der chaotischen Städte tickt die Zeit nur wenig anders als vor hundert Jahren. Trotz des Wunders, dass dort auch ein Handy klingeln kann.

In der »Lebens-Lern-Schule« in Karamoja lernen Kinder, ihr Leben eigenverantwortlich zu meistern.

Mein zweiter »Glücksfall« war die Bronchitis, die mich zur Genesung nach Deutschland brachte – meiner zweiten Heimat. Es waren Weiße, die mir immer wieder geholfen haben. Auch dann, als ich bei meiner Rückkehr nach Uganda dort keine Lebensgrundlage mehr fand und zurück nach Deutschland floh. Ich bin sehr dankbar dafür.

All diese Hilfe zeigt uns: Die Weißen haben nicht nur Mitleid gegenüber hungernden Kindern – sie wollen auch unterstützen und haben ein Interesse an Afrika als Mitglied der Weltgesellschaft. Oft aber endet ihr Engagement wie das deutsch-ugandischen Transportunternehmen in meiner Lebensgeschichte. Es scheiterte an der Kurzsichtigkeit egoistischer Männer und Frauen, an der Gier der Mitarbeiter, an der Macht der Behörden, an Brutalität und Korruption – und nicht zuletzt auch am Konflikt durch unterschiedliche Stammeszugehörigkeiten. Es braucht viel Kraft und Ausdauer, diese Barrieren zu überwinden.

In der Begeisterung, die der Initiative »Africom« entsprang und durch ein mutmachendes Gespräch mit dem ehemaligen Bundespräsidenten Richard von Weizsäcker, gründete ich 2004 mit deutschen Partnern die Hilfsorganisation »Zebracrossing e.V.«, weil ich in mir die Verpflichtung spürte, nach all den Hilfeleistungen, die ich erfahren hatte, nun selbst als Mittlerin und Botschafterin der vielfältigen Unterstützung etwas zurückzugeben.

Zebracrossing verteilt Schulbücher an zwei Schulen in Karamoja – Spenden der Unesco und der Carl-Orff-Schule in Bargteheide machten es möglich.

Gewiss, es gibt größere und wichtigere Hilfsorganisationen für Afrika – »Zebracrossing« aber hilft dort, wohin die Segnungen der prominenten Stiftungen nicht hinreichen. Wir unterstützen zum Beispiel den Ausbau einer bestehenden Grundschule in Karamoja/Uganda zur »Lebens-Lern-Schule«. Es ist ein Projekt, das Berufsausbildung und Eigenverantwortung lehrt – und das uns immer wieder Mut macht, denn jeder kleine Erfolg ist der große Durchbruch im Leben eines Einzelnen.

Ich wünsche mir, dass Ihnen meine Lebensgeschichte eine interessante Unterhaltung war, manchmal zum Lachen und manchmal zum Weinen – aber im Ganzen, um einmal in die Seele Afrikas zu blicken und zu verstehen, dass der Maßstab westlicher Zivilisation nicht für die ganze Welt gilt.

Luisa Natiwi

Karamoja heute:
Nach der Schule hüten
die Kinder das Vieh.
Nicht nur bei Hochzeits-
Zeremonien offenbart
sich altes Brauchtum als
traditionelle Basis der
heimischen Lebensart.